LE MYSTÈRE ÉTIENNE RABOTIN

GAUTHIER PLANCQUAERT

LE MYSTÈRE ÉTIENNE RABOTIN

roman

ALBIN MICHEL

Pour H.

1

Le monde tel qu'on le connaît

Lucien broyait la crosse de son fusil à s'en faire mal aux mains ; il ne parvenait pas à desserrer sa prise, et il avait honte du sentiment qui l'en empêchait.

Pour le reste, il se trouvait des excuses : il frissonnait parce que ses habits détrempés étaient glacés ; il avait la nausée parce que la cage d'escalier puait le chien mouillé ; mais ces mains ! Il pouvait voir ses jointures blanchir dans la pénombre.

Le rai de lumière chaude qui glissait sous la porte venait caresser ses bottes. Des voix lui parvenaient, assourdies, de l'autre côté. C'était le dernier étage. C'était là. Tout ce qu'il avait espéré, tout ce qu'il avait toujours cherché se trouvait derrière cette porte. Il n'avait plus qu'à l'ouvrir, et à tirer une balle dans la tête des deux hommes.

C'était idiot : comment un si petit détail – ces mains ! – pouvait-il contredire aussi radicalement l'opinion qu'il avait de lui-même ? Il chercha une image familière pour se calmer, tomba sur celle de sa mère et de sa sœur en train de se chamailler au coin du feu et ressentit, violemment cette fois, le besoin de rentrer chez lui.

Le canon du fusil s'inclina vers le plancher.

Ce que ces mains bêtement rivées à l'arme essayaient de lui

dire, c'est qu'il s'était trompé. Comment un moins-que-rien dans son genre avait-il osé croire qu'il allait se retrouver face à l'homme le plus puissant du pays ? Albert, bien sûr, s'était moqué, et Lucien n'avait pas insisté pour qu'il l'accompagne. Il aurait aimé l'avoir à ses côtés, béret sur le crâne, sourire édenté, prêt à défoncer la porte d'un coup d'épaule, mais il redoutait l'expression de triomphe du vieil homme si les faits venaient à lui donner raison. Et les faits, il devait le reconnaître, lui donnaient raison : celui qu'il voulait tuer ne pouvait pas se trouver là, derrière une porte aussi ordinaire.

Lucien se retourna. Le martèlement de la pluie sur le toit résonnait dans la cage d'escalier. Les marches s'enfonçaient, chacune plus sombre que la précédente, dans le gouffre des étages inférieurs, jusqu'à se fondre dans l'obscurité. Lucien n'avait plus qu'à se laisser glisser dans le noir pour rejoindre le commun des hommes.

Il crut alors entendre une rumeur, et se pencha par-dessus la rampe.

Aussitôt, *le nom* jaillit des ténèbres ; le nom brandi, matin et soir, comme une insulte par tous les journaux du pays ; le nom blâmé par les bourgeois, les patrons et les politiciens ; mais le nom, surtout, qui terrorisait ces ennemis du peuple jusque dans leurs lits. Ce nom, c'était la fierté retrouvée de Lucien, le souffle vengeur qui fouettait ses veines, le réconfort de savoir qu'il n'était pas seul et qu'un homme, au moins, construisait dans l'ombre et dans l'éclat des bombes un monde où tous les opprimés, bientôt, vivraient libres.

L'anarchiste se retourna vers la porte, répéta le nom une dizaine de fois dans sa tête, et réussit à museler sa peur. Il prit une inspiration. Quelle importance si la cible n'était pas la bonne ? Derrière cette porte, il y avait des riches ! Leur seule existence était un crachat à la face du peuple. Par défi, Lucien enfonça ses ongles dans la crosse du fusil jusqu'à grimacer de douleur. Puis il leva une main, ouvrit la porte et se jeta dans la pièce.

Dans un bureau confortable mais sans tape-à-l'œil, une gouvernante servait le thé à deux vieillards assis près du feu. Le premier était particulièrement grand. Lucien ne l'avait jamais vu.

Le second était le chef de l'État.

Il y eut un flottement durant lequel Lucien fut assailli par un sentiment d'absurde, et même de ridicule, qui se changea vite en déception ; on ressentait quelque chose d'amer à voir ce symbole d'autorité, cette photographie en noir et blanc d'un visage déterminé réduite à cette triste incarnation de chair : l'expression d'un vieillard étonné.

Lucien s'avança, planta le canon de son fusil sur la poitrine du président, qu'il poussa dans un fauteuil de cuir où il tomba à sa merci.

S'efforçant d'arborer son air le plus cruel, l'anarchiste commença à parler. Les mots coulèrent de sa bouche, déchaînés, empreints d'une joie féroce, déversant dans le bureau toutes ses frustrations, sa colère et sa haine. Il avait répété ce discours des centaines de fois dans sa tête, dans son lit, devant un verre, en arpentant les rues boueuses de son quartier. Le fusil tremblait dans ses mains. On l'écoutait enfin !

Au bout d'un moment, pourtant, il s'aperçut que les mots ne provoquaient pas la terreur qu'il espérait. En fait, ils ne produisaient pas la moindre réaction.

Les deux vieillards le considéraient d'un air neutre, à peine curieux. Ce calme l'irrita : il renchérit aussitôt dans les formules violentes, en gesticulant pour appuyer ses menaces. Mais le doute s'était déjà insinué. Ses phrases sonnaient creux, comme une succession de clichés poussiéreux, sans substance. Il eut soudain conscience de sa médiocrité. Il n'était plus dans le confort de sa tête mais face à des hommes de pouvoir et de culture, dans une pièce chauffée, bien meublée. Il parlait du siècle qui débutait, de la révolution nouvelle, d'une génération assoiffée d'idéal, mais il ne s'était jamais senti aussi vieux.

Sans interrompre sa diatribe, il attrapa un livre au hasard sur le buffet et le jeta dans le feu. Ce geste, qui lui parut minable dès qu'il le fit, ne troubla ni le président ni celui qui était sans doute le propriétaire des lieux. Seule la gouvernante, qui devait avoir son jeune âge, tremblait, le visage pâle, moite, comme Lucien tremblait encore devant la porte un instant plus tôt.

Le fusil s'alourdissait dans ses mains…

– … Étienne Rabotin !

Invoqué presque malgré lui, le nom l'électrisa comme l'eût fait le cri d'une foule. Étienne Rabotin ! Étienne Rabotin ne doutait jamais, lui ! Étienne Rabotin brûlait tout, détruisait tout, massacrait tout. C'était ça, l'anarchisme, c'était la bombe !

Lucien raffermit sa prise sur la crosse. Oui, il se tenait face au chef de l'État. Et oui, pour la première fois de sa vie, il allait faire quelque chose de grand…

– C'est Étienne Rabotin qui vous envoie ?

Une lueur s'était allumée dans l'œil de l'autre vieillard. Ravi d'avoir provoqué quelque chose, Lucien laissa échapper un ricanement :

– C'est tout comme ! Il aurait pas fait mieux…

– Donc vous croyez qu'il existe ?

Il y avait là une pointe d'ironie et Lucien se sentit rougir. Tous les anarchistes se réclamaient d'Étienne Rabotin – les plus fous se prenaient même pour lui –, mais comme personne ne s'accordait sur sa description et qu'aucune photo n'attestait son existence, les autorités en avaient conclu qu'elles ne luttaient pas contre un homme, mais contre une idée. Pour Lucien, c'était la raison de leur échec : elles ne pouvaient pas enrayer la vague d'attentats qui ravageait le pays sans arrêter celui qui tirait les ficelles. Oui, Étienne Rabotin existait ; il en était certain. Mais que pouvait-il répondre à ces sceptiques ?

Il allait se justifier quand une bûche craqua dans la cheminée. Il tourna la tête par réflexe.

Aussitôt, le vieillard bondit sur le fusil. Mais Lucien n'avait pas le tiers de son âge : il l'esquiva sans peine et le gratifia d'un coup de crosse dans les côtes. L'homme perdit l'équilibre, sa tempe heurta le buffet et il s'écroula sur le parquet.

Lucien se figea, horrifié. Le président se précipitait déjà sur le vieillard. Celui-ci ne bougeait plus, ses bras interminables coincés sous sa poitrine.

L'anarchiste vit comme un voile noir passer devant lui. Pourquoi n'avait-il pas tiré ? Et pourquoi la vision de ce long corps immobile le projetait-elle dans cet état de panique ? N'était-ce pas ce qu'il avait voulu ?

Il leva les yeux vers la gouvernante. Le regard qu'elle lui lança était si sombre qu'il détourna aussitôt la tête.

– Des lâches, l'entendit-il souffler. Tous des lâches…

Le président se releva, livide, et marcha vers la porte qui donnait sur le couloir sans un regard pour Lucien. Cet ultime mépris balaya ses hésitations :

– Hé ! cria-t-il en le mettant en joue.

Le président se retourna avec une telle expression que Lucien recula d'un pas.

– Vous connaissez son nom ?

La voix puissante vibrait d'une fureur contenue. Le vieillard désignait son compagnon sur le sol. Lucien, perplexe, scruta le corps, qui ne lui évoqua rien de familier.

– André Martin.

– Quoi ?

– André Martin ! tonna le président. Le préfet de police de Paris !

D'une démarche pesante, l'homme d'État s'avança vers l'anarchiste. Lucien leva le fusil, mais ses mains tremblaient si fort qu'il avait lâché la gâchette. Une sensation abominable lui sciait le ventre et remontait dans sa gorge.

– Martin ! Vous connaissez son fils, non ?

Le jeune anarchiste crut s'évanouir.

– La Machine !

Lucien vacilla, se rattrapa à l'accoudoir du fauteuil et rendit les trois verres de prune qu'il avait avalés pour se donner du courage. Quand il se redressa, la gorge brûlante, il ne croyait plus en rien.

Il se laissa tomber dans le fauteuil, comprenant qu'il s'était accroché, au fond de lui, à la possibilité d'un retour. Celle-ci venait de se briser. « La Machine » attrapait toujours son homme, elle ne s'arrêtait jamais. Elle n'aurait de cesse que sa tête roulât dans un panier. Sa mère, sa sœur et ses neveux devraient se débrouiller sans lui.

– Pauvre imbécile, grogna le président en lui arrachant le fusil des mains.

Lucien laissa faire. Le vieillard se détournait déjà quand un gémissement monta de la cheminée. La gouvernante s'était recroquevillée devant le feu, le dos parcouru de sanglots muets. Le président s'avança, rassurant, et lui toucha l'épaule :

– C'est terminé, mademoiselle. Relevez-vous.

La jeune femme ne bougea pas. Elle gardait le visage tourné vers le feu, et ni Lucien ni le président ne pouvaient en distinguer l'expression. Ce dernier retira sa main, un peu vexé, n'ayant pas l'habitude d'être ignoré.

Un spasme d'une violence inouïe secoua la gouvernante,

qui étouffa un cri. Quelque part entre les flammes, Lucien crut entendre un sifflement.

Le président avait gardé le fusil dans la main. Il jeta un coup d'œil au corps du vieillard derrière eux et retint un geste d'impatience. Il se pencha à nouveau sur la jeune femme pour lui tapoter le dos, mais avec moins de douceur :

– Allez, mon petit, debout !

Lucien fronça les sourcils : cette fois, il percevait nettement le bruit qui montait de la cheminée, de l'endroit précis où la gouvernante s'était accroupie. C'était un frottement continu, strident, le son qu'aurait pu faire un petit animal en colère.

– Vous êtes la nouvelle, c'est ça ? Quel est votre nom ?

La gouvernante se tourna à moitié, dévoilant un visage inondé de sueur, tordu par un rictus affreux. Le président, gêné, retira sa main. Elle pivota entièrement, ses mains blanches serrées contre sa poitrine, et Lucien l'entendit murmurer :

– Je suis Étienne Rabotin…

Le fusil tomba sur le sol. Entre les doigts de la jeune fille, la mèche d'un bâton de dynamite finissait de se consumer.

2

La Machine

Le commissaire divisionnaire Marcel « la Machine » Martin était si grand qu'il lui arrivait parfois de se prendre pour Dieu. Pour le moment, il tentait d'échapper à sa femme en se cachant derrière une poubelle.

S'il avait été plus attentif aux voyageurs de la gare, qui l'évitaient avec deux bons mètres de respect, Martin aurait trouvé tout à fait à sa mesure de se tenir ainsi au centre d'un disque vide autour duquel gravitaient, dans un désordre furieux, un millier d'électrons humains. Les criminels qui atterrissaient dans son bureau tendaient, eux aussi, à se croire supérieurs aux simples mortels ; c'était souvent ce qui les avait amenés là. Si la réputation du commissaire n'était plus à faire, ni dans les forces de l'ordre ni dans les milieux criminels, c'était parce que les dieux qui entraient dans son bureau en ressortaient convertis, absolument soumis à leur nouveau maître.

Et ce n'était alors plus du tout une question de taille.

Martin avait choisi la police comme son père avait choisi l'administration. Cette décision, bien qu'un peu arbitraire, ne s'était pas faite sans esprit d'opposition. Il lui avait toujours semblé que le préfet André Martin, parce qu'il appréhendait le monde à travers des rapports et des chiffres, s'était coupé de ses contemporains. Martin fils, lui, avait donc choisi la rue. Après de brillantes études de droit, il avait passé le concours de secrétaire de commissariat. Reçu premier, il avait vite été promu officier de paix, puis commissaire de quartier. Cette ascension fulgurante n'était pourtant pas à mettre sur le compte de son patronyme – le fils refusait l'aide du père. En fait, la raison de ses succès tenait dans la nature de son caractère : Martin était scientifique.

Comme tout homme de loi consciencieux, il n'arrêtait jamais un criminel sans avoir de preuve pour l'inculper, mais ce qui tenait pour ses collègues de la contrainte procédurale devenait pour un esprit aussi strict, pour une âme aussi rationnelle que les siennes, un véritable mode de vie. Martin refusait de croire. Quelle que soit l'enquête qui lui tombait entre les mains, il usait d'efforts mentaux colossaux pour en considérer les éléments avec une objectivité parfaite, comme un savant s'attaquerait à un problème de chimie ou de mathématiques. Il laissait parfois son esprit vagabonder d'intuitions en hypothèses, mais en veillant scrupuleusement à ne prononcer aucune conclusion, même partielle, tant qu'il n'avait pas de quoi la justifier.

Cette méthode requérait une discipline dont peu d'hommes, en fin de compte, étaient vraiment capables. Et comme Martin ne s'en écartait jamais, malgré les détours fastidieux qu'elle l'obligeait parfois à prendre, il s'était forgé la réputation d'un homme aussi insensible qu'efficace. Tout le pays connaissait le surnom qu'un journaliste peu lyrique lui avait attribué, et la devise qui allait avec : « La Machine attrape toujours son homme. » La popularité aidant, Martin était ainsi devenu le plus jeune commissaire divisionnaire en charge des homicides de l'histoire de la préfecture de Paris.

La seule faille de la Machine, faille creusée par trente années de succès, de médailles en pagaille et de faits d'armes célébrissimes, s'incarnait dans cette sensation discrète, mais constante, d'en savoir un peu plus que tous les autres.

Heureusement pour lui, sa femme n'était pas dupe.

Françoise Martin traquait les plus faibles bouffées d'orgueil de son mari pour les étouffer aussitôt, et déployait pour ce faire un zèle qu'il admirait d'un œil expert. Elle ne lui passait qu'une seule fierté, celle qui la prenait pour objet, en veillant toutefois à ne pas l'encourager jusqu'à la flatterie. Martin, d'ailleurs, conformément à sa méthode, savait s'en tenir aux faits : il était devenu un bien meilleur homme, et donc un bien meilleur policier, depuis qu'il avait épousé sa femme.

Pour l'heure, ses cuisses le brûlaient. Le commissaire risqua une tête par-dessus la poubelle. Françoise n'était plus là. Il inspecta soigneusement les environs, sans oser encore se relever tout à fait. Un kiosque lui faisait de l'œil à quelques mètres. S'il parvenait à se glisser derrière, il pourrait peut-être la semer pour de bon, évitant ainsi d'offrir le spectacle légèrement ridicule d'un homme gigantesque qui essayait de se diminuer.

– Marcel.

– Et merde !

Il se releva pour lui faire face. Françoise portait un panier contre son ventre. Elle n'avait ni écume aux lèvres ni veine battant à sa tempe, juste un regard glacial qu'accentuait une expression neutre. Martin reconnut les signes d'une colère d'ordre supérieur et sut qu'il devait choisir ses prochains mots avec soin.

– Mon train part dans quinze minutes. On peut faire ça vite ?

La gifle incendia sa joue avant qu'il ne la voie partir. Le tourbillon de la foule ralentit autour d'eux, retenu par la curiosité. Martin n'y fit pas attention. Il se sentait pourtant bien plus petit qu'il n'essayait de se faire un instant plus tôt.

Françoise attrapa sa manche et le commissaire se laissa traîner jusqu'à la terrasse d'une brasserie, non sans scruter avec inquiétude l'horloge du pilier central.

– Je t'aurais écrit en arrivant, dit-il après qu'ils se furent assis.

– Menteur.

– Pas du tout ! Je t'ai même laissé un mot.

– Un mot ! Ce n'est pas un mot, c'est à peine une excuse. Une lâcheté gribouillée à la va-vite. Qu'est-ce que tu veux que j'en fasse ? Qu'est-ce que je vais raconter à mes amies ? Ou à tes collègues ? Oh non, il n'est pas là, il est parti en vacances. Sans moi. Pour combien de temps ? Je ne sais pas. Où ça ? Je n'en sais rien !

– Deux cafés, lança Martin au serveur qui hésitait à s'approcher, avant de se retourner vers sa femme. C'est un départ précipité, d'accord. Je peux exposer mon point de vue ?

Françoise eut un rire désespéré :

– On dirait que tu as vingt ans !

– S'il te plaît ?

Elle croisa les bras, impassible. Elle agissait comme si elle savait déjà, depuis le début de leur conversation, tout ce qu'il s'apprêtait à dire. De sa place, Martin ne voyait plus l'horloge. Il sortit de sa poche la montre de son père. Alarmé par l'heure, il rangea l'objet et se pencha en avant, sur le ton de la confidence :

– Je ne pars pas vraiment en vacances.

– Ne me prends pas pour une dinde. Je le sais parfaitement.

– C'est pour le travail, marmonna Martin.

– C'est faux. J'ai parlé à Marceau.

Martin retint un soupir. Il baissa encore la voix :

– Je suis sur sa piste. Étienne Rabotin.

Il attendit, sûr de son effet. Mais rien ne se passa.

– Alors ? insista-t-il.

– Ça n'a rien de neuf, rétorqua Françoise.

– Bon. Je sais ce que tu es en train de te dire.

– Vraiment ?

– Tu m'en veux parce que j'aurais dû te consulter d'abord. Je t'aurais exposé les faits. Je t'aurais demandé si ça ne te dérangeait pas que je te laisse seule. Tu aurais répondu que mon opinion était faite et que j'allais quand même partir, quoi que tu dises, et qu'il valait mieux me laisser partir. Mais tu aurais été contente parce que tu aurais été intégrée dans mon processus de pensée, dans ma tête, ce qui revient à partager mes envies et mes peines avec toi, donc à nous mettre, nous deux, au-dessus du reste. Tu aurais été rassurée sur le fait que je t'aime et que tu comptes plus que tout. Puis je t'aurais embrassée, je serais parti, et j'aurais raté mon train.

– Je te déteste quand tu es comme ça.

– Et j'aurais dû prendre le suivant, qui ne part que demain. J'ai choisi de te laisser un mot. Un peu par urgence, un peu par facilité. Je te présente mes excuses.

Il attrapa les mains de Françoise et les baisa doucement. Elle voulut les retirer mais il les retint avec tendresse. Elle se calma, malgré elle. Le regard du commissaire tomba sur le sol, à côté de leur table, et se teinta d'amertume.

– C'est personnel maintenant, murmura-t-il d'une voix lourde.

– Raison de plus pour m'en parler.

Martin lâcha les mains de sa femme et tira un calepin de sa veste, d'où il tira un bout de papier froissé. Il le posa sur la table en le gardant sous sa paume.

– Regarde autour de nous.

– Pourquoi ?

– S'il te plaît.

Françoise jeta un œil méfiant à la foule. Comme dans n'importe quelle gare, les gens attendaient, se bousculaient ou s'évitaient de justesse. Une vieille dame errait, confuse, à la recherche d'un employé. Un gros bonhomme s'énervait contre un guichetier. Dans son dos, des étudiants se moquaient de lui en buvant des bières. Trois petites filles zigzaguaient entre les voyageurs, sourdes aux remontrances distraites de leur mère. Le brouhaha oppressant, ponctué de sifflets, du grincement des chariots et des poulies, du fracas des malles, des valises et des paquets en tout genre, du cri des hommes et des machines, résonnait sous l'énorme toit de tôle.

– Toi et moi, dit Martin, nous savons ce qu'est une gare.

– Quoi ?

– Mais uniquement parce que nous sommes de notre époque. Imagine une minute que tu es une vieille, une toute vieille femme, qui n'est jamais sortie de son village, qui n'a jamais entendu parler de train, ou alors de façon très vague. Toute l'agitation autour de cette table te semblerait parfaitement chaotique. Tu serais angoissée, sur les nerfs, sans même comprendre pourquoi. Tu verrais des gens entrer par telle porte, sortir par une autre, monter dans tel ou tel wagon. Tu verrais des groupes se faire et se défaire d'une façon aléatoire. Rien n'aurait de logique, rien n'aurait de sens. Pourquoi cette dame, celle avec le chapeau, presse le pas, et pas ce type-là ? Tout échapperait à ta compréhension. Mais ce n'est pas le cas. Tu sais qu'il s'agit d'une gare. Tu sais ce qu'est un quai, un guichet et un compartiment. Tu comprends que ce monsieur attend son amie qui est dans le train qui arrive, et que cette dame est en retard pour le prochain départ. Donc, derrière l'anarchie de surface, il y a un ordre. Ce mystère insoluble, le chaos qui nous entoure, ce désordre effrayant, est résolu dans ses grandes lignes par cette vérité simplissime : nous sommes dans une gare. C'est tellement bête que le mystère n'a même plus l'air d'en être un. Mais tout tient au fait que, toi et moi, nous savons ce qu'est une gare. Tu comprends ?

Elle ne répondit pas, mais continua à le fixer de ses grands yeux noirs, ce qu'il crut pouvoir considérer comme un encouragement.

– Maintenant sors de la gare, continua-t-il, et considère l'époque. À bien y réfléchir, c'est exactement la même chose. Si j'attrape la première personne qui passe à portée de mon bras et que je l'interroge à ce sujet, elle déclarera, avec une conviction aussi vive que sincère, que ce pays n'a jamais connu d'époque aussi chaotique que la nôtre. Il n'y a qu'à ouvrir un journal pour s'imprégner de l'ambiance. La République est en crise. Le populisme étouffe le débat. La violence l'enterre. Le peuple se méfie des représentants qu'il a lui-même choisis. Il descend même dans la rue pour les combattre. Oh, bien sûr, tu me répondras que c'est de la politique, et juste de la politique. Les hommes sont des hommes : ils n'arrivent pas à se mettre d'accord et ils finissent par se taper dessus. Quoi de plus naturel ? Mais un élément de ce chaos est d'une substance plus noire que tout le reste. Un élément spécifique à notre époque. C'est l'anarchisme. L'anarchisme n'est pas un mouvement qui conteste l'ordre établi. C'est un mouvement qui conteste l'ordre. L'anarchisme se fiche du débat, des idées et des différences partisanes. Il engloutit toute politique dans la violence. C'est lui qui plonge notre époque dans le chaos, qui diffuse, au fond de notre ventre, ce malaise, ce vertige, ce même sentiment d'inadéquation vis-à-vis de la modernité que celui qui touche la vieille femme sortie de son village quand elle entre pour la première fois dans une gare. Le sentiment d'être dépassé par son époque.

Une locomotive hurla. Un chef de quai se mit à aboyer à travers le tumulte. Les retardataires pressèrent le pas pour sauter dans les wagons.

– Bien entendu, reprit Martin plus rapidement, on peut expliquer le concept de gare à la vieille dame. Ça prendra un peu de temps, mais on arrivera à la rassurer. Elle pourra alors repartir dans la direction de son choix. Mais le concept qui explique l'anarchie, c'est-à-dire le chaos de l'époque moderne, lui, nous ne le connaissons pas encore. Il faut le définir. Et c'est le défi de notre temps. Les plus grands esprits d'aujourd'hui y réfléchissent, des analystes politiques aux experts en sociologie, même cette nouvelle génération de médecins qui s'intéressent à l'inconscient. L'idée générale est de rationaliser, de trouver l'ordre derrière le chaos, l'explication derrière le mystère. C'est la seule méthode possible pour progresser, ensemble, vers une époque plus clémente.

Françoise secoua doucement la tête.

– Attends, attends ! se précipita Martin. Mon champ de compétences à moi, c'est le crime. La forme criminelle de l'anarchie, c'est l'attentat. Et l'attentat, d'une façon ou d'une autre, c'est ce nom, ce nom qui revient à chaque fois.

Martin désignait le kiosque à journaux. Françoise n'avait pas besoin de lire les titres pour savoir ce qu'ils racontaient.

– « Étienne Rabotin » ! continuait Martin. C'est un symbole ? Un homme ? Un signe de ralliement pour tous les fanatiques du pays ? Dans tous les cas, le nom doit bien venir de quelque part. Il y a une volonté humaine, donc un coupable.

– Marcel...

– C'est une intuition, d'accord ? Je ne te demande pas de la partager avec moi, ni même de la comprendre maintenant.

Si je dois monter dans ce train, c'est justement pour trouver la preuve de ce que j'avance. Le chaos autour de cette table s'explique par une révélation banale : nous sommes dans une gare. Mon intuition c'est que tout ce qui ne va pas dans notre époque trouve son explication, donc son ordre, dans une révélation encore plus simple, plus évidente, sur le mystère Étienne Rabotin. Et comme c'est ma spécialité, Françoise, parce que je suis policier, je vais résoudre ce mystère.

Un second sifflement retentit.

– C'est mon train, dit-il. Et ça, c'est mon seul indice.

Il poussa le papier vers sa femme. Elle le déplia et lut.

– Marcel, tu es complètement fou.

Il voulut répondre mais elle fut plus rapide : elle saisit ses poignets, comme il l'avait fait avec elle, avec un mélange de pitié et d'amour dans les yeux.

– Ce n'est pas ta faute, gémit-elle.

Martin eut un rire triste avant de tomber, maussade, au fond de sa chaise. Sa femme caressa sa grande main.

– Ton père est mort. C'est normal d'être en colère…

– Il n'est pas mort. On l'a tué.

La chaleur des ruines fumantes toucha soudainement le visage de Martin. Il pouvait presque sentir l'odeur des corps calcinés. Il chassa le souvenir de ses pensées, comme il aurait chassé une mouche de son front. Françoise murmura :

– Tu arrêteras le responsable. Je le sais, d'accord ? C'est toi le meilleur. Là ! Ne me le fais pas répéter. Tu l'arrêteras, je te fais entièrement confiance pour ça. Mais n'oublie pas que ton meilleur allié dans une enquête, c'est ta tête. Et ta tête, en ce moment, n'est pas en état de travailler. C'est beaucoup trop tôt.

– Il paraît que j'attrape toujours…

– Écoute-toi parler ! l'interrompit-elle. Au lieu d'admettre que tu as mal, tu t'envoles dans des délires intellectuels et des métaphores absurdes. Ce n'est pas le moment de partir tout seul. Tu as besoin de moi.

– Je dois le faire tout seul, chuchota Martin. Il m'avait chargé d'arrêter Étienne Rabotin. Je n'ai pas été assez rapide. C'est ma faute. C'est à moi de la réparer.

– Marcel ! Tu ne peux quand même pas t'enfuir sans l'enterrer !

– Je ne veux pas voir ça.

Elle était au bord des larmes. Martin sentit sa poitrine se déchirer. Il dut faire un effort mental titanesque pour garder son sang-froid.

– Et puis tu détestes la province ! geignit-elle, de plus en plus désespérée. Tu ne veux jamais y aller. Je t'en prie, reste ici. Reste ici avec moi…

Il ne bougea pas. Elle prit son long visage dans ses petites mains.

– Alors je pars avec toi ! Tu as besoin de moi !

– Je dois le faire tout seul.

Elle s'effondra en larmes. Des têtes se tournèrent vers eux mais Martin ne s'en préoccupa pas. Au bout du quai, la locomotive vomissait un nuage de vapeur. Il haïssait sa propre impuissance. Il y avait des années qu'ils ne s'étaient pas disputés ainsi. Voir Françoise pleurer comme au début de leur mariage lui faisait une peine inouïe. Il se sentait aussi minable qu'insignifiant.

Une des petites filles trébucha soudain sur une valise et s'étala de tout son long. Sa mère regardait ailleurs. Martin se leva et la remit sur pied.

– Ça va ? demanda-t-il gentiment.

La gamine, timide, s'enfuit sans remercier. Martin revint s'asseoir, mais sur la banquette, à côté de Françoise. Elle le repoussa mollement. Il replia un bras interminable autour de sa taille et baisa les rides au coin de ses yeux, pour en essuyer les larmes.

Il y eut un troisième et dernier coup de sifflet. Le train, dans un vacarme de métal et de vapeur, se mit en branle.

– Pardon, murmura Martin. J'aurais dû en discuter avec toi plus tôt. Je ne veux pas partir en te laissant comme ça. Je ferai ce que tu voudras.

Elle eut un hoquet et le broya dans ses bras.

– Mais écoute-moi une dernière fois, reprit-il dans son oreille. Tu as raison, ce voyage est probablement une mauvaise idée. Les émotions gênent mes enquêtes et je ne suis pas sûr d'arriver à les faire taire pour celle-ci. Peut-être que ça me poussera à l'erreur. Peut-être pas. Mais je vais devenir fou si je ne pars pas. Je ne peux pas rester dans cette ville. J'ai besoin d'occuper ma tête en ayant l'impression de faire quelque chose d'utile, même si cette piste n'aboutit à rien. Si tu me laisses partir, je serai revenu dans une semaine, mystère résolu ou non. Je te le promets.

Le train prenait de la vitesse. Les voyageurs saluant aux fenêtres se rasseyaient à leurs places, et les proches restés sur le quai faisaient demi-tour. Françoise releva la tête, les yeux humides. Martin sentit son cœur fondre mais ne bougea pas.

– Il y avait une fille ? demanda-t-elle d'une voix blanche. Parmi les victimes ?

Martin hésita. Sa femme ne s'en aperçut pas.

– La remplaçante de Thérèse. Seize ans.

Françoise observa, mélancolique, les trois petites filles qui s'étaient assises sur une énorme malle. Elles bavardaient gaiement en agitant les pieds, tout en jouant avec les rubans dans leurs cheveux. Françoise inspira.

– Celui qui est derrière tout ça… qu'est-ce que tu lui feras ?

– Je l'attraperai. C'est tout.

– Et après ?

– C'est tout.

– Tu as pris ton arme ?

– Non.

C'était la vérité, mais Martin eut la désagréable impression qu'elle ne le croyait pas. Elle hocha pourtant la tête et sortit de son panier un paquet :

– Je t'ai fait un pique-nique. Ne fais pas de bêtises.

Martin se jeta sur ses lèvres et les embrassa comme un fou.

Puis il arracha le pique-nique de sa main, sa valise du sol, et poussa un cri pour fendre la foule compacte qui le séparait du quai. Françoise le vit déployer ses jambes de géant, en atteindre le bout en quelques bonds prodigieux, s'envoler dans les airs, et atterrir souplement sur la marche du dernier wagon. Il lui envoya un baiser et disparut à l'intérieur. Elle se retrouva seule, devant deux cafés fumants et le bout de papier, sur lequel n'était griffonné qu'un seul mot : « marmotte ».

3

Ferdinand fait des rencontres

En revenant de Champ-Brûlé, Ferdinand avait trouvé ses vaches sur le sentier. Aucune trace de Suzanne. À grands coups de bâton rageurs, il avait poussé le troupeau à l'étable en jurant sur la Vierge qu'on entendrait la dérouillée qu'il passerait à sa fille jusqu'à l'autre bout de la vallée.

La négligence de Suzanne lui avait déjà coûté une tête trois ans plus tôt. Pendant qu'elle rêvassait, une superbe bête, bien grasse, à la robe rouge et blanche, était allée se gaver de luzerne. Ferdinand l'avait trouvée à terre, la panse bourrée de gaz, ventre gonflé, poumons comprimés. Le temps d'aller chercher son trocart et de revenir percer, la vache s'était déjà asphyxiée. Suzanne s'était pris une rouste proportionnelle à la faute. Le fait que sa mère, la femme de Ferdinand, soit décédée la veille au soir n'avait pas du tout retenu la main du paysan. Aucune excuse, si bonne soit-elle, n'était valable : il fallait surveiller les vaches, point.

Mais là, c'était étrange. D'abord, personne n'était mort. Et puis la joue de sa fille devait encore la brûler de la dernière fois ; elle n'aurait sûrement pas laissé le troupeau sans surveillance pour une broutille. L'affaire, d'une façon ou d'une autre, devait être sérieuse. Le mauvais pressentiment qui s'était emparé de Ferdinand s'accentua lorsqu'il aperçut, assis devant chez lui, l'homme arrivé au village ce matin.

– Bonjour, fit Martin en se levant de la souche.

Le commissaire était en nage. Ferdinand salua d'un geste de la tête. Il crut que Martin avait attendu sa permission pour utiliser l'abreuvoir :

– Allez-y, répondit-il en l'invitant à se servir.

– Euh… merci.

Jugeant qu'il eût été impoli de refuser, Martin remonta ses manches, plongea ses mains dans le tronc creux et se frictionna le visage d'eau fraîche avant d'en boire une lampée. Quelques gouttes tombèrent dans la poussière brûlante.

Ferdinand marcha jusqu'à l'écurie pour y passer une tête. La chaleur y était un peu plus supportable. La jument était là, mais pas sa fille.

– Vous cherchez quelque chose ? demanda Martin.

– Non. Je vous sers un verre ?

– Merci, jamais entre les repas.

Ferdinand, qui pénétrait dans la maison, se figea sur le seuil.

D'après sa veste et son gilet ajustés, de bonne qualité et sans le moindre pli, l'inconnu était un citadin, ce qui suffisait à le rendre agaçant. Le paysan en voyait de plus en plus l'été, et ils étaient toujours agaçants. Il avait une pointe d'accent parisien, ce qui colorait même l'agacement de Ferdinand d'une teinte particulière. Mais cette dernière remarque ! Ferdinand débouchait le génépi pour n'importe quel hôte du village ou d'ailleurs. C'était fortifiant, ça ouvrait l'appétit et c'était la coutume. Que l'inconnu refuse de s'y plier, c'était son droit. Certains m'as-tu-vu ne buvaient pas d'alcool pour se différencier du reste du monde. Mais le paysan avait cru déceler une pointe de condescendance dans la réponse de l'homme, comme si celui-ci avait déduit de sa proposition que la boisson n'était pas pour Ferdinand un geste d'hospitalité, mais une mauvaise habitude. L'homme était très grand, avec un visage longiligne qui lui parut familier. Peut-être était-ce un député ou un journaliste ? Le paysan jugea préférable de ne pas se le mettre à dos.

– Comme vous voudrez, grommela-t-il en entrant chez lui.

Il traversa la cuisine, ouvrit la porte de la chambre. Personne. Suzanne n'était pas à la ferme. Ferdinand commençait à avoir peur. Si la jument était là, c'est que sa fille était encore au village. Avait-elle été contrainte d'abandonner le troupeau pour aider quelqu'un ? L'hypothèse paraissait bonne mais elle ne tenait pas : sur le chemin, il avait croisé les Pissard-Leblanc. S'il y avait eu un accident quelconque nécessitant la présence de Suzanne, l'un d'entre eux, au moins, en aurait entendu parler.

– Je m'appelle Marcel Martin, dit le commissaire derrière lui.

– Ferdinand Rabotin.

Le paysan ne regardait pas son visiteur, qui n'en éprouvait aucune gêne.

– Monsieur Rabotin, j'ai une question indiscrète.

Ferdinand émit un grognement distrait.

– Avez-vous vu votre fils récemment ?

Cette fois, le paysan se retourna. L'interminable silhouette de Martin occupait toute la hauteur de l'embrasure de la porte, il devait se baisser pour passer.

– Mon fils est mort, répondit Ferdinand d'un ton sec.

Il dévisagea le commissaire, soupçonneux. Celui-ci n'avait pas l'air désolé, ce qui ne l'étonnait pas tellement. Le paysan connaissait la suite. Ce qui l'intriguait, c'était ce visage. Oui, il en était certain, il avait déjà vu cette tête quelque part.

– Vous avez dit ? Votre nom ?

– Marcel Martin.

– Comme la Machine ?

– C'est moi.

Ferdinand montra plus de surprise qu'il ne l'aurait voulu. Il avait déjà croisé la route d'un sénateur ou d'un conseiller général, mais pas celle d'une célébrité qui faisait les titres des journaux nationaux. Quant à l'accueillir chez lui ! Il en resta vaguement impressionné. Son orgueil, néanmoins, finit par reprendre le dessus. Tout en examinant la chambre, Ferdinand bougonna :

– Je suis occupé. Vous voulez quoi ?

– Une réponse à ma question.

– Vous l'avez déjà.

– Donc, c'est non ?

Ferdinand se retourna et le considéra d'un air sévère.

– Veuillez m'excuser, dit Martin. Je réalise que tout cela est très déplacé. Je ne peux pas vous expliquer pourquoi, mais j'aimerais une réponse franche.

– Je lis le journal, vous savez.

Martin garda le silence. Que l'entretien ne se déroulât pas comme il l'avait prévu n'avait pas l'air de lui plaire, ce qui encouragea le paysan.

– Vous pensiez quoi ? Mon père m'a appris à lire.

– Il était instituteur ? demanda Martin après une hésitation.

– Paysan ! rétorqua Ferdinand. Ça l'a pas empêché de nous apprendre, pendant la veillée, pour éviter qu'on se fasse avoir à la foire. Vous pensiez quoi ? Il n'y a pas que les républicains qui sont capables d'éduquer les péquenots.

Martin s'inclina humblement.

– Monsieur Rabotin, je vous prie de m'excuser. Je crois comprendre que je ne suis pas le premier à venir vous voir depuis que l'homonyme de votre fils sévit dans le pays. Et avec l'attentat d'avant-hier, vous vous en doutez, je suis dans l'obligation de creuser certaines pistes. Pardonnez-moi si j'ai été maladroit.

– « Si » ?

– J'aurais dû commencer par le début et tout vous expliquer. Il est possible que Fragonaz soit lié, d'une façon ou d'une autre, à une future série d'attentats.

Ferdinand tressaillit.

– Comment ça d'attentats ?

– Disons une série d'événements malheureux.

– Ici ?

Marcel Martin hésita. Le paysan avait l'air beaucoup plus secoué par ses paroles qu'il ne l'avait anticipé. Il reprit avec prudence :

– Il est possible, je dis bien possible, c'est pour l'instant une hypothèse, que le village serve de théâtre à certaines opérations anarchistes. Pas d'inquiétude à avoir, mais vous comprenez maintenant pourquoi je viens vous parler en priorité. J'ai lu la déclaration que vous avez faite aux gendarmes il y a deux ans. Votre fils Étienne est décédé dans le Constantinois il y a trois ans, des suites d'un incendie. J'ai même eu le procès-verbal entre les mains. Mais je sais aussi que son corps n'a jamais été retrouvé. J'aimerais juste vérifier quelque chose avec vous. Avez-vous croisé, ces dernières semaines, quelqu'un qui ressemblerait, de près ou de loin, à votre fils ?

Ferdinand ne répondit pas. Depuis que Martin avait parlé d'attentats, il tournait en rond dans la cuisine, la tête remplie de pensées confuses. L'image d'un anarchiste déposant une bombe au milieu des montagnes lui semblait absurde. D'un autre côté, Suzanne avait disparu, et toute cette journée prenait un tour étrange.

– Monsieur Rabotin ?

– Oui, oui.

– Vous ne m'avez pas encore répondu.

– Qu'est-ce que vous voulez dire par « opérations anarchistes » ?

– Je ne sais pas encore. Et votre fille ?

Ferdinand se liquéfia sur place :

– Quoi ma fille ?

– A-t-elle fait mention de son frère récemment ?

Le pressentiment de Ferdinand s'était accru de façon douloureuse. La présence du commissaire et l'absence inexplicable de sa fille formaient une double incohérence. Pâle comme un linge, il bouscula Martin pour sortir de chez lui.

– Monsieur Rabotin, il n'y a pas de raison d'avoir peur !

Ferdinand courait déjà sur le chemin.

– Vous n'avez pas répondu ! cria Martin derrière lui.

– Rien à foutre !

Martin le rattrapa en quelques bonds et se planta devant lui pour lui barrer le passage. Il faisait au moins deux têtes de plus que le paysan.

– Je ne vous lâcherai pas si facilement, dit le policier.

– Je vais chercher ma fille.

– Je vous accompagne.

Ferdinand cracha par terre, manquant de peu le pied de Martin. Le commissaire hésita, puis il décida de capituler pour le moment.

– Très bien, dit-il en s'écartant. Mais je serai là à votre retour.

– Rien à foutre, répéta Ferdinand.

– Vous me répondrez, ou je reviendrai avec les gendarmes.

Le paysan haussa les épaules et s'éloigna en trottant, tandis que Martin, dans son dos, repartait vers la souche, d'un pas lent et songeur.

Ferdinand marchait rapidement. L'été touchait à sa fin. On avait redescendu les bêtes des alpages, où elles avaient passé la saison pour économiser les foins de la vallée. Une bonne moitié du village avait accompagné les vaches là-haut, couchant dans les chalets d'altitude, fabriquant la tomme sur place dans des chaudrons de cuivre. Mais le temps des labours était venu et tous avaient dû redescendre pour participer aux travaux. Dans la pente fumante, les fils Pissard-Leblanc maniaient la faux d'une main sûre, suivis par les femmes qui coupaient à la faucille l'herbe que leurs maris ou leurs frères n'avaient pas pu atteindre. Le champ était difficile d'accès. Ils transportaient le foin jusqu'aux chariots à dos d'homme. Ferdinand sourit devant cette scène familière. Il était soulagé d'avoir quitté le policier, dont la tête, bien qu'il eût pu y mettre un nom, ne lui revenait pas. Le paysan n'avait rien à cacher, mais il se méfiait, moins des forces de l'ordre que des Parisiens. Il préférait surtout régler ses problèmes un par un.

Le père Pissard-Leblanc s'était levé de sa sieste pour aller voir ses fils travailler, sa jambe raide l'empêchant de participer. Ferdinand s'arrêta pour discuter. Il pesta un peu contre le Parisien, sans toutefois révéler l'identité du commissaire ni l'objet de leur discussion, pour ne pas prolonger la conversation. Leur mépris commun pour les citadins explicité, Ferdinand demanda, l'air de rien, si Suzanne était passée.

– Pas vue ! répondit l'autre en se grattant l'aisselle.

Ferdinand descendit vers le village. Il sentait une lourdeur étrange dans l'air, un peu plus épaisse qu'une chaleur estivale, comme une menace d'orage, bien qu'aucun nuage ne pointât derrière les sommets. À la réflexion, la démarche du policier était vraiment malvenue. Certes, il y avait le terroriste. Un journaliste local était déjà venu lui parler à l'époque des premiers attentats, suivi de près par les deux gendarmes qui avaient pris sa déposition. Mais le paysan avait été clair : son fils Étienne était mort.

Même si on n'avait pas trouvé le corps, de toute façon, pour Ferdinand, Étienne était mort à l'instant où il avait décidé de quitter Fragonaz. L'Algérie ! Avait-on idée de quitter une vallée fertile pour un stupide désert ? Ferdinand, lui, ne se serait jamais permis d'abandonner sa famille, même pour une concession gratuite gracieusement offerte par la République. C'était une question de principe. D'accord, l'arrivée du train avait ouvert la vallée à la concurrence nationale. Le prix du seigle avait chuté. Mais il y avait encore l'avoine, l'orge, et tout ce qu'il fallait pour nourrir les bêtes. Et puis quoi, chaque génération ne portait-elle pas son lot de difficultés ? Le phylloxéra avait ravagé les récoltes de Ferdinand quatre saisons d'affilée. S'en était-il plaint ? Oui, mais s'était-il enfui pour un paradis lointain qui n'existait que dans sa tête ? Sûrement pas. Il avait travaillé avec assiduité, sans se laisser troubler par les événements extérieurs, pas même la mort de sa femme. Et il était toujours là. C'était le problème de la nouvelle génération : ces jeunes imbéciles pensaient que tout leur était dû et fuyaient la moindre contrariété sous couvert d'indépendance. Quand Ferdinand avait appris la disparition d'Étienne, dans d'obscures circonstances liées à de la contrebande d'alcool, il n'avait rien dit. Il avait simplement donné la lettre du gouvernement à Suzanne pour qu'elle la lise, puis il l'avait jetée au feu. Ils n'en avaient jamais reparlé.

La peau burinée de Ferdinand chauffait au soleil. Les grillons chantaient et de petites sauterelles brunes bondissaient sur les pierres à son approche. Il se sentait beaucoup mieux. Chaque pas l'éloignait du policier. La panique qui l'avait pris plus tôt lui semblait maintenant infondée. Il s'en voulait, moins de s'être laissé gagner par le discours catastrophiste de Martin, que de s'être donné en spectacle.

Toutefois, en arrivant au village, Ferdinand perçut de l'agitation. L'inquiétude lui fit allonger le pas. En tournant au coin du bureau des postes, il reconnut l'autocar. Un soupir de soulagement lui échappa. Un groupe entourait le véhicule garé devant le café de la Corne. Les voyageurs, des vacanciers, profitaient de l'arrêt pour se dégourdir les jambes. Le chauffeur ruisselait sous sa casquette : il s'acharnait contre l'échelle d'accès au toit, qui céda dans un bruit strident. L'homme grimpa pour descendre les colis que la mère Coutaz, la femme du postier, s'empressa de récupérer.

Ferdinand salua de loin et entra directement chez la Corne. La salle était vide. Deux marmottes taillées dans du bois d'arolle se faisaient face d'un bout à l'autre du bar. Trois autres regardaient Ferdinand depuis la fresque sur le mur du fond. La Corne renversait bancs et tabourets sur les tables pour balayer.

– Rabotin !

– Salut, la Corne.

– Faut qu'on parle de Pré-la-Gueule.

La Corne posa son balai pour aller chercher des verres. Ferdinand hésita à évoquer Suzanne tout de suite. Il ne voulait pas se montrer inquiet sans raison, comme il l'avait fait avec le policier. Il n'était pas à quelques minutes près.

– Alors ? demanda la Corne en lui servant la liqueur.

– Toujours non.

– Je double mon offre.

Ferdinand manqua de s'étrangler et, pendant un instant, oublia complètement sa fille. Le maire de Fragonaz affichait un air grave.

– Mais enfin ! s'exclama Ferdinand. Ça les vaut pas !

– Bien sûr que non, sourit l'autre. C'est une fleur que je te fais.

– C'est bon. Qu'est-ce qui te prend ?

La Corne vida son verre et se resservit.

– L'avenir, Ferdinand. Voilà ce qui nous prend. Pas juste moi, pas juste toi, mais tout le village. On ne peut plus s'en sortir comme avant, il faut anticiper le changement. L'agriculture d'autosuffisance, demain, ça n'existera plus.

– D'autosuffisance ? répéta Ferdinand, moqueur. Bah ! Moi, je m'en sors.

– Toi, peut-être. Mais pour combien de temps ? Les prix dégringolent, ça devient intenable. Les jeunes sont presque tous partis. Ce sera comme l'ardoisière.

– C'est fini ?

– Les derniers Italiens sont partis hier. Et ce sera pareil pour tout le reste, tu peux me croire. Dans vingt ans, la vallée sera vide. La seule solution pour le village, c'est la spécialisation dans l'élevage laitier. Il nous faut du fourrage artificiel.

Ferdinand éclata d'un rire gras.

– Tu vas pas racheter Pré-la-Gueule pour y mettre du trèfle !

– Quelqu'un doit donner l'exemple, répondit le maire avec fausse modestie. J'ai déjà vendu mes chèvres et mes moutons. Il faut encore que j'échange les vaches. La tarine a un meilleur rendement, et les bœufs travaillent mieux. On ne parle que de ça à la foire de Pessiny. Ceux de La Tule vendent leur fromage jusqu'à Lyon.

– C'est une fruitière, à La Tule.

– Qu'est-ce que tu crois que j'essaye de faire ?

Ferdinand vida son verre et le reposa lourdement sur la table.

– C'est non. Faire que du lait, j'aime pas ça. Si jamais ça

coince, on aura rien à manger. Je pense à Suzanne, moi. D'ailleurs...

– Ça ne coincera pas ! balaya la Corne. Qu'est-ce que tu crois ? On est en compétition avec des Bretons et des Normands ! Même des Corses, merde ! Mais là où il y a de l'offre, il y a aussi de la demande. C'est une loi économique classique.

– Bon, bon. Si c'est une loi économique classique.

Ferdinand toisa la Corne avec ironie. Depuis quelque temps, le maire faisait le plein de nouveaux mots en les piochant dans les pages financières des journaux. Son vocabulaire s'était enrichi de termes sophistiqués dont Ferdinand était à peu près certain qu'il les balançait au hasard pour impressionner ses interlocuteurs.

– Le neuf n'est pas forcément mauvais, dit la Corne.

Ferdinand s'apprêtait à répliquer que l'ancien ne l'était pas non plus, quand la porte s'ouvrit sur un petit homme rondouillard. Celui-ci s'avança en soufflant, une grosse valise à la main, les lunettes pleines de buée et la moustache en désordre. Il laissa tomber la valise plus qu'il ne la posa, et on entendit un cliquetis métallique.

– Messieurs, dit-il en épongeant les perles de sueur qui coulaient sur son front, je vous salue. Le chauffeur du car m'a dit que vous louiez des chambres ?

Il claquait des dents. La Corne se leva.

– Les plus confortables de Fragonaz.

– Les seules, marmonna Ferdinand.

– C'est pour combien ? continua le maire en l'ignorant.

– Juste moi.

– Non, combien de temps ?

– Oh, euh, un ou deux jours, je ne sais pas encore. C'est chauffé ?

– Ben... c'est l'été.

– Je crois que j'ai pris un coup de froid en descendant du train. Ou un coup de chaud. C'est l'inconvénient des transports ferroviaires. Ça va trop vite. On entre, on ressort. Le corps humain n'est pas fait pour les changements de climat trop brutaux. Les couvertures ne sont pas en supplément, quand même ?

Ferdinand prit son mal en patience. Sans poser une seule question, les deux villageois apprirent tout ce qu'il y avait à savoir sur le nouveau venu : il s'appelait Paul Braux, il n'aimait pas les animaux et il suivait scrupuleusement les conseils de son médecin, lequel lui avait recommandé une cure en altitude pour purifier ses poumons. Il rejoignait donc les thermes de Joins-les-Bains, un établissement réputé, bien qu'un peu coûteux, tenu d'ailleurs par le beau-frère de son médecin. Comme il ne supportait pas l'autocar, il avait décidé, dans un élan de spontanéité tout à fait inhabituel, de scinder son voyage en deux pour conserver le contenu de son estomac.

– Pas de souris non plus, n'est-ce pas ? Je suis allergique.

La Corne mentit au curiste en souriant. Ces civilités passaient au-dessus de Ferdinand : il ne comprenait même pas pourquoi la Corne s'infligeait une activité d'hôtellerie. Le maire possédait déjà la plus grosse exploitation agricole du village. Il n'allait plus aux champs lui-même. Les revenus du café, eux, étaient minimes. Il n'y avait pas de clients réguliers au village. On préférait siroter chez soi la piquette que chacun fabriquait avec ses propres vignes. À l'exception des grandes occasions où tout le village se rassemblait au café, les voyageurs isolés constituaient la seule clientèle de la Corne. L'irrégularité de leurs visites ne facilitait pas la gestion de ses stocks.

Ferdinand soupçonnait la Corne de s'être lancé dans la restauration par appât du gain et d'y être resté par snobisme, comme il l'avait fait avec la politique. L'éleveur s'était présenté à la tête d'une liste conservatrice, mais moins par idéologie que pour embellir sa réputation commerciale. Il s'était toutefois pris au jeu, s'y révélant assez doué, et gagnait les élections municipales de Fragonaz avec une majorité confortable depuis dix ans. Il briguait maintenant une place au conseil régional. Sa plus grande fierté était d'avoir ouvert un bureau des postes et télégraphes dans une circonscription qui n'était sûrement pas assez grande pour pouvoir le justifier. Ferdinand savait donc à quoi s'en tenir. Si la Corne voulait Pré-la-Gueule, c'était moins pour une fruitière que pour faire de Fragonaz un joyau de modernité au service de sa carrière politique. Ferdinand comptait vendre – sa jument boitait et il avait besoin d'en changer –, mais puisque c'était une affaire d'orgueil pour le maire, le prix pouvait encore monter.

– Ouh, s'étonna le maire en soulevant la valise pour la monter à l'étage, qu'est-ce que vous transportez, là-dedans ? Une bibliothèque ?

Le petit homme eut un sourire gêné. La Corne vit Ferdinand se lever de sa chaise.

– C'est pas fini ! lui lança-t-il en assurant sa prise sur la valise.

– Quand je dis non, c'est non, répondit le paysan. T'as pas vu Suzanne ?

– Ouais, il y a une heure. Elle allait vers les Chavants.

Ferdinand sentit son ventre se desserrer. Il sortit dans le soleil, rasséréné par la perspective de savoir dans quelle direction marcher. L'autocar était toujours là.

Le groupe s'était rassis à l'intérieur mais le chauffeur s'énervait face à un jeune homme étrange, vêtu de pied en cap de vieux habits noirs. Sa longue chevelure renforçait une allure fantomatique. Ferdinand réalisa qu'il le connaissait : c'était le fils de la mère Fortin, Louis, encore un jeune parti tenter sa chance, comme Étienne, loin de la vallée. Le paysan s'approcha. Le motif de la dispute était bénin : le chauffeur avait laissé Louis monter parce qu'il connaissait sa mère, et parce que celui-ci avait déclaré qu'elle l'attendrait à l'arrivée pour s'acquitter du prix du billet. Mais la mère Fortin n'arrivait pas et l'employé de la compagnie des cars, qui avait un horaire à tenir, s'impatientait. Ferdinand fouilla dans ses poches et tendit ladite somme au chauffeur.

– Eh ben, remerciez-le ! grogna celui-ci à Louis.

Il tourna les talons avant que le jeune homme ne puisse protester.

– Je n'ai pas besoin de votre aide, grinça celui-ci à Ferdinand.

Son menton prognathe et ses cheveux noir de jais, tombant de part et d'autre sur ses épaules, lui donnaient l'aspect d'un chimpanzé avec une perruque. Deux oreilles en feuilles de chou, surgissant entre les mèches, renforçaient la comparaison. Quant à ses vêtements, ils n'étaient pas seulement troués à chaque articulation, mais crasseux au point de se craqueler aux plis du tissu. Le jeune homme ne prêtait pourtant pas à rire, ce que Ferdinand attribua à ses yeux : ils étaient plus noirs encore que ses cheveux, et plus tristes que ses habits. Ils ne reflétaient pas la moindre image, comme s'ils avaient été peints. L'inquiétude de Ferdinand pour Suzanne remonta en flèche, sans qu'il sût bien pourquoi. C'était inexplicable, mais ce « pourquoi » semblait trouver un début de réponse dans les prunelles sans fond de ce Louis Fortin. Bien qu'il fût, selon toute apparence, en bonne santé, le jeune homme donnait l'impression d'être bien plus malade que l'honnête hypocondriaque qui s'installait chez la Corne.

– Ce n'est pas une aide, rétorqua enfin Ferdinand, mais un prêt.

– Oh, ne vous inquiétez pas. Vous aurez votre *argent*.

L'autre avait prononcé ce dernier mot avec un tel mépris que Ferdinand en fut troublé. Après une hésitation, il jugea préférable d'éviter le conflit, parce qu'il le sentait vain, et parce qu'il était pressé : il avait un savon à passer à sa fille.

– Bonjour à votre maman !

Il s'éloigna à grands pas vers les Chavants, tandis que l'autocar disparaissait au bout de la place. Ce bref échange avec Louis Fortin l'avait désarçonné. Ces yeux terribles restaient fixés sur les siens. Il se souvenait que le jeune homme était parti du village avec l'ambition de faire des études. Ferdinand savait que l'université était le terreau idéal des mauvaises graines. Ceux qui ne savaient pas quoi faire de leurs dix doigts préféraient toujours se donner une raison de vivre avec des théories fumeuses plutôt qu'avec un bœuf et une charrue. Il ricana. Oui, Louis Fortin appartenait sans doute à ces esprits éclairés qui étalaient leurs idées progressistes à la face du monde sans jamais avoir travaillé assez pour se payer un billet d'autocar. Il était d'autant plus ravi de l'avoir payé à sa place et de savoir l'étudiant redevable envers lui.

Ferdinand affichait un désintérêt net pour la politique ; il votait conservateur. Si on lui avait posé la question, il aurait déclaré regretter l'époque, forcément fantasmée, où le rôle de chacun était clair : il y avait les républicains d'un côté et les catholiques de l'autre. Les premiers évitaient l'église tout en craignant le curé, et les seconds critiquaient la République sans rien avoir à lui reprocher, à part le fait qu'elle était défendue par les premiers. Mais aux yeux de Ferdinand, même cette simple fracture avait disparu. Le général Boulanger était passé par là, avec un programme qui plaisait à des partisans des deux bords. Tout était devenu compliqué, et nuancé, et incertain, et Ferdinand ne comprenait plus rien. D'ailleurs, comme le reste du village, il n'essayait même plus de comprendre. Depuis quelques années, la politique nationale, qui n'avait jamais, il est vrai, suscité beaucoup d'intérêt à Fragonaz, était complètement passée à la trappe. Les ministres et les présidents se succédaient dans les journaux sans susciter d'émotion. La politique locale suffisait à divertir les villageois, même si, là non plus, rien ne bougeait vraiment. On votait parfois rouge par esprit de vengeance ou par jalousie, contre le voisin qui avait acheté une bicyclette neuve avec double plateau. Mais le conseil municipal restait blanc, avec la Corne en son centre.

Ferdinand arrivait aux Chavants quand il entendit des cris. Cette fois encore, il accéléra par instinct et déboucha sur la place en courant.

C'était jour de lessive. Une demi-douzaine de charrettes à bras emplies de linge entouraient le lavoir. Au milieu, soutenue par un pilier rectangulaire orné de quatre marmottes grossièrement sculptées dans du bois gris, s'élevait une grande croix en fer forgé. Mais personne n'était penché sur les bassins : un attroupement s'était formé devant la maison de l'instituteur. La Cornette, l'épouse de la Cornc, vociférait, reprise en écho par les quelques femmes du village qui n'aidaient pas aux champs.

– Rabotin ! cria-t-elle d'une voix suraiguë en apercevant Ferdinand. Dis-lui, toi ! Dis-lui qu'il doit nous rembourser !

Elle lui fourra dans les mains un drap taché de goudron.

– Il nous l'a salopé, comme le reste !

Les autres renchérirent à grands cris. Elles parlaient de l'instituteur.

– Dis donc, Cordier, c'est vrai ? demanda Ferdinand, sévère.

– Qu'est-ce que j'y peux ? répondit l'instituteur en haussant les épaules. Ça fait des semaines que je leur répète de ne rien faire sécher sur ma palissade.

– Il l'a repeinte exprès ! crièrent plusieurs femmes. Il doit payer !

Ferdinand se méfiait de la Cornette, elle mentait comme elle parlait, mais il se méfiait plus encore de l'instituteur. Jean Cordier avait dix-huit ou dix-neuf ans et portait, un peu comme le fils Fortin, de longs vêtements sombres qui contrastaient avec un visage très pâle. Ferdinand savait qu'il ne fallait pas se fier à son physique juvénile. Jean était un normalien, un illuminé de la pire espèce, abruti par la rhétorique républicaine. Il criait haut et fort son amour de l'enseignement laïc, quand Ferdinand était d'avis qu'il aurait dû se faire discret. Sans compter que le paysan avait déjà surpris l'instituteur à poser un regard lumineux sur les fesses de sa fille.

Ferdinand prit soudain conscience qu'il cherchait Suzanne depuis un moment, alors qu'il avait encore du travail à l'écurie, une mangeoire à réparer, et du bois à couper avant le soir. Le besoin de se passer les nerfs sur quelqu'un commença à le chatouiller, et Jean Cordier se tenait justement devant lui.

– Il va falloir payer, dit Ferdinand.

Les femmes se turent, les yeux brillants d'excitation. Ferdinand était de leur côté et il n'avait pas la réputation de se laisser marcher sur les pieds.

– Non, répondit Cordier sur le même ton.

– Vas-y, Rabotin ! s'exclama une femme.

Ferdinand s'avança d'un pas. L'instituteur, qui ne faisait pas le poids, se mit en garde sans reculer d'un pouce. Il s'apprêtait à esquiver le premier coup quand une robe noire fendit la foule de mégères et se planta devant le paysan. Ferdinand rougit et baissa aussitôt la tête, comme un enfant pris sur le fait. Le vieil homme en soutane attendit, sûr de son autorité, avant de prononcer d'une voix rocailleuse :

– Rabotin.

– Oui, mon père, balbutia Ferdinand.

– Nous avons déjà parlé de la colère.

– Oui, mon père.

– Et qu'avons-nous dit ?

– Oui, mon père. Euh... Qu'elle doit être juste ?

– On aurait cru, depuis le perron de l'église, que vous alliez y céder. Voulez-vous m'éclairer sur l'injustice que vous vous apprêtiez à réparer ?

Si Ferdinand se taisait, gêné, l'instituteur, lui, fulminait. L'intervention du père Georges, dont la simple présence avait douché tout le monde, l'humiliait davantage que n'aurait pu le faire une bagarre en bonne et due forme, eût-elle été perdue d'avance.

– Les draps sont sales, expliqua une femme. Cordier a mis du goudron sur sa palissade, sans qu'on puisse le voir, exprès pour nous embêter.

– Et vous ne l'embêtiez pas, vous, peut-être, avec vos draps ?

La villageoise piqua un fard. La Cornette lui vint en aide.

– Quand même, ils sont fichus maintenant. Emprunter un bout de clôture, ça ne fait pas de mal. Là, c'est un... un préjudice matériel.

– Je vois que la lecture des journaux vous est aussi bénéfique qu'à votre mari, grinça le père Georges. Vous l'avez bien cherché et vous n'avez à vous en prendre qu'à vous-mêmes. Retournez à votre lessive.

– Ah, non ! s'exclama Jean Cordier en faisant sursauter tout le monde.

Les joues pourpres, l'instituteur fonça dans la bicoque minable qui lui servait de maison. Il en ressortit presque aussitôt à pas furieux, farfouillant dans une enveloppe de cuir dont il tira quelques billets. Ses mains, qui tremblaient de rage, ne réussirent pas à les détacher les uns des autres pour les compter. Dans un râle d'énervement, il renversa le contenu de l'enveloppe aux pieds du curé.

– Voilà ! Qu'elles se servent, puisque c'est la seule chose qui les intéresse !

L'instituteur, menton haut, rentra chez lui et claqua la porte si fort qu'un bout d'ancelle moisie tomba du toit. Ferdinand ramassa les billets et les tendit au curé.

– Merci, dit le prêtre en soupirant.

– J'espère que ça fait le compte, dit la Cornette qui louchait dessus.

– Oh, largement.

– Vous voulez que je lui rende la monnaie ? proposa Ferdinand.

– Sûrement pas. Ça le vexerait encore plus.

Les femmes s'éloignaient déjà en discutant à voix basse, sauf la Cornette, qui louchait timidement sur l'argent.

– Madame la Corne, laissez ce pauvre Cordier tranquille, marmonna le curé. Il a déjà assez à faire en ce moment pour convaincre les enfants de venir à l'école.

– C'est qu'il s'est moqué de nous.

– À propos de quoi ? demanda le père Georges, méfiant.

La Cornette hésita.

– Eh bien, ce matin, Aurélie n'a pas réussi à mettre un drap dans l'eau. On a bien essayé, chacune à tour de rôle, mais il refusait de s'enfoncer.

Ferdinand avait pâli. Le curé resta silencieux. Il avait vécu assez longtemps dans la région pour savoir qu'il s'agissait d'un présage de mort.

– On a crié, continua la Cornette, alors Cordier est sorti de chez lui. Mais quand on lui a expliqué, il s'est mis à rire. Alors plus tard, on a mis les draps…

– Il a eu raison, rétorqua le curé. Gare à vous si vous recommencez.

La Cornette ne sut pas très bien s'il parlait de la clôture ou de la superstition.

– Mais ça ? préféra-t-elle demander en pointant les billets.

– Pour nos œuvres, répondit le curé en fourrant l'argent dans sa poche. Vous expliquerez aux autres que ce… préjudice matériel vous servira de pénitence.

La Cornette, déçue, s'en alla rejoindre les femmes, en ronchonnant dès qu'elle fut hors de portée de voix. Ferdinand avait pris appui sur la palissade, songeur, mais attentif tout de même à ne pas se salir les mains avec le goudron.

– Qu'est-ce qui se passe ? demanda le curé, remarquant son inquiétude.

– Hein ? Oh, je cherche Suzanne. Elle a disparu.

Le curé le considéra avec un air étrange. Ferdinand crut un instant qu'il savait où se trouvait sa fille, mais le vieux prêtre finit par secouer la tête.

– « Disparu » est un mot un peu fort. Je suis certain qu'elle va bien.

– Oui, oui, bien sûr, moi aussi, mentit Ferdinand.

– Par une journée pareille, elle a sans doute trouvé plus intéressant à faire que de travailler à la ferme. Je ne suis pas sûr que vous puissiez lui en vouloir.

– C'est-à-dire que… il y a autre chose, essaya d'expliquer Ferdinand. Je crois qu'il va arriver quelque chose. Quelque chose de mauvais. Pas forcément pour Suzanne, peut-être quelqu'un d'autre. Je ne sais pas. Une intuition…

Le père Georges fronça les sourcils, sévère.

– Parce qu'un drap ne s'est pas enfoncé dans l'eau ?

– Non, bien sûr que non !

– Je ne comprends même pas ce que ça veut dire.

– Oh, c'est un truc de femme, dit Ferdinand.

– Rentrez chez vous, Rabotin.

Le paysan s'inclina et repartit. Il prenait la direction de sa ferme quand il se souvint, en arrivant au bout de la place, de Martin qui l'attendait sur le palier. Il fit la grimace. Après tout, la recherche de sa fille pouvait bien se prolonger un peu. Il décida de se rendre à l'ardoisière, au cas où les ouvriers italiens y auraient oublié du matériel.

Quand le curé eut disparu derrière l'église, Ferdinand fit demi-tour, longea la place par-derrière et s'enfonça sur le sentier qui suivait la Courbe, le torrent qui passait au-dessus du village. Les paroles rassurantes du vieux prêtre n'avaient pas calmé son appréhension. Pourtant, il devait en convenir, Suzanne était certainement en train de s'amuser dans la montagne. Ses premiers étés lui revinrent en mémoire : lui aussi avait parfois préféré la fraîcheur d'un ruisseau aux tâches ingrates imposées par son père. Les escapades de ce genre valaient bien les paires de baffes qui allaient avec.

Tout en marchant, le paysan regardait autour de lui, cherchant distraitement ce qui aurait pu justifier son trouble. Le temps était radieux. Les récoltes s'annonçaient excellentes. Il était difficile d'imaginer que quelque chose, ou quelqu'un, puisse mettre ce bel équilibre en péril. Sur le papier, il n'y avait aucune raison de s'en faire. Mais le père de Suzanne n'était pas un homme qui tenait les choses théoriques pour acquises. En dépit de toute logique, Ferdinand Rabotin était sûr de lui : le village allait au-devant d'une série d'événements catastrophiques.

Deux heures plus tard, on retrouvait son cadavre.

4

Une fille ordinaire

Suzanne soupira d'aise. Elle étira ses bras dorés, tordit son petit corps nu et creusa son nid dans les couvertures tièdes en étouffant un gémissement de plaisir. Un bout de drap lui chatouillait le nez. Elle y décela une trace du parfum de Jean et enfouit son visage dans le tissu pour s'y perdre. Elle avait envie de mordre dedans.

Le monde s'était arrêté aux quatre murs décrépits de la chambre. Pour les besoins de l'instituteur, la commune, suivant les directives nationales, avait dû réquisitionner un bâtiment. Après des semaines de délibérations houleuses, le sort était tombé sur l'ancienne étable du cousin de la Corne, qui l'avait cédée à contrecœur, après avoir récupéré les ancelles les moins abîmées. Les maîtres d'école avaient protesté les uns après les autres contre la précarité du logement. En général, ils se décourageaient au moment où ils comprenaient que l'étable ne représentait que l'aspect le plus franc de l'hostilité du village à leur égard. Avant Jean, personne n'avait tenu un mois.

Le normalien, lui, n'avait rien dit en s'installant, pas un seul commentaire, comme s'il savait de longue date qu'il allait passer ses plus belles années de jeunesse à habiter une ruine. Suzanne admirait sa détermination. Il s'était préparé à sa prise de fonction avec une discipline monacale. C'était une réjouissance pour lui de prêcher les vertus républicaines sur une terre vierge de progrès, où les hommes subissaient toujours, selon les termes qu'il utilisait devant Suzanne, le joug barbare de l'ancien monde. Les femmes et les enfants travaillaient jusqu'à dix heures par jour, en portant foin, blé ou fagots comme des bêtes de somme, pour soulager les paysans. Les familles s'entassaient dans des maisons à cohabitation partagée avec le bétail. Revêtements en mélèze et cheminées d'aération n'empêchaient pas l'humidité de s'imprégner partout, ni l'air de se vicier. Personne à Fragonaz n'avait recours au médecin. Les enfants manquaient de tout. Les viandes et les fromages étant réservés à la vente, on les nourrissait d'un gruau infâme à base de blé, rarement agrémenté de légumes. Leurs peaux étaient ternes, leurs yeux vitreux. Il n'était pas rare qu'un élève s'évanouisse en pleine leçon. Jean n'en parlait jamais à Suzanne.

L'instituteur n'essayait pas de débattre, ni avec elle ni avec les autres. Il travaillait, et c'était tout. Il déployait autant d'efforts pour animer sa classe que pour la garder pleine. L'école était obligatoire depuis longtemps sur tout le territoire national, mais les lois républicaines peinaient à se faire accepter dans les campagnes profondes. Jean, en bon moine-soldat, était en première ligne. Il s'efforçait de rester courtois et compréhensif devant la résistance des adultes, ce qui n'était pas une tâche aisée. Il avait dû encaisser des insultes frontales et un nombre incalculable de messes basses. Mais son approche en douceur, conjuguée au soutien discret de la Corne, avait fini par payer. Le maire n'osait pas afficher ouvertement sa sympathie pour l'instituteur, mais il avait l'oreille de la plupart des villageois : s'il disait que l'école en valait la peine, ne serait-ce que pour éviter des ennuis à la commune, alors on lui faisait confiance et on cédait aux demandes de Jean. Le véritable défi de l'instituteur était de faire venir les élèves, qui sentaient, sans bien les comprendre, les réticences de leurs parents.

Il n'y avait pas, à proprement parler, de salle de classe. Sur les vieux bancs que Jean avait installés à l'extérieur, devant chez lui, les enfants épiaient avec envie leurs camarades revenant du champ à la fin de la journée, crottés, écorchés aux genoux, mais la poitrine gonflée d'avoir contribué à l'effort familial. Cette fierté était contagieuse. Jean avait toutes les peines du monde à empêcher ses élèves de faire l'école buissonnière pour aller travailler. Quand l'été arrivait et que les familles montaient aux alpages, l'instituteur pouvait faire une croix sur les enfants. Il envisageait, à la saison suivante, de mettre en place une école nomade et de poursuivre son enseignement là-haut. Mais il devrait à nouveau batailler pour imposer l'idée, et l'effort lui coûterait. Suzanne savait qu'il y avait tout de même des victoires, comme avec le petit Pierre. Le fils de Chappuis, le menuisier, était un garçon studieux, d'une curiosité insatiable. Jean l'encourageait à lire. Dans ses rares moments d'extase, où Jean se livrait enfin à Suzanne, il imaginait l'enfant suivre la voie de l'enseignement. Le père Chappuis n'avait jamais montré que de la courtoisie envers Jean – c'était d'ailleurs bien le seul. L'instituteur l'avait un jour complimenté sur les résultats de son fils et il avait bien vu que le menuisier s'était senti fier comme un coq : il ne lui avait alors pas semblé impossible que le père laissât un jour son fils poursuivre des études supérieures. Dans ces moments-là, Suzanne le sentait, le normalien était prêt à abattre des montagnes à coups de pioche. Mais pour un père apprivoisé, combien attendaient de le mordre à la première occasion ?

Jean était épuisé. Ça non plus, il n'en parlait pas à Suzanne, mais elle le voyait, et elle l'admirait d'autant plus qu'il ne se plaignait jamais. La fatigue, lui répétait souvent son père, qui lui-même le tenait du sien, était la récompense du travail. Il semblait à Suzanne que son père et l'instituteur trouvaient sur ce point un terrain d'entente, sur lequel il faudrait mettre l'accent le jour où Jean la demanderait en mariage.

Suzanne attendait, suspendue dans son euphorie paresseuse. L'instituteur était sorti, attiré dehors par une clameur qu'elle n'avait même pas remarquée. Soudain, la porte s'ouvrit en grand. Terrorisée, elle se couvrit du drap par réflexe.

– Les salauds, les salauds, gronda Jean entre ses dents.

Il renversa le tiroir de la commode, qu'il avait dû mendier à ses voisins comme les autres meubles, ramassa une enveloppe de cuir et ressortit sans la regarder.

Suzanne posa ses pieds nus sur la terre battue. Elle s'approcha de la fenêtre, écarta lentement le carré de toile qui servait de rideau, et se figea, le cœur battant. Le groupe de lavandières s'était approché de la palissade. Jean s'agitait devant deux hommes. Suzanne reconnut le père Georges, puis son père. Elle pâlit. Il avait dû rentrer de Champ-Brûlé plus tôt que prévu et devait être en train de la chercher. De quoi parlaient-ils tous ? On ne l'avait sûrement pas vue entrer, elle avait fait attention. Elle allait refermer le rideau quand, soudain, elle croisa le regard du curé.

Elle se rejeta en arrière, sauta par-dessus le lit et enfila sa jupe, rouge de confusion. Le père Georges l'avait vue, elle en était sûre. Mais Jean surgit à nouveau, fulminant, et claqua la porte derrière lui. Les poutres tremblèrent au-dessus de leurs têtes.

Suzanne se figea, son corsage serré dans les mains, apeurée mais les pensées engourdies, s'accrochant encore au rêve qu'elle venait de quitter.

Jean restait face au mur, penché sur la commode, pâle de rage.

– Ils savent ? demanda-t-elle à voix basse.

L'instituteur abattit un poing qui fit craquer le vieux bois. Elle ne l'avait jamais vu aussi énervé. Comme il ne desserrait pas les dents, elle retourna, prudente, à la fenêtre. Les femmes reprenaient leur lessive. Le curé éloignait son père, qui semblait moins fâché que troublé. Suzanne respirait mieux. Elle s'approcha de Jean.

– Qu'est-ce qu'il y a ? demanda-t-elle en prenant sa main.

– Il peut les abrutir autant qu'il veut ! gronda-t-il en retirant son bras. Mais il ne prendra pas le beau rôle ! C'est sa faute s'ils lisent l'avenir dans le linge ! C'est ça qu'ils comptent apprendre à leurs gamins, au lieu de les amener ici ?

Il ne regardait pas Suzanne. Elle tenta à nouveau de le toucher.

– Calme-toi…

– Me calmer ! rugit-il en tressaillant. Je vais bouffer des myrtilles pendant un mois à cause de cette vieille peau et de ton… ton père ! Qu'est-ce qu'il foutait là, d'abord ? Il était censé être aux champs, c'est ce que tu m'avais dit !

Jean lui jeta un tel regard que Suzanne sentit sa poitrine se fissurer et les larmes lui monter aux yeux. Elle ne l'avait jamais vu aussi haineux. Elle eut une impression mauvaise, un vertige, comme si le rêve tournait au cauchemar. Le besoin d'être aimée la piqua si violemment qu'elle se précipita sur Jean sans réfléchir. Elle voulait qu'il la prenne entre ses bras et qu'il lui caresse la tête en répétant des mots doux.

Elle le serra aussi fort qu'elle le put, mais il continua à trembler.

– L'argent ! L'argent ! grondait-il, le regard dans le vide. Ils vendraient même leur église, et le curé avec, si ça valait quelque chose !

– Tu as besoin d'argent ? demanda-t-elle d'une petite voix.

Il la repoussa et la gifla.

La brûlure sur sa joue fit douche froide. Les quatre murs du cocon auraient aussi bien pu voler en éclats, pulvérisés par la foudre, et la laisser à moitié nue sous une pluie battante. Complètement réveillée, elle releva les yeux sur Jean.

Il regrettait. Elle le vit immédiatement. Il avait regretté à l'instant où ses doigts avaient touché la joue qu'il picorait encore de baisers une heure plus tôt. Mais Suzanne vit aussi qu'il était trop fier pour s'excuser. Elle leva une main tremblante et effleura son visage, moins par nécessité que par effet : elle voulait graver son image blessée à l'intérieur de sa paupière pour qu'il ne puisse jamais l'oublier.

Jean, agacé, tira une chaise et s'assit face au mur.

Elle attendit. Comme il ne bougeait pas, le regard dans le vide, elle retourna près du lit et se rhabilla. Elle attacha son châle, ajusta la petite coiffe blanche de coton piqué sur sa tête. Une fois prête, Suzanne hésita à s'approcher. Jean fulminait encore, les bras croisés. C'était idiot de se quitter ainsi. Mais ce n'était pas à elle de parler, pas cette fois, pas après qu'il l'avait frappée. Elle lui laissa encore vingt secondes puis, jetant l'éponge, elle sortit par la porte de derrière. Il n'essaya pas de la retenir.

Il faisait chaud. Suzanne jeta un œil ébloui autour d'elle. La voie était libre. La jeune fille trottina derrière les chalets et rejoignit le sentier en aval du village.

– Bonjour, ma sœur.

Suzanne poussa un cri. Louis Fortin, adossé au tronc d'un sapin, la fixait sans sourire. Elle le reconnut tout de suite. Sa laideur était mémorable. Il avait été un ami de son frère, il y a des années, avant qu'ils ne quittent tous les deux le village à quelques mois d'intervalle. Elle le trouva encore plus repoussant qu'auparavant. Avec ses cheveux sales, il ressemblait à une caricature de lui-même. Il la regardait d'une façon intense, un peu trop familière, qui l'irrita. Elle s'en voulut d'avoir crié.

– Je ne suis pas votre sœur, répondit-elle avec mépris.

– Tous les révoltés sont mes frères et sœurs.

Louis s'approcha avec un sourire étrange. Son odeur donnait envie de vomir. Mal à l'aise, elle lissa son tablier pour en retirer une poussière invisible.

– Je ne suis pas révoltée, dit-elle pour couper le silence.

– Le sexe est une forme d'insurrection.

Suzanne rougit comme un coquelicot. Il s'amusa de son affolement.

– Je n'en parlerai pas, finit-il par dire. Après tout, ceux qui se rebellent contre la tyrannie de leur père doivent se serrer les coudes.

– Je ne me rebelle pas. On s'aime, c'est tout.

– Oui, bien sûr, murmura le jeune homme en élargissant son sourire. Le mot « sexe » est trop cru pour toi, tu dois l'embellir un peu.

Suzanne ne répondit rien. Elle voulait remonter au village, mais Louis était dans le chemin et elle n'osait pas s'approcher davantage. Comment pouvait-il sentir aussi mauvais ? Il s'écarta soudain avec une courbette moqueuse.

– Je vous en prie, susurra-t-il en l'invitant à passer.

– Merci, répondit-elle en se mordant aussitôt la lèvre.

Il ricana et elle rougit davantage.

– Petite fille bien élevée ! Tu vas voir. L'amour n'échappe pas à l'ordre.

Suzanne haussa les épaules et tenta de le contourner.

– Oh, bien sûr, pour l'instant tout est parfait ! s'écria Louis en sautant pour lui barrer à nouveau le passage. Seuls contre le reste du monde, hein ?

– Laissez-moi passer.

– Tu es une fille ordinaire, souffla-t-il avec un air mauvais.

La rébellion, pour quelqu'un comme toi, c'est une phase. Mais dès que votre amourette s'ébruitera, tu seras la première à te jeter dans le moule d'une vie rangée. Tu couches avec lui pour la forme, hein ? Mais je suis sûr que tu as déjà des plans de mariage. Tu ne voudrais quand même pas faire de la peine à ton papa, ni à M. le curé ?

Le jeune homme continuait d'avancer sur elle :

– Je pourrais t'expliquer que l'essence de ton bonheur, c'est la révolte, et que le système, par nature, écrase cette révolte. Mais tu as déjà intériorisé cette répression. Les bons conseils, la morale, toutes les règles de nos pères sont déjà à l'intérieur de ta tête, prêtes à surgir sous forme de honte dès que ton petit amour subversif montrera les premiers signes d'effritement. L'ordre établi a déjà placé ses pions à l'intérieur de tes désirs : une belle histoire de mariage, d'enfants et de petites habitudes.

– J'aime beaucoup mes petites habitudes, rétorqua-t-elle.

Il sourit à s'en tordre la bouche, dévoilant de grandes dents jaunes.

– Mais tu ne seras jamais heureuse. Tout ce que tu ressentiras sera étouffé par le carcan dans lequel tu te seras volontairement enfermée. Au fond de toi, tu le sais déjà : rien n'atteindra jamais l'intensité de ce que tu vis en ce moment. Et pour vivre avec cette déception, tu devras te raconter que c'était la seule option, et tu chercheras à transmettre cette fable à ceux qui t'entourent, pour qu'ils la répliquent à leur tour. Et c'est comme ça que le Système se perpétue, décennie après décennie.

– Il y a une autre option ?

Elle avait relevé la tête avec ironie pour soutenir son regard, mais la noirceur de ses yeux la happa comme un crochet. Elle se fit violence pour garder l'équilibre.

– Tu peux tout faire sauter, répondit Louis d'un ton

étrange. C'est facile. Il suffit de se laisser glisser sur la pente de la révolte. Accepter de tout lâcher, les règles et les convenances. Se laisser tomber dans le vide, sans penser à la chute.

Il ne souriait plus. Suzanne se sentit à nouveau attirée vers ses yeux.

– Vous êtes bien triste, conclut-elle avant de forcer le passage.

Elle s'éloigna d'un pas vif sur le sentier. Louis cria dans son dos :

– L'anarchisme, c'est la bombe !

Puis il éclata de rire, du rire le plus effrayant que Suzanne eût connu. C'était sec, coupant et morbide à la fois. C'était un rire qui avalait la lumière. Elle accéléra, mais en veillant à ne pas courir, pour éviter de nourrir le ricanement derrière elle.

Ses mains tremblaient. Suzanne n'aimait pas les gens qu'elle ne comprenait pas. Elle avait pourtant l'habitude des propos sans queue ni tête : les soirs de fête, elle avait le don d'attirer, sans le faire exprès, les hommes ivres, ou seuls, ou les deux. Elle aimait imaginer, par coquetterie, qu'ils venaient lui parler parce qu'elle était jolie. Mais elle savait qu'ils ne cherchaient souvent qu'une oreille attentive. Elle s'efforçait toujours de les écouter gentiment. Ils répétaient les mêmes histoires, prenant à partie tel ou tel groupe de la population : les républicains, les catholiques, les politiciens, les patrons, les immigrés, les juifs, n'importe quelle caste forcément responsable dans son ensemble du malheur particulier qui les accablait. Suzanne souriait, s'étonnait ou hochait la tête en silence. Tout ça, c'était du vent. Elle n'aimait pas lire les journaux. Elle n'aimait pas raisonner avec des mots compliqués. Elle aimait juste ce qu'elle pouvait voir et toucher avec ses mains. Et parmi toutes ces choses, bien sûr, il y avait Jean.

Jean, qu'elle comptait bien épouser en bonne et due forme, avec l'accord de son père, pour avoir des centaines d'enfants. C'était vrai, elle l'aimait, et elle ne comptait pas passer le reste de sa vie à se cacher. Elle connaissait déjà les noms de leurs futurs bambins. Elle imaginait même les combinaisons que leurs visages mélangés pourraient créer. Et alors ? Où était le problème ? Il n'y avait pas de politique là-dedans. Elle pensait ce qu'elle voulait, donc ce qu'elle ressentait, et c'était tout. En fin de compte, Louis Fortin était comme les autres hommes, à peaufiner sa version du complot éternel, celui qui se tramait contre lui dans d'obscures et mystérieuses officines. S'il voulait se persuader que le système diabolique dont il était victime était capable de pervertir jusqu'aux choses les plus belles, eh bien tant pis pour lui. La vraie folie, c'était de croire que l'amour n'était pas une chose merveilleuse. D'ailleurs, elle avait perçu de l'aigreur dans la voix du jeune homme. Peut-être se doutait-il qu'il avait tout faux. Suzanne n'éprouvait plus pour lui qu'un peu de pitié lorsqu'elle arriva devant l'église.

En haut du clocher, la croix se détachait sur le ciel bleu. Elle éprouva un sentiment de gêne. Le bâtiment lui-même semblait lui rappeler qu'elle n'aurait pas dû consommer son amour avec Jean, pas avant leur union devant Dieu. Mais Suzanne n'était pas convaincue. Si ce qu'elle faisait avec lui dans l'étable était péché, alors que fallait-il penser du reste ? Était-elle également coupable d'avoir tout orchestré, des premiers regards au premier baiser ? Dès l'arrivée de Jean, elle avait été fascinée par son sérieux, dont le contraste avec la fraîcheur de ses traits tendait vers le comique. On aurait dit un enfant jouant à faire travailler d'autres enfants. Il ne regardait jamais Suzanne. À vrai dire, il ne regardait pas grand-chose. Il était bien trop occupé à préparer ses leçons, ou à ôter les débris de bouteille jetée sur sa porte, durant la nuit, par un voisin anonyme. La façon dont on le traitait avait tout de suite révolté Suzanne, mais elle avait préféré l'ignorer et s'était plutôt concentrée sur les allées et venues du maître d'école, afin que, de temps en temps, il la croisât par hasard. Elle ne l'avait jamais salué, pour ne pas attirer l'attention des voisins, mais elle avait pris soin de s'attarder devant lui, de se recoiffer, de se pencher pour ramasser une fleur, et elle avait senti le poids de son regard contre elle avec un plaisir confus. La suite avait été plus facile encore. Il avait suffi de l'attirer dans la forêt pour qu'il lui parle enfin et, de rencontres fortuites en rendez-vous espérés, ils s'étaient laissé mener sur une voie plus intime. Ils se voyaient en cachette depuis maintenant plusieurs mois.

Les disputes étaient récentes. Jusqu'à aujourd'hui, ils étaient toujours parvenus à se réconcilier avant de se quitter, moins par accord tacite, il est vrai, que par l'effort conscient de Suzanne. Jean s'énervait. C'était souvent le point de départ. Parce qu'elle comprenait pourquoi – les injustices ne manquaient pas –, elle lui pardonnait, et, avec une patience dont elle le pensait incapable, elle désamorçait ses crises avant qu'elles ne dégénèrent. Fallait-il cependant voir un lien entre le glissement de leur relation vers le lit et ces accrochages ? La gifle, dans ce cas, pouvait-elle être un avertissement divin pour l'induire à la repentance ? Suzanne écarta aussitôt cette idée. Ses sentiments pour Jean étaient trop purs pour ne pas être un cadeau céleste. L'amour physique n'en était que la conséquence logique. L'idée de péché fut balayée d'un coup. Dieu connaissait son cœur : que le mariage précède ou suive leurs ébats ne pouvait pas faire une grande différence.

Elle se rappela soudain que son père la cherchait. Il était sans doute retourné chez eux pour l'y attendre de pied ferme. Quitte à prendre une deuxième gifle, autant la mériter. Elle avait passé l'après-midi à l'ombre de l'étable. Elle leva la tête : il n'y avait pas un seul nuage dans le ciel. Elle décida d'en profiter.

En chemin vers le lac, Suzanne rencontra un petit inconnu moustachu. Plongé dans une carte topographique, il ne la vit pas arriver. L'homme grelottait, la goutte au nez malgré la chaleur et l'épaisse couche de vêtements qu'il avait sur le dos.

– Je peux vous renseigner, monsieur ? demanda-t-elle poliment.

L'inconnu fit un bond. Il replia la carte, terrifié, la chiffonnant à moitié pour la fourrer dans sa poche.

– Non !... Non, merci ! Merci, mademoiselle. Merci beaucoup.

Comme si Suzanne l'avait menacé d'une arme, il s'enfuit aussitôt, en trébuchant deux fois de suite. Suzanne se retint de pouffer. Les estivants rapportaient de l'argent à la région. C'était une bonne chose et elle n'avait pas à s'en plaindre.

L'eau du lac était si translucide qu'on eût dit que la barque au bout du ponton flottait, immobile, en suspension dans les airs. Un banc de poissons volait autour en désordre. Suzanne s'allongea sur une pierre plate chauffée par le soleil. Une bonne odeur de mousse sèche et de lichen l'enveloppa. C'était son endroit favori. Elle entendait les cloches des bêtes au loin. La vallée plongeait jusqu'à la ville, pour remonter sur le massif d'en face. Elle admira la succession de pics, de dômes et d'arêtes enneigées qu'elle aurait pu dessiner les yeux fermés. Un coup de vent lui porta le parfum des foins coupés. C'était sa montagne, elle était chez elle. Elle pensa qu'elle aurait aimé faire la sieste ici, avec Jean, sans risque de se faire surprendre. Il ne profitait pas assez des paysages ni, en général, des beautés qui l'entouraient. Suzanne s'imagina à nouveau en robe blanche, sur les marches de l'église. Soupirant d'aise, elle s'endormit sans plus penser à rien.

*

Un frisson la réveilla. Le soleil, pourtant, brillait encore haut, bien au-dessus des sommets immaculés où s'accrochaient quelques traînées nuageuses.

Suzanne se releva. Elle ne put déterminer combien de temps elle avait dormi et regretta de s'être arrêtée en chemin. Son père serait furieux, et elle ne lui en voudrait pas. Elle pouvait encore se pardonner d'avoir abandonné les vaches et de s'être laissée aller à la paresse chez Jean. Mais il lui paraissait maintenant cruel d'avoir différé son retour alors qu'elle savait que son père la cherchait. Sans doute s'inquiétait-il.

Elle retroussa sa jupe et courut jusqu'à la ferme, en se répétant qu'elle méritait la punition qui l'y attendait. Elle trouva le commissaire allongé contre la souche. Martin ouvrit un œil en l'entendant approcher et se releva pour la saluer.

– Vous êtes la fille de Ferdinand Rabotin ?

– Suzanne. Je peux vous aider ?

– Oui, répondit-il en réprimant un bâillement. Je m'appelle Marcel Martin. Je suis commissaire de police. Pas officiellement dans ma zone de compétence, c'est vrai, mais j'aurais quelques questions à vous poser.

– Qu'est-ce que j'ai fait ? s'étonna Suzanne.

– Rien du tout. J'attendais votre père, mais il se fait un peu désirer. On pourrait discuter, le temps qu'il arrive ?

– Bien sûr. Vous prendrez un verre ?

Cette fois, Martin céda à la coutume et Suzanne l'installa dans la cuisine. Ils étaient tous les deux en nage, la fraîcheur de la pièce leur fit du bien. Elle lui servit un verre de génépi. Martin voulut en finir au plus vite : il le vida en cachant sa grimace. Un peu étonnée de le voir avaler d'un coup ce que les gens du village avaient l'habitude de siroter, Suzanne ne fit pourtant pas de commentaire et le resservit dans la foulée. Elle liait le titre de commissaire à celui d'une vague fonction de police, là-bas, dans les villes. La présence de Martin lui semblait à peu près aussi extraordinaire que celle d'un simple gendarme.

– C'est en rapport avec l'anarchiste Étienne Rabotin ?

Elle n'avait pas lâché la bouteille. Le commissaire acquiesça. Il gardait son verre dans la main, craignant qu'elle ne le remplisse dès qu'il le reposerait sur la table.

– Mon frère est mort, dit Suzanne. On a reçu une lettre.

– C'est ce qu'on m'a dit, oui, admit Martin. Mais je ne suis pas un homme de croyance et je n'ai pas trouvé de preuve allant dans le sens de cette version.

Suzanne fronça les sourcils.

– Vous croyez qu'Étienne est vivant ?

– Je ne crois rien. Je dis juste qu'il est difficile de prouver l'inexistence de quelque chose ou de quelqu'un. Alors avant d'éliminer cette hypothèse pour examiner la suivante, j'aimerais l'explorer le plus loin possible. Auriez-vous rencontré quelqu'un, ces derniers jours, qui ressemblait à votre frère ?

Suzanne dévisagea Martin, hébétée. Elle comprit après un moment qu'il était sérieux et qu'il attendait une réponse. Elle haussa les épaules.

– Non. C'est bizarre comme question.

– Vous êtes sûre ? Même vieilli ou blessé, ou les deux ?

Suzanne réfléchit. Elle repensa à Louis Fortin qui l'avait appelée « sœur », mais ça n'avait aucun sens, il ne ressemblait pas du tout à Étienne.

– Certaine. Il n'y a pas beaucoup de monde qui monte jusqu'ici. Si Étienne était revenu, on l'aurait reconnu tout de suite. Même s'il avait changé.

Martin vida son verre et le reposa. Il n'avait pas l'air

déçu, mais mélancolique. Suzanne voulut le resservir, quand elle entendit des cris.

– Suzanne ! Suzanne !

Elle sortit de la ferme, suivie par le commissaire. Le petit Pierre, lancé à toute vitesse, pila devant Suzanne, hors d'haleine, et parvint à articuler :

– C'est ton père ! Il est tombé du pont !

La jeune fille pâlit. Martin, Jean et les vaches, tout disparut aussitôt et elle se mit à courir. Martin, soudain livide, resta interdit un moment, avant de se lancer sur ses talons. Ils dégringolèrent le sentier, filant à toute vitesse devant le champ des Pissard-Leblanc. Un des fils, ruisselant de sueur, s'arrêta de faucher pour mieux les regarder passer. La jeune fille semblait voler devant Martin, qui peinait à suivre.

Ils arrivèrent au pont. La Courbe grondait en contrebas. Le torrent contournait Fragonaz en amont, suivant la trajectoire curviligne qui lui avait valu son nom, puis s'enfonçait d'un coup face à la pente, plongeant entre deux blocs de granit pour se disperser dans la vallée. Le « pont » tendu entre ces rochers massifs n'était en fait qu'une longue passerelle de câbles et de planches surplombant de dix ou douze mètres les eaux tumultueuses venues des sommets. Malgré sa rusticité, l'ouvrage résistait depuis plus de trente ans aux allées et venues des ardoisiers.

Suzanne sortit du chemin sans ralentir. Elle passa sous la passerelle, s'enfonça dans les herbes, et prit un sentier tassé par les moutons pour atteindre un surplomb. Un groupe d'hommes se penchaient prudemment pour regarder en bas.

Chappuis, le père du petit Pierre, aperçut Suzanne.

– Coutaz est allé chercher une corde, dit-il en s'avançant.

Suzanne n'écoutait pas. Le menuisier eut un geste vers elle pour l'empêcher de passer, mais il s'abstint finalement et elle se pencha dans le vide.

Les eaux de la Courbe étaient déjà hautes. Sur le bord du lit encore à sec, entre les ronces et les branches charriées par les crues de l'été précédent, le corps de Ferdinand gisait sur une grosse pierre, face vers le ciel, tête basculée en arrière.

Suzanne étouffa un cri. Ses jambes lâchèrent. Chappuis la rattrapa d'une main ferme et l'éloigna du précipice. Il l'assit contre la pente et elle resta là, sous le choc, le regard dans le vide, sans écouter les explications du menuisier.

– On rentrait de la foire, racontait celui-ci pour la dixième fois. Pierre faisait le guignol sur le pont. C'est là qu'il s'est penché et qu'il l'a vu.

Le dénommé Coutaz revenait avec une énorme corde de chanvre enroulée sur les épaules. Chappuis s'éloigna de Suzanne en dissimulant son soulagement. Sans un mot, le menuisier aida Coutaz à passer la corde autour d'un tronc. Ils jetèrent les bouts dans le vide. Coutaz enjamba les deux filins, les cala derrière sa cuisse, avant de les ramener contre sa poitrine et de les croiser derrière sa nuque. Ainsi assuré, il descendit en rappel.

Martin, à qui personne ne faisait attention, s'était agenouillé près de Suzanne. La jeune fille ne bougeait plus. Il prit sa main.

– Alors ? cria Chappuis à Coutaz qui se penchait sur Ferdinand.

L'homme se releva et secoua la tête. Chappuis se retourna vers Suzanne, gêné, ne sachant pas comment lui annoncer la nouvelle. Mais son silence avait suffi. Un long gémissement passa entre les lèvres de la jeune fille. Martin crut qu'elle allait lui broyer la main. Elle pleurait. Il hésita sur la conduite à tenir mais, avant qu'il ait pu esquisser un geste, elle le lâcha et se jeta sur le côté en poussant un cri horrible.

Il la regarda sangloter, le cœur déchiré. Pendant ce temps, Coutaz avait attaché la corde sous les aisselles de Ferdinand et faisait déjà des signes à Chappuis. Les hommes, avec une gravité de circonstance, empoignèrent la corde et tirèrent.

Lorsqu'ils parvinrent à hisser le corps de son père sur le surplomb, Suzanne hoqueta d'horreur. L'arrière du crâne, ouvert, rougissait les herbes sèches. Elle se traîna à quatre pattes vers le cadavre en toussant. Les hommes s'écartèrent, ôtant leurs chapeaux, tandis que Chappuis relançait la corde à Coutaz. Pendant un moment qui parut interminable à tout le monde, Suzanne pleura sur la poitrine de son père.

Martin observait sans bouger le visage de Ferdinand. L'arcade sourcilière droite était ouverte. Une goutte de sang avait coulé, laissant une traînée brunâtre sur le front. Le commissaire fronça les sourcils et s'accroupit, pensif. Suzanne s'était roulée en boule contre le corps de son père, comme pour dormir. Elle avait fini par se taire. La tête de Coutaz réapparut entre les herbes. Le menuisier l'aida à se hisser. Il y eut de nouveau un long silence parmi les hommes. Personne n'osait faire un geste.

– Poussez-vous !

La Cornette déboula au milieu du groupe, flanquée de sa garde rapprochée, deux femmes patibulaires, et du petit Pierre encore rouge de sa course. Personne ne se réjouit de son apparition, plutôt synonyme d'ennuis, mais tous les hommes furent soulagés de la voir se charger de ce qu'aucun d'entre eux nc voulait faire.

– Allez, dit-elle d'un ton qui se voulait doux mais autoritaire.

Sans attendre de réaction, la Cornette souleva Suzanne par les aisselles. La jeune fille tenta mollement de se dégager pour se serrer contre ce qui restait de chaleur dans le corps de son père. Mais la Cornette n'avait pas un physique à se laisser faire. Elle attrapa Suzanne entre ses gros bras et la tendit comme un paquet aux deux femmes, qui s'empressèrent de la remonter, hagarde, au village.

La Cornette se tourna vers les hommes :

– Il s'est passé quoi ?

– Il aura glissé.

– Avec le sourcil comme ça ? fit remarquer Coutaz.

Ceux qui n'avaient pas vu s'approchèrent.

– Quoi ? Vous pensez pas que…

– On l'a frappé, affirma Coutaz.

On se tourna vers lui. Certains hochèrent la tête.

– On peut pas savoir, protesta Chappuis. Il a peut-être rebondi d'abord.

– Pas avec une coupure aussi nette. C'est un coup, c'est sûr.

Coutaz n'avait aucune formation médicale. C'était un oisif, porté sur la boisson, que la Corne avait placé à la tête du bureau des postes par égard pour son père, qui avait été un ami du sien. Ses tournées de facteur finissaient en milieu de matinée. Il laissait à sa femme le soin de gérer le télégraphe pour cuver son vin, ce qui arrangeait tout le monde. Contrairement à son mari, elle était d'un naturel discret. En somme, Coutaz n'était pas considéré. On accordait d'ordinaire peu d'importance aux bruits qu'il se plaisait à colporter. Mais aujourd'hui, il était descendu chercher le corps, et l'aura qu'il tirait de cette prise de risque le rendait plus convaincant que le menuisier.

– C'est pas croyable ! s'exclama la Cornette. Qui aurait pu faire ça ?

– La gendarmerie, dit soudain Martin.

Les villageois sursautèrent, aussi surpris que s'il venait de se matérialiser parmi eux. Le policier, perdu dans ses pensées, sembla à peine remarquer leur stupeur.

– Il faut appeler la gendarmerie, reformula le commissaire.

– Vous êtes qui, vous ? demanda la Cornette, méfiante.

– Marcel Martin, marmonna-t-il. Je suis policier.

Les visages s'ouvrirent d'étonnement. Comme Ferdinand, ils lisaient le journal. Et pour eux aussi, le nom évoquait des faits divers assez éclatants pour avoir atteint les pages nationales. Martin, lui, ne leur prêtait aucune attention. Il réfléchissait déjà à ce qu'il allait devoir partager avec les gendarmes. Il aurait voulu rester discret sur les raisons de sa présence, mais l'essentiel, désormais, était d'éviter la panique.

– La Machine ? chuchota quelqu'un.

Il y eut des échanges de regards inquiets.

– C'est ça ! cracha la Cornette. Vous êtes surtout un sacré menteur ! On ne vous a jamais vu et, comme par hasard, vous vous trouvez juste à côté du pont d'où ce pauvre Rabotin, qui n'a jamais fait de mal à personne, vient d'être balancé !

– Non, répondit distraitement Martin en s'approchant du corps. J'attendais justement M. Rabotin chez lui pour l'interroger.

Il examina de plus près le visage du paysan : ses yeux étaient ouverts.

– Le sang a coulé vers le haut de son crâne, commença-t-il comme pour lui-même. Il a saigné la tête à l'envers, ce qui correspond à la position dans laquelle le corps vient d'être retrouvé. Le choc reçu au visage précède donc de peu la chute, voire se confond avec elle. Juste au-dessus de l'emplacement où le corps a été vu, il n'y a que le pont. Aucun rocher, aucune branche. Il n'y a pas de rebond possible. Aucune personne raisonnable ne pourrait écarter la thèse du coup porté à la tête. Il faut appeler la gendarmerie tout de suite. Où se trouve le téléphone le plus proche ?

Il se tourna vers la Cornette. Elle gardait le silence, vexée que son mari n'ait pas fait le rapprochement entre le commissaire des journaux et l'homme qui s'était installé chez eux ce matin. Elle rêvait de fréquenter des célébrités. Dans d'autres circonstances, elle aurait profité de son statut pour accaparer la compagnie de Martin pendant la durée de son séjour, au détriment des autres villageoises. Mais Ferdinand était mort, et la Cornette n'aimait pas les manières du commissaire. Il agissait comme s'il était chez lui, ce qui était vraiment de mauvais goût, car il était chez elle.

– Y a pas le téléphone, répondit Coutaz à sa place. Mais on a le télégraphe. C'est ma femme qui fait, je vais vous montrer.

Martin le remercia, mais il ne bougea pas.

– J'ai deux services à vous demander, dit-il sans lâcher la Cornette des yeux.

– Vous êtes bien loin de la capitale, bougonna-t-elle.

– Le premier, c'est de ne pas laisser cette pauvre fille toute seule.

Suzanne, soutenue par les deux femmes, s'éloignait au bout du sentier.

– Non, mais ! Vous me prenez pour qui ? s'indigna la Cornette.

– Le second, c'est de ne plus le toucher jusqu'à l'arrivée des gendarmes.

La Cornette sursauta et jeta un œil effaré au cadavre.

– Mais ils ne seront pas là avant demain ! s'écria-t-elle.

– S'il y a eu une lutte, dit Martin, il y a peut-être des empreintes.

L'absence de réaction du groupe fut totale.

– Y a pas d'empreintes, osa quelqu'un. On les verrait.

– Des empreintes de doigts, expliqua Martin avec impatience. Les dessins que vous voyez au bout de vos doigts, ces courbes, ces lignes, ce ne sont jamais les mêmes d'une personne à l'autre. Quand on touche une surface lisse, ils s'impriment dessus. C'est difficilement visible à l'œil nu. Il faut les prélever avec du matériel.

– N'importe quoi, grommela un homme dans le fond.

– C'est très sérieux, dit Martin. On commence à répertorier les empreintes des criminels pour les comparer à celles laissées sur les scènes de crime. Peut-être que je pourrai en trouver sur sa peau.

Les villageois firent la grimace. L'idée les gênait.

– Ça marche vraiment, votre truc ? demanda Coutaz d'un air suspicieux.

– Pour l'instant, pas trop, admit Martin. Mais ça ne coûte rien d'essayer.

Le silence se fit. Les hommes, décontenancés, se tournèrent vers la Cornette, qui fixait Martin avec un scepticisme évident. Mais le commissaire soutint sans ciller son regard, si bien que la femme du maire, après un moment, hocha la tête.

– Bon. On va voir ce qu'on peut faire…

Martin la dévisagea encore un instant, méfiant, avant de la remercier d'un geste du menton. Il s'éloigna avec le postier. Les autres se tournèrent vers le corps.

– Qu'est-ce qu'on fait, alors ? demanda Chappuis après un temps.

– Va chercher ta charrette à bras, répondit la Cornette.

– Mais…

– Je m'en fiche ! On ne va quand même pas laisser ce pauvre Ferdinand dehors toute la nuit. Il faut lui faire sa toilette et le coucher dans son lit.

Chappuis regarda les autres. Ils étaient d'accord.

5

Confession devant un cadavre

Ferdinand reposait dans son habit de fête. Il était vêtu d'une chemise blanche, d'un gilet tricoté dont la forme des points évoquait celle d'une petite marmotte, sous une veste en drap de laine noir parée de velours. Dix ans plus tôt, la redingote avait tenté une percée à Fragonaz. Mais elle s'était heurtée à l'attachement indéfectible au costume de village, qui tenait moins de l'orgueil local, pourtant intense, que de la volonté de transmettre un savoir-faire séculaire. Même la Corne, qui cédait toujours le premier aux modes citadines, avait fait machine arrière sous la pression de sa femme. Sa redingote neuve, achetée en ville, moisissait au fond d'une malle. Ferdinand, lui, avait porté son habit tous les dimanches sans exception pendant trente ans. Il le tenait de son père et il aurait déclaré, sans emphase mais avec la gêne de celui qu'on oblige à énoncer une évidence, qu'il s'agissait de son bien le plus précieux. Le paysan l'aurait volontiers légué à son fils. Mais, parce qu'Étienne était mort et que Suzanne n'en aurait aucun usage, l'habit s'enfoncerait à jamais dans la terre avec lui.

Le corps était allongé sous les couvertures, les mains en croix sur le drap rabattu. Le visage paisible, immaculé, était couvert d'un linge propre que la Cornette avait sorti de l'armoire. Le tissu collait à la peau et prenait les traits du mort. Assistée par la femme de Coutaz, la Cornette avait nettoyé l'arrière de la tête, avant de placer une compresse pour ne pas tacher l'oreiller. Afin d'enlever la poussière mêlée de sueur de la journée, elles avaient rincé les mains, le visage et le cou de Ferdinand avant de le changer. Sa peau burinée par les intempéries contrastait joliment avec la délicatesse des broderies de son habit. Même la tête sous le linge, Ferdinand resplendissait, fier comme jamais. On l'aurait dit prêt à sauter de son lit pour se rendre à la messe.

La table de nuit, elle aussi, avait été couverte d'une serviette blanche. De l'eau bénite, versée dans une assiette creuse, humectait un rameau de buis. La Cornette avait fait du café. Deux voisines, qui enchaînaient les récitations de chapelet depuis plusieurs heures, se servaient. L'une remercia l'autre en patois. Son accent réchauffa Suzanne. Craignant de se laisser aller, elle se raidit sur sa chaise. La Cornette se pencha :

– Va dormir.

– J'ai déjà dormi.

– Tu peux aller dans la grange, reprit la Cornette en l'ignorant.

Suzanne resta assise. Les villageois se relayaient au chevet de son père depuis le début de la soirée. La nouvelle s'était répandue au retour des champs et plus personne, à la nuit tombée, n'ignorait la mort de Ferdinand. Des familles entières étaient déjà venues, avec les enfants et les vieux. Les hommes hochaient la tête devant le lit, chapeau bas, aspergeaient le corps d'un peu d'eau bénite et repartaient aussitôt. Les femmes restaient. Suzanne écoutait les condoléances des unes et les pleurs des autres dans une apathie totale. Elle n'osait ni penser, ni bouger, ni même regarder le corps, persuadée que l'absence de mouvement la préservait, d'une façon ou d'une autre, de la sensation de désespoir absolu qu'elle avait éprouvée près du pont. Personne, du reste, ne lui demandait quoi que ce soit. La Cornette accueillait les arrivants à la porte de la cuisine et les introduisait dans la chambre avec toute la gravité dont elle était capable. Elle avait même choisi les prières de la veillée. Suzanne lui en savait gré, elle ne voulait décider de rien. Il lui faudrait tôt ou tard prêter attention aux paroles de réconfort, y répondre, soulever le linge, poser enfin ses yeux, peut-être même ses lèvres, sur le visage froid. Elle sentait que la première émotion perçant sa carapace de désintérêt la ferait imploser et tentait, en niant le monde autour d'elle, de repousser ce moment. Pour rester intacte, il ne fallait plus donner signe de vie. Il fallait faire la morte.

La Cornette allait insister pour qu'elle sorte quand on cogna à la porte. La bigote se leva, oubliant aussitôt Suzanne. Quand elle était prise d'une idée, il était plus facile de la distraire que de la contredire. Suzanne entendit des phrases chuchotées à la va-vite dans la cuisine. La Cornette revint dans la chambre avec le père Georges.

Le curé s'inclina devant le cadavre, l'arrosa avec le rameau d'une main experte, puis s'agenouilla pour marmonner une prière d'un ton grave, mais familier. Il se releva, avec une certaine difficulté, et regarda enfin Suzanne plantée sur sa chaise.

– Du café, mon père ? demanda la Cornette.

Le curé secoua la tête. D'un signe aussi autoritaire que discret, il ordonna aux femmes de quitter la chambre. Elles s'exécutèrent sans protester et le vieux prêtre resta seul avec Suzanne. Il s'assit à côté d'elle, ses mains noueuses sur ses cuisses.

Les minutes s'égrenèrent. Des raclements de chaise et des tintements de verres dans la cuisine brisaient parfois le silence, la Cornette et ses commères s'étant installées à table en attendant de pouvoir revenir auprès du mort. Le père Georges ne semblait pas pressé de parler. Il fallait pourtant qu'il eût une raison pour faire sortir les autres. La flamme de la bougie sur la table de chevet vacillait parfois sans raison, allumant l'œil du vieux prêtre d'un éclat mystérieux. Suzanne finit par craquer.

– C'est ma faute.

Le curé ne répondit rien, ce qu'elle prit pour une invitation à développer. Elle s'efforça de mettre le moins d'émotion possible dans sa voix.

– Si je n'avais pas laissé les vaches, il ne m'aurait pas cherchée. Il ne serait pas allé près du pont. Il ne serait pas...

Elle dut s'arrêter pour ravaler le sanglot qui montait.

– Je l'aime, gémit-elle. C'est vrai, mon père, je vous assure que c'est vrai. On aurait dû... Je suis désolée... Je suis désolée...

Le père Georges garda le silence. Il n'avait pas l'air de l'écouter. Son expression évoquait celle d'un savant dans l'impasse, ou d'un philosophe perdu dans des pensées trop vastes pour qu'il les comprenne.

– Au début, c'était juste des regards, continua Suzanne. Il m'évitait. Mais je savais qu'il se retournait derrière moi. Parfois, je vérifiais. Il rougissait et regardait ailleurs. C'est moi qui ai parlé la première. Il n'aurait pas osé. Vous imaginez ? Il n'osait pas me parler. Quand on s'est embrassés, c'était moi aussi. Je ne pensais pas que ça pouvait être mal. Lui non plus. Alors on a continué...

Jean se dressa soudain devant elle, nu, dans un bouillonnement de sensations chaudes, et ses souvenirs de l'après-midi dans la chambre lui vrillèrent le ventre. Elle eut alors l'impression que son père se levait lui aussi, sur son lit de mort, pour lui crier dessus et l'assommer de reproches. Elle serra les poings, redoublant d'efforts pour refouler la vague d'émotions qui tentait de la submerger.

– Qu'est-ce que je vais faire ? murmura-t-elle au bord des larmes. Maman, Étienne, et maintenant papa ! Je ne peux pas m'occuper toute seule des bêtes et des champs, tenir la maison, faire à manger. Je ne peux pas. Je vous en prie, dites-lui de me pardonner. Je ne le referai plus. Pardon. Pardon, pardon…

Brusquement, le père Georges se tourna vers Suzanne et lui attrapa les poignets. Elle fut surprise de la force d'un si vieil homme.

– Ce n'est pas ta faute.

Sa voix douce contrastait avec la fermeté de l'étreinte dans laquelle il maintenait ses poignets. Mais Suzanne n'avait pas mal. Au contraire, les mains rivées à son bras l'ancraient au contact du curé mieux que n'aurait pu le faire un geste d'affection. Elle se sentit moins prisonnière que protégée, comme si l'homme d'Église, solidement accroché au ponton du lac, retenait la barque dans laquelle elle était montée et qui partait à la dérive. Suzanne hocha la tête, un peu apaisée, et le curé la lâcha.

– J'ai péché…

– Oui. Mais ce n'est pas toi qui as tué ton père.

Suzanne resta silencieuse un moment, en se demandant si les paroles du curé étaient censées la soulager. C'était raté.

– Pourquoi tu ne m'en as pas parlé ? demanda le père Georges.

Il avait posé la question d'un ton sans reproche, mais Suzanne sentit le rouge lui brûler le front. Elle trouva enfin la force de bouger car elle savait ce qu'elle devait faire. Elle s'agenouilla aux pieds du vieil homme et joignit les mains.

– Bénissez-moi mon père car j'ai péché.

– Pas ici, ronchonna le vieux prêtre.

– Oh, je vous en prie !

Elle s'agrippa à sa manche, les yeux illuminés par la bougie.

– Ce n'est pas le moment pour ça, répliqua le père Georges en retirant son bras. Tu n'as qu'à venir me voir demain au presbytère.

– S'il vous plaît ! Je vous ai attendu toute la soirée. Pourquoi vous n'êtes pas venu plus tôt ? J'ai l'impression de tomber sans pouvoir m'arrêter…

Elle s'efforçait de retenir la larme perlant au coin de son œil. Le curé soupira. Après un regard gêné sur le corps, il tendit la main et signa le front de Suzanne.

– J'ai péché envers Dieu, récita la jeune fille, et envers mon père. J'ai commis le péché de chair. Je veux demander pardon à Dieu et à mon prochain.

– Suzanne, ce n'est pas…

– Attendez ! s'exclama-t-elle tout bas. Il faut que je vous raconte. Il faut que vous sachiez ce que j'ai fait… J'en ai besoin.

– Allez, ça suffit, grommela le prêtre. Relève-toi.

– Mais…

– Relève-toi !

Elle se rassit sur sa chaise, penaude.

– Le sacrement de réconciliation, dit le père Georges, n'est pas une formalité administrative. On ne s'en débarrasse pas comme d'une envie pressante.

– Je n'essaye pas de…

– Si. Tu te sens coupable. C'est un sentiment normal quand quelqu'un meurt. J'ai enterré assez de paroissiens pour le savoir. Mais là, tu reportes ta culpabilité sur un acte que tu n'aurais même pas considéré comme un péché ce matin. Ce n'était pas la première fois, aujourd'hui, n'est-ce pas ?

– Non, admit Suzanne avec docilité.

– Alors pourquoi ne pas m'en avoir parlé avant ? soupira le curé en se tassant sur sa chaise. Je ne suis pas content. Tu confesses des disputes avec ton père, des mauvaises pensées, mais tu ne me parles pas de ce qui te tourmente vraiment. Si tu n'es pas d'accord avec l'Église sur un point de catéchisme, c'est justement ce point dont il faut qu'on discute. Tu pensais qu'il n'y avait rien de mal dans le fait d'aimer ce garçon. Mais tu t'imaginais que je me serais fâché en l'apprenant. Je me trompe ?

– Non…

– Et maintenant que ton père est mort…

Suzanne étouffa un gémissement.

– Maintenant que ton père est mort, reprit le curé, imperturbable, tu te sens coupable. Tu essayes de justifier ce sentiment par une faute personnelle, dans l'espoir d'en être soulagée en obtenant le pardon pour cette faute. Mais je ne veux pas que tu confesses tes amours si, en ton for intérieur, tu n'y vois pas de péché.

– Ce n'est pas un péché ?

– Si.

– Pourquoi ?

– Ce n'est pas le lieu pour en discuter. Ce soir, je veux juste que tu comprennes que ta culpabilité n'a pas besoin d'être justifiée. Elle est. C'est tout.

– Mais le pardon ?

– Le pardon, tu l'as déjà. Dieu t'a déjà pardonné. Se confesser, c'est demander pardon à son prochain, à celui qu'on a blessé. Si tu penses que tu n'as blessé personne, alors tais-toi. Je n'ai pas besoin d'une bigote de plus.

Le curé ferma les yeux et murmura une prière pour le mort, comme s'il voulait marquer une pause dans la discussion. Suzanne le regarda faire du coin de l'œil. Par mégarde, ses yeux se posèrent sur son père. La vague cogna l'intérieur de sa poitrine avec une force qui faillit la faire tomber de sa chaise. Mais elle tint bon. Elle imagina son père sourire sous le linge et elle se dit que cette journée était absurde. Comment son père avait-il pu s'endormir et se réveiller dans ce lit pendant des années pour finir ainsi, aussi inerte et triste que le meuble ?

– Alors de qui est-ce la faute ? demanda-t-elle.

Le curé ne répondit pas tout de suite. Il garda les paupières closes pour terminer sa récitation mentale, puis il les rouvrit en se redressant.

– Ça, ce n'est pas de l'ordre de mon sacerdoce.

– Vous pensez qu'on l'a tué ? Les gens en ont parlé toute la soirée. Dans mon dos, mais ils ne sont pas très discrets. Ça n'a aucun sens. Comme si quelqu'un avait pu le jeter du pont ! Papa, il n'a jamais fait de mal à personne.

– Les autorités détermineront si c'était un accident.

Sa voix se chargea soudain d'une émotion indéfinissable :

– Suzanne, fais attention. Tu dois te méfier des rumeurs. Un décès soudain est toujours la source de théories plus ou moins élaborées qui circulent à toute vitesse. J'ai vu des gens obsédés par la recherche d'un bouc émissaire au point d'avaler tous les ragots possibles. J'espère comme toi que la vérité éclatera au grand jour. Mais tu dois te préparer à l'éventualité de ne pas tout savoir avec certitude.

– Je ne comprends pas…

– Justement. N'essaye pas de tout comprendre. Ça ne t'apportera rien de bon. De toute façon, tu auras d'autres choses à faire dans les prochains jours.

Suzanne resta sans bouger.

– Promets-le-moi, insista le curé.

– Quoi ?

– De ne pas essayer de comprendre. Promets-le.

Elle hésita. Mais comme le curé ne bougeait pas, elle souffla :

– Je promets.

– Bien. Maintenant, prions ensemble.

Ils récitèrent un Notre Père d'une voix basse puis le curé se leva, passa derrière elle et posa la main sur son épaule. Elle crut qu'il allait ajouter un mot, mais le vieil homme finit par la lâcher et sortit. Suzanne se retrouva seule face à son père. Des voix étouffées lui parvenaient de l'autre côté de la porte. Elle comprit que le curé donnait des instructions pour qu'on la laisse tranquille un moment. Mais Suzanne ne voulait pas rester une minute de plus dans cette chambre. Elle se leva, colla son oreille à la porte. Lorsqu'elle entendit le prêtre claquer celle de la maison, elle réajusta sa robe, réarrangea ses cheveux et entra dans la cuisine. La Cornette et ses comparses se turent aussitôt. Suzanne traversa la pièce sans les regarder. Avant qu'elle n'eût franchi le seuil du logis, les trois femmes s'étaient déjà précipitées dans la chambre mortuaire, comme si le corps de Ferdinand risquait de s'échapper.

Ce fut d'abord une bise fraîche qui caressa les joues de Suzanne. Elle frissonna par réflexe, mais c'était une belle nuit d'été, dont la tiédeur moite l'enveloppa vite. Son corps crispé se détendit. Le parfum du fumier qui sortait de l'écurie lui procura même une sensation de confort. Elle se sentit à nouveau chez elle, ce qui lui parut inapproprié, au vu des événements qui bouleversaient son foyer. Elle se tourna vers le sentier. La lanterne du curé se balançait, seule sur la route du presbytère.

Suzanne s'enfonça dans l'obscurité, droit dans la pente, à travers le champ qui grimpait vers la forêt. La seule personne qu'elle aurait voulu avoir à côté d'elle ce soir n'était pas venue. Il était pourtant impossible que Jean n'eût pas pris connaissance de sa détresse. Il avait beau être frappé d'ostracisme, de mémoire d'homme, Fragonaz n'avait jamais connu de meurtre. La nouvelle du crime avait dû se propager comme une traînée de poudre et il était peu vraisemblable qu'elle se soit arrêtée sur le seuil de la vieille étable. Alors pourquoi ne s'était-il pas présenté ? Craignait-il les ragots qu'une visite eût pu susciter ? Mais Suzanne ne l'aurait pas reçu seule. Des condoléances devant les voisines auraient suffi : Jean serait reparti sans geste équivoque, sans murmure, mais elle aurait senti, par sa seule présence, qu'il souffrait avec elle. Non, s'il n'était pas venu, c'était pour une autre raison. Elle craignait qu'il ne s'agisse de la gifle. Si c'était le cas, comment l'homme qu'elle aimait osait-il mettre dans la balance son orgueil ou sa honte contre sa douleur à elle ? Suzanne refusait d'y croire, mais elle frémit tout de même d'irritation et accéléra pour s'éloigner de la ferme.

Elle s'en voulait de penser à Jean maintenant. Pourtant, comme elle suivait le cours de ses réflexions, la nature de leurs disputes se présentait avec plus de clarté. Ils ne pouvaient pas se montrer ensemble, c'était le nœud du problème. Elle devait bien l'admettre, ce qui avait constitué le piquant de leur relation s'était changé en obstacle. Or, cette nuit, elle avait besoin de soutien, et c'était particulièrement net. Pour chasser ces réflexions, elle résolut de lui en parler le plus tôt possible, en se demandant toutefois comment elle s'y prendrait maintenant qu'elle était au centre de l'attention.

Elle avait marché jusqu'à la lisière du bois. Prenant appui sur une racine, elle s'assit face à la pente, le dos contre le tronc rugueux d'un épicéa. Un peu de résine colla à sa paume. Elle le remarqua à peine. Sous ses pieds, la vallée baignait dans le noir et le silence. Le ciel scintillant, lui, rappelait les eaux d'un torrent en plein soleil. Les étoiles formaient un bloc de lumière dense. Cette dentelle blanche se découpait, nette, sur le massif, tout en ombres, comme si on l'avait déchirée d'un coup sec. Suzanne suivit la ligne d'horizon. Au-dessus du village de La Tule, le pic de la Cornaz et les Aiguillons se détachaient l'un après l'autre, silhouettes noires sur fond blanc, mais abruptes, taillées à coups de ciseau rageurs. Suivaient le dôme du Chouca, tout en rondeur, les arêtes de Frison, et l'aiguille Bleue qui dominait la vallée. Son regard vint se poser sur la ligne de crête qui surplombait Fragonaz.

La dalle monstrueuse qui grimpait du village jusqu'au plateau formait, sur fond de voûte étoilée, un bloc de ténèbres effrayant, résolument opaque. Derrière cette montagne, c'était la Suisse, et dans le dos de Suzanne, l'Italie.

Un rire désespéré grimpa dans sa poitrine. Elle le retint, de peur qu'il ne perce la carapace et que les larmes en profitent. Il lui semblait pourtant si drôle que tant de gens dorment paisiblement, dans la vallée et ailleurs, en famille ou en couple, quand elle se trouvait là, sans sommeil, seule pour la première fois de sa vie.

Il y eut un craquement quelque part derrière elle. Un rongeur devait se faufiler sous un buisson de myrtilles. Suzanne ferma les yeux et expira lentement.

Si Jean avait été à côté d'elle, s'ils avaient pu en discuter, peut-être aurait-elle pris une autre décision. Mais elle était seule et elle suivrait son instinct. On avait passé la soirée à essayer de la convaincre que son père reposait dans sa chambre, dans son lit, dans son habit du dimanche. C'était faux. Il gisait toujours au fond du ravin, le visage grimaçant vers le ciel, et il y resterait tant que le crime dont il avait été victime resterait impuni.

Quoi qu'il en coûte, Suzanne retrouverait son meurtrier.

Elle avait déjà menti au père Georges par omission. C'était la première fois qu'elle le faisait franchement. Elle en éprouvait, plus que la honte du péché, une sorte de regret, comme si elle venait de couper le lien qui la retenait à son dernier allié. Mais, paradoxalement, elle se sentait confiante. Cette impression neuve, grisante, d'évoluer en solitaire, sans rendre de comptes à personne, lui donnait le courage de s'avouer que sa décision avait été prise dès l'instant où elle s'était penchée sur le précipice.

Lorsqu'elle ouvrit les yeux, elle remarqua que quelque chose avait bougé sur sa droite. Elle sursauta, croyant d'abord que quelqu'un s'était approché. Mais il n'y avait personne. Le vent soufflait toujours, agitant les aiguilles des branches au-dessus de sa tête. Elle se figea soudain de terreur en comprenant d'où venait son angoisse.

La montagne avait grandi.

L'immense dalle noire qui montait jusqu'au plateau de Fragonaz s'était étirée vers le ciel, grignotant l'immensité étoilée comme de la mousse l'aurait fait d'un tronc. Pire encore, la montagne continuait à croître. Avec la lenteur d'un colosse qui s'éveille, la ligne de crête s'élevait en silence, dévorant les astres constellation par constellation. Suzanne vécut des secondes d'horreur sans fond avant de saisir, par une révélation subite, l'origine du phénomène. Elle se laissa glisser contre le tronc, soulagée.

Elle observa encore un peu le haut du plateau pour se rassurer, puis, revenant à la décision qu'elle avait prise, elle se leva et redescendit vers la ferme.

Au-dessus du plateau, la vallée se couvrait d'énormes nuages noirs.

6

Deux enquêteurs

Martin avait mal dormi, agité par des rêves où des marmottes le poursuivaient avec l'intention muette mais très explicite de l'enterrer sous la montagne. Réveillé en sursaut par une sensation d'étouffement, il voulut se consoler avec la vue panoramique de sa chambre et fut vivement déçu d'ouvrir les volets sur une chape grisâtre qui recouvrait le village et ses alentours. On ne voyait même plus les sommets.

En s'habillant, il remarqua un trou dans sa chaussette. Il descendit en ruminant de sombres pensées qui trouvèrent un écho dans les discussions qui montaient de la salle principale du café de la Corne, au rez-de-chaussée. Le silence se fit dès qu'il entra.

La pièce était pleine. Il y avait Chappuis, Coutaz, une trentaine de villageois que Martin n'avait jamais vus et qu'il supposa être, pour la plupart, des paysans. Le commissaire, qui n'était pourtant pas un lève-tard, s'assit à la seule table encore libre, à l'invitation d'une gamine derrière le bar. Les rumeurs remontèrent peu à peu.

Le changement atmosphérique, bien sûr, n'avait pas échappé aux paysans. La pluie menaçait les récoltes. Mais ils connaissaient tous Ferdinand, et tous étaient sous le choc.

C'était un ami, un voisin, un camarade de beuverie. C'était l'un d'entre eux. Chacun parlait avec une intensité lugubre, comme si c'était soi-même, et pas Ferdinand, qu'on avait retrouvé en bas du pont. En comparaison, la mort du président dans la capitale trois jours plus tôt n'avait eu aucune prise sur eux. C'était trop loin. Personne au village n'aurait eu l'idée de suspendre le travail pendant le deuil national. Mais le mystère auréolant la mort d'un villageois de Fragonaz, lui, devait être âprement discuté, débattu et expliqué. La parole était le seul moyen de retrouver un semblant d'ordre. Même le défunt, qui n'avait jamais procrastiné de sa vie, aurait compris qu'il fallait s'attarder au café ce jour-là, malgré le mauvais temps qui pointait.

La gamine, une des filles de la Corne, servit un bol de café au lait à Martin, avec du pain et un bout de tomme. Le commissaire s'en coupa une tranche en se connectant, d'une oreille distraite mais rigoureuse, aux bribes des conversations fusant autour de lui. Il comprit vite que le corps de Ferdinand avait été déplacé et nettoyé. Il n'y aurait donc pas d'analyse possible. Mais le visage de Martin ne montra aucune déception. Il se savait en milieu hostile. Son objectif, désormais, était d'aller au bout de son enquête. Tout ce qu'il attendait des villageois, c'était qu'ils lui fichent la paix.

– C'est vous qui l'avez tué ?

Martin leva la tête de son bol. Le père Pissard-Leblanc s'était approché dans son dos et le considérait d'un air mauvais. Le silence était retombé.

– Je vous demande pardon ? demanda Martin en s'essuyant la bouche.

– Je dis rien que du très clair ! Personne ici lui voulait du mal. Celui qui l'a tué, c'est sûr, il est pas du coin. Vous, vous débarquez de la capitale, comme ça, exprès pour lui parler. Et juste après, clac ! Alors ?

Le fils du vieux Pissard-Leblanc, Pierre, qu'on appelait le gros Pierre pour ne pas le confondre avec le petit, se planta devant la table. Il montra même les dents, croisant des bras épais comme des cuisses. Certains se levèrent pour mieux voir.

– Non, je n'ai pas tué Ferdinand Rabotin, articula Martin le plus calmement possible. Pourquoi j'aurais fait ça ?

– Vous vouliez lui parler ! Il me l'a dit, sur le chemin.

– Ce n'est pas une très bonne raison pour tuer quelqu'un. D'ailleurs, ce chemin, celui qui va du village à la ferme des Rabotin, c'est bien le seul, non ? Si je me souviens bien, ce charmant jeune homme – votre fils, peut-être ? – a travaillé le long du sentier toute l'après-midi. Il pourra vous renseigner sur mes allées et venues.

Le vieillard resta interdit, avant de se tourner vers son fils :

– Eh ben, parle, toi !

Le gros Pierre, stupéfait, sentit toute la salle se tourner vers lui. Il avait bien vu le commissaire monter chez les Rabotin et ne redescendre au village qu'après le meurtre, en compagnie de Suzanne. Mais le fils aîné des Pissard-Leblanc, qui n'avait jamais osé contredire son père, n'avait aucune intention de commencer à le faire devant la moitié du village. Il bredouilla qu'il n'avait pas bien regardé, à cause de la récolte, toussa un peu, et ne réussit finalement qu'à piquer un fard. Son père le foudroya du regard.

– Là, dit Chappuis du fond de la salle. Qu'est-ce que je disais ?

– Il aurait pu faire le tour par le bois du Loup..., tenta quelqu'un.

– En passant par le pont du Garibaud ? ricana le menuisier. Pas le temps !

Tous les paysans se mirent à donner leur avis, en se disputant sur les différents itinéraires que Martin aurait pu emprunter pour tuer Ferdinand. Le commissaire reprit son repas sans leur prêter attention. Une minute plus tard, le groupe avait fait le tour des hypothèses et se heurtait à une impasse : aucune n'était satisfaisante.

– Ça change rien ! aboya le père Pissard-Leblanc pour rétablir le silence.

Il se pencha sur Martin, le front rouge d'humiliation, et lui enfonça un doigt sale dans la poitrine. Son haleine puante s'échappait d'entre des chicots noircis.

– Vous lui avez parlé, et il est mort ! cracha le vieux. Vous lui vouliez quoi ?

– Ça ne vous concerne pas, répondit Martin.

– Ah non ?

Martin regarda autour de lui. Tous les paysans s'étaient approchés, les muscles saillant sous leurs chemises déjà moites, comme une mêlée menaçante aux effluves de sueur et de terre. Le commissaire hésita sur la conduite à tenir. Il savait d'expérience qu'une foule en colère se comportait à peu près comme un enfant en bas âge. Elle prenait ce qu'elle voulait, quand elle voulait, sans aucun sens des responsabilités individuelles. Martin constituait un bouc émissaire de premier choix et les paysans ne s'arrêteraient pas à une absence de preuves pour le lyncher proprement. Il eut un pincement au cœur en imaginant Françoise le taquiner sur son manque de tact. Martin l'admettait, il ne brillait pas par sa sensibilité. Il lui arrivait de le regretter.

Après avoir pesé très cartésiennement ses options, le policier conclut que la meilleure posture face au caprice d'un enfant restait l'indifférence. Il plongea donc sa tartine dans le café et croqua dedans comme s'il était seul au monde, en imaginant que les paysans, impressionnés par son flegme, iraient se rasseoir docilement.

Quelqu'un donna une claque dans son bol, qui se brisa au sol.

– On te cause, parigot !

Quelques sourires cruels s'étirèrent dans la foule. Chappuis avait blêmi. Le gros Pierre, ravi de pouvoir se rattraper auprès de son père, fit le tour de la table, saisit Martin par le col et, sans effort apparent, le plaqua brutalement contre le mur le plus proche. Le policier avait une bonne tête de plus que le paysan, mais celui-ci devait faire son poids. Ses poings, deux enclumes, resserrèrent leur prise sur Martin.

– Vous êtes en train de faire une erreur, souffla le commissaire.

– Vraiment ? ricana Pierre.

– Lâche-le, Pissard, ou je t'envoie rejoindre tes frères !

Toute la salle fit volte-face. Deux gendarmes se tenaient à la porte.

Le gros Pierre lâcha aussitôt Martin, en arborant le même air haineux que son père. Le commissaire se redressa en se massant la gorge. Le gendarme qui avait parlé portait une épaisse moustache brune. Le second était encore imberbe. Ni l'un ni l'autre n'avaient la carrure du paysan, ou la taille de Martin. Mais l'uniforme suffisait, à moins que ce ne soient les revolvers portés à la hanche : les paysans reculèrent.

– Commissaire ? demanda le moustachu en s'avançant vers Martin. Brigadier Bosson. Et brigadier Simon. Nous avons ordre de nous mettre à votre disposition.

L'annonce jeta un froid. Les premiers paysans déguerpirent.

– Vous avez le sens de l'à-propos, répondit Martin.

– Nous avons fait aussi vite que possible.

– Et je vous en remercie. Vous n'êtes que deux ?

– Oui.

– Et vous connaissez déjà le village ?

– En effet, admit Bosson avec une certaine gêne. J'ai cru comprendre que vous aviez demandé par l'intermédiaire du procureur une dizaine d'hommes sans attache avec Fragonaz, mais le capitaine Mestral, euh…

– M'envoie me faire foutre.

– Vous fait part de ses regrets.

– Puis-je vous dire un mot en privé ?

Le brigadier Bosson se retourna pour aboyer :

– Allez, dehors ! C'est les récoltes, oui ou non ?

Les paysans qui restaient sortirent à reculons. Bosson pointa un doigt sur le père Pissard-Leblanc qui poussait discrètement son fils vers la sortie.

– Pissard ! S'il y a du grabuge, je saurai que c'est toi.

– Eh, j'peux pas répondre de tout le monde.

– Commence par tenir ta famille.

Le vieillard grommela quelques pensées à l'égard des forces de l'ordre et sortit en claudiquant, son fils sur les talons. Le brigadier Simon pressa les derniers clients vers la porte. Sur un signe de Bosson, il fit aussi sortir la fille de la Corne et passa dehors pour monter la garde. Le café vidé, Bosson se tourna vers Martin.

– Les Pissard-Leblanc ne sont pas des tendres. Braconnage, vols, bagarres. Le vieux a deux fils en prison, et celui-ci y a déjà fait plusieurs séjours, dont un pour avoir tué d'un coup de hache l'âne qu'on refusait de lui vendre à la foire. Je vous conseille de rester vigilant. Un coup de fusil de derrière un buisson est vite arrivé.

– J'y veillerai, dit Martin en se rasseyant. Dites, votre camarade…

– Il est muet. Mais il fera tout ce que je lui dirai sans discuter.

Martin mordit dans sa tartine en dévisageant le brigadier.

Il l'invita à s'assoir en face de lui, sans le quitter des yeux. Après avoir avalé, il demanda :

– Nous nous sommes déjà rencontrés, n'est-ce pas ?

– Oui, dit Bosson en rougissant légèrement. L'affaire de l'éléphant des Vosges. J'étais deuxième classe à Épinal. J'ai porté votre valise à la gare. J'ai fait ma demande de mutation quelques mois plus tard. Ma femme était enceinte et elle a de la famille ici, alors… Je ne pensais pas que vous vous souviendriez.

Martin sourit poliment. Il n'avait aucun souvenir du brigadier en train de porter une valise, ou d'ailleurs de faire autre chose. Il avait pourtant déjà vu cette tête. Il tenta d'imaginer le gendarme sans l'énorme moustache qui lui barrait la lèvre, mais ses efforts mentaux restèrent vains. Il mit son trou de mémoire sur le compte de la fatigue.

– Ce que je vais vous dire est confidentiel, commença-t-il, et devra rester entre nous pour la durée de l'enquête.

Le brigadier se pencha par-dessus la table avec attention.

– Vous savez sans doute que l'attentat dans lequel le président a trouvé la mort, dans la nuit de dimanche à lundi, s'est déroulé au domicile du préfet de police de Paris. En plus des deux cibles, le président et le préfet, on a retrouvé le corps d'un anarchiste, Lucien Caroux, ainsi que celui d'une jeune fille qui remplaçait la gouvernante du préfet, tombée malade la semaine précédente. La jeune fille s'appelait Fabienne Fouilly. Seize ans.

Bosson secoua la tête pour exprimer sa désapprobation.

– Pauvre môme. Comment avez-vous identifié l'autre ?

– La gravité de la situation a permis de passer outre à certaines procédures. Nous avons déchaîné nos indicateurs dans les milieux anarchistes et, d'arrestations en interrogatoires, nous avons vite fait le lien. Caroux était déjà connu de nos services. C'était un jeune machiniste de théâtre. Il fréquentait des réunions anarchistes depuis environ deux ans. Nous sommes remontés à ceux qui lui ont fourni un fusil et au domestique qui l'a renseigné, malgré lui, sur la présence du président chez le préfet ce soir-là. Les détails de cette fuite ne sont pas très importants. Le président et le préfet étaient de vieux amis : ils avaient l'habitude de se retrouver chez ce dernier le premier dimanche du mois. L'information est arrivée aux oreilles de Caroux, qui a décidé d'en profiter. Nous avions tout. Mobile, moyen, opportunité. Tout correspondait, à un détail près : l'attentat n'a pas été commis au fusil, mais à la dynamite.

– Ah oui, fit Bosson en se redressant. Je me disais aussi…

– La scène du crime ne laissait aucun doute, continua Martin sans l'écouter. Le bureau était sens dessus dessous : les meubles renversés, les murs brûlés, et les corps méconnaissables. D'ailleurs, plus tard, l'analyse chimique a confirmé que c'était bien une cartouche de dynamite qu'on avait fait détoner. De fait, la présence du fusil calciné ne collait pas. Pourquoi s'encombrer d'une arme à feu quand on transporte une bombe ? Ou, encore mieux, d'une bombe, quand on a un fusil ? L'enquête nous a appris que les hommes qui avaient procuré l'arme à Caroux ne lui avaient pas vendu d'explosif. Le président et le préfet n'ayant aucune raison d'en transporter avec eux, la cartouche ne pouvait venir que du côté de Fabienne Fouilly.

– La gouvernante ? s'écria Bosson en se dressant sur sa chaise.

– La question, poursuivit le commissaire, était de savoir si elle était complice de Caroux. Du côté de ce dernier, c'est-à-dire du côté de ses fréquentations anarchistes et de ses proches, personne n'avait entendu parler d'elle. Son plan était simple : il devait abattre le président, les éventuels témoins, et s'enfuir aussitôt. Je suspectais donc Fouilly d'avoir agi seule, et c'est la disposition de la scène de crime qui m'en a donné la preuve. Des quatre victimes, c'est son corps qui a été le plus abîmé par l'explosion. Il était presque entièrement pulvérisé. Un tas d'os et de chairs noircis incrustés de tissus calcinés. Un spécialiste en a conclu qu'elle tenait la dynamite contre elle au moment de l'explosion. Elle s'est fait sauter, en emportant les trois hommes avec elle.

Le commissaire fit une pause pour étudier la réaction du brigadier. Celui-ci n'osait pas le contredire mais il refusait, lui aussi, de se laisser convaincre par la thèse d'un attentat-suicide au féminin. Même les subordonnés de Martin, dont l'admiration pour leur patron n'était pourtant plus à prouver, s'étaient montrés sceptiques.

– Vous voulez dire qu'elle aurait agi seule ? demanda enfin Bosson.

– C'est ce qu'il semblerait, oui. En tout cas, sur place.

– Mais ce n'est pas possible… il n'a pas pu y avoir deux attentats anarchistes visant le président exactement au même moment. C'est trop gros !

– Le hasard peut sembler énorme, répondit Martin d'un ton neutre, mais pas quand on pense que le président était protégé en permanence. Ses visites auprès de mon… auprès du préfet constituaient le point faible de cette protection. Elles étaient non seulement prévisibles mais intimes, donc sans les gardes, qui avaient l'habitude de patienter dans la rue. Il a suffi à Caroux de casser un carreau au rez-de-chaussée de l'immeuble de derrière, de traverser la cour et de se faufiler par l'escalier de service. Fouilly s'est débrouillée d'une manière plus insidieuse encore. Thérèse Bondin, la gouvernante du préfet, n'était jamais tombée malade en quinze ans. Nous n'avons pas encore reçu le résultat de ses analyses, mais il y a de fortes chances qu'elle ait été empoisonnée pour que Fabienne Fouilly puisse prendre sa place.

– Mais le préfet de police aurait dû vérifier que…

– Il a vérifié, coupa Martin d'un ton sec. Il n'a rien vu, parce qu'il n'y avait rien à voir. La biographie de Fabienne Fouilly ne mène nulle part. Elle a quitté la Côte d'Azur il y a deux ans pour entrer au service d'un médecin et de sa femme, dans le XVIe arrondissement de Paris. Le couple n'a jamais eu à se plaindre d'elle. Nous avons retrouvé les lettres qu'elle écrivait à sa mère toutes les semaines. Là non plus, rien de particulier. Elle sortait, comme les jeunes filles de son âge, mais ni ses employeurs ni ses proches ne connaissaient ses fréquentations. Pour l'instant, nous ignorons qui elle voyait, à quelle fréquence, et comment elle a pu se procurer la dynamite.

Martin marqua une pause. Bosson, toujours défiant, attendait la suite.

– Donc vous ignorez ce qui a poussé cette fille à… à faire ça ?

– Oui, avoua Martin sans ciller. Mes collègues continuent leur enquête, ils en découvriront peut-être plus dans les prochains jours. En attendant, comme d'habitude, c'est dans cet interstice, dans le doute, que vient se glisser Étienne Rabotin.

– Ah, ça, grommela le brigadier, ce n'est pas vraiment étonnant.

– Pourquoi ?

Le gendarme hésita, surpris. Martin se força à sourire pour l'encourager.

– Eh bien, toussota Bosson timidement, il faut bien vendre, n'est-ce pas ? Un journal n'est jamais qu'une entreprise. Dès qu'il y a des trous dans une affaire, les journalistes s'empressent de les combler avec des rumeurs. Il suffit qu'un rédacteur en chef écrive le nom « Étienne Rabotin » pour augmenter les tirages, et tous les autres suivent. C'est ce que les gens veulent lire.

– Vous avez parfaitement raison, s'inclina Martin.

Il put voir Bosson réprimer un tortillement de fierté.

– D'ailleurs, continua-t-il, pour cette affaire, les journalistes les moins patients s'en sont déjà donné à cœur joie : dès lundi matin, ils attribuaient l'attentat à Étienne Rabotin. Nous avons mené notre enquête de routine auprès des rédactions de ces quotidiens et nous avons constaté, comme d'habitude, que ces belles affirmations ne se fondaient que sur des suppositions. Personne, pas un journaliste, pas un témoin, n'a été en contact direct ou indirect avec le dénommé Étienne Rabotin.

– Ben, c'est normal, puisqu'il n'existe pas...

– Pas si vite.

Bosson fixait maintenant Martin d'un air inquiet.

– Je cours derrière des anarchistes depuis des années, reprit le commissaire. Il y a quelque chose que vous devez impérativement comprendre avant d'aller plus loin. Quand on parle de groupes anarchistes, il ne s'agit pas d'organisations structurées. Ce sont des groupements épars d'ouvriers, d'étudiants ou de malfaiteurs qui se retrouvent occasionnellement dans des arrière-salles poussiéreuses. La plupart sont inoffensifs. Ils parlent de révolte, oui, ils grognent un peu, d'accord, mais ça leur suffit. Et si l'un d'eux réussit, presque par erreur, à faire exploser une bombe, le paradoxe tient à ce qu'il se fiche éperdument des conséquences de son acte. Peu lui importe d'avoir fait cent, dix victimes ou même aucune, tant qu'on parle de son geste dans les journaux. C'est la symbolique qui lui plaît, c'est-à-dire l'écho politique de son action individuelle. Un anarchiste a besoin de relier ses actions à la cause qu'il défend, et ce besoin est aussi vital pour lui que de respirer. Que l'attentat réussisse ou non, ce n'est qu'une question de temps avant que son auteur ne cède à la tentation de s'en vanter. Ces rumeurs remontent systématiquement aux oreilles de nos informateurs. Et c'est ainsi que nous finissons par les coincer. En tout cas, pour ce qui est des anarchistes ordinaires.

« Il y a deux ou trois ans, quelque chose a changé, d'abord avec l'attentat des Halles, puis celui des Épinettes. Les semaines et les mois passaient, nos informateurs restaient bredouilles. En province, il y a eu Nice, Lyon, Rennes, et j'en passe. Même résultat : le silence. Les arrestations continuaient sur d'autres affaires, mais la pile des cas non élucidés grimpait sur mon bureau. C'était comme si les individus responsables de ces attaques n'en parlaient pas, comme s'ils n'avaient ni réseau ni groupe pour fanfaronner, comme s'ils se jetaient dans l'anarchisme et la violence sans soutien aucun, chacun dans leur coin. En même temps, le nom "Étienne Rabotin" a commencé à se diffuser, d'abord dans les bars, puis dans la rue, enfin dans les journaux. Les deux phénomènes semblent donc liés, bien qu'il soit difficile de déterminer pour l'instant si l'un est la cause de l'autre. Fabienne Fouilly fait partie de cette série puisqu'il semble qu'elle ait agi de façon indépendante. Mais est-ce le cas ? Toute la question est de savoir si elle s'est mise en action seule ou si on l'a poussée. Il n'est pas impossible que cet attentat, comme tous ceux qui n'ont pas été revendiqués, ait été orchestré par quelqu'un qui préfère rester dans l'ombre.

– Alors vous croyez qu'il existe ? souffla Bosson.

Martin dévisagea en silence le brigadier qui lissait sa moustache d'excitation, ravi de partager ces hauts secrets d'État. Le commissaire haussa les épaules :

– Je ne crois rien. Il n'y a aucune preuve, ni dans un sens ni dans l'autre. Il est tout à fait possible que ces attentats aient été perpétrés par des solitaires, galvanisés par l'idée que symbolise le nom « Étienne Rabotin ». Il est également possible que ce nom cache un anarchiste de chair et d'os, voire un groupe structuré, discipliné, s'étant donné pour mission de répandre ses idées par le feu et le sang. Les deux hypothèses se valent. Tant qu'il n'y a pas de preuve, nous ne pouvons pas trancher.

Bosson le scrutait toujours avec une attention comique.

– Reprenons, déclara Martin, gêné, en se levant. Je vous disais que le corps de Fabienne Fouilly avait été presque entièrement pulvérisé. Ce « presque » constitue le rebond principal de l'affaire. Dans la poche de ce qui avait dû être son tablier, nous avons trouvé un fragment de papier carbonisé. Un reste de lettre. Illisible. Il y a dix ans, nous n'aurions même pas pris la peine de le considérer comme un indice. C'est la conséquence la plus admirable du progrès scientifique : nous repoussons des limites qui nous contraignaient depuis toujours, non parce que nous n'étions pas capables de les franchir, mais parce que nous ne savions pas qu'elles étaient des limites.

À la tête de Bosson, Martin comprit qu'il divaguait et se reprit :

– Toujours est-il que le traitement des documents carbonisés a fait l'objet de plusieurs études en Angleterre ces dix dernières années. Un nouveau procédé à base de solution alcoolique permet de restaurer les contrastes d'un fragment brûlé. C'est une technique délicate qui prend plusieurs heures. Mais nous avons pu faire ressurgir un mot griffonné sur la lettre. Notre premier indice concret : « marmotte ».

Une lueur s'alluma dans les yeux du gendarme.

– Quand le nom « Étienne Rabotin » est apparu, continua Martin avant que le brigadier ne puisse ouvrir la bouche, nos services ont recensé tous les hommes du pays qui le portaient. Ils en ont trouvé une petite vingtaine. Après une surveillance acharnée et des interrogatoires croisés, il était clair qu'aucun d'eux ne constituait une menace. Restaient deux hommes portés disparus. Le premier, un marin de quarante ans qui s'est volatilisé avec tout son équipage au large de Brest, sur un thonier, il y a environ quatre ans. Le second, vous le connaissez, c'est le fils de Ferdinand Rabotin, disparu en Algérie il y a trois ans. Ces investigations ont été poussées le plus loin possible. Il arrive que le corps d'un pêcheur disparu en mer ne réapparaisse jamais. Mais la chose n'est pas étonnante non plus pour un baroudeur inexpérimenté qui fricote avec des criminels. Ces deux pistes sont donc restées en suspens.

– Jusqu'à ce mot…

– Jusqu'à ce mot. Car le jeune homme disparu en Algérie était originaire de Savoie, et pas de n'importe où : du village de Fragonaz, perché au pied du plateau de Fragonaz, où vit la plus grande concentration de marmottes d'Europe.

Martin s'était mis à slalomer entre les tables, exposant les informations avec précision, comme s'il essayait de les trier sous ses yeux. Il n'avait plus un regard pour le pauvre gendarme dont la présence semblait superflue.

– En matière d'enquête, il n'y a pas de coïncidences. Pour la première fois, on allait peut-être pouvoir répondre à la question : qu'y a-t-il derrière le nom « Étienne Rabotin », un homme, un groupe ou une idée ? Et répondre à cette question revient à répondre à celle-ci : les attentats non résolus de ces dernières années sont-ils des actes isolés, ou s'inscrivent-ils dans un plan pour déstabiliser le pays ?

– Dans la dernière hypothèse, c'est plutôt réussi.

– Je me précipitais dans un train le jour même et j'arrivais ici hier après-midi. Sans attendre, je me renseignais et je fonçais chez Ferdinand Rabotin. C'est alors que j'ai commis une erreur. Il semble que j'aie été… comment dire ? Il arrive qu'on perçoive dans ma façon d'être une certaine hauteur.

Il faut dire que la sympathie n'est pas, dans le cadre professionnel, mon trait de caractère le plus naturel.

Martin croisa le regard du gendarme. Le brigadier resta de marbre.

– Bref, reprit le commissaire sans broncher, j'ai manqué de tact. Ferdinand a cru que mon intention était de salir la mémoire de son fils. Il est parti sans répondre à mes questions. Quelques heures plus tard, il était tué.

– Et en matière d'enquête, pas de coïncidences, hein ?

– Non. Mon hypothèse est qu'on a tué Ferdinand Rabotin parce qu'il aurait pu, consciemment ou non, gêner la réalisation du plan dont je parlais.

– Donc il y aurait bien quelqu'un qui tire les ficelles ?

– Nous ne pouvons rien conclure sans preuves. Ce qui risque d'être, encore une fois, le principal obstacle de cette enquête. Les indices matériels sont maigres, presque inexistants. Un corps, un coup porté au front, en plein air. Pas d'empreintes, pas d'arme, pas de lieu clos limitant les suspects. Notre seule porte d'entrée consiste à interroger tous ceux qui se trouvaient dans le village au moment de sa mort.

– Ça n'a pas l'air de vous réjouir.

– Je me méfie des témoignages. Les gens croient ce qui les arrange.

Martin leva soudain la tête comme un chien d'arrêt qui flaire le gibier.

– Au fait, qu'en pensez-vous ? demanda-t-il à Bosson sans le regarder.

Le brigadier, ravi qu'on lui demandât son avis, rougit de plaisir.

– Eh bien, commença-t-il en toussotant, je ne suis pas sûr de pouvoir vous être utile. Toute cette affaire semble me dépasser de beaucoup.

– Pas du tout, pas du tout, marmonna Martin machinalement.

– Je ne comprends pas grand-chose aux anarchistes. Notre brigade a déjà eu affaire à quelques excités de la révolution, des autodidactes qui ne vivent que pour montrer leur désaccord avec les gens respectables. Si les curés se mettaient à prêcher le meurtre, ces gens-là deviendraient pacifistes. Mais ça ne dure jamais. Notre région, Dieu merci, conserve encore des mœurs traditionnelles. Les agités de ce genre finissent toujours par rejoindre la ville. Ou alors ils se rangent. C'est ce qui arrive dans la plupart des cas. Ils votent rouge, évidemment, mais ils se tiennent tranquilles.

Martin se déplaça vers le bar à pas feutrés. Le brigadier dut se tourner et hausser la voix, il n'était plus tout à fait certain que le policier l'écoutât toujours.

– Ce que j'essaye de vous dire, c'est que la montagne n'offre pas de prise aux révolutionnaires. Il n'y a pas de symbole d'autorité assez fort pour une lutte anarchiste en bonne et due forme. Ou alors il faudrait brûler toutes les églises de la vallée une par une, ce qui ne serait pas très commode. Enfin voilà : je ne vois pas ce qu'un anarchiste aussi redoutable qu'Étienne Rabotin, s'il existe, viendrait faire ici.

Martin avait rasé le mur pour s'arrêter près de la porte de la cuisine. Il colla son oreille contre le bois. Le brigadier s'arrêta de parler, un peu honteux. Il lui semblait que le policier n'avait pas beaucoup d'intérêt pour son point de vue.

– Qui voulez-vous interroger d'abord ? demanda-t-il pour changer de sujet.

Martin saisit la poignée et tira la porte en grand :

– Mlle Rabotin, peut-être ?

Suzanne était encore agenouillée par terre, l'œil au niveau de la serrure. Elle se releva, rouge jusqu'à la racine des cheveux, mais le regard bien droit, déterminée à montrer que sa présence était légitime. Martin lui sourit :

– Venez avec nous. Voulez-vous manger un morceau ?

– Non merci, répondit-elle timidement en le suivant.

– Vous avez tout entendu ? s'inquiéta le brigadier.

Suzanne, qui s'était assise, hocha la tête avec un regard pour Martin.

– Dans ce cas, dit le commissaire sans se troubler, je réitère mon avertissement : ce que je viens de dire doit rester entre nous. Car je suis d'accord avec le paradoxe que vient de soulever le brigadier Bosson : un anarchiste n'a rien à faire à la montagne. Et tant que ce mystère n'est pas résolu, il pourrait provoquer l'affolement.

Le brigadier rougit de plaisir, soulagé d'avoir été écouté.

– J'ai votre parole ? demanda Martin à Suzanne.

– Si vous me laissez vous aider, oui.

Le commissaire la considéra d'un air neutre avant de répondre :

– La meilleure façon de m'aider est de me laisser faire mon travail. Hier encore, ma présence dans ce village n'était pas officielle. D'ailleurs, elle ne l'est toujours pas. Mais si j'en juge par la présence des brigadiers Bosson et Simon, dans les faits, le procureur m'accorde sa confiance pour mener l'enquête. C'est bien ça ?

– Absolument, dit Bosson d'un ton officiel.

– Alors le reste n'est que paperasse, conclut Martin avant de se retourner vers la jeune fille. Ces messieurs suffisent pour m'assister. Je comprends votre envie d'aider mais je n'ai pas besoin de vous à mes côtés. Répondez juste à mes questions.

Suzanne baissa la tête, déçue.

– Qu'est-ce que vous voulez savoir ? bougonna-t-elle.

– Quelqu'un en voulait-il à votre père dans le village ?

– Non.

– Vous êtes sûre ?

– Oui. Il était facile à vivre. Ça ne veut pas dire qu'il se retournait pour vous remercier si vous lui marchiez sur le pied. Il se mettait parfois en colère. Mais il disait tout ce qu'il pensait, sans détour. Vous ne pouviez pas lui en vouloir.

– Ces accès de colère, ils visaient quelqu'un en particulier ?

– Non.

– Susceptible ?

– Sur certains sujets.

– Votre frère ?

– Oui.

– Pourquoi ?

– Il lui en voulait d'être parti.

– Pourquoi est-il parti ?

– Maman est morte. Et il se disputait tout le temps avec papa.

– Vous n'avez pas d'autre frère ?

– Non.

– Une sœur ?

– Deux. Elles sont mortes.

– Quand ?

– Je ne sais pas. J'étais petite.

– Pas d'autre famille ?

Elle secoua juste la tête. Martin s'aperçut de son émoi et changea, un peu tard, de ligne de questionnement :

– Où étiez-vous hier après-midi avant de me rejoindre ?

– Au bord du lac. Je faisais la sieste.

– Vous avez remarqué quelque chose d'inhabituel ?

– C'est-à-dire ?

– N'importe quel événement sortant de l'ordinaire.

– J'ai croisé Louis Fortin.

– Louis Fortin ?

– Un garçon du village, plus âgé que moi. Il était parti en ville un peu avant Étienne. D'après sa mère, pour faire des études.

– Comment était-il ? Son état d'esprit ?

– Il était… c'est difficile à expliquer. Triste ? Frustré ? Je ne l'avais pas vu depuis des années. Il n'avait pas l'air content d'être au village. Et il n'était pas en forme. Ses vêtements étaient en lambeaux. Il a été méchant.

– Méchant ?

– Il a dit que j'étais ordinaire. Je sais que ça n'a pas l'air terrible, dit comme ça. Mais dans sa bouche, c'était comme une insulte.

– Monsieur Martin, l'interrompit Bosson, un mot s'il vous plaît ?

Le commissaire se leva après avoir remercié la jeune fille d'un sourire.

– Qu'y a-t-il ? demanda-t-il quand ils furent près de la fenêtre.

– Je connais ce Louis Fortin, répondit le brigadier. C'est un des agitateurs dont j'étais justement en train de vous parler.

– Anarchiste ? demanda le commissaire.

– Oui. Étudiant à la faculté d'histoire. Distribution de tracts, altercations avec des adversaires politiques, ce genre de choses. Je ne l'avais plus vu depuis un ou deux ans. Je ne savais pas qu'il était revenu. Vous voulez qu'on vous l'amène ?

Martin jeta un coup d'œil à l'extérieur. Devant le café, la foule de paysans n'avait pas diminué. La présence du brigadier Simon les tenait à distance mais ils ne manifestaient pas l'envie de s'éloigner. Ils parlaient, se chamaillaient, riaient un peu, avant de reprendre soudain une mine grave au souvenir de leur deuil.

Martin sentit quelque chose s'agiter en lui. Il ne voulait pas attirer l'attention sur son enquête, mais était-il raisonnable de rencontrer ce Louis Fortin seul ? L'arrivée de l'anarchiste au village pouvait n'être qu'un hasard. Mais si celui-ci avait joué un rôle dans la mort de son père, le commissaire serait-il capable de se contenir ? Il se répéta mentalement qu'il ne portait pas d'arme et réussit à refouler ce qui le gênait.

– Mieux vaut faire les choses discrètement, répondit-il enfin. Je vais y aller moi-même. Vous, prévenez en ville, et glanez tout ce que vous pouvez sur lui. Je veux savoir où il était ces derniers mois, et quelles sont ses fréquentations.

– Entendu. Je vais demander à Simon de vous conduire chez lui.

– Indiquez-moi plutôt la maison, je vais passer par-derrière.

– C'est à la sortie du village. Vers les Bruyères.

– Les Bruyères ?

– Vers le lac.

– Par-là ou par-là ?

– Eh bien, on peut passer par les deux…

– Le plus rapide.

– Le plus rapide, c'est… euh…

– Je vais vous y conduire.

Suzanne avait surgi derrière Martin.

– C'est une manie, grommela Bosson.

– Je veux aider, rétorqua Suzanne en fixant le commissaire.

Martin l'observa un instant. Elle portait une robe de lin noire, plissée à l'arrière, qui lui descendait jusqu'aux talons. Le corps, de la même couleur, se composait d'une brassière bien ajustée et de manches légères brodées. Un châle noué autour de ses épaules mettait en valeur sa nuque : ses cheveux, nattés en deux masses bien serrées, formaient une couronne qui s'épanouissait derrière une coiffe de dentelle blanche. Un tablier en soie moirée complétait le tout avec élégance. C'était un ensemble simple, mais si typique que Martin ne put s'empêcher de sourire.

– D'accord, répondit-il. Je vous suis.

Le visage de Suzanne rayonna de reconnaissance. Elle pivota, faisant tournoyer sa robe, et s'enfuit au fond de la pièce pour voir si la voie était libre.

– Elle exagère, quand même, marmonna le brigadier.

Martin ne releva pas.

– Vous avez des enfants ? reprit Bosson.

– Non. Mais j'aurais bien aimé en avoir.

7

Interrogatoires

Suzanne avait décidé de ne plus lâcher Martin. Elle avait d'abord pensé l'observer à distance, moins pour se cacher de lui que des habitants du village, dont la chambre de son père ne désemplissait pas. La Cornette devait déjà être en train de la chercher autour de la ferme avec des soupirs scandalisés. Sans doute n'était-il pas convenable que Suzanne se promenât en compagnie d'un étranger alors que son père gisait sur son lit de mort. Mais la jeune fille ne voyait pas l'intérêt de rester enfermée deux jours de plus. L'arrestation du meurtrier valait bien l'outrage à la tradition.

Elle ouvrait la route en trottant devant le commissaire. Elle se retournait parfois et le voyait pensif, le nez sur ses chaussures, mains jointes dans le dos. Bien qu'il ne fît qu'un pas quand elle en faisait deux, ils avançaient à la même allure. Suzanne avait du mal à comprendre comment cet étrange individu pouvait être policier, de surcroît un policier assez important pour que les gendarmes le laissent mener l'enquête sur leur territoire. Elle avait toujours imaginé les grands enquêteurs comme des lecteurs sensibles de l'âme humaine. L'œil de Martin brillait d'intelligence, mais c'était une forme d'intelligence froide et analytique. Il donnait l'impression de se retrancher prudemment derrière des schémas au lieu de saisir le monde qui l'entourait par les sens, comme l'aurait fait n'importe qui. Le terme de « fille ordinaire » revint lui taillader la poitrine sans qu'elle comprît pourquoi. Elle appréhendait l'interrogatoire de Louis Fortin. Martin, lui, n'avait pas l'air impressionnable : sans doute pouvait-il écouter un jeune homme aigri cracher sur l'amour et ses merveilles sans en être incommodé. Suzanne en venait à regretter de ne pas être plus intelligente.

– C'est là, dit-elle en montrant le chalet.

La façade de planches vermoulues jaillissait d'un buisson d'orties. Le potager était à l'abandon et une odeur repoussante émanait du bâtiment.

– C'est à l'écart du village, remarqua le policier. Pourquoi ?

– La mère Fortin tannait les peaux. Plus maintenant.

– Et le père ?

– Jamais vu. Il paraît qu'elle est arrivée ici quand elle était enceinte.

– De Louis ?

– Oui. Elle n'a pas d'autre enfant.

– D'où venait-elle ?

– Je ne sais pas.

Martin ferma les yeux pour réfléchir. Suzanne hésitait à lui demander ce qu'il essayait de déduire quand il se réveilla soudain, enjamba les orties pour atteindre les marches et frappa trois coups énergiques. Il y eut un bruit de métal et la porte s'ouvrit un instant plus tard sur la mère Fortin.

Elle avait dû être jolie. Son visage était fin, hâlé, et ses cheveux blancs faisaient ressortir ses yeux émeraude.

– Quoi ? grogna-t-elle d'une voix grave.

– Je suis le commissaire de police Marcel Martin. Je dois interroger votre fils dans le cadre d'une enquête pour homicide. Allez me le chercher.

La porte faillit lui casser le nez en claquant.

– Vous n'êtes pas doué pour parler aux gens, remarqua Suzanne.

Martin cogna à nouveau, sans résultat.

– C'est une partie du travail que je préfère laisser à mes subordonnés, concéda-t-il en redescendant les marches. Je n'ai plus fait de porte-à-porte depuis quelques années et je crois que j'ai un peu perdu la main. Pourriez-vous...

Suzanne montait déjà au créneau.

– Madame Fortin ? appela-t-elle en toquant. C'est Suzanne.

La porte s'entrouvrit.

– Tu ne devrais pas être près de ton père ? fit la Fortin.

– C'est ce que la Cornette voudrait, oui. J'ai eu du mal à lui échapper.

– Cette vieille punaise de sacristie. Allez, entre !

L'intérieur était aussi modeste que ce à quoi on pouvait s'attendre. La Fortin sortit la bouteille traditionnelle. Martin, resté prudemment sur le seuil pendant que Suzanne prenait place à table, compta trois verres. Rasséréné, il entra et s'assit à côté de la jeune fille. L'odeur fauve qui l'avait surpris en arrivant s'échappait de la pièce de derrière. Il aperçut dans l'ouverture de la porte un tas de peaux grises.

– J'ai croisé Louis, hier, dit Suzanne. Il est revenu quand ?

– Par le bus de trois heures, dit la Fortin en les servant. Je m'en souviendrai. Il avait même pas franchi la porte qu'il s'excitait déjà. Et vas-y que je gueule ! Soi-disant qu'il m'avait envoyé un télégramme pour prévenir de son arrivée et qu'il fallait que je l'attende au café pour payer son billet. On marche sur la tête, non ? Je lui ai dit qu'il aurait mieux fait de payer son voyage avec l'argent du télégramme. Ah ! Ça lui a pas plu. Il est ressorti et il n'est pas rentré depuis.

Tu te rends compte ? Je l'avais pas vu depuis l'année dernière, et il est à peine resté avec moi une minute.

– Ce n'est pas très gentil de sa part, remarqua Suzanne en buvant.

– Il a toujours été comme ça.

– Comment ?

– Sur le point d'exploser.

La jeune fille fit la grimace : elle n'avait pas l'habitude de boire.

– Il vous a dit pourquoi il était revenu ?

– Pas pour chercher des histoires à ton père.

La mère Fortin jeta un regard incendiaire au policier.

– Je ne sais pas ce qu'on cherche à te faire croire, mais Louis n'a jamais fait de mal à personne. La seule fois où il s'est battu, c'était contre trois royalistes, après une de ces réunions idiotes où il échange des idées avec ses… « amis ». Je ne sais même pas si je peux les appeler comme ça. Bon. Les trois types lui tombent dessus et le tabassent. Mesdames les forces de l'ordre regardent ailleurs. Quand Louis parvient à se relever et à en assommer un, là, miracle, elles interviennent. Et elles le flanquent en cabane direct en laissant les autres filer. C'est normal, ça ?

– Non, répondit Martin, qui se crut invité à répondre.

– Non ! Je vous connais, moi. C'est toujours la faute des pauvres. Mais pas question de lui coller un meurtre sur le dos. C'est pas lui. C'est tout.

– Mais il a peut-être vu quelque chose ? suggéra Suzanne.

– Ça, il faut lui demander.

La mère Fortin vida son verre. Suzanne sirotait toujours le sien. Elle remarqua que Martin, cette fois, l'imitait. Il fixait son verre avec défiance, redoutant sans doute que son enquête ne l'obligeât à boire dans chaque maison.

– C'est tout ce que vous vouliez savoir ?

– Non, dit à nouveau Martin. Qui a payé les études de votre fils ?

La mère Fortin lui jeta un regard assassin.

– Ça vous concerne pas.

– Les études sont chères. Votre foyer est modeste.

– Ça vous concerne pas, répéta-t-elle en serrant les poings.

– Ces peaux, ce sont des marmottes ?

– Oui.

– Vous les chassez vous-même ?

– Plus maintenant.

– Comment chasse-t-on une marmotte ?

– Quel rapport avec Ferdinand ?

– Je ne sais pas encore.

– Il est toujours comme ça ? demanda-t-elle, irritée, à Suzanne.

La jeune fille haussa les épaules en signe d'excuse.

– Votre fils est revenu pour une raison, dit Martin en détachant les syllabes. D'après ce que je comprends de vos rapports, ce n'était pas pour vous voir. Peut-être doit-il retrouver quelqu'un, ou quelque chose. Il est aussi possible que cette raison ait quelque chose à voir, de près ou de loin, avec une marmotte. Dans tous les cas, je veux savoir dans quel état d'esprit il est arrivé à Fragonaz.

La mère Fortin considéra Martin avec haine. Puis elle quitta la table, passa dans la chambre et revint avec un vieux livre, qu'elle plaqua sur la table.

– Il n'avait que ça sur lui. Il l'a laissé ici hier.

La couverture grise, cartonnée, s'effritait par endroits. Suzanne lut le titre pressé à l'encre bleue : *La Marmotta alpina*, par Adriano Piccoli. La perplexité de Suzanne ne trouva pas d'écho dans les traits de Martin : il fixait le livre avec autant de détachement que si on lui avait montré un bloc de papier vierge.

– Puis-je vous l'emprunter ? demanda-t-il après un silence.

– Vous n'aurez qu'à lui rendre quand vous l'arrêterez. Puisque c'est un crime de s'intéresser aux bêtes, maintenant.

– Vous l'avez lu ?

– Je ne lis pas l'italien.

Elle reboucha la bouteille. Suzanne se leva par automatisme.

– D'où votre fils tient-il son argent ? demanda Martin.

– Encore ! s'indigna la mère Fortin.

– Venez, souffla Suzanne. Merci, madame Fortin.

– J'insiste, répondit le commissaire sans bouger.

– Sortez !

– Vous préférez répondre aux gendarmes ?

La mère Fortin eut un rictus furieux qui dévoila une dent morte.

– C'est son père. Vous êtes content ? Il m'a laissé de l'argent que j'ai donné à Louis le jour de ses dix-huit ans. Il n'est pas stupide, il a voulu s'instruire. Maintenant, foutez-moi le camp ou je vous montre comment on chasse une marmotte.

Martin resta figé sans comprendre.

– Il faut vraiment que je sorte le fusil ? tempêta la Fortin.

– Venez, dit Suzanne au commissaire en le tirant par le bras. Merci encore pour votre aide, madame Fortin. Désolée pour le dérangement.

– Désolée pour votre papa.

Une fois dehors, Suzanne et Martin reprirent le chemin du village. Le plafond nuageux n'avait pas bougé mais la chaleur reprenait ses droits. Elle écrasait tout. Le plus petit geste demandait un effort.

– Si vous les interrogez tous comme ça, dit Suzanne qui devait presque courir pour rester au niveau de Martin, vous n'allez pas vous faire des amis.

– Je ne suis pas ici pour ça.

Suzanne se renfrogna, songeuse. Tout en marchant, Martin considérait le livre dans sa main. La jeune fille nota qu'il le contemplait cette fois comme s'il se fût agi d'un objet de valeur, bien plus précieux qu'un amas de papier, de colle et d'encre.

– Vous pensez qu'il a tué papa ?

– Je ne sais pas encore.

– Qui, alors ?

– Je ne sais pas.

– Vous avez bien une idée ?

– Je n'enquête pas sur la mort de votre père.

Suzanne s'arrêta. Quand le commissaire se rendit compte qu'elle ne le suivait plus, il était déjà un peu plus loin. Il se retourna, étonné, et parut troublé en découvrant que la jeune fille tremblait de tout son corps. Lorsqu'il se remémora enfin les mots qu'il venait de prononcer, il revint sur ses pas et s'exprima d'une voix douce :

– Je vous prie de m'excuser. Je voulais simplement dire que mon enquête est plus large. Je dois me contraindre à garder une vision d'ensemble.

La jeune fille prit une inspiration, et parla d'une voix blanche :

– Vous ne comptez pas arrêter le responsable de sa mort ?

– Ce n'est pas mon objectif. Mon objectif est de comprendre qui est derrière l'attentat de cette semaine. Fabienne Fouilly a pu agir seule. Mais il y a la dynamite, il y a le mot « marmotte », il y a le retour de Louis Fortin, et la mort de votre père. Tous ces éléments, si on les considère ensemble, suggèrent l'existence de quelqu'un qui tire les ficelles dans l'ombre. Mais il ne faut pas sauter trop vite aux conclusions. La mort de votre père n'a peut-être aucun rapport avec mon enquête.

– Vous avez dit qu'il n'y avait pas de coïncidences.

– Je sais ce que j'ai dit. Il est probable qu'il existe un lien entre le meurtre et l'attentat. Pour l'instant, nous n'en connaissons pas la nature. Ils ne sont peut-être pas directement corrélés. À ce stade, je ne dois pas m'enfermer dans l'enquête sur la mort de votre père. Il me paraît bien plus prometteur de retrouver Louis Fortin, qui semble mêlé, d'une façon ou d'une autre, à l'attentat d'il y a trois jours.

Suzanne hocha la tête, songeuse.

– Pourquoi il serait revenu à Fragonaz ?

– Je ne sais pas encore.

Suzanne eut surtout l'impression que Martin avait une hypothèse qu'il préférait ne pas lui dévoiler. Ne lui faisait-il pas confiance ? Ou avait-il peur de l'effrayer ? Elle avait cru surprendre dans ses yeux une lueur d'inquiétude, aussitôt disparue.

À l'invitation de Martin, ils reprirent leur route.

– Pourquoi avoir insisté sur l'argent ? demanda Suzanne.

– Parce qu'il nous faut du concret. Les impressions de Mme Fortin sur son fils unique n'ont pas beaucoup d'intérêt. Un jeune homme change, loin de sa mère. S'intéresser à l'argent est une approche matérielle. Tant que nous n'aurons rien de solide, nous ne pourrons qu'échafauder des hypothèses psychologiques.

– C'est-à-dire ?

– Louis est probablement un bâtard. Le fils caché d'un grand bourgeois ou d'un aristocrate. Sa mère débarque de nulle part, enceinte, avec une somme d'argent qu'elle tient du père de l'enfant. On s'est débarrassé d'elle. Sans doute était-elle domestique ou employée dans une exploitation forestière, ce qui expliquerait ses connaissances pratiques en braconnage. L'humiliation a dû être terrible. Son ressentiment envers ses anciens employeurs a pu se transmettre plus ou moins consciemment à son fils. Ça pourrait soulever un premier voile sur les opinions politiques de celui-ci.

– Comment pouvez-vous savoir tout ça ?

Suzanne le regardait, bouche bée. Martin haussa les épaules :

– Mais je ne sais rien ! C'est une hypothèse, basée sur la lecture des rares informations dont nous venons de prendre connaissance. Nous n'avons pas de preuves pour le moment, ce qui doit impérativement nous empêcher de considérer cette version de l'histoire comme une réalité. C'est l'erreur le plus souvent commise par mes hommes. Ne concluons pas trop vite ! La croyance aveugle est notre ennemie.

Suzanne hocha la tête sans répondre.

– Résoudre un crime est une science, reprit Martin d'un ton étrange. Pas encore une science exacte, non, même si les progrès dans ce domaine rendent optimiste. En attendant, nous devons avancer pas à pas, en nous appuyant sur des faits.

– C'est comme ça que vous comptez faire pour retrouver Louis ?

– Oui. Je vais interroger le reste du village.

– Ils ne vous répondront pas.

– Je les y forcerai. Si nécessaire, avec l'appui des gendarmes.

Elle lui lança un regard inquiet, qu'il surprit. Il lui sourit.

– Suzanne, pour atteindre la vérité, il faut creuser derrière les faux-semblants. C'est valable à Fragonaz, à Paris, et partout ailleurs. Quand la bienséance devient un obstacle, il faut passer outre. Mais vous le savez déjà, non ?

Une déflagration craqua soudain sur le village.

Des oiseaux s'envolèrent au-dessus des toits. Martin ne

dit pas un mot : il s'élança, ventre à terre, dans la direction du coup de feu, Suzanne sur ses talons.

Elle le rattrapa sur la place. Martin, à l'arrêt, observait la scène qui se déroulait devant le café d'un œil vif, bondissant, comme pour enregistrer toutes les informations possibles.

Le brigadier Simon brandissait encore son revolver en l'air, devant le groupe de paysans qui vociféraient. Bosson criait vainement pour tenter de calmer la foule qui s'agitait, menaçante. Suzanne identifia l'objet du conflit : le petit homme rond qu'elle avait vu la veille s'était réfugié, à quatre pattes, derrière les gendarmes. Le col arraché, tremblant de tous ses membres, il ressemblait à un gros rat apeuré.

– Reculez ! Reculez maintenant ! répétait Bosson.

– Dégage, Bosson, t'es pas chez toi ! beugla un homme.

Une salve de cris furieux lui fit écho. Pierre Pissard-Leblanc, en première ligne, était excité par son père qui lui donnait des grandes tapes rageuses dans le dos. Bosson, le visage empourpré, aperçut soudain Martin. Il le héla désespérément en agitant les deux bras. Quelques paysans le regardèrent, se donnèrent du coude. Comme Martin et Suzanne s'avançaient, les cris cessèrent et la foule se tourna vers eux.

– Qu'est-ce qui se passe ? demanda Martin d'un ton sévère.

– T'occupe, monchu, grogna le gros Pierre.

– C'est lui ! dit un autre à Suzanne.

Il pointait l'étranger terrifié. La jeune fille comprit que les paysans se souciaient de Martin comme d'une guigne : elle seule causait l'accalmie. Le meurtre de Ferdinand les bouleversait, eux d'ordinaire si calmes, mais elle était sa fille, et leur deuil était d'abord le sien. Elle comprit, avec une pointe d'angoisse, qu'ils attendaient d'elle une forme de décision. Elle jeta un œil à l'homme aux lunettes. Il pleurnichait toujours à quatre pattes, le nez contre la botte de Bosson.

– Qu'est-ce qui se passe ? dit-elle en répétant la question de Martin.

Le groupe lui répondit dans un brouhaha incompréhensible, que le père Pissard-Leblanc domina d'un hurlement suraigu pour rétablir le calme :

– Coutaz l'a chopé devant chez lui, expliqua-t-il.

– Il se baladait avec ça, ajouta Coutaz.

Le postier, qui sentait déjà le vin, jeta aux pieds de Suzanne plusieurs tiges métalliques reliées entre elles par des anneaux. La lourde chaîne ainsi constituée tomba sur le sol en cliquetant. Suzanne n'avait jamais vu un objet pareil.

– Qu'est-ce que c'est ?

– Il refuse de dire.

Le curiste s'était relevé, ayant compris que Suzanne lui garantissait une forme de protection. Il prit tout de même soin de rester derrière les gendarmes.

– C'est mon droit, couina-t-il méchamment.

– Rampe ! cria le gros Pierre en levant le poing.

L'homme replongea derrière Bosson, ce qui déclencha des rires.

– Vous pensez que cet homme a tué Ferdinand Rabotin parce que vous ne comprenez pas ce qu'il était en train de faire ? demanda Martin.

Encore une fois, le commissaire n'enrobait rien. Son ton n'avait rien d'ironique non plus, mais il avait une façon si brutale d'entrer dans le vif du sujet, de formuler l'évidence au point de la rendre ridicule, que Suzanne ne s'étonna pas d'entendre des dents grincer. Elle en vint à se demander si Martin était réellement déconnecté du monde sensible, ou s'il feignait d'ignorer les codes sociaux pour arriver plus vite à ses fins.

– Vous, le « Machin », vous mêlez pas de ça, grogna le

père Pissard-Leblanc en fixant sur le commissaire ses yeux de corbeau. C'est pas votre affaire.

– Ça reste à prouver.

– Nous prenez pas pour des cons, répliqua le vieux en crachant au sol, on a très bien compris ce que vous faites ici. C'est à cause de l'attentat. Soi-disant, c'est encore ce type, là, Étienne Rabotin, qui l'aurait fait. Et comme le fils de Ferdinand s'appelait comme ça, vous êtes encore allé l'emmerder. C'est vrai ou c'est pas vrai ?

Les paysans retinrent leur souffle. Jusqu'ici, personne ne s'était vraiment soucié de l'homonymie entre le terroriste et le fils de Ferdinand. On savait ce dernier décédé, il y avait eu une lettre, et on avait moqué les journalistes et les gendarmes qui étaient venus poser leurs questions à Ferdinand. Mais Martin n'était pas n'importe qui. C'était la Machine. On connaissait ses exploits, sa parole avait du poids.

Suzanne jeta un œil inquiet vers le commissaire. Celui-ci ne semblait nullement préoccupé par la tournure des événements, paraissant plutôt se livrer à des calculs mentaux, comme pour énumérer les déductions susceptibles d'être tirées de sa réponse. Il parvint à une sorte de conclusion et admit simplement :

– C'est vrai. J'avais des questions à poser à Ferdinand sur son fils Étienne. J'ai des raisons de croire qu'il y a un lien entre Fragonaz et l'anarchiste des journaux.

Un vent d'anxiété parcourut la foule :

– Ça veut dire quoi, ça ?

– Le fils de Ferdinand, un anar ?

– Mais il est mort. Il est pas mort ?

– Fermez-la ! aboya le père Pissard-Leblanc. Tous !

Le vieux paysan gardait son sérieux, mais un éclat de triomphe féroce luisait dans son œil. Il s'amusait du climat d'appréhension qu'il avait créé.

– C'était vraiment pas très dur à comprendre, fit-il en bombant le torse comme s'il voulait signifier précisément le contraire.

– Étienne est vivant ? s'étonna le gros Pierre. Pour de vrai ?

– Mais non, crétin, rétorqua le vieillard en lui tapant sur le bras. Il n'y a que des abrutis de Parisiens pour croire des conneries pareilles.

– Je ne crois rien, répliqua Martin d'un ton glacial.

– Eh ben, vous devriez, grogna le vieux paysan. Le fils de Ferdinand, il est mort. Voilà. Le type que vous cherchez ? Il existe pas. Invention des journalistes ! Il faut vraiment être stupide pour pas s'en rendre compte.

– Bah pourquoi il est là, alors ? demanda quelqu'un à propos de Martin.

– Parce que c'est un pion ! Un pion au service des riches et des puissants. C'est les citadins qui sont visés par les bombes. Mais plutôt que de résoudre leurs problèmes entre eux, ces gens-là préfèrent chercher les responsables chez nous.

Une rumeur approuva ces paroles. Le père Pissard-Leblanc, conforté par l'appui de la foule, se rapprocha de Martin. Sa tête n'arrivait qu'à la poitrine du commissaire, mais Suzanne sentit le malaise que cette proximité suscitait chez le policier. Le vieil homme le perçut aussi. Il éclata de rire en lui projetant des postillons au visage :

– Vous comprenez ce que je dis ? Pas d'anarchiste ici.

– À part le Cordier, dit son fils en rougissant.

Le ventre de Suzanne se rétracta à l'évocation de Jean.

– Rien à voir, idiot, marmonna son père, irrité par l'intervention. Cordier est un rouge, pas un noir. L'assassin vient de l'extérieur… et c'est lui.

La foule se retourna, hargneuse, vers l'homme planqué

derrière les gendarmes. Mais Suzanne vit quelques visages, dont celui du gros Pierre, marqués par le doute.

Si quelqu'un croyait encore à l'existence d'Étienne Rabotin, il n'aurait sans doute pas osé le dire à voix haute après le discours du père Pissard-Leblanc. Néanmoins, l'évocation par Martin, un policier de renom, de la possibilité que leur village fût lié à ce nom maudit, maintes fois utilisé dans les journaux comme synonyme de mort et de chaos, avait réveillé des craintes tapies au fond des cœurs les plus impressionnables.

– Vous êtes venu pour rien, murmura le père Pissard-Leblanc à Martin. La mort de Ferdinand a rien à voir avec votre enquête. Alors montez dans le prochain car et foutez-nous la paix. On peut s'occuper tout seuls du coupable.

– Il y a encore une heure, vous disiez que c'était moi.

Le père Pissard-Leblanc grogna comme un cochon :

– Vous êtes venu ici pour une raison stupide, mais vous en aviez quand même une, de raison. Mais lui ? C'est pas bizarre qu'il refuse de parler ?

Le commissaire posa un regard tranquille sur l'homme aux lunettes qui tremblait encore par à-coups, comme si sa peur remontait par vagues.

– Pourquoi aurait-il tué Ferdinand ? demanda-t-il au vieux paysan.

– C'est bien ce qu'on lui demande.

Le vieux Pissard-Leblanc se planta, bras croisés, devant Martin. Sa grimace de haine ressemblait vaguement à un sourire. Il se considérait, à raison, comme le chef de la faction conservatrice du village. Il aurait traîné ses fils par les pieds depuis le fond de la vallée avant qu'ils ne manquent la messe du dimanche, ce qui ne les empêchait pas de se livrer en famille à toutes sortes de trafics et de braconnages.

L'homme était dangereux parce qu'on l'écoutait, et on l'écoutait parce qu'il était dangereux. De fait, Suzanne ne l'aimait pas. En l'observant défier Martin, elle eut envie de lui donner tort. Elle s'abstint. Elle savait que le vieux paysan avait déjà commis une erreur. Il avait invoqué Étienne Rabotin pour moquer Martin, mais le nom était trop puissant pour lui. De l'avis de Suzanne, personne au village ne croyait vraiment à l'existence de l'anarchiste, mais chacun associait à ce nom ses angoisses les plus profondes et les moins perceptibles. Les chuchotements inquiets du gros Pierre et de ses voisins ne suggéraient rien de bon. Elle s'aperçut que la culpabilité de l'inconnu, irréfutable un moment plus tôt, était devenue bancale. Les villageois se jetaient pour la première fois des regards méfiants. L'Ennemi, la source du Mal, celui que tout le monde connaissait mais dont on ignorait le visage, s'était incarné parmi eux. Tout à coup, la possibilité que le meurtrier de Ferdinand fût l'un d'entre eux était devenue concrète.

– On va lui parler, dit-elle soudain.

Elle s'était exprimée avec une fermeté qui les surprit tous, y compris elle-même. Martin n'attendit pas que le groupe donne son accord et profita de l'hésitation pour ramasser la chaîne tombée dans la poussière. Bosson, aussitôt, entraîna l'étranger dans le café. Le gros Pierre eut un geste mou pour l'en empêcher, qu'il interrompit dès que Suzanne passa devant lui. Elle et Martin entrèrent à la suite de Bosson, et le brigadier Simon, à nouveau, se retrouva seul entre la porte et la foule médusée.

La salle était toujours aussi vide. Derrière le bar, avec une curiosité timide, la fille de la Corne regardait le dénommé Paul Braux remettre son col en place. Il était pâle comme sa chemise, faible au point de devoir s'appuyer sur une chaise :

– Des sauvages, des sauvages ! bredouillait-il.

Suzanne regarda par la fenêtre. La foule avait été prise de court. Certains discutaient encore de l'intérêt d'entrer en force mais la plupart, lassés, se dispersaient déjà. Ils repartaient par groupes de deux ou trois, conversant à voix basse, la mine suspicieuse. Elle remarqua que le gros Pierre ne suivait pas son père.

– Où sont tes parents ? demanda Martin à la fillette du bar.

– Sais pas. J'vous sers quoi ?

– De quoi le remonter, répondit-il en montrant l'inconnu.

– C'est arrivé très vite, expliquait Bosson. J'ai entendu des cris et j'ai couru à l'extérieur. Ils le traînaient au sol, par la jambe.

– Des sauvages, je vous dis…, gémit l'autre d'une petite voix.

– Comme ils n'écoutaient pas, Simon a fait un tir de sommation.

– Bon. Vous avez eu le temps de télégraphier ?

– Oui. Aucun de mes collègues n'a vu Louis Fortin depuis des mois. Il paraît qu'il était à Paris. J'ai donné des ordres pour qu'on se renseigne. J'ai aussi demandé des contrôles sur les routes au cas où il tenterait de quitter la vallée.

– Étant donné l'enthousiasme de votre capitaine pour cette enquête, ça ne servira sans doute à rien. Mais vous avez eu raison. On ne sait jamais.

– Qu'est-ce qu'on fait maintenant, à propos de…

– À propos de quoi ?

– Eh bien, ils savent que vous enquêtez sur Étienne Rabotin.

– Sur le nom « Étienne Rabotin ». Et alors ?

– Ben, l'anarchisme, personne ne comprend ça, ici. Ça leur

fait peur. Si les gens se mettent à paniquer, ça va être dur de maintenir l'ordre. On est que deux.

– Tant pis, dit Martin sans émotion. J'étais sans doute naïf de penser que je pourrais fureter partout sans faire de vagues. Il faut juste espérer que ça ne gênera pas l'enquête. Maintenant, sortez d'ici. Ne laissez entrer personne.

Bosson s'exécuta sans ciller. Suzanne se fit la réflexion que le brigadier n'était pas encore sorti de ses gonds devant Martin. Bien sûr, c'était un militaire, et il suivait les ordres de sa hiérarchie, mais son obéissance s'expliquait peut-être mieux par le fait qu'il avait déjà vu le commissaire à l'œuvre. Suzanne songea que Martin devait lui avoir fait forte impression pour qu'il lui passe ainsi son manque de délicatesse.

– À votre tour, dit Martin en s'asseyant en face de l'inconnu.

Celui-ci sirotait le verre de liqueur servi par la fille de la Corne, en le tenant à deux mains. Il jeta un bref coup d'œil au livre que Martin avait posé sur la table.

– Vous êtes policier ? demanda-t-il avec méfiance. Je veux porter plainte.

Suzanne s'assit sur un banc, les genoux repliés sous le menton. Martin semblait avoir oublié que la fille de la Corne était encore là, à faire semblant d'essuyer le bar pour écouter la conversation. Suzanne se demanda si elle devait signaler sa présence au policier, mais elle conclut seule qu'il n'y avait pas de raison d'éloigner l'enfant.

– Votre nom ? demanda Martin.

– Paul Braux.

– Qu'est-ce que vous faites à Fragonaz ?

– Je suis en vacances.

– Pourquoi ici ?

– Je fais escale. J'ai une cure à Joins-les-Bains. Mon médecin…

– Vous êtes en fond de vallée, coupa Martin. C'est un détour.

– On m'a vanté les paysages de la région.

Suzanne crut déceler une gêne dans la réponse de l'homme.

– Où étiez-vous hier après-midi ? demanda Martin sans transition.

– Quel rapport avec ma plainte ?

– Je ne m'occupe pas de ça. Je suis le commissaire divisionnaire Marcel Martin. La mort de Ferdinand Rabotin est peut-être liée à l'une de mes enquêtes.

– Vous travaillez sous quelle autorité ?

– Celle du préfet de police de Paris.

– Le préfet est mort.

Pour la première fois, Suzanne perçut une mimique d'agacement glisser sur le masque de Martin. Celle-ci disparut aussi vite qu'elle était venue.

– Son remplaçant ne l'est pas. Toujours est-il que les deux gendarmes à la porte sont placés sous mon autorité. Pour votre information, je peux vérifier tout ce que vous me raconterez par une simple transmission télégraphique. Suis-je clair ?

– Oui. Mais je ne vois pas du tout…

– Pourquoi transportez-vous une chaîne d'arpenteur ?

Le petit homme devint livide. Il hésita un instant, jetant un œil inquiet du côté de Suzanne et de la fille de la Corne.

– J'ai signé un accord de confidentialité, finit-il par marmonner.

– Qui ne pèse pas lourd face à une procédure pénale.

L'homme soupira. Le visage de Martin avait repris son expression habituelle, un mélange de calme, de désintérêt et de dureté.

– Je suis agréé, marmonna Paul Braux. J'ai été envoyé ici

pour faire des relevés autour du village. Mes employeurs ont besoin d'une carte topographique à jour, et le cadastre de la région est obsolète.

– Qui sont vos employeurs ?

– Je préférerais garder leur identité sous silence. Ils m'ont choisi pour ma discrétion. J'ai cru comprendre qu'il s'agissait d'une affaire importante…

Martin ne bougea pas d'un cil. Paul Braux finit par bougonner :

– Navile, Badin et associés. Un cabinet d'architecture à Lyon.

– Vous avez la documentation qui prouve tout ça ?

– Dans ma chambre.

– Allez-y.

L'ingénieur sortit en grommelant quelque chose à propos d'une prime et de sa réputation. Martin se tourna vers la fillette :

– Ton père est bien le maire du village ?

– Oui, répondit l'enfant en rougissant, mais avec orgueil.

– Va me le chercher.

– Je l'ai pas vu, aujourd'hui.

– Évidemment, grinça Martin d'un air soudain agacé.

– C'est quoi une chaîne d'arpenteur ? demanda Suzanne.

– Un outil pour mesurer la superficie des terres. Est-ce que vous connaissez une ressource naturelle de valeur dans la région ?

– Comment ça ?

– Ça pourrait être un minerai rare. Ou un type de bois. Je ne sais pas. Quelque chose qui pourrait susciter un intérêt commercial.

Suzanne échangea un regard intrigué avec la fille de la Corne. L'autre haussa les épaules et se remit à frotter le bar pour se donner une contenance.

– Non, répondit Suzanne. Il y avait bien l'ardoise mais c'est fini, ils viennent de fermer la carrière. Papa disait que c'était la seule chose qu'ils aient jamais trouvée.

– Qui ?

– Euh… je ne sais pas. Les gens de la ville. Des savants. On en croise de temps en temps. Quand j'étais petite, il y en a même un qui a voulu examiner nos champs à nous. Papa lui a demandé une compensation, évidemment. L'homme a ramassé des mottes, il a fait des tests, et il a fini par conclure que la terre ne valait rien.

– C'était quand ?

– Je ne m'en souviens pas. C'est juste une histoire que papa raconte de… que papa racontait de temps en temps. Ça le faisait rire.

– Pourquoi ?

– Il disait que ce qui avait de la valeur dans la terre, c'était la terre, mais que l'homme ne pouvait pas le comprendre parce qu'il était trop intelligent.

Paul Braux revint dans la pièce. Il posa des documents sur la table. Martin les consulta rapidement avant de les reposer.

– C'est un cabinet spécialisé dans les constructions industrielles ?

Paul Braux se figea, un peu gêné.

– Euh, oui, en effet, finit-il par répondre. Ils ont déjà fait appel à moi l'année dernière pour la construction de deux sites métallurgiques en Isère.

– Mais vous ne savez pas qui est leur client ?

– Non.

– Ni la ressource que celui-ci compte exploiter ?

– Non plus.

– Vous n'avez pas une petite idée, avec votre expérience ?

– Ce n'est pas mon métier.

Martin resta silencieux un instant mais ne montra aucune contrariété.

– Passons à votre métier, alors. Qu'avez-vous fait aujourd'hui ?

– Des repérages autour de la Courbe.

– La Courbe ?

– Le torrent qui passe au-dessus du village. Il traverse quelques-unes des propriétés que je dois mesurer.

– C'est un problème, que le torrent traverse ces propriétés ?

– Ça n'a aucune incidence sur mon travail.

– Mais pour le cabinet ?

– Les torrents de montagne sont capricieux, même dangereux. Il n'est pas rare qu'on les détourne pour construire sur un terrain stable.

Martin hocha la tête et resta un moment pensif avant de reprendre :

– Qu'avez-vous fait hier après-midi ?

– Je suis arrivé avec le bus. Je me suis installé ici et je suis sorti faire un tour pour prendre l'air. Ces virages abominables m'ont rendu malade. Ensuite, je suis rentré travailler dans ma chambre et je n'ai plus quitté l'hôtel.

– Pendant ce tour, vous n'avez croisé personne ?

– Mademoiselle, dit-il en désignant Suzanne. C'est tout.

Suzanne confirma en opinant du chef.

– Je dois absolument aller me changer, reprit l'ingénieur avec impatience. Ces imbéciles m'ont fait un mal de chien et mes vêtements sont foutus.

– Je vous laisse, dit Martin. Ne quittez pas le village.

– Vous plaisantez ? sursauta le petit homme. Je me dédie à mon travail mais pas au point de me faire lyncher par ces dingues !

– Enfermez-vous dans votre chambre.

Paul Braux, bouche bée, chercha une trace de cynisme sur les traits de Martin avant de comprendre que sa suggestion n'était violente que par son pragmatisme. Il tituba vers les escaliers mais s'arrêta tout de même sur le seuil :

– Au fait, c'est un peu idiot mais…

– Dites toujours, fit le commissaire.

– Il y a bien une ressource qu'on trouve en abondance dans ce village.

– Laquelle ?

– Celle dont parle votre livre.

Et l'ingénieur referma la porte derrière lui.

8

L'ardoisière

Le lendemain, comme le brigadier Bosson l'avait prédit, Fragonaz était au bord du chaos. Les villageois bouillonnaient chacun dans leurs pensées, prêts à pousser une gueulante contre une bête récalcitrante, un coin de meuble mal placé, en fait contre tout ce qui sortait de l'ordinaire, et qui s'avérait souvent être Martin.

Le commissaire allait de porte en porte pour trouver Louis Fortin. Dans chaque maison, dans chaque ferme, il rencontrait des paysans ou des artisans à l'œuvre, mais sans entrain, dans une atmosphère étouffante. La pluie ne venait pas. Les nuages stagnaient au-dessus de la vallée, menaçants, chargés d'obscurité. Chaleur mise à part, on aurait dit une atmosphère d'hiver ; tout le monde était maussade. La rumeur de son altercation de la veille avec le père Pissard-Leblanc précédait Martin partout. On savait qu'il venait de Paris, qu'il menait une enquête, et on supposait cette enquête plus ou moins liée à la mort de Ferdinand. Comme tous lui étaient hostiles, il ne servait plus à rien d'agir discrètement : les deux brigadiers l'escortaient partout, et leur présence constituait sans doute son meilleur système de défense contre un coup de poing excédé. Les habitants de Fragonaz respectaient l'uniforme plus qu'ils n'en avaient peur, et il pouvait poser ses questions à son aise, c'est-à-dire sans y mettre les formes. Il n'avait même pas besoin de prendre le moindre verre.

On s'étonnait que ses questions ne s'attardent pas sur Ferdinand, mais plutôt sur le fils Fortin débarqué du bus l'après-midi de la veille. Personne ne l'avait vu depuis la découverte du corps, rares étaient ceux qui avaient eu le temps de l'apercevoir avant, et tous ignoraient où il se cachait. On racontait, bien sûr, que Martin enquêtait sur Étienne Rabotin, celui des journaux, à cause de l'attentat contre le président, mais si cette information exacerbait le climat de tension qui s'était abattu sur le village, personne n'arrivait vraiment à la prendre au sérieux. À part le nom, il n'y avait pas de lien entre l'anarchiste et le village. Que le commissaire cherchât autre chose, c'était possible, et même visible, mais on ne comprenait pas bien ce que c'était, et on préférait se concentrer sur le meurtre. La mort de Ferdinand, ça, c'était du concret !

L'assassin pouvait-il vraiment être le fils Fortin ? N'était-ce pas plutôt le voyageur retranché dans sa chambre, au café ? Ou quelqu'un d'autre, quelqu'un du village ? Chacun avait sa petite idée, et Martin en profitait pour faire parler tout le monde. Tel villageois éprouvait le besoin de partager son avis sur tel autre ? Il orientait aussitôt l'interrogatoire sur l'objet de la calomnie, au grand étonnement des gendarmes, qui ne comprenaient pas bien pourquoi. Martin se renseignait pêle-mêle sur les allées et venues des villageois la veille, mais aussi sur les rapports de voisinage, les rivalités intrafamiliales, les jalousies et les rancœurs latentes. Il poussait même le vice jusqu'à confronter les médisances des uns à celles des autres pour mieux percer les secrets de chacun. Et quand Bosson lui demandait, un peu craintif, s'il n'était pas dangereux de jouer ainsi avec l'intimité de tout un village, Martin répondait avec neutralité : « Je construis une carte. » Comme si cette mystérieuse réponse justifiait tout.

De fait, Martin redessinait le village. Il prenait de la hauteur pour élargir son champ de vision dans le but de débusquer Louis Fortin. Le commissaire envisageait plusieurs hypothèses expliquant le retour de l'anarchiste au village, mais il n'avait pas d'indices pour l'aiguiller. Il devait donc trouver de l'objectivité ailleurs et la cherchait dans l'accumulation d'informations. S'il réussissait à comprendre les enjeux de l'arène dans laquelle il avait mis les pieds, il parviendrait peut-être à saisir les intentions de Louis Fortin, et à trouver sa cachette.

Cette phase de l'enquête dura toute la matinée. Martin travaillait sans mettre de gants. Il savait quand on lui mentait – l'avantage de l'expérience – et il ne prenait pas la peine de protéger l'ego de ceux qui essayaient de le mener en bateau. Après tout, c'était son travail. Personne à Paris ne lui aurait reproché d'être intraitable avec les criminels. Ici, évidemment, il n'avait pas affaire à des malfaiteurs, mais à des gens qui protégeaient leur intimité. Martin aurait pu, pour le bon déroulement de l'enquête et sa propre sécurité, brosser dans le sens du poil ceux qu'il interrogeait. Il ne le faisait pas pour deux raisons. D'abord, il n'avait pas le temps : il devait tenir la promesse faite à Françoise de remonter auprès d'elle avant que la semaine ne se soit écoulée – on était déjà jeudi, il ne lui restait que trois jours. Ensuite, Martin veillait à s'économiser : il ne pouvait pas se mettre tous les villageois dans la poche et, comme la sociabilité ne lui venait pas naturellement, il se serait sans doute épuisé à essayer.

En théorie, le commissaire savait comment se comporter dans la plupart des situations. Il n'était plus tout jeune et il avait eu largement le temps d'étudier la question. Parfois, en société, il épatait Françoise par une sorte de coup d'éclat, une brusque politesse qui surprenait chez quelqu'un d'aussi peu spontané. Quelques mois plus tôt, il était arrivé en retard à un dîner mondain. Françoise avait failli tomber à la renverse en le voyant entrer avec un bouquet de fleurs signé de leurs deux noms : il était le seul à s'être souvenu de l'anniversaire de leur hôte. Il évoluait donc avec grâce au sein des lois tacites de la mondanité, mais son approche restait calculée : il lui fallait toujours analyser, au préalable, les tenants et les aboutissants de ses actes. Ici, à Fragonaz, pressé par le temps, aux prises avec un adversaire vicieux qui refusait de se montrer, et dans un tel climat de tension, il n'allait pas gâcher ses forces avec des amabilités.

– Ça ira, jeta-t-il distraitement, après le déjeuner, aux gendarmes qui se levaient pour l'accompagner.

Il ne souhaitait pas partager avec eux tous ses raisonnements, et il avait conscience de ne leur offrir depuis la veille qu'une sorte de masque glacial qui devait, malgré leur professionnalisme, leur taper sur les nerfs. Il laissa ainsi Bosson et Simon prendre leur digestif en sachant qu'ils seraient soulagés d'échapper un peu à sa compagnie.

Martin remonta l'allée principale et prit négligemment le sentier de la ferme qui était maintenant celle de Suzanne. Ses pensées se bousculaient dans sa tête et il avait du mal à y mettre de l'ordre. Il allait bien devoir parler à quelqu'un pour les trier, et l'orpheline s'imposait comme l'option la plus naturelle. Elle n'avait pas pu le rejoindre ce matin, mais elle lui en avait donné la raison par l'intermédiaire du petit Pierre : la Cornette avait été tellement outrée d'apprendre qu'elle avait abandonné son père pour suivre l'enquête de Martin que la jeune fille avait été contrainte de retourner prier devant le corps pour faire taire ses indignations hystériques. Martin l'avait regrettée. Sa compagnie lui était agréable autant que peut l'être une présence familière dans une vallée hostile. Il admirait aussi son sang-froid. Bien que l'enterrement de son père dût avoir lieu le lendemain, elle restait concentrée sur l'enquête. D'autres, dans le même cas, se seraient effondrés en silence. Le commissaire avait de l'estime pour les gens capables de maîtriser leurs émotions. C'était, selon son expérience, le trait commun à ceux qui réussissaient dans la vie. Il ignorait ce qu'il adviendrait de la jeune fille à la fin de l'enquête. Dans un village pareil, isolée au milieu des bigots, sans aucune famille ni personne pour l'aider à s'occuper de sa ferme, rien ne l'attendait vraiment.

Martin pensa soudain à Françoise, et chassa une image qui lui fit de la peine. Depuis qu'il avait mis les pieds à Fragonaz, il évitait de penser à sa femme. Il était certain qu'elle aurait désapprouvé ce qu'il faisait : elle était la première à condamner son impatience et ses sautes d'humeur. Françoise le forçait toujours à sortir de sa tête pour retrouver une vision sensible du monde, non préhensible par la logique. Pour l'instant, Martin voyait dans Suzanne une compagne d'enquête, et rien d'autre. Si sa femme avait été là, peut-être aurait-il déjà compris qu'il n'était plus si détaché : il marchait vers la ferme des Rabotin parce qu'il n'aurait pas supporté que sa propre fille soit retenue prisonnière dans une chambre mortuaire.

Martin trouva la Cornette dans la cuisine, en pleine discussion avec un jeune homme qu'il identifia, d'après une description qu'on lui avait faite le matin même, comme le maître d'école. Jean, sur les nerfs, tâchait de se dominer :

– Laissez-moi passer.

– Vous le verrez à la messe, rétorqua la Cornette, imposante.

– Vous savez très bien que je n'irai pas.

– Il n'est jamais trop tard pour prendre le chemin de l'Église.

Le jeune homme, fulminant, fit un pas vers la porte de la chambre. Comme ils allaient en venir aux mains, Martin décida de signaler sa présence :

– Excusez-moi ?

– Ah, non ! s'exclama la Cornette en le reconnaissant. Ce n'est pas le moment. Vous n'avez rien à faire ici non plus, elle ne vous a pas demandé.

– Elle vous a demandée, vous ?

– Vous êtes qui ?

Martin se tourna vers l'instituteur : son regard était droit et sa question franche. Le commissaire, sans rien laisser paraître, s'en étonna. Il avait pensé que sa présence au village était désormais connue de tous. Manifestement, ce n'était pas le cas. On aurait dit que le jeune homme n'avait parlé à personne depuis deux jours.

– Marcel Martin. Je suis commissaire de police.

La surprise de Jean s'accrut.

– La Machine ? Vraiment ?

Le jeune maître d'école, soudain songeur, ouvrait la bouche pour poser une question, quand la porte de la chambre s'ouvrit. Suzanne parut. Elle était cernée, terne. Martin la soupçonna de ne pas avoir fermé l'œil de la nuit. Elle rosit pourtant en voyant les deux hommes. Elle se tourna vers la Cornette et, sur un ton qu'elle voulut léger :

– Je vais prendre l'air.

– N'en profite pas pour filer ! Ton père ne te le pardonnerait pas.

– Je vais faire mes besoins, là ! rétorqua Suzanne, irritée.

Elle sortit du bâtiment. La Cornette, les joues rouges, se tourna vers Jean.

– Sortez ! Ferdinand n'aurait pas voulu de vos larmes de crocodile.

– Ferdinand a bien des avis depuis qu'il est mort, répliqua Jean.

Il sortit tout de même, sous le regard méprisant de la Cornette.

– Vous faites un cerbère redoutable, remarqua Martin.

– Il n'a même pas jeté un regard à l'intérieur. Qu'est-ce que ça dit de lui ?

– Je ne sais pas. Qu'est-ce que ça dit de lui ?

– Qu'il est venu par politesse, pour faire comme tout le monde. Vous pourriez croire qu'il remettrait ses convictions en question, hein ? Mais non. Il n'a que le mot « progrès » à la bouche, cet homme-là. Et pourtant, face à la mort, face à l'inexplicable, il conserve encore sa condescendance envers les gens comme il faut.

La Cornette referma la porte de la chambre, où Martin eut le temps d'apercevoir deux femmes vêtues de noir agenouillées au bord du lit.

– Vous êtes catholique ? demanda-t-elle, l'air de rien.

– Je ne crois en rien.

Martin vit à sa réaction qu'elle s'y attendait. Il lui semblait naturel qu'un citadin comme lui ait des convictions différentes des siennes. La Cornette ramassa les verres qui traînaient sur la table pour les nettoyer.

– Je vous préviens, dit-elle d'un air pincé, il n'est pas question que vous touchiez au corps. J'appellerais les voisins.

– Je n'ai pas besoin d'y toucher. Ni même de le regarder.

– Il n'y avait aucune empreinte dessus.

– S'il y en avait, je doute qu'il en reste.

La Cornette sourit et haussa les épaules.

– Parfois, il n'y a pas de preuves. Vous allez bien devoir vous mettre à croire en quelque chose, si vous voulez attraper l'homme qui a fait ça.

– Ce n'est pas tout à fait ce que je veux. Où est votre mari ?

Le verre que la Cornette tenait lui glissa d'entre les mains. Il rebondit sans se briser sur la grosse pierre de l'évier. Elle le ramassa, agacée.

– Pourquoi ?

– J'interroge tout le monde. Et je n'ai pas vu votre mari depuis hier.

– Vous ne m'avez pas interrogée.

– Vous laviez votre linge avec les autres, l'après-midi du meurtre ?

– Oui.

– Alors je n'ai pas besoin de le faire. Votre mari ?

– Eh ben ?

– Quand l'avez-vous vu pour la dernière fois ?

– Hier soir.

– Où était-il, hier, toute la journée ?

– Je ne sais pas.

– Vous a-t-il parlé ?

– Oui.

Martin commençait à perdre patience. Elle prenait son temps. Il fallait lui arracher chacune de ses réponses et il avait l'impression qu'elle mentait.

– Comment était-il ?

– Ivre.

– Ça lui arrive souvent ?

– Parfois.

– Pourquoi avait-il bu ?

– Je ne sais pas.

– L'avez-vous vu aujourd'hui ?

– Il est parti ce matin, très tôt.

– Au même endroit ?

– Sans doute.

– Où ça ?

– Je ne sais pas.

– Où ça ?

La Cornette haussa à nouveau les épaules.

– Il aime bien se promener près de l'ardoisière.

– De l'autre côté du pont ? Celui où on a trouvé Ferdinand ?

– Qu'est-ce que vous essayez de me faire dire, là ?

– Rien du tout.

La Cornette se redressa avec dédain.

– Nous allons réciter un chapelet, dit-elle. Je vous inviterais bien à rester, mais je ne crois pas que ça vous intéresse.

Martin s'inclina pour prendre congé et sortit.

Plus loin, sur le sentier, Jean discutait avec Suzanne. L'instituteur monologuait, très agité, sans voir la lettre qu'elle essayait de lui mettre dans les mains. La jeune fille aperçut Martin. Le rouge lui monta aux joues. Elle plaqua sa lettre sur la poitrine de Jean, ce qui lui coupa la parole, et revint vers la ferme d'un pas vif.

– Il me faisait part de ses condoléances, dit-elle maladroitement.

– Vous avez meilleure mine que tout à l'heure, remarqua Martin en gardant un œil sur Jean qui s'éloignait, à regret, en fourrant l'enveloppe dans sa poche.

La Cornette passa la tête par la porte.

– Suzanne, tu rentres.

– Oh, zut ! Laissez-moi une seconde, je discute avec M. Martin.

– Certainement pas ! s'écria la Cornette en l'attrapant par le bras.

– Mais il a besoin de moi, protesta Suzanne en se dégageant.

– *Besoin* ?... Mais enfin, où tu vas chercher des idées

pareilles ? Le seul qui ait besoin de toi, ici, c'est ton père, petite ingrate !

– Monsieur Martin, supplia Suzanne. S'il vous plaît…

La Cornette tourna ses gros yeux vers le commissaire.

– Suzanne, déclara Martin en choisissant ses mots avec soin, j'apprécie votre compagnie, mais vous n'avez pas à me demander mon autorisation.

La jeune fille resta interdite.

– Tu l'as entendu, dit la Cornette, sourcils froncés. Assez discuté !

Comme Suzanne hésitait encore, Martin lui fit un sourire pour l'encourager. Il y eut alors un bruit dans la cuisine. Les voisines avaient quitté le chevet de Ferdinand et écoutaient derrière la porte. Irritée, Suzanne se décida :

– Oui, assez discuté.

Elle s'éloigna à grands pas sur le chemin. Martin vit une veine pulser de rage sur le cou de la Cornette, mais il ne laissa pas à cette dernière le temps d'exploser. En trois bonds, il se retrouva à marcher aux côtés de Suzanne. La porte claqua derrière eux.

– Bien envoyé, hein ?

La jeune fille souriait, rouge d'excitation.

– Elle n'avait pas l'air contente, reconnut le commissaire.

– Tant pis !

L'œil de Martin fut attiré par l'instituteur, plus bas, qui rentrait chez lui d'un pas inquiet. Suzanne suivit son regard et elle en fut gênée, ce qu'il remarqua.

– Au moins, il a la lettre, sourit-il. C'est le plus important.

Martin s'étonna de la terreur qui s'empara soudain du visage de Suzanne. Il se doutait bien que l'instituteur n'était pas l'homme le plus populaire du village. Le secret d'une romance aussi sulfureuse avait de quoi peser sur le cœur de la jeune fille. Mais elle exagérait un peu l'importance du scandale. À moins que…

– Ne vous inquiétez pas ! ajouta-t-il en comprenant. J'ai juste remarqué qu'il insistait beaucoup pour entrer dans la chambre, jusqu'à ce que vous en sortiez.

– Euh… Personne ne sait… À part le curé…

Elle tordait le tissu de sa robe, mal à l'aise. Martin s'arrêta.

– Suzanne, dit-il gentiment, ça ne me concerne pas. Vous faites bien ce que vous voulez, d'accord ? D'ailleurs, moi, je ne vois pas le problème.

– D'accord, dit-elle, un peu rassurée.

Martin se remit en marche, et elle le suivit en trottinant.

– Qu'avez-vous trouvé ? Où est-ce qu'on va ?

– Une question à la fois. Nous allons à la carrière d'ardoise. Je n'ai pas encore eu l'occasion de la voir et nous y trouverons peut-être quelqu'un.

– Qu'avez-vous fait ce matin ?

– Vous êtes aussi impatiente que moi.

Martin marchait d'un bon pas. L'air n'était plus aussi lourd depuis que Suzanne avait faussé compagnie à la Cornette : il avait l'impression, lui aussi, d'être délivré et de profiter pour la première fois de la journée du monde qui l'entourait.

– Mais l'impatience est une bonne chose, continua-t-il en souriant. De mon côté, j'ai creusé la piste sur laquelle nous a lancés Paul Braux, le géomètre.

– Je croyais que vous cherchiez Louis Fortin ?

Le visage de Martin s'assombrit.

– Personne ne l'a vu, répondit-il. On peut l'expliquer de plusieurs façons : soit il est mort et on a dissimulé son corps ; soit il a quitté le village ; soit, et c'est ce qui me paraît le plus probable, il se cache dans les environs. Mais nous ne pouvons pas fouiller l'intégralité du massif. La seule façon de le retrouver est de comprendre ce qu'il a l'intention de faire. Si nous anticipons son plan, nous pourrons l'arrêter. Et c'est pour ça que nous devons mener l'enquête de la façon la plus large possible.

– Je ne comprends pas.

– Quoi donc ?

Elle était gênée. Martin l'encouragea d'un sourire qu'il n'eut pas à feindre.

– Votre hypothèse, dit-elle prudemment, c'est que Louis Fortin est impliqué dans l'attentat de cette semaine, à Paris. C'est bien ça ?

– Oui.

– Mais pourquoi ?

– Examinez les faits. Louis Fortin est anarchiste. Il vivait peut-être à Paris ces derniers mois, peut-être pas. En tout cas, deux jours après l'attentat, il réapparaît à Fragonaz avec un livre qui parle de marmottes, le mot retrouvé sur Fabienne Fouilly. Il y a un lien entre l'attentat et son retour. La nature de ce lien reste à définir, mais il est possible qu'il ait sa part de responsabilité dans la mort du président.

– Vous croyez qu'il a poussé Fabienne Fouilly à se tuer ?

– Je ne crois rien. C'est une hypothèse.

– Mais vous avez parlé de « plan » ? Quel plan ?

– Je voulais parler de ses intentions. Il faut anticiper ses mouvements pour l'arrêter le plus tôt possible. Je ne suis pas encore certain qu'il soit mêlé à l'attentat, mais c'est l'hypothèse la plus crédible pour le moment, donc j'agis en fonction.

– Mais ça revient à y croire, alors ?

– Pas tout à fait, répondit Martin en souriant. Je vous accorde que la nuance est subtile, mais elle existe. Si d'autres informations venaient invalider cette hypothèse, je n'aurais aucun mal à la mettre de côté pour en émettre une autre.

C'est la méthode scientifique, la seule qui permette de rester totalement objectif. Même si nous agissons en fonction de cette hypothèse, parce qu'elle nous semble valide, nous devons garder toutes les autres dans un coin de notre tête et les considérer simultanément. Seules les preuves nous permettront, *in fine*, de trancher. D'où la nécessité d'accumuler autant d'informations qu'il est possible de le faire : c'est la seule façon de vérifier que notre hypothèse principale est toujours la mieux alignée avec le réel.

– C'est difficile, remarqua Suzanne.

– La clé est de compartimenter. Il faut structurer notre esprit assez sévèrement pour considérer les faits avec neutralité et ne pas projeter une lecture des événements qui serait faussée. L'équilibre doit être conservé à tout prix jusqu'à la résolution.

La jeune fille resta silencieuse un instant. On n'entendait plus que le bruit de leurs pas sur le sentier et les cloches des bêtes dans les champs.

– Et le livre ? dit-elle enfin. Vous l'avez lu ?

– Bien sûr.

– Entièrement ?

– Évidemment. C'est un ouvrage de zoologie classique. La marmotte commune est étudiée sous tous les angles : alimentation, reproduction, territoires et habitat, ce genre de choses. Un chapitre entier est consacré au plateau de Fragonaz.

– Ah bon ?

– Ça vous étonne ?

Suzanne fronça les sourcils et leva la tête vers le plateau. D'en bas, ils n'en voyaient que les bords : les arêtes ciselées frôlaient la couche nuageuse, qui s'épaississait derrière la crête, comme pour retenir la lumière et plonger la cuvette dans une pénombre effrayante. La jeune fille frissonna.

– Je ne sais pas, chuchota-t-elle. Je sais qu'il y a beaucoup de marmottes là-haut, et que c'est connu pour ça. Mais je ne pensais pas qu'on en parlait jusqu'en Italie. Ni que ça pouvait faire l'objet d'un livre sérieux.

– Le plateau de Fragonaz est l'un de leurs principaux foyers dans les Alpes. L'auteur parle de trente mille à cent mille individus. C'est difficile à déterminer. Il est décrit comme un gigantesque réseau de galeries et de tunnels qui s'entremêlent à l'intérieur du massif. Selon l'auteur, il serait même possible de rejoindre l'Italie ou la Suisse en passant sous la montagne. En tout cas, si on fait la taille d'une marmotte.

– Ce qui n'est pas votre cas.

– Non.

– Quoi d'autre ?

– Pas grand-chose.

– Il est revenu pour quoi, à votre avis, Louis ?

– Je ne sais pas encore, répondit Martin en réprimant un geste d'impatience. Parlons plutôt de choses concrètes, comme des manœuvres foncières sur le village.

– Quelles manœuvres ?

– Aucun paysan n'a entendu parler d'un projet de construction industrielle. En discutant, il m'est apparu que les exploitations de Fragonaz sont surtout familiales. Aucune d'entre elles ne dépasse les dix hectares, à part celle de la Corne.

– Oui, c'est pour ça qu'il est maire.

– C'est ce que j'ai cru comprendre. Mais j'ai aussi appris qu'il a recommencé à acheter des terres agricoles. Un champ par-ci, un autre par-là. Les vendeurs qui ont bien voulu me renseigner m'ont dit qu'il avait de grands projets pour spécialiser le village dans l'exploitation bovine et commercialiser du fromage en France et à l'étranger.

– Ce serait bien son genre. Il est un peu… ambitieux.

– Peut-être encore plus qu'il ne le laisse penser.

– Pourquoi ?

– Il a ignoré des terrains tout à fait exploitables mais en a payé d'autres qui ne valaient rien trois fois leur prix. Vous savez s'il a déjà essayé de racheter un bout de terrain à votre père ? Pré-la-Gueule, par exemple ?

Suzanne s'arrêta, stupéfaite.

– Papa attendait que le prix monte. Comment vous savez ?

– Parce que j'ai demandé une carte de la région à notre ami géomètre. Les terres rachetées par la Corne n'ont pas été choisies de façon aléatoire. En fait, le maire n'a racheté que les terrains qui longent la Courbe. Et le seul terrain qui lui échappait encore appartenait à votre père. Pré-la-Gueule.

– Je… je ne comprends pas. Papa ne me parlait pas beaucoup de ce genre de choses. C'était… c'était sa ferme à lui. Je ne sais pas ce que…

La voix de Suzanne lui resta dans la gorge. Martin garda le silence, mal à l'aise. Elle avait dû réaliser que la ferme et ses terrains, donc Pré-la-Gueule, étaient désormais siens. Elle allait devoir tout gérer sans son père pour la guider.

– La Corne aurait tué papa ? souffla-t-elle enfin.

– Mon hypothèse, répondit Martin avec précaution, c'est que la Corne a racheté ces terrains en sous-main pour un industriel, ou pour les lui revendre lui-même. Nous devons d'abord vérifier ce postulat avant de conclure quoi que ce soit.

Ils arrivaient au pont. Martin reconnut le gros Pierre qui traversait. Le paysan, rouge, en sueur, progressait vers la rive, lentement, en prenant soin de s'assurer avec le câble. Dès qu'il eut mis les pieds sur le sentier, il repartit en courant. Il aperçut soudain Martin et Suzanne à quelques mètres de lui. La couleur de ses joues vira au pourpre. Il jeta un regard noir au commissaire et s'éloigna sans ralentir.

– Celui-là m'inquiète plus que le père, bougonna Martin.

Il pressa le pas et s'engagea sur la passerelle. Il était déjà à mi-chemin quand il remarqua que Suzanne, derrière lui, n'osait pas s'avancer sur les planches.

– Vous avez peur du vide ? cria-t-il pour couvrir le bruit du torrent.

Elle secoua la tête, le visage contracté. Martin se rappela que c'était là qu'elle avait trouvé, deux jours plus tôt, le cadavre de son père. Elle n'était sans doute pas revenue entre-temps. Il maudit son manque de délicatesse et retourna jusqu'à elle en s'aidant du câble. Les planches grises craquaient sous ses pieds, mais la structure suspendue dans le vide tenait bon. Il lui tendit la main.

– Venez avec moi.

Suzanne hésita, mortifiée, mais finit par attraper son bras. Martin se remit en marche en prenant soin d'aller à son rythme. La passerelle devait faire cinquante mètres de long pour un de large, et se balançait sous leurs pas. Tout à coup, Martin sentit la prise de Suzanne se relâcher. Il se tourna et la vit penchée sur le torrent. Dans un vacarme assourdissant, les eaux glaciales fusaient, tourbillonnaient, se fracassaient sur les rives, projetant des gerbes d'écume dans les herbes alentour ainsi qu'une brume de fraîcheur jusqu'à la passerelle. Martin sentait ses vêtements s'imbiber d'eau. Suzanne regardait l'endroit où aurait dû se trouver la grosse pierre plate sur laquelle on avait découvert son père. Tout avait disparu sous la surface blanche.

– Je n'ai jamais vu les eaux aussi hautes ! cria-t-elle.

Ils marchèrent jusqu'à la rive, sans lâcher le câble.

– Pourquoi la Corne n'aurait-il pas agi seul ? demanda-t-elle après qu'ils se furent assez éloignés du grondement de la rivière. Je veux dire, il achète peut-être vraiment les terrains pour construire une fruitière : s'il veut que les éleveurs du village mettent leur lait en commun pour faire du fromage, il faut bien une installation capable de produire en larges quantités. Ça expliquerait l'aspect industriel.

– C'est possible, concéda Martin. Mais n'oubliez pas qu'on a exigé du géomètre une extrême discrétion. Ça évoque plutôt des investissements de grande envergure.

– Mais puisqu'il n'y a pas de ressource intéressante ?

– Il y en a une. Nous venons de passer au-dessus.

– Comment ça ?

– La Courbe. La houille blanche.

– Quoi ?

– L'eau ! Avec un torrent d'une telle puissance, il ne devrait pas être difficile de produire une quantité phénoménale d'électricité.

– Vous croyez que…

– Je ne crois rien. J'ai demandé par télégraphe un état des lieux de l'activité hydroélectrique dans la région. Non seulement c'est en plein essor, mais c'est la rente de situation idéale pour des municipalités comme celle-ci. L'électricité ne se transporte pas bien sur les longues distances. On doit l'exploiter sur place. Après quelques aménagements, la Courbe pourrait faire tourner une usine électrotechnique. Ça faciliterait le développement de la métallurgie dans toute la vallée.

– Mais puisqu'il n'y a pas de minerai précieux…

– Pas à l'état naturel. Mais avec de l'électricité en abondance, on peut extraire les composants de la terre pour presque rien. Du fer, de l'alumine, quelque chose comme ça. Si ça justifie la création d'une centrale hydroélectrique, c'est qu'il y a des dizaines, voire des centaines de millions de francs en jeu.

– Et dans cette hypothèse-ci, papa aurait été tué parce qu'il ne voulait pas vendre son champ et que ça empêchait la construction... C'est ça ?

Martin ne répondit pas. Le sentier qu'ils avaient suivi dans la forêt de sapins venait de déboucher sur une large étendue sans arbres.

– C'est l'ardoisière, chuchota Suzanne.

La carrière semblait encore résonner des coups de pic des ouvriers. Le flanc de la montagne avait été creusé en trois failles béantes dont la plus haute atteignait une vingtaine de mètres. Les parois de schiste noir luisaient sereinement, renvoyant çà et là des éclats rouges et vert sombre. À la jonction des failles, une longue installation de bois protégeait des intempéries un foyer rempli de cendres, une table de repos et les troncs de sapin coupés dans la longueur qui servaient de bancs.

La Corne était assis, face à la vallée. Trois bouteilles vides gisaient à ses pieds. Il en serrait une quatrième dans ses mains. Martin et Suzanne s'approchèrent. Le sol, couvert de morceaux d'ardoise sombre, crissait sous leurs pas. Ils s'assirent en face de la Corne, qui ne réagit pas. Son œil était lourd et rouge. Il n'était pas rasé.

– Vous arrivez trop tard, marmonna le maire après un moment.

– Pourquoi ? demanda Martin.

– Pour tout.

La Corne leva la bouteille et avala une goulée de vin. Suzanne ouvrait la bouche pour poser une question mais Martin lui fit signe de se taire.

– C'est terminé, continua la Corne. Ils n'auront rien. Et toi non plus !

Suzanne recula d'instinct, effrayée. Ce n'était pourtant pas de la haine qui se dégageait de l'expression du maire, plutôt une profonde déception.

– Vous savez comment on exploite l'ardoise ? demanda-t-il soudain.

Martin secoua la tête.

– Il faut d'abord dégager à l'explosif la couche de schiste inexploitable.

– Dynamite ?

Le maire de Fragonaz partit d'un grand rire avant de reprendre une lampée.

– Sûrement pas, dit-il en essuyant la goutte qui coulait sur son menton. Ça détruirait les blocs. Il faut les détacher. On utilise de la poudre. Bam ! Et là, seulement quand tout a pété, on commence le travail. On dégage la tranchée au pic, on coupe les plaques, on taille et on transporte jusqu'à la route. Mais tout ça, c'est après l'explosion. C'est toujours comme ça. Ça commence par un choc. Du bruit. De la fumée. Des gens qui crient. C'est la seule façon. Bam ! D'un coup. Tant pis pour les débris.

Suzanne interrogea Martin du regard. Il lui fit signe de patienter.

– Vous ne comprenez rien, hein ? fit la Corne à Martin.

– Je comprends que vous avez envie de parler.

Le maire éclata de rire.

– Ouais ! Et pour dire quoi ? C'est toujours pareil. Ça change, ça change, et on oublie que rien ne change vraiment. Il y a trente ans déjà, tout se cassait la gueule : la corde de chanvre, la dentelle, l'artisanat, la clouterie, tout ! Tout ce qu'on exportait, toutes les activités qu'on se refilait de père en fils depuis des siècles, tout ça valait plus rien. Le train arrivait au fond de la vallée. Les prix étaient en chute libre. Le village allait crever. Qui a réagi ? Hein ? Qui a anticipé le tournant ? Mon père ! Uniquement mon père ! C'est lui qui a décidé d'exploiter l'ardoise. Il a fait venir du monde, il s'est démené comme un diable ! Et voilà. Trente ans de sauvés. Trente ans d'activité, de compléments de revenus, d'échanges de richesses qui ont profité à tout le monde. Qui l'a remercié ? Personne. Ces rats puants ! Il a sauvé leur village, et la seule chose que ces jaloux minables ont vue, c'est les terres qu'il avait achetées au passage. La Corne, le plus gros propriétaire ? Ils ne se sont même pas demandé si c'était mérité !

– Vous voulez sauver le village avec l'hydroélectricité ?

– Ah, vous avez compris ça ? Vous êtes peut-être aussi malin qu'ils le disent, alors. L'ardoise, c'est fini. Trop de concurrence. Retour à la case départ. Les prix qui tombent. Les trains qui se rapprochent toujours davantage. Et puis l'autocar ! Les jeunes peuvent s'enfuir encore plus vite qu'avant. Il ne reste plus que les paysans, et c'est plus dur pour eux chaque année. Regardez ça : une carrière vide, c'est ça l'avenir. Moi, j'avais la solution. Imaginez. Fragonaz, première usine de production d'aluminium de la vallée ! Le fleuron de l'industrie régionale ! Sans compter qu'avec ce qui coule des glaciers et des neiges éternelles, il y avait de quoi alimenter tout le village.

Les yeux du maire pétillaient d'excitation. Un peu de salive lui coula au coin des lèvres tandis qu'il s'émerveillait du tableau qui se peignait sous ses yeux :

– Un village entier éclairé à l'ampoule ! « Fragonaz » en grosses lettres dans les journaux ! Des vacanciers par milliers ! Et pas parce qu'ils se seraient paumés ! Il paraît qu'en Scandinavie, ils arrivent même à les faire venir en hiver. Tout était possible. J'aurais même trouvé un moyen de rentabiliser ces stupides marmottes…

– Vous n'aimez pas les marmottes ?

Les épaules du maire s'affaissèrent et son regard s'éteignit.

– La marmotte, c'est comme le petit ramoneur, c'est

l'image poussiéreuse de toute la région. L'effet « carte postale ». La bonne vieille tradition dans tout ce qu'elle a d'obsolète et de plouc. C'est ce tableau-là qu'il faut casser. Bam ! C'est la seule façon de faire. C'était pareil il y a trente ans, ce sera pareil dans trente ans. Tout recommence, tout le temps. Tout change, rien ne change, et ça me fatigue…

La Corne jeta sa bouteille vide qui se brisa sur l'ardoise.

– Allez expliquer ça à ces crétins ! Il n'y a que leurs habitudes qui comptent. Toujours, toujours les habitudes. Les petites habitudes !

– Vous parlez de Ferdinand Rabotin qui ne voulait pas vendre ?

– Mais personne n'aurait voulu vendre ! gueula la Corne. Personne, si j'avais dit la vérité ! Une usine ? Ici ? Vous imaginez le tollé ?

– Vous n'en avez parlé à personne, alors ?

– Non.

– Même pas au curé ?

Le maire se mit à ricaner.

– Pourquoi ? C'était mon idée. Mon argent. J'ai contacté les bonnes personnes. Elles sont venues ici, discrètement, pour faire des repérages, des tests. Optimistes ! Alors j'ai commencé à tout racheter. Pour qu'il n'y ait pas de problèmes, vous comprenez ? Pour leur faciliter la tâche ! Alors, oui, d'accord, au final, ça aurait fait une belle affaire, mais enfin, si ça permettait aussi d'aider tout le monde, hein ?

La voix de la Corne se brisa soudain dans un sanglot.

– Il n'y a que lui qui savait. Il a compris ce que j'essayais de faire. Il m'a suggéré des lectures, des contacts. Il m'a aidé pour les négociations. Il savait se documenter, alors il savait de quoi il parlait. Et puis, il était pas dupe. Il savait bien, lui, que c'était la seule façon de faire changer les choses ici. Il faut manœuvrer en douce jusqu'à ce qu'on puisse mettre tout le monde devant le fait accompli. Alors, ouais, ça râle, ça gueule un coup, mais trop tard. Ils sont obligés d'accepter. Bam ! C'est ce qu'on a fait. Et ça a marché. Tout le monde a cru à l'histoire de la fruitière. C'était gagné, même le Ferdinand ! Je le connaissais bien, moi. Il résistait un peu pour la forme, mais il avait besoin d'une nouvelle jument. Il aurait fini par craquer un jour ou l'autre. Et là, c'était bon. Avec Pré-la-Gueule, j'avais toutes les terres pour finaliser les négociations. On lançait la construction de l'usine, et on débouchait le bon vin !

La Corne chercha son sac à tâtons sous la table pour en sortir une cinquième bouteille. D'après le cliquetis à l'intérieur de la toile, il en restait encore plusieurs. Il l'ouvrit, but une énorme gorgée qui l'étrangla, et se mit à tousser.

– Cet homme, c'était qui ? demanda Suzanne d'une voix blanche.

– Je vais foutre le camp d'ici, marmonna le maire après avoir repris son souffle. Je vais tout vendre, même si ça vaut rien. Ils me méritent pas. Ils m'ont élu parce qu'ils croient que je pense comme eux. Mais je ne suis pas comme eux, moi. Je m'en fous de la politique. Je voulais aider le village de mon père. C'est foutu, maintenant. Ils ne l'accepteront jamais… C'est lui, vous comprenez ? C'est lui qui l'a fait. Je l'ai vu. Ils adhéreront jamais au projet de celui qui a tué l'un d'entre eux…

Suzanne retint un cri. Elle jeta un regard angoissé vers les toits du village qui dépassaient derrière les arbres. Le maire continuait d'une voix pâteuse :

– J'ai compris dès qu'on a trouvé le corps. Ma femme m'avait raconté, déjà, ce qui s'était passé au lavoir… Il s'était disputé avec Ferdinand, même pas une heure avant… Une bête histoire de draps. La goutte d'eau…

– Monsieur Martin, murmura Suzanne, livide.

– Vous l'avez vu faire ? demanda Martin en l'ignorant.

La Corne renifla et essuya son visage de sa manche.

– Vous devez comprendre. Il était comme moi. Pire. C'était pire, pour lui. Toujours frustré. Mais on n'était pas loin. Il restait que Pré-la-Gueule. On n'était pas loin ! C'était le dernier obstacle avant la modernité, il ne manquait plus que ça ! Vous devez le comprendre, vous devez essayer ! Il en pouvait plus. Tous les jours, on l'emmerdait. Tous les jours ! Quand je l'ai vu courir, près du pont, je ne savais pas. C'est après. Quand on a retrouvé le corps. Mais je pouvais rien dire. Comment j'aurais pu lui faire ça, hein ? Vous savez ce que ça fait, quelqu'un qui vous comprend ?...

Une grosse larme coulait sur la joue du maire.

– Monsieur Martin, répéta Suzanne.

Elle s'était levée. Martin, concentré sur le maire, haussa le ton :

– Vous l'avez vu tuer Ferdinand ? De vos propres yeux ?

– C'est trop tard.

– Répondez !

– Vous arrivez trop tard...

– Parce que vous l'avez déjà dénoncé, c'est ça ?

Le maire hocha la tête, le visage pétri de honte.

– À Pierre Pissard-Leblanc, il y a à peine un quart d'heure ?

La Corne s'effondra sur la table pour éclater en sanglots. La bouteille se renversa à côté de lui et le vin coula à flots entre les lattes de bois.

– Monsieur Martin ! hurla Suzanne de toutes ses forces.

Martin leva enfin la tête. Au-dessus des cimes, il aperçut une épaisse colonne de fumée, aussi noire que les nuages vers lesquels elle se tordait.

9

Martyr

Lorsque la lettre fut tout à fait consumée, Jean remua les braises pour en disperser les morceaux. Après réflexion, il ramassa l'enveloppe sur la commode et la jeta elle aussi dans la cheminée. Le visage de Suzanne se dessina dans les flammes. Ils se tenaient à nouveau devant la ferme des Rabotin. Il revoyait le détail de ses lèvres pincées, son regard fuyant, la raideur de sa nuque. Elle lui écrasait la lettre sur la poitrine et, sans ajouter un mot, rejoignait le commissaire. Elle ne s'était jamais montrée aussi froide avec lui. L'enveloppe tombait déjà en cendres.

Si l'instituteur s'était trouvé dans des dispositions plus favorables, peut-être aurait-il considéré leur entrevue avec moins de gravité. Après tout, Suzanne avait écrit cette lettre pour lui, et pour personne d'autre. En soi, c'était déjà une preuve d'amour. Mais ces yeux baissés, cette nuque qui s'éloignait vers la ferme, toute cette attitude, en fait, qui criait le mépris ! Les mots pâlissaient devant les images, et aucun n'aurait pu délivrer Jean de l'impression qui le taraudait : Suzanne lui en voulait de l'avoir laissée seule pendant les deux jours qui avaient suivi la mort de son père.

Irrité, il jeta le tisonnier, qui rebondit sur le sol meuble.

C'était injuste ! Comment aurait-il pu réagir autrement ? Il s'était disputé avec le paysan devant la Cornette et ses commères de service, c'est-à-dire devant tout le village, deux heures à peine avant d'entendre les premiers cris. Suzanne devait bien le comprendre, non ? Si on l'avait vu dans l'effervescence qui avait suivi la découverte du corps, on l'aurait accusé du meurtre avant qu'il ne puisse ouvrir la bouche.

Il n'arrivait pas à s'arracher du crâne une idée qui le rendait fou : et si Suzanne s'était méprise sur ses intentions, et si elle le prenait pour un lâche ? Leur discussion devant la ferme n'avait pas duré une minute. Si Suzanne ne s'était pas montrée aussi cassante, si elle l'avait laissé parler, il aurait pu lui expliquer que ce n'était pas par peur qu'il s'était terré dans sa cabane. Jean était un apôtre de l'école laïque, sa mission d'évangélisation républicaine comptait plus que sa propre vie. C'est ce qu'il aurait voulu qu'elle comprenne : il s'était caché pour une idée. Les paysans le haïssaient parce qu'il incarnait le progrès. S'ils se mettaient soudain à croire que le progrès avait assassiné l'un d'entre eux, alors ce serait la République entière qui en pâtirait. Dans un village aussi reculé, un instituteur accusé, même à tort, c'était l'assurance d'un plongeon de trente ans en arrière en matière de mœurs, l'abandon d'un territoire entier à l'obscurantisme. Non, Jean n'avait pas eu le choix. La recherche frénétique d'un bouc émissaire ne s'arrêterait pas avant la fin de l'enquête. En attendant, il ne devait pas laisser la moindre prise à l'imaginaire des villageois, car la méfiance qu'il suscitait chez eux n'attendait qu'un prétexte pour se muer en haine. Il ne devait ni les croiser, ni leur parler, ni même, d'aucune façon, leur rappeler qu'il existait. Il était décidé à suivre son intuition première, qui consistait à se faire le plus discret possible. On le soupçonnait peut-être déjà : aucun enfant n'était venu le voir depuis la découverte du corps, pas même le petit Pierre. Bien sûr, Jean aurait préféré sortir, frapper aux portes, raconter sa version de l'après-midi du crime, mettre fin aux possibles rumeurs. Il voulait crier son innocence ! Mais n'était-ce pas là le comportement d'un coupable ?

Il se remit à tourner, du lit à la fenêtre, puis de la fenêtre à la porte et de la porte au lit. C'était le plus long circuit possible à l'intérieur de l'ancienne étable. Il avait dû le faire des centaines de fois en deux jours. Et encore cette vision de Suzanne se détournant, la nuque raide. Il donna un coup de pied dans le tisonnier, qui alla cogner contre un mur.

Comment pouvait-elle lui en vouloir ? Elle ne pensait quand même pas qu'il se fichait de la mort de son père ! Ferdinand avait été un homme bourru, plein de préjugés, mais pétri de bon sens. Il ne tardait jamais trop à se ranger aux arguments quand ceux-ci étaient bons. Et puis, surtout, c'était le père de Suzanne ! L'instituteur était forcément sensible au malheur qui frappait celle qu'il aimait…

Jean s'arrêta devant la commode, sourcils froncés.

L'objet à l'intérieur pouvait-il confondre le meurtrier ? Il en doutait. Il savait pourtant qu'il devrait le remettre tôt ou tard entre les mains de la Machine, lui expliquer qu'il l'avait trouvé sur le pont quand il était sorti de chez lui pour se calmer les nerfs, après le départ de Suzanne, puis qu'il avait aperçu le cadavre et s'était enfui en courant, terrifié par la crainte d'être accusé. Mais comment faire pour parler au commissaire discrètement ? Devait-il à nouveau se risquer hors de chez lui ?

Jean reprit son tour, plus agacé encore.

Qu'est-ce que Suzanne croyait ? Évidemment qu'il aurait aimé la voir plus tôt. S'il avait pu, il aurait été à côté d'elle dès la première heure. Il l'aurait serrée dans ses bras pour la réconforter. Il serait resté à son chevet tous les soirs jusqu'à ce qu'elle s'endorme. Mais voilà, elle était gardée nuit et jour par une bande de harpies. S'il s'était approché d'elle alors qu'elle était sous le choc de la mort de son père, aurait-elle été capable de se contenir ? Et lui, la voyant en larmes, aurait-il pu la saluer sans dévoiler à tous la nature de leur relation ? Il avait attendu deux jours, le temps que l'émotion retombe… mais il avait bien fini par se rendre chez elle ! Comment pouvait-elle le mépriser comme s'il avait commis une faute ? D'ailleurs, si une faute avait été commise, elle en était aussi responsable que lui, puisqu'elle avait accepté qu'ils se voient en cachette.

Jean se laissa tomber avec lourdeur sur le lit. De la poussière tomba du plafond. Le toit ne résisterait pas au prochain hiver, s'il tenait jusque-là. Pour la première fois de la journée, l'instituteur sentit son corps se détendre. Il repensa à la lettre, à ces traînées d'encre noire qui auraient dû le rassurer, mais dont la substance s'évanouissait dès que la vision de la nuque de Suzanne, dans toute son indifférence, réapparaissait. Non, il n'avait pas rêvé, il y avait bien eu un changement dans son attitude, qui marquait une distance entre eux.

Le jeune homme soupirait quand, soudain, dans le tumulte de ses pensées, il sentit se frayer en lui une forme de soulagement. Après une minute d'incertitude, il fut étonné d'en comprendre la nature : il prenait conscience qu'il se montrait injuste.

Suzanne avait accepté la clandestinité, mais c'était lui qui l'avait suggérée. Et puis, son athéisme intransigeant n'avait-il pas contraint la jeune femme à cette réponse ? Ferdinand n'aurait jamais cautionné leur relation en dehors du mariage catholique, pas plus que le reste du village. Se fréquenter, ici, c'était se marier à l'église. Et comme Jean ne voulait pas mettre les pieds dans ce bâtiment – il l'avait assez répété –, Suzanne avait dû se résoudre aux regards dérobés avant même qu'il ne soit question de rencontre. Il savait pourtant qu'elle aurait préféré s'afficher aux yeux de tous. Elle n'avait même pas eu besoin de lui en parler pour qu'il le comprenne : le mariage faisait partie des traditions si profondément ancrées à Fragonaz qu'il était indissociable de l'amour qu'elle éprouvait pour lui. Jean préférait ne pas y penser. Mais fallait-il voir dans l'attitude de Suzanne cette après-midi une sorte d'avertissement ? Ils ne pourraient pas se voir ainsi toute leur vie. Qu'adviendrait-il lorsqu'elle perdrait patience ? L'idée d'en toucher un mot au père Georges lui traversa l'esprit. Malgré sa condescendance tranquille qui lui tapait sur les nerfs, le curé avait parfois été de bon conseil. Jean caressa un instant l'image de Suzanne qui lui souriait, apaisée, en robe blanche, devant la foule les observant sans haine en bas des marches de l'église.

L'instituteur poussa un grognement. Sans même y penser, il se retrouva sur ses pieds, à arpenter l'étable de long en large. Et puis quoi encore ? Il n'allait quand même pas jeter ses principes par la fenêtre ! Il abhorrait l'Église et toute cette clique de bigots. Personne, pas même Suzanne, ne le ferait dévier de sa mission.

– Cordier !

Jean sursauta. C'était la voix du gros Pierre.

– Quoi ? cria-t-il sans ouvrir la porte.

– Sors de là ! dit l'aîné des Pissard-Leblanc.

L'instituteur hésita, puis tira la porte à moitié. Ils étaient cinq. Jean s'était attendu à une visite de ce genre : il s'agissait de ne pas se laisser impressionner.

– Quoi ?

– On sait.

Le gros Pierre était d'un calme inhabituel. Les quatre autres, son frère et trois paysans plus âgés, en étaient d'ailleurs impressionnés.

– L'usine d'aluminium, continua le jeune paysan. Tes affaires avec ce traître de la Corne. C'est pas assez d'enseigner des conneries laïques aux gosses, hein ? Faut aussi les forcer à devenir ouvriers pour le compte des bourgeois ?

Jean sentit son estomac se nouer.

– Il est où ton père, Pissard ? rétorqua-t-il en feignant l'assurance. Quand il est pas là pour te tenir la main, tu dis vraiment des conneries.

– Sale rouge. Tu craches sur nous et sur Dieu.

Le gros Pierre posa sa main contre la porte ouverte.

– Il manquait plus que Pré-la-Gueule. Quand Rabotin a voulu te donner une correction devant les femmes, tu t'es dit que tu pouvais faire d'une pierre deux coups, c'est ça ? Accélérer les choses et te venger au passage ?

Jean s'apprêtait à répondre quand il se figea : un paysan tenait une corde.

– Tu viens avec nous, dit Pierre.

L'instituteur voulut refermer la porte mais le gros Pierre s'écrasa de tout son poids sur le battant. Sans hésiter, Jean lui décocha un coup de poing dans le menton. Plus surpris que sonné, Pierre recula d'un pas et Jean claqua la porte.

– Attends, connard !

Anticipant le coup, Jean se plaqua contre le bois. La planche craqua mais tint bon. Il tourna la clef, s'arc-bouta et amortit le choc de la deuxième tentative.

– Laisse, fit une autre voix derrière la porte.

– Non, grogna Pierre.

Jean se prépara au troisième coup, qui ne vint jamais. Il tendit l'oreille. Les cinq hommes chuchotaient. Son cœur battant à toute vitesse, il entendit l'un d'eux partir en courant. Jean réfléchit : devait-il s'enfuir par-derrière ? Mais pour aller où ? Les deux gendarmes et le commissaire pouvaient se trouver n'importe où dans le village. De toute façon, il n'arriverait jamais à distancer les paysans. Il tira la commode chargée de livres contre la porte de devant. Une fois le meuble stabilisé, il cala une chaise contre celle de derrière, au cas où ses assaillants tenteraient de le prendre à revers. Il se releva, satisfait. L'étable tombait en ruine, mais elle était assez solide pour résister à un siège.

La vitre explosa dans son dos. Une énorme bûche rebondit sur le lit. Une deuxième, plus fine, parut dans l'encadrement de la fenêtre pour racler les bouts de verre encore accrochés au bois. Jean bondit sans réfléchir, tabouret à la main, et frappa de toutes ses forces.

Il y eut un craquement. L'homme hurla :

– Ah, le fumier ! Mon bras !

– Tu vas y passer ! cria un autre à travers la fenêtre.

Jean lui balança le tabouret. L'autre esquiva de justesse. Il s'éloigna avec le cadet Pissard-Leblanc qui tenait son bras en grimaçant. Jean risqua un œil à travers le carreau cassé. Le cinquième paysan n'était pas revenu. Le gros Pierre et le dernier assaillant n'étaient pas visibles non plus. Ils rôdaient sans doute de l'autre côté. Jean revint sur ses pas pour maintenir la chaise. Les cris allaient forcément attirer quelqu'un. Il n'avait même pas besoin de plusieurs alliés : la lâcheté des cinq hommes était assez flagrante pour qu'ils s'arrêtent dès qu'un tiers leur demanderait des comptes.

Il fallait juste tenir. Jean ramassa le tisonnier dans la cheminée.

L'attente se prolongea en silence. Les mains serrées sur son arme de fortune, il restait crispé, en sueur, prêt à se jeter en avant au moindre bruit du côté de la fenêtre. Il en vint même à se demander si les paysans n'avaient pas abandonné la partie, mais un coup d'œil par la vitre brisée le détrompa. Les frères Pissard-Leblanc et les deux autres s'étaient regroupés près de la palissade. À part eux, personne en vue. Jean tendit l'oreille. Ils étaient trop loin pour qu'il comprenne leurs chuchotements, mais au moins pouvait-il les surveiller. Le cadet

Pissard-Leblanc tâtait son bras en gémissant. Les traits des autres, remarqua Jean, étaient d'une tranquillité désarmante. Ils donnaient presque l'impression de s'ennuyer. Il crut voir un mouvement près d'une maison, derrière le lavoir, et son cœur manqua un battement. L'espace d'une seconde, il avait imaginé Suzanne surgir derrière le groupe de paysans pour les arrêter. Son ventre se tordit encore douloureusement, et il réalisa qu'il était terrifié.

Il cligna des yeux de toutes ses forces pour se concentrer mais le sentiment de panique qui le dévorait l'empêchait d'y voir clair. Sa mâchoire était si contractée qu'il en avait mal aux dents.

Oui, il avait peur. Pourquoi était-ce si difficile de se l'avouer ? Les spasmes de son ventre broyaient une à une les excuses qu'il s'était patiemment construites : il n'avait pas quitté l'étable, non parce qu'il craignait pour ses idées, mais pour sa vie, et Suzanne avait raison de le prendre pour un lâche ; quant à prétendre que c'était pour la préserver du scandale qu'il avait attendu deux jours, c'était aussi ridicule que de mauvaise foi. Il fallait bien l'admettre, Jean avait honte, et c'était la seule raison pour laquelle il avait voulu garder leur relation secrète. Il avait passé le dernier quart de sa vie à se considérer comme un héraut du progrès, un saint des temps modernes. Et dès sa première affectation, lui, le jeune instituteur, le donneur de leçons par excellence, était tombé dans les bras douillets d'une paysanne. Ces bas instincts le ravalaient au rang du commun. Son front brûlait d'humiliation en imaginant les sourires sarcastiques des uns et des autres, mais s'il avait essayé de soustraire ses sentiments aux yeux des villageois, c'était pour mieux les cacher aux siens. Au fond, il se fichait bien de ce qu'ils pensaient de lui. Que lui importait même qu'ils raillent la République à travers lui ? N'était-elle pas assez forte pour s'en relever ?

Non, le vrai scandale, c'était celui-ci : Jean était comme eux, et ils étaient comme lui. C'était à présent une évidence. Les heures passées dans la forêt ou dans l'étable avec Suzanne ne compromettaient pas ses idéaux, mais l'adoration qu'il avait de lui-même.

Il secoua la tête pour sortir de sa torpeur. Pourquoi fallait-il qu'il pense à tout ça maintenant ? Des gouttes de sueur lui roulaient dans les yeux et il dut s'essuyer le front du dos de la main. Dehors, les quatre hommes n'avaient pas bougé.

Il avait beau se claquer les joues pour rester concentré, l'image de Suzanne revenait danser sous ses yeux. Il n'arrivait à pas se débarrasser de cette flétrissure : il n'avait pas eu le courage d'aller la voir à la mort de son père. Au fond de lui, Jean savait ce qu'il aurait dû faire. Il aurait dû se rendre à la ferme, lui prendre la main devant tout le village et laisser aller les commérages jusqu'à ce que Suzanne, une fois sortie de son deuil, l'épouse civilement. Tant pis pour les traditions et tant pis pour l'Église. Plus personne n'était en droit de la chaperonner. Ils auraient célébré leur union devant la Corne sans l'aval du curé, et les paysans s'en seraient accommodés. Le maire, bien sûr, aurait dû se charger d'étouffer les protestations les plus virulentes – il lui devait bien ça –, mais la vie aurait bien fini par reprendre le dessus. C'était ce dernier point, en fait, qui terrifiait l'instituteur. Suzanne n'avait plus de famille. Plus personne ne pouvait l'aider à s'occuper des champs et de la ferme. Elle devrait donc vendre. De quoi vivrait-elle ? Sûrement pas des appointements de Jean, qui lui suffisaient à peine.

Le jeune homme, agité par le sentiment d'injustice qui montait en lui, sentit le tisonnier trembler dans sa main. Pourquoi fallait-il toujours en revenir à ça, aux questions matérielles, à la nécessité de subvenir aux besoins de la femme qu'on aimait ? Devrait-il vraiment fermer ses livres, remonter ses manches et saisir une charrue pour elle ? S'il fallait en arriver à cette extrémité, Jean était prêt à le faire par amour pour Suzanne, et c'était précisément dans cette résolution que se logeait la source de sa colère.

Suzanne s'était glissée avec un naturel si discret au centre de son monde qu'elle avait fini par y détrôner sa mission civilisatrice. Mais une partie de lui résistait encore, s'efforçant de marginaliser tout ce qui n'allait pas dans le sens de sa vocation. Et quand sa foi d'instituteur vacillait, quand le doute le rongeait et que ses efforts semblaient vains, Suzanne apparaissait à la fois comme la plus merveilleuse et la plus sournoise des tentations. Il était alors ravagé, déchiré entre son amour pour elle et sa haine envers les autres villageois ; et, résultant de la friction de ces passions confuses, s'accumulait une rage qui ne demandait qu'une étincelle pour s'embraser et dévorer la première personne venue, c'est-à-dire, bien souvent, celle qu'il aimait.

Jean était sur le point d'aboutir dans ses réflexions, quand le cinquième homme revint en courant. Il tenait de la paille entre ses bras, qu'il jeta aux pieds des autres. L'instituteur fronça les sourcils. Les cinq agresseurs s'étaient déjà accroupis en cercle autour du tas. Il crut voir un rouleau de ficelle passer de main en main. Une minute plus tard, une fumée grise s'élevait du milieu du groupe. Le gros Pierre se redressa, une poignée de paille en feu dans chaque main, et se mit en marche vers la fenêtre.

Jean attrapa sa carafe et la renversa sur une couverture. Le premier projectile tombait déjà sur le lit, suivi d'une traînée de fumée. Il écrasa la couverture sur la paille ficelée pour étouffer les flammes, mais une deuxième botte surgit, puis une troisième, et une quatrième. La fumée emplit la pièce. Il se mit à tousser.

– Sors de là, on veut juste parler ! ricana le gros Pierre.

Jean tenta d'éteindre le début de feu, mais il n'y voyait déjà plus rien. Il ne put bientôt plus respirer. La gorge brûlante, il tira la chaise, ouvrit la porte de derrière et se jeta dehors pour inspirer une bouffée d'air frais, quand sa tempe gauche explosa.

– Il est là ! hurla un sixième homme.

Jean prit conscience qu'il était tombé à terre. Il avait l'impression d'avoir reçu un tronc en pleine figure. Il tenta de se relever mais l'autre lui flanqua un coup de pied au menton. La mâchoire de Jean se referma sur sa langue dans un claquement, et un goût de fer se répandit dans sa bouche. Le sixième homme leva à nouveau son bâton et l'abattit cette fois dans ses côtes. Jean roula sur le sol et se mit à cracher du sang.

– Eh ben voilà, dit le gros Pierre qui avait fait le tour de l'étable, il est sorti.

Quelqu'un lui jeta du foin embrasé sur la tête en riant. Ses cheveux prirent feu. Jean hurla et se rejeta en arrière, frappant son crâne de ses paumes pour étouffer les flammes. Mais des mains le saisirent aussitôt par les chevilles pour le tirer. Il planta ses doigts dans le sol pour freiner la course qui l'entraînait au milieu du groupe et ne réussit qu'à s'arracher un ongle. Six paires de pieds dégringolèrent sur lui comme une pluie d'orage. Il se recroquevilla pour protéger son visage et son ventre, mais la douleur explosait de toute part. Il perdit bientôt le contrôle de son corps. Puis, soudain, les coups cessèrent. Sa propre urine coulait le long de ses cuisses.

– Prenez les bras, marmonna le gros Pierre quelque part derrière lui.

Jean sentit qu'on le soulevait. Il se tordit dans tous les sens sans arriver à se dégager. Les autres se mirent en marche.

Alors il abandonna tout orgueil et, ignorant la douleur de ses côtes cassées, se mit à hurler de toutes ses forces :

– À l'aide !… Au meurtre !!…

Dans un craquement, un coup de poing magistral lui enfonça le nez dans la figure. Jean crut s'évanouir. Il resta gémissant, la tête en arrière, le visage en sang, le corps horriblement contracté dans l'appréhension de ce qui l'attendait.

Les six paysans le ramenèrent sur la place, qu'ils traversèrent sans se presser. Du coin de l'œil, Jean crut voir une silhouette derrière la croix du lavoir.

– Hé ! cria-t-il avant de recevoir un nouveau coup.

– La ferme ! Tu nous casses les oreilles.

Jean tordit son cou endolori vers la personne qu'il avait aperçue, qui disparut derrière un mur. Cette dernière lâcheté le révolta tellement qu'il retrouva des forces. Il se raidit à nouveau, mais sans parvenir à casser l'étreinte de ses bourreaux.

On l'entraîna dans un vieux grenier à foin du clan Pissard-Leblanc. Il y faisait frais et sombre. Les paysans le jetèrent au sol comme un sac de grain. De la poussière de fourrage s'éleva dans un nuage et colla à ses plaies.

– Donne-moi ça, dit Pierre à son cadet en montrant une échelle.

– Je peux pas, il m'a cassé le bras ! répondit l'autre.

Le sixième homme alla chercher l'échelle et la maintint contre la poutre. Pierre grimpa aux barreaux, enroula la corde autour du bois et sauta à terre.

– On le met sur quoi ? demanda l'homme au bâton, un peu hésitant.

– Comment ça ? fit le gros Pierre.

– Faut qu'il tombe d'un coup sec.

– Pas besoin. Fais-moi un nœud.

Il lui tendit la corde, et Jean reconnut enfin le sixième homme.

– Chappuis ? balbutia-t-il à travers le sang.

Le menuisier nouait la corde d'une main experte.

– Il doit tomber et se casser le cou, insistait-il. Je l'ai lu.

– Dans le journal ?

– Dans un livre.

– Bon, et alors ? grogna Pierre. C'est un livre !

– C'est comme ça. Il faut le faire tomber de quelque chose pour qu'il se casse les os du cou. Sinon ça risque de durer des heures et des heures.

– Chappuis ! gémit Jean. S'il te plaît !...

L'artisan feignit de ne pas l'entendre. Mais les autres se tournèrent vers lui, soudain suspicieux, comme s'ils prenaient ses hésitations techniques pour un doute plus profond. À contrecœur, le menuisier se tourna vers Jean.

– Ferdinand était un type bien, dit-il en pesant ses mots comme s'il les avait répétés des dizaines de fois pour s'en convaincre. C'était mon ami. C'était un père. Et maintenant sa fille est toute seule. T'as ce que tu mérites.

Quelque chose se brisa chez Jean. Les fils Pissard-Leblanc et les trois autres étaient des brutes sans cervelle. Mais Chappuis ? Le père qui rougissait de plaisir parce que son fils connaissait ses leçons... Le seul homme que Jean croyait avoir convaincu de la légitimité de sa présence à Fragonaz... Il s'était trompé sur toute la ligne. L'amabilité de l'artisan n'avait été qu'un masque d'hypocrisie : il avait haï l'instituteur comme les autres, c'est-à-dire par principe. Jean fut soudain pris d'un vertige. La haine à son encontre puisait ses racines dans une noirceur qu'il n'avait jamais soupçonnée.

– On fait quoi alors ?

– On est assez pour le hisser, trancha le gros Pierre avec

impatience. Ça prendra le temps que ça prendra et il pourra penser à ce qu'il a fait.

Jean ne songeait même plus à se dégager. On lui saisit les bras et on le traîna sous la poutre. Le gros Pierre lui passa la corde au cou.

– Le flic ! Avec la fille Rabotin !

Le cadet Pissard-Leblanc regardait par une fente de la porte de la grange. Le gros Pierre plaqua une main moite et sale sur la bouche ensanglantée de Jean qui, à la mention de Suzanne, s'était soudain réveillé. Il voulut hurler à travers la main mais on lui flanqua aussitôt dans l'abdomen un poing dur comme un caillou. Jean pleura de douleur, la respiration coupée net.

– Qu'est-ce qu'ils font ? demanda le gros Pierre à son frère.

– Ils le cherchent.

– Par ici ?

– Non. Dis, ça commence à monter.

– Le feu ?

– Faudrait pas que ça se propage.

– Ça va faire venir du monde.

C'était vrai. Des badauds accouraient maintenant de tous les côtés. Jean se sentit sombrer un peu plus profondément dans l'abîme : ceux qui étaient assez proches pour voir la fumée avaient forcément dû entendre ses cris et n'avaient pas bougé.

– C'est bon, ça s'organise.

La petite foule prenait l'incendie en main. Les bâtiments voisins étaient assez éloignés pour que personne ne cède à la panique. Les plus méticuleux jetaient de la terre sur les flammes qui menaçaient les herbes les plus proches. D'autres, plus excités, étaient partis chercher des seaux d'eau pour étouffer le gros du brasier.

– Allez, dit le gros Pierre, attrapez l'autre bout !

Jean se tordit sans y croire. Mais les hommes s'y étaient attendus et ils avaient resserré leur prise. Le gros Pierre lui couvrait toujours la bouche. Jean pouvait à peine respirer à travers son nez brisé. Il se trouva vain. Ses idées, ses convictions, sa vocation même, tout lui semblait irréel. Seule l'impression de Suzanne, qui n'était plus tout à fait une image ni une sensation, mais un mélange des deux, lui semblait tangible. Chappuis avait raison. Désormais, elle était seule. Elle avait perdu son frère, sa mère et son père. Jean savait tout cela. Mais jusqu'ici, il ne l'avait pas encore *senti*. Il n'aurait jamais dû la laisser seule pendant deux jours. Aucune logique ne pouvait justifier ça. Et maintenant il allait mourir, et elle se retrouverait encore plus isolée.

Brusquement, il se souvint de la commode.

Les paysans avaient déjà la corde en main, ils s'apprêtaient à le hisser, c'était une question de secondes, mais la seule chose à laquelle il pouvait penser était l'objet dans le tiroir. Ce fut un retour de flamme : il avait accepté sa propre mort, la futilité de ses convictions, la perte de Suzanne… mais pas l'idée que la seule preuve susceptible de coincer le meurtrier de Ferdinand fût détruite dans l'incendie de sa baraque.

Pris d'une intuition foudroyante, Jean relâcha ses muscles. Son corps, raidi comme une branche, se changea en un serpent visqueux et il glissa mollement, lourd, entre les bras des paysans. Leur surprise ne dura qu'une seconde, qu'il mit à profit sur-le-champ : bondissant à nouveau comme un ressort, il brisa leur prise fragilisée et parvint à libérer sa bouche. Un hurlement désarticulé déchira ses poumons.

– Merde ! s'écria le frère Pissard-Leblanc à la porte.

Le gros Pierre cogna à nouveau, pile dans la gorge de l'instituteur, dont le cri s'étrangla dans un gargouillis de glaires et de sang.

– Il arrive ! Il arrive ! alerta le cadet, affolé.

Le gros Pierre n'hésita qu'un instant. Il desserra le nœud, retira la corde du cou de Jean et la fit tomber de la poutre. Il eut juste le temps de la jeter dans un coin : Martin défonçait la porte, avec une telle violence que tout le monde sursauta, et quand il entra dans la grange, tous reculèrent d'instinct.

La Machine n'avait jamais paru aussi grand. Le commissaire, dressé de toute sa taille, semblait capable de renverser le groupe de paysans d'un seul geste. Mais le plus effrayant et le plus étrange, c'était que sa colère, pourtant incontestable puisqu'elle pulsait par tous les pores de sa peau, n'altérait pas son expression : son visage conservait le même détachement glacial qu'il arborait depuis son arrivée. Le contraste était terrifiant. L'homme évoquait une locomotive lancée à toute puissance qui aurait renversé un taureau en pleine charge sans même le remarquer.

Jean, à quatre pattes, en train de tousser des gouttes de sang dans la poussière, n'entendait rien. Il distinguait à peine la silhouette de Martin s'agiter à travers un voile rouge sombre, et comprit que la Machine hurlait sur les paysans, si fort que ceux-ci reculaient. Mais la fureur du commissaire se perdait dans un bourdonnement.

– Jean ?...

Il essaya de se relever mais s'écroula sur le côté. Suzanne s'était glissée dans l'entrebâillement de la porte. Elle y resta quelques secondes, encore éblouie par le jour et gênée par la pénombre de la grange. Puis Jean la vit étouffer le gémissement qui montait entre ses lèvres, se jeter en avant et tomber à genoux devant lui. Elle resta plantée là, le visage tordu par l'horreur, les mains tendues, sans oser le toucher de peur de lui faire mal.

Jean voulut parler mais il ne réussit à formuler qu'un râle hésitant. Il eut envie de pleurer de rage : elle restait ici, avec lui, alors que la preuve brûlait ! Il tenta de nouveau de se redresser. Cette fois, Suzanne l'aida et il parvint à se mettre debout. Oubliant sa douleur, il se mit à marcher, s'éloignant des cris de Martin, qui tonnait dans son dos, et sortit sur la place en boitant, toujours soutenu par Suzanne.

Les villageois couraient dans le désordre avec des seaux, mais une chaîne se formait déjà entre l'incendie et le lavoir. Jean se dirigea droit vers l'étable. Les visages se tournèrent peu à peu vers lui, jusqu'à interrompre la chaîne.

– Qu'est-ce que tu fais ? demanda Suzanne, paniquée.

Il hâta le pas sans répondre. Ses côtes brisées lui sciaient la poitrine et sa cheville gauche semblait se fendre à chaque pas. Il contourna la maison, passa par-derrière. Les paysans qui arrosaient les murs reculèrent, effrayés par son aspect.

– Jean, non !

Elle voulut l'arrêter, mais il la repoussa de toutes ses forces. Avant qu'elle ait pu réagir, il s'enfonça dans la fournaise.

La fumée incendia ses poumons. Le feu avait grimpé jusqu'au toit, où les poutres flambaient déjà comme des allumettes. Attisés par la bourrasque d'air frais qui l'avait suivi, des éclats embrasés tournoyèrent jusqu'au plafond. Le feu rugit et une tornade de chaleur enveloppa Jean. Il eut juste le temps de voir que la commode était en feu. Il ferma les yeux et se lança en avant. Ses mains grésillaient comme s'il les avait plongées dans une casserole d'huile bouillante. Elles heurtèrent la poignée du tiroir léché par les flammes. Il tira. Le tiroir, gonflé, résista. Il ne sentait plus ses doigts. Il recommença, à deux mains cette fois, et le bois céda en craquant. Jean plongea la main dans le tiroir, racla le fond et parvint, par miracle, à saisir l'objet entre son pouce et son index. Il se jeta à l'extérieur.

Il passa devant Suzanne qui hurlait, trébucha plus qu'il ne

courut entre les paysans affolés et s'écroula aux pieds de Martin, qui arrachait déjà un seau d'eau des mains d'un villageois. Il le jeta sur Jean, et d'autres l'imitèrent. Ses manches s'éteignirent. La peau de ses mains, noircie de crasse et de cendres, était couverte de brûlures.

– La… la preuve, parvint-il à articuler à l'intention du commissaire.

Incapable de soulever sa main, il l'ouvrit. Martin tendit la sienne et ramassa délicatement ladite preuve. C'était un simple bouton. Comme si tous les problèmes du monde étaient résolus, Jean sourit et se laissa glisser dans le noir.

10

Les coups

Suzanne vit Martin fourrer le bouton dans sa poche. Il se retourna vers la foule agglutinée autour de Jean avec une curiosité macabre :

– Vous deux, désigna-t-il au hasard.

Coutaz et son voisin s'avancèrent sans discuter. Le commissaire donna un coup de pied dans un seau vide pour le faire rouler jusqu'aux premiers rangs :

– Vous attendez quoi ?!

On parut aussitôt se rappeler l'incendie et on s'éparpilla pour se rendre utile. Martin et les deux villageois soulevèrent Jean par les genoux et les aisselles et le portèrent jusqu'au lavoir. Suzanne suivit sans même y penser. Sous les quelques touffes de cheveux brûlés, le visage du jeune maître d'école, affreusement tuméfié, penchait sur le côté. Son nez était brisé à angle droit. Du sang s'écoulait en longs fils sombres de ses lèvres. Quant à ses mains brûlées, qui pendaient d'une façon misérable, les boursouflures et le sang s'y confondaient avec la saleté.

– Plus vite, grognait Martin. Posez-le là. Doucement !

Ils adossèrent Jean contre le muret. Martin se redressa. Suzanne ne l'avait jamais vu aussi paniqué. Il attrapa soudain le bras d'une vieille qui passait :

– De l'hypochlorite de soude.

– Q... quoi ? balbutia la vieille, affolée.

Martin l'avait déjà lâchée :

– Qui a de la javel ?... De l'eau de Javel ?...

Les paysans le dévisagèrent comme s'il était fou.

– J'ai des pastilles, osa enfin la femme de Coutaz d'une petite voix.

– De javel ?

– Pour décolorer...

– Allez les chercher et apportez-les à l'hôtel... Attendez !...

Martin s'approcha, livide, et parla avec une intensité effrayante :

– Trouvez-moi des draps propres et faites bouillir de l'eau. Tout ce que vous pouvez. Vous ferez une petite casserole à part. C'est une question de minutes. Mettez une louche dedans. Vous comprenez ce que je vous dis ? Vous faites bouillir la louche dans la casserole. Dès que ça bout, vous me montez tout ça dans la chambre à côté de la mienne, avec une bassine d'eau froide, du savon et une paire de ciseaux.

La Coutaz, affolée, se répéta les instructions à voix basse.

– Et dépêchez-vous, ou je vous fais arrêter pour complicité de meurtre !

Terrifiée, la postière remonta sa robe et se mit à courir aussi vite qu'elle put. Martin s'accroupit devant Jean. Il prit son nez entre ses doigts et le remit en place avec un craquement sec. L'instituteur ne réagit pas. Le commissaire écarta ses mâchoires pour examiner les dégâts. Un demi-verre de sang tomba dans la poussière.

– Aidez-moi à le tourner, dit-il en retirant sa veste.

Il étala le vêtement sur le sol et, assisté des deux autres, fit rouler Jean sur le flanc, en ramenant ses mains sur le tissu. Derrière, un paysan s'activait à la pompe. L'eau giclait sur la pierre, roulait dans le bassin où l'on plongeait les seaux qui, de main en main, filaient jusqu'à l'étable et que les gamins rapportaient vides.

– Suzanne. Prenez sa tête et soutenez-le comme ça.

Elle s'était approchée en trébuchant à chaque pas, mais ne put se résoudre à franchir le dernier mètre. Martin la dévisagea et dut comprendre qu'elle n'était pas en état de faire quoi que ce soit. Il adressa un signe à Coutaz, qui se pencha à sa place pour maintenir la tête de Jean. Martin lui rinça la bouche. Suzanne, toujours sonnée, le vit ensuite sortir un mouchoir de sa poche et le presser contre sa langue.

– Gardez ça en place, dit-il à Coutaz. Mais laissez sa tête sur le côté.

Le postier prit le relais et Martin se servit d'un seau pour verser de l'eau sur les mains de l'instituteur. Un peu de crasse et de poussière coula sur la veste.

– Allez me chercher un brancard, ordonna Martin au second villageois en continuant à mettre de l'eau sur les craquelures et les cloques.

– Euh… où ça ?

– Merde ! Vous prenez deux bâtons et des chemises !

Le paysan déguerpit. Suzanne chancela et dut s'agenouiller.

– Il va s'en sortir, marmonnait Martin. Il va s'en sortir.

Elle sentit qu'il parlait moins pour la rassurer que pour s'en convaincre lui-même. Il y eut soudain un grand bruit. Le toit de l'étable s'était effondré. Une gerbe d'étincelles s'était dressée dans les airs, ce qui déclencha une panique : les paysans se précipitèrent pour écraser celles qui avaient été soufflées jusqu'aux herbes alentour. Heureusement, aucune ne prit, et l'incendie resta confiné à l'enceinte, déjà carbonisée, de la petite étable. Quelques seaux supplémentaires suffirent à éteindre les dernières flammes, et le reste ne fut plus que précaution. Le feu maîtrisé, les villageois se détendirent un peu.

Suzanne perçut les premiers regards dans sa direction tandis qu'on apportait un brancard de fortune à Martin. Celui-ci, sans se presser, continuait à verser de l'eau sur les mains de Jean. Il avançait centimètre carré par centimètre carré, en prenant soin de maîtriser le débit. Enfin, il fit installer l'instituteur sur le brancard.

– À l'hôtel. Et calmement. Si vous faiblissez, vous reposez.

Les villageois emportèrent Jean. Martin, inquiet, se retourna pour jeter un œil à Suzanne, mais elle se relevait déjà pour les suivre. Elle entendit des murmures dans son dos, qui glissèrent sur elle comme l'eau sur la pierre du lavoir.

Quand ils arrivèrent à l'hôtel, les deux gendarmes en sortaient en catastrophe. Bosson trébuchait, peinant à remettre sa chemise dans son pantalon. Les yeux gonflés de sommeil, il s'arrêta au passage du brancard et poussa un sifflement :

– Eh ben ! Ils l'ont pas raté !

– Allez au bureau de poste, rétorqua Martin. Faites venir un médecin.

– Un médecin ? Qu'est-ce que vous voulez faire d'un médecin ?

Le commissaire se figea, et les brancardiers aussi.

– Je veux dire, bredouilla Bosson, les médecins, ici, c'est pas comme en ville. Enfin, il est pas malade, quoi. Et puis il est jeune, il s'en remettra avec…

L'expression qui passa sur le visage de Martin suffit à le couper.

– J'y vais tout de suite, reprit le brigadier, cramoisi, en tournant les talons.

Le commissaire le regarda filer un moment avant de se

tourner vers Coutaz qui le fixait, indécis, en soulevant le brancard. Martin lui fit un signe exaspéré. Le postier échangea sa place et courut derrière le brigadier pour télégraphier le message.

Ils installèrent l'instituteur dans la chambre adjacente à celle du commissaire. Il n'avait toujours pas repris connaissance.

– Laissez-nous, dit Martin en prenant son pouls. Brigadier, restez devant.

Le paysan et Simon reculèrent dans le couloir.

– Attention ! fit la Cornette en les croisant sur le palier.

Rassuré par les pulsations, Martin se retourna pour voir la propriétaire des lieux entrer en portant à bout de bras un gigantesque chaudron d'eau frémissante aussi facilement que s'il eût été de la taille d'un bol. La Coutaz suivait avec la bassine d'eau froide. Le reste était déjà sur la table.

– Il y a une autre marmite sur le feu, dit la Cornette en posant le chaudron.

Elle examina Jean du coin de l'œil et ne put retenir une grimace.

– La javel ? demanda Martin en se lavant les mains.

En réponse, elle sortit une boîte en fer-blanc de son tablier.

– Il y a une inscription ? Quelque chose sur la composition ?

– Non, répondit la Cornette après l'avoir retournée.

Suzanne perçut la déception de Martin. Elle comprit qu'il agissait avec moins de confiance qu'il n'en laissait paraître. Mais il avait déjà pris un galet dans la boîte. Il le renifla un peu au hasard et, après avoir estimé la quantité d'eau dans la casserole, il en cassa un petit bout qu'il laissa tomber dedans.

– Qu'est-ce que vous faites ? demanda la Cornette.

– Un antiseptique, répondit Martin en diluant la pastille

avec la louche. Il a plus de chances de mourir d'une infection que de ses blessures.

– Et vous allez le nettoyer avec *ça* ?

– Oui.

La Cornette jeta un œil vers Suzanne et fronça les sourcils. La jeune fille s'était laissée tomber sur une chaise et fixait Jean, qui ne bougeait toujours pas. Elle sentit que son expression absente intriguait la Cornette. Celle-ci émit un grognement. Elle ramassa les ciseaux sur la table et s'avança d'un pas décidé vers Jean.

– Hé, hé ! cria Martin, alerté.

– Hé quoi ? rétorqua la Cornette en se penchant sur le blessé. Ça ne sert à rien de le désinfecter s'il se remet de la terre partout en se réveillant !

Elle entreprit de découper les manches de la blouse couverte de poussière. Martin, rassuré, battit en retraite. La Coutaz se précipita auprès de la femme du maire pour l'assister. En quelques minutes, Jean se retrouva presque nu sur le lit. Des marques de coups constellaient son torse et ses membres. Sa cheville avait doublé de volume. La Cornette plongea un linge et la moitié de son bras dans le chaudron. Elle essora le tissu brûlant de ses énormes mains, sans un battement de cils, et s'en servit pour retirer la sueur et la poussière qui collaient autour des plaies. Tous ses gestes étaient fluides, rodés par le soin aux enfants et aux bêtes. Quand elle eut terminé, elle sortit sans un mot avec la Coutaz.

Sous le regard éteint de Suzanne, Martin prit une inspiration. Il approcha un tabouret, s'installa au chevet de l'instituteur et déchira un drap propre pour remplacer le mouchoir ensanglanté dans sa bouche. Puis, à l'aide de la louche, il s'employa à recouvrir goutte par goutte la surface brûlée sur la tête et les mains de Jean.

Suzanne l'observa faire durant des heures. Martin

recommençait dès qu'il avait fini. Son calme évoquait moins l'habitude du médecin que le soulagement d'un homme qui a trouvé de quoi s'occuper, mais elle était convaincue qu'il faisait de son mieux.

En fin d'après-midi, Jean reprit enfin connaissance, pour son malheur. Ses gémissements vinrent rythmer l'opération. Martin fit monter une bouteille de gnôle de la cuisine et força Jean à boire, avant de reprendre sa tâche, imperturbable.

Suzanne ne pouvait pas se résoudre à lâcher l'instituteur du regard, mais remplacer Martin à son chevet, comme toute autre tâche d'ailleurs, lui paraissait insurmontable. Sa tête était vide, comme sa poitrine. Elle ne ressentait plus rien.

Le brigadier Bosson passa une tête timide par la porte.

– Commissaire ? J'ai la réponse du capitaine Mestral. Le médecin viendra dès qu'il pourra. Mais ce ne sera sans doute pas avant plusieurs jours…

Martin ne lui accorda pas un regard.

– Ah, euh… sinon, j'ai trouvé du miel.

– Pour quoi faire ?

– Ben… vu qu'il s'est brûlé…

– Sortez d'ici !

La porte se referma. Martin, irrité, reposa la casserole. Elle était presque vide. Jean haletait, grimaçant, le visage trempé de sueur. Le commissaire ôta le tissu de sa bouche avec précaution et l'obligea à se gargariser avant d'en changer.

– Comment vous vous sentez ?

– Mal à respirer…

– Ce sont vos côtes. Évitez de bouger. Quoi d'autre ?

Jean n'osait pas regarder ses mains.

– La cheville…

Martin tâta sa cheville. L'instituteur sursauta, et le contrecoup dans ses côtes lui arracha aussitôt un cri de douleur.

Martin se releva et passa dans le couloir, où Bosson échangeait des murmures avec la Cornette en secouant la tête.

– Bosson. Fracture de la cheville. Il lui faut une attelle.

Le gendarme partit au trot. Mais avant que Martin n'ait eu le temps de refermer la porte, la Cornette s'était avancée avec un pot de miel dans les mains.

– N'essayez même pas, grogna Martin en lui coupant le passage.

– Il faut bien qu'il guérisse.

– C'est en cours.

– Et vous allez faire quoi ? Lui laisser les mains à l'air libre ?

– Je vais lui mettre des bandes.

– Pour que tout parte avec, quand vous les enlèverez ?

Suzanne vit les épaules du commissaire se crisper.

– Comme s'il ne souffrait pas assez ! s'indignait la Cornette.

– C'est du miel.

– C'est ce qu'on met sur les brûlures.

– C'est du miel !

– Et c'est ce qu'on met sur les brûlures ! Qu'est-ce que j'ai dit, moi, quand vous vous êtes amusé avec votre potion ? On a toujours fait comme ça. Ma mère a toujours fait comme ça. Il vous faut quoi ? Une preuve ? J'ai juste à ouvrir la fenêtre pour trouver vingt personnes qui seront ravies de vous montrer leurs cicatrices.

Elle planta son poing contre sa hanche dans une posture de défi. Martin, mal à l'aise, se tourna vers Jean. Il grimaça son accord. Le commissaire jeta encore un coup d'œil à Suzanne mais, comme elle ne réagissait pas, il finit par céder.

La Cornette se lava les mains, prit sa place sur le tabouret et appliqua le miel avec ses doigts sur la chair à vif. Jean tremblait, les yeux clos, se mordant parfois les lèvres pour retenir ses cris. Martin observait nerveusement dans un coin. Quand Bosson revint avec des tasseaux et des lanières, il se précipita pour s'occuper lui-même de l'attelle. Il finissait de l'ajuster quand la Cornette reposa le pot. Les mains du blessé luisaient, roses, dans la lumière déclinante. Son visage s'était un peu apaisé.

La Cornette appela la Coutaz et lui demanda de remonter un bol de bouillon pour Jean. Elle le nourrit elle-même, une cuillerée après l'autre, sans compassion apparente.

– Maintenant, dormez, dit-elle quand il eut vidé le bol. C'est encore ce que vous avez de mieux à faire. Je reviendrai demain matin.

Jean se releva péniblement sur un coude pour articuler :

– Je n'ai pas de quoi payer…

– Oh, ne soyez pas ridicule. Et vous, dehors !

Elle s'adressait à Martin et à Suzanne. Le commissaire ne bougea pas.

– J'ai une ou deux questions. Ce ne sera pas long.

Les lèvres de la Cornette frémirent d'agacement. Mais elle haussa les épaules et sortit en entraînant la Coutaz. Jean respirait difficilement. Martin hésita un moment, puis il sortit le bouton de sa poche et le montra au blessé :

– Vous pouvez me parler de ça ?

Jean hocha la tête et se redressa un peu sur le lit. Martin s'assit sur le tabouret pour écouter. Jean parlait d'une voix faible, gêné par sa langue, et s'interrompait souvent pour reprendre son souffle. Suzanne l'entendit vaguement raconter qu'il avait trouvé le bouton sur la passerelle qui surplombait la Courbe, coincé entre deux planches dans une position si précaire qu'il aurait pu le faire tomber en passant. Il l'avait ramassé, intrigué, et en se penchant il avait aperçu le corps de Ferdinand. Il était aussitôt reparti en courant chez lui, et c'était à ce moment-là que la Corne l'avait vu. Le commissaire, l'air absent, se contentait de hocher la tête de temps en temps. Il lui demanda s'il se rappelait avoir croisé quelqu'un d'autre, mais Jean secoua la tête. Suzanne se doutait que Martin aurait voulu prolonger l'entretien, mais le visage de Jean était d'une telle pâleur qu'il était impossible de ne pas le prendre en pitié.

Le commissaire le remercia pour son aide, l'assura qu'ils pourraient continuer l'entretien le lendemain ou le surlendemain et lui souhaita un bon repos. Il sortit sans regarder Suzanne et referma la porte derrière lui. Elle entendit des chuchotements dans le couloir, puis la voix irritée de Martin traversa la cloison :

– Elle sortira quand elle aura envie de sortir !

Il n'y eut pas de réponse. Les pas lourds de la Cornette s'éloignèrent, la porte de la chambre de Martin se ferma et Suzanne se retrouva seule avec Jean.

La nuit était tombée. Elle distinguait la silhouette de son amant allongé sur les draps, sans être capable de dire s'il était encore éveillé. Elle ne l'avait pas quitté des yeux depuis l'incendie. Lui ne l'avait pas regardée une seule fois.

Elle attendit. Elle n'avait ni faim ni sommeil. Aucune sensation ne la gênait, ce qui n'avait, paradoxalement, rien de confortable. Elle n'avait pas l'impression de flotter dans un agréable engourdissement, mais plutôt d'être enfermée à l'intérieur d'une prison mentale qui l'empêchait d'accéder à ses sens. De l'autre côté des murs, elle entendait, comme étouffés, des grondements, des cris et des explosions, mais qui ne lui faisaient aucun effet.

Jean ne bougeait pas. Peut-être s'était-il évanoui à nouveau, mais elle n'entendait aucune respiration, ce qui suggérait plutôt qu'il était conscient. Si c'était le cas, il n'était pas assez sonné pour ne pas avoir compris qu'ils étaient seuls. Ils pouvaient parler : s'ils murmuraient, même le brigadier devant la porte ne pourrait pas les entendre. Ils devaient parler. Ils avaient trop de choses à se dire pour garder le silence. Mais Jean ne bougeait pas.

L'obscurité, au lieu de les rapprocher, les coupait l'un de l'autre. Le mur d'ombre semblait de la même nature que ceux qui entouraient les pensées de Suzanne. Coupée de ses émotions, il lui apparaissait désormais clairement qu'elle en voulait à son amant.

Pourquoi avait-il eu ce geste stupide, désespéré, de se jeter dans le feu ? Pour un bouton ? Oh, bien sûr, si Jean avait eu la décence d'ouvrir la bouche, là, sur le lit, il se serait justifié : le bouton devait les aider à coincer l'assassin, il avait bravé l'incendie pour elle, etc. Elle ne le contestait pas. Elle lui en savait même gré. Mais en dernière analyse, ce bouton restait un objet. Un objet ne valait pas la vie de celui qu'elle aimait. Avec un détachement qui la surprit, elle revit Jean, devant l'étable, s'écarter d'elle sans un regard, avant de disparaître dans les flammes. Elle était restée seule. Comment pouvait-on parler de courage ? N'y avait-il pas, au contraire, un fond de lâcheté dans cet acte ? Elle ne parvenait pas à se défaire de cette pensée infâme : il avait risqué de mourir pour elle par peur de vivre avec elle.

Comment leur relation avait-elle pu se dégrader autant ? Peut-être fallait-il chercher le point de bascule dans ces deux jours de silence. Il n'était pas venu la voir. Même maintenant, même à froid, elle ne pouvait pas lui trouver d'excuse. Il avait tenté de s'expliquer devant la ferme, en balbutiant qu'elle n'aurait pas été capable, parce qu'elle était en deuil, de se dominer devant les autres. Elle ! Elle qui gardait son calme à chacune de ses crises ! Comment pouvait-il être aussi arrogant ? Elle se demandait s'il avait toujours été ainsi. Elle avait cru connaître le maître d'école, elle avait cru l'aimer, mais il lui apparaissait maintenant comme un mystère qu'elle n'était pas en mesure de percer. Pouvait-on aimer un mystère ? Elle en venait à douter qu'il y ait eu la moindre vérité dans ce qu'elle avait cru. Peut-être avait-elle tout imaginé. Quelles preuves d'amour Jean lui avait-il données ? Des baisers et des caresses ? Elle les lui avait rendus au centuple. Dans le fond, peut-être que Martin avait raison, que la croyance était une erreur et qu'il aurait mieux valu attendre une preuve solide, un véritable engagement, pour valider l'hypothèse de leur amour mutuel. L'ironie était qu'avec la méthode du commissaire, elle en arrivait aux conclusions du curé.

Elle remarqua que quelque chose s'était mis à la ronger de l'intérieur. Comme si une émotion, plus têtue ou plus appliquée que les autres, grignotait un des murs, petit bout par petit bout, pour se frayer un passage jusqu'à son entendement. Elle laissa faire, sans appréhension ni curiosité. Puis, au bout d'un moment de silence dans la pénombre, le mur fut enfin percé et l'image de sa mère parut, baignée d'une lumière chaude.

Une sensation de réconfort l'enveloppa aussitôt. Suzanne n'avait pas pensé à elle depuis la mort de son père. Elle essayait d'éviter le sujet, c'était vrai, mais à voir ce visage souriant, si paisible, elle sentit des larmes monter, et regretta de ne pas avoir invoqué cette image plus tôt. D'aussi loin qu'elle s'en souvienne, sa mère chantait tout le temps : en filant la laine, en reprisant un jupon, même en trayant les vaches. Et si elle s'occupait des bêtes avec un soin rigoureux, elle n'oubliait jamais de s'arrêter pour les admirer.

Suzanne adorait la suivre en montagne, les dimanches après-midi, pour aller cueillir des fleurs. Sa mère possédait un don pour repérer les animaux sauvages que l'habitude seule ne pouvait pas expliquer. Au minimum, elles croisaient un renard ou une biche. Si le temps était clément, il n'était pas rare qu'une harde de chamois traversât le sentier devant elles, à quelques mètres seulement, ou qu'un aigle tournoyât à leur niveau, sans bouger les ailes, porté par un courant d'air chaud. Suzanne lui enviait ce talent. Quand une marmotte sifflait au loin, sa mère se figeait, le nez en l'air, avant de pointer son doigt dans la bonne direction. Elle ne la manquait jamais. Elle était capable, depuis le village, d'en repérer une sur la crête du plateau, et elle s'en émerveillait toujours comme la première fois.

Comment avait-elle fait pour garder le sourire ? Elle avait perdu deux enfants – peut-être même d'autres, qu'on n'avait pas pris la peine de mentionner à Suzanne. Elle avait travaillé tous les jours de sa vie sans jamais se plaindre. Même malade, elle avait eu la pudeur de ne pas se laisser aller. Suzanne aurait aimé posséder cette force de caractère. Elle le voyait nettement à présent : son confort avait tenu à la force des bras maternels. Sur les dernières années, c'était sa mère qui avait fait tampon entre Étienne et son père. Elle avait lissé avec patience les mots qu'ils se jetaient à la figure, absorbant le trop-plein d'émotions dont ils n'arrivaient pas à se débarrasser, punissant même, quand il le fallait, leurs dérapages imbéciles. C'était elle, de fait, qui dirigeait le foyer. Elle en avait payé le prix, dont l'absence presque absolue de reconnaissance, mais elle l'avait payé sans broncher, avec l'humilité caractérisant les grandes âmes, et l'équilibre de la famille avait tenu ainsi de façon précaire.

Et maintenant, ils étaient morts tous les trois.

Ce constat élargit d'un coup la faille qui s'était creusée en Suzanne. Un pan de mur craqua et le flot de ses émotions surgit en sifflant.

Son corps se mit à trembler. Tout s'était enchaîné dès la mort de sa mère : les disputes incessantes du père et du frère, les insultes, les coups, le départ d'Étienne, sa mort lointaine, irréelle, puis celle du père, bien trop concrète, et maintenant

Jean, qui gisait sur un lit à son tour. Il ne restait plus qu'elle, debout au milieu des ruines. Pourquoi cet acharnement sur elle ? L'avait-elle mérité ? Si elle n'était pas allée rejoindre Jean dans l'étable, son père ne l'aurait pas cherchée et il ne se serait jamais rendu sur le pont duquel on l'avait poussé. Et si elle ne s'était pas lancée dans l'enquête, si elle n'avait pas suivi Martin, peut-être les choses se seraient-elles déroulées autrement pour Jean ? Et si tout était sa faute ?

La vague d'émotion s'engouffrait. Elle voulut s'en protéger, et referma par la raison l'ouverture qui s'était faite en elle. Mais non, ce n'était pas sa faute, c'était la faute de Jean ! Il la frappait. Il l'ignorait. Il préférait s'immoler plutôt que de vivre avec elle ! Elle aurait voulu qu'il se redresse sur le lit, qu'il ose la regarder dans les yeux, qu'il murmure un mot qui l'eût réconfortée, mais il restait là, immobile, concentré sur sa douleur.

C'était insupportable. C'était immonde. Elle avait envie de ramasser le tabouret et d'en cogner ses mains brûlées jusqu'à ce qu'il comprenne le mal qu'il lui avait fait.

Elle sentit sa frustration monter. Ce n'était pas tout à fait un sentiment : le flot d'émotions déchaînées se situait toujours à l'extérieur, battant, comprimant la prison d'indifférence où elle s'était réfugiée. Elle s'efforçait d'en repousser les murs qui, à chaque seconde, se pressaient davantage contre elle ; mais elle luttait seule contre une tempête, et s'épuisait contre l'inexorable. C'était cet échec annoncé qui nourrissait sa colère. Seule dans l'obscurité, écrasée par ces forces innommables, elle refusait de lâcher prise, préférant à la brûlure de ses sentiments cette froide conviction : elle n'était pas responsable de son malheur. Suivant le corollaire de cette certitude, elle réussit à puiser de l'énergie dans une envie malsaine de faire souffrir le vrai coupable. Elle aurait aimé se jeter sur lui, le griffer, l'écrabouiller entre ses mains, quitte à détruire son propre corps… mais quelque chose l'empêchait encore de se lever de sa chaise. Exaspérée par ce dernier obstacle la coinçant entre son désir de vengeance et l'impossibilité d'y céder, elle laissa éclater sa rage.

Suzanne se frappa.

La douleur sur sa pommette l'ancra dans le réel, ses larmes rentrèrent dans sa gorge. Elle recommença, plus fort, et faillit s'évanouir. Pourtant, à travers la peine physique irradiant sur son visage, il lui sembla enfin percevoir le reflux de la vague.

Alors, de ses deux petits poings, elle se mit à marteler son crâne. Des points blancs dansèrent bientôt devant ses yeux, mais elle continua à cogner, les dents serrées à se fendre, l'écho des coups résonnant jusque dans ses os. Elle allait se mettre à crier quand elle sentit soudain des bras coincer les siens, et la chaleur d'un corps sur sa joue.

Jean l'avait prise contre lui.

Il la serrait si fort qu'elle ne pouvait plus bouger. Le visage collé à sa poitrine nue, elle reconnaissait son odeur. Elle se laissa peser sur lui, sans force, et l'entendit retenir un gémissement. Les deux amants restèrent ainsi un moment.

Puis, sans le moindre signal, ils se relevèrent ensemble. Toujours enlacés, ils se traînèrent tant bien que mal jusqu'au lit. Jean, sautillant sur un pied, les mains luisantes dans la lumière de la lune, grimpa le premier sur le matelas. Suzanne se lova contre lui. Les ongles de la jeune fille s'enfonçaient jusqu'au sang dans la chair de son bras.

11

Colère d'homme

En faisant les cent pas autour de la souche, dans l'attente du retour de Ferdinand, Martin avait essayé d'ordonner ses pensées, mais il n'était pas parvenu à trouver le calme nécessaire pour se concentrer. Très remonté, il avait quitté la ferme des Rabotin et s'était éloigné du village.

La chaleur écrasait tout. Le commissaire marchait pourtant d'un bon pas, entraîné par la vivacité de ses réflexions. Depuis qu'il était parti de Paris, et même depuis la mort de son père, il pressentait l'imminence d'une catastrophe. Ses tripes lui criaient qu'un événement désastreux allait survenir d'un instant à l'autre. Ce sentiment, dont il n'arrivait pas à se départir, bouillonnait en lui, violent, impossible à rationaliser. Quand il avait partagé cette intuition avec Ferdinand, le paysan avait pris peur. Martin n'avait pas réussi à le rassurer. Et pour cause : lui-même ne comprenait pas l'origine de son trouble. Il fallait pourtant bien que cette impression d'urgence puisse être appréhendée par un raisonnement logique.

C'était lié à l'attentat. Ce point, au moins, était clair. Son père avait été tué, le président aussi, par une activiste anarchiste inconnue de ses services. La question qui l'obsédait, au fond, était toujours la même : Fabienne Fouilly avait-elle agi seule ? Il n'y avait aucune preuve pour trancher, mais Martin, tout en restant prudent, devait bien s'avouer qu'il penchait pour une réponse négative. Comment pouvait-il l'expliquer ? Il y avait la dynamite, bien sûr, mais ce n'était pas suffisant. Martin n'ignorait pas qu'une jeune fille déterminée était capable de se procurer à peu près n'importe quoi : elle aurait très bien pu se débrouiller pour en récupérer un bâton auprès d'un ingénieur ou d'un ouvrier spécialisé. Non, en réalité, le seul élément appuyant la thèse de la conspiration était la nature suicidaire de l'attentat.

Le commissaire savait qu'un homme pouvait, dans des circonstances psychologiques précises, se donner la mort au nom d'une cause. Mais cette forme de dégénérescence, cette lâcheté qui consistait à cacher ses responsabilités derrière l'idée qu'on défendait, était typiquement masculine. Le déséquilibre des femmes criminelles que Martin avait croisées durant sa carrière était toujours d'un autre type : c'était une folie de possession, un besoin effréné de soumettre l'autre – et jamais le monde – à sa volonté. Ainsi, et c'était bien ce qui agitait le commissaire, Fabienne Fouilly ne serait jamais allée jusqu'au sacrifice ultime si elle n'y avait pas été poussée par quelqu'un.

Les maisons que Martin avait laissées derrière lui avaient disparu depuis longtemps quand le sentier déboucha sur un pont en rondins de bois. Il s'y engagea prudemment et traversa la Courbe. Là, le chemin se scindait en deux : une branche montait vers un col qu'on apercevait au loin sur fond de ciel bleu ; l'autre semblait redescendre vers le village. Jugeant qu'il était préférable ne pas s'éloigner davantage de la ferme, mais n'ayant aucune envie de faire demi-tour, Martin choisit le sentier qui longeait le torrent vers l'aval.

Il se retrouva bientôt sous une forêt d'épicéas dont l'odeur lui piqua les narines. L'ombre des résineux l'enveloppa de sa fraîcheur. Le sentier s'était incliné. Le tapis d'aiguilles sèches craquait sous ses pieds. Derrière les branchages, Martin n'entendait plus qu'un grondement sourd. La Courbe, bien qu'invisible, n'était pas loin.

Il reprit son raisonnement, la boule au ventre. Fabienne Fouilly avait été guidée par un tiers. Pourquoi cette conclusion était-elle aussi dérangeante ? Peut-être parce qu'une telle manipulation mentale, mener quelqu'un au suicide, dénotait un pouvoir de persuasion effrayant. Mais le commissaire avait sondé tant de crimes, tant de cerveaux détraqués, qu'aucune zone d'ombre de la nature humaine ne pouvait plus l'alarmer à ce point. S'il y avait quelque chose de menaçant dans cette affaire, c'était la présence d'un manipulateur conjuguée à l'absence de revendication. Celui qui avait manipulé Fabienne Fouilly avait réussi son coup : il avait supprimé le père de Martin, ce qui n'était pas négligeable, mais surtout, le président. Le président ! La cible idéale. Le fantasme de tous les anarchistes. Si quelqu'un tirait bien les ficelles dans l'ombre – Martin, fidèle à sa méthode, persistait à considérer cette prémisse comme une hypothèse – pourquoi ne pas sortir au grand jour maintenant et profiter de l'éclat d'un coup pareil ? Ce silence n'avait aucun sens. Ou plutôt si, il en avait un, et c'était bien ce qui le terrifiait. Si l'initiateur de l'attentat tenait encore à conserver l'anonymat, cela signifiait qu'il avait toujours besoin de se protéger, et donc que cet attentat n'était pas une fin en soi mais seulement une étape dans la réalisation d'un plan plus large.

C'était la seule explication : il allait y avoir une autre attaque.

Martin écrasait les aiguilles sur le sentier sans les voir ni les entendre, les sens coupés du monde qui l'entourait, plongé dans son univers d'hypothèses et d'arguments. Il jonglait avec les pièces du puzzle afin de saisir l'image finale, et celle-ci commençait à prendre forme. Oui, c'était le fond de sa pensée, et peut-être devait-il y lire la source de l'angoisse qui l'agitait : la personne qui avait influencé Fabienne Fouilly s'apprêtait à commettre un attentat plus choquant encore que celui qui avait coûté la vie au chef de l'État. Mais comment était-ce possible ? Il n'y avait pas de symbole politique plus fort que la mort du président.

Si le retentissement de la prochaine attaque devait surpasser celui de la précédente, alors il fallait craindre que ce ne soit pas un représentant du peuple qui fût visé, mais le peuple lui-même. Seul un massacre pouvait choquer davantage. Cela pouvait sembler paradoxal, mais combien de fois Martin avait-il entendu des anarchistes clamer que le peuple lui-même se rendait coupable de passivité face à l'oppression et qu'il méritait sa part de souffrance ? S'il ne retrouvait pas très vite la trace de cet « Étienne Rabotin », ou quel que soit le nom de celui qui avait poussé Fabienne Fouilly au suicide, le commissaire craignait de se retrouver avec des dizaines, voire des centaines de cadavres fumants sur les bras.

C'était encore une hypothèse, évidemment, mais une hypothèse si terrifiante qu'il n'avait pas de temps à perdre : si le prochain attentat visait à un carnage, il devait l'empêcher à tout prix.

Martin en était à cette étape de ses réflexions quand le chemin déboucha sur un précipice d'une vingtaine de mètres de profondeur. Il s'approcha prudemment.

Il se tenait en haut d'une falaise artificielle découpée dans une roche noire qu'il identifia comme étant de l'ardoise. Le sentier virait, suivait la faille sur quelques mètres et redescendait la pente en quelques virages courts pour atteindre le bas de la carrière. Là, Martin admira les trois entailles creusées dans la montagne. Il repartit sur le sentier en direction du village, dont il apercevait déjà les toits. Une minute plus tard, il arriva devant un pont suspendu, sur lequel il reconnut Ferdinand Rabotin.

Martin s'arrêta, sourcils froncés. Le paysan lui avait faussé compagnie une heure plus tôt, soi-disant pour partir à la recherche de sa fille. L'avait-il déjà trouvée ? Perché au milieu de la passerelle, Ferdinand arborait un air anxieux. Il prenait des éclats d'ardoise dans sa main gauche et les envoyait d'une pichenette dans les remous de la Courbe. Le paysan différait-il son retour pour éviter Martin censé l'attendre chez lui ? Réfléchissait-il à ce qu'il allait lui raconter ? Cachait-il quelque chose ? Martin hésita. De toute évidence, l'homme n'avait pas envie d'être dérangé. Mais si Ferdinand se préparait à lui mentir, la surprise pouvait jouer en faveur du commissaire.

Celui-ci dévala le chemin et s'engagea sur la passerelle, ce qui la fit vaciller. Tiré de ses réflexions, Ferdinand sursauta en le reconnaissant :

– Qu'est-ce que vous faites là ?

– Je me promène.

Ferdinand le considéra un moment, suspicieux. L'eau défilait sous leurs pieds à toute vitesse, dans un fracas épouvantable. Martin comprit pourquoi le paysan s'était arrêté ici : ce devait être l'endroit le plus frais du village. Il s'agrippa au câble.

– Je vous prie encore de m'excuser pour tout à l'heure, déclara-t-il d'une voix assez forte pour couvrir le bruit du torrent. Je réalise que je ne vous ai pas donné le contexte avant de vous interroger à propos de votre fils. Ce n'était pas professionnel de ma part et je vous demande pardon.

– Vous n'êtes pas le premier, grommela Ferdinand. Et vous n'êtes pas pire que les journalistes. Vous êtes tombé au mauvais moment, c'est tout.

Il lança un bout d'ardoise dans la Courbe.

– Étienne n'est pas revenu nous voir. Ni récemment ni jamais. Il est parti pour l'Algérie et on ne l'a jamais revu. Il est mort. C'est certain. Sinon il aurait trouvé un moyen pour prévenir Suzanne, sa sœur. Il ne l'aurait jamais laissée comme ça, dans le doute. Ça répond à votre question ?

– Je pense, oui. Merci.

– Je crois que je vous dois aussi des excuses…

– Vous aviez l'air inquiet, remarqua Martin.

– Ouais. Vous avez des enfants ?

– Non. Je suis marié.

Le commissaire rougit. Il ne savait pas pourquoi il s'était senti obligé d'ajouter ces trois mots. Il donnait l'impression de se chercher un point commun avec le paysan et, pire encore, d'essayer de le rassurer quant à sa moralité. Martin vit Ferdinand réprimer un sourire. Il en déduisit avec irritation que le paysan en était arrivé à la même conclusion.

– Enfin, soupira ce dernier, ça doit pas être facile pour vous non plus, tout ça.

– Comment ça ?

– Cocher ce qu'on vous demande de cocher.

– Cocher ?

– Eh ben, vos chefs. L'administration, quoi. Un homme, en haut, a des exigences stupides : « Je veux des réponses ! » Et puis votre chef à vous, pour montrer qu'il est consciencieux, vous demande de vérifier pour la dixième fois que mon fils n'est pas le fameux Étienne Rabotin. Et vous, vous obéissez. Même si c'est ridicule.

– Ce n'est pas ridicule. Je n'écarte aucune hypothèse pour l'instant.

Ferdinand resta surpris un instant, avant d'éclater de rire.

– Ne me dites pas que vous y croyez ! Vous croyez à Étienne Rabotin ?!

Martin perçut une note d'agressivité dans son rire.

– Je ne crois rien, répondit-il froidement.

L'hilarité du paysan repartit de plus belle. Martin patienta, agacé, jusqu'à ce que Ferdinand se calme et réussisse à souffler :

– Ah, vous êtes tous fous, là-haut…

– Ça n'a rien de fou, rétorqua Martin. Pour l'instant, il n'y a aucune preuve qui nous permette de valider ou d'invalider l'existence de…

– Merde, c'est une fable ! le coupa Ferdinand, soudain agacé. Inventée par les journaux. Comment pouvez-vous ne pas le voir ? C'est pour vendre.

– Vous n'en savez rien.

– Mais c'est du bon sens ! Que les bourgeois gobent ce genre d'histoires, à la limite : quand on habite en ville, on s'ennuie, on cherche des distractions. Allez, peut-être même que les journalistes qui les écrivent y croient aussi, même si j'en doute. Mais vous ! Vous êtes commissaire de police ! Vous n'avez rien de mieux à faire ?

– Vous n'avez pas accès à toutes les informations du dossier.

– Ben tiens ! ricana Ferdinand. Éclairez-moi !

– Vous savez très bien que je ne peux pas vous…

– Oh, lâchez-moi avec vos principes à la con ! Vous venez frapper à ma porte pour me demander si je n'aurais pas croisé mon fils mort, et moi, je n'ai pas le droit de vous demander sur quoi vous vous appuyez pour faire ça ?

Martin jeta au paysan le regard le plus dédaigneux qu'il put.

– Très bien, dit-il en se redressant. Sur le corps de l'auteur de l'attentat présidentiel, il y a deux jours, nous avons trouvé le reste carbonisé d'une lettre. Un seul mot était visible : « marmotte ». Fragonaz se trouve au pied d'un des plus grands foyers de marmottes des Alpes. Et il s'avère que votre fils, Étienne Rabotin, disparu il y a trois ans sans laisser de traces, était justement originaire de Fragonaz.

Martin se tut, certain de lui en avoir bouché un coin. Mais l'œil de Ferdinand glissa juste de l'ironie au mépris. Martin, irrité, s'exclama :

– Avouez que c'est troublant !

– Troublant ? répéta le paysan sèchement. Un mot sur un bout de papier ?

Martin se sentit à nouveau rougir.

– La seule chose qui me trouble là-dedans, reprit Ferdinand, c'est que vous êtes payé pour faire ça. Le contribuable, c'est moi, merde.

– Je ne suis pas ici officiellement.

Le commissaire avait répondu du tac au tac, par esprit de contradiction. Il comprit son erreur une seconde trop tard.

– Ah, fit Ferdinand avec un sourire mauvais. Ça explique tout…

Martin serrait le câble à s'en scier les doigts. Il avait l'impression de se trouver devant la caricature du paysan borné. Ce scepticisme eût été supportable si l'homme n'avait pas pris autant de plaisir à se moquer de lui, et de façon éhontée.

– Monsieur Rabotin, dit-il le plus calmement possible, je vois que la raison de ma présence à Fragonaz vous paraît faible. Mais dans une enquête, les preuves ne sont là que pour corroborer les hypothèses. Ces hypothèses, il faut les formuler au préalable. Et pour les formuler sans preuves, il faut bien suivre son intuition. Je suis un homme rationnel. Ça ne m'empêche pas d'être intuitif. Ce n'est pas contradictoire.

– Non, bien sûr, railla Ferdinand. Pas contradictoire…

Il attendait une relance. Martin refusa de la lui donner.

– En revanche, reprit le paysan, votre « je ne crois rien », vous pouvez vous le carrer là où je pense... parce que vous croyez dur comme fer à votre intuition !

– Ce n'est pas une croyance, grinça Martin.

Le paysan se remit à rire, plus méchamment.

– Bien sûr que si, vous croyez ! Vous croyez, comme tout le monde.

– Je ne suis pas comme vous.

Ferdinand poussa un rugissement de triomphe.

– Voilà ! cria-t-il en lâchant le câble. Voilà. Vous n'êtes pas comme moi. Ah, bien sûr que non. Vous êtes intelligent, vous. Instruit ! Vous n'avez pas besoin de croire parce que vous savez déjà tout. Et quand ça ne va pas comme vous voulez, vous n'avez pas besoin de vous raccrocher à quelque chose, hein ? Croire en Dieu ? Aller à l'église ? Faire la même chose que nous, les arriérés, les pauvres ? Sûrement pas ! Vous êtes célèbre. Vous avez de l'argent. Qu'est-ce que vous en avez à foutre, de ce que le reste du monde croit ? Mes croyances à moi, celles de ce village, des croyances vieilles de vingt siècles, c'est forcément des conneries !

– Je n'ai jamais manqué de respect à vos croyances. Jamais.

Ferdinand ne riait plus.

– Oh non, bien sûr. Vous respectez ce que je crois... comme vous respectez la mémoire de mon fils, hein ? Merde ! Vous ne respectez rien ! Vous faites semblant. Le temps d'obtenir ce que vous voulez, et puis vous retournez à Paris pour nous mépriser en silence. Mais je vais vous dire une bonne chose, moi ! Je vous vois tel que vous êtes ! Là ! Derrière vos grands airs, vous êtes aussi arriéré que moi ! Aussi pauvre que moi ! Je crois en Dieu, moi, et devant Dieu, vous êtes juste un homme !

Et Ferdinand lui cracha au visage.

Martin crut perdre la tête. La bombe tapie dans sa

poitrine depuis la mort de son père faillit éclater : il chancela et se rattrapa au câble.

Ferdinand le foudroyait d'un regard fielleux. Lui aussi avait reposé la main sur le câble, pour encaisser sans basculer le coup qu'il espérait. Il souhaitait que le Parisien sorte de ses gonds. Une minute à peine après leur rencontre, Martin lui avait parlé d'Étienne : c'était une intrusion violente dans son intimité, une cruelle percée dans les convenances de la conversation, un coup dans la plaie encore vive du départ de son fils et des conflits incessants qui l'avaient précédé. Ferdinand avait échoué en tant que père, et il ne pouvait pas pardonner à Martin d'avoir provoqué cette résurgence brutale de culpabilité qu'il avait, après quelques années, réussi à enfermer dans un coin de sa tête. Le paysan voulait que le commissaire le frappe, qu'il se fissure, qu'il perde enfin de sa superbe ; il voulait qu'il se montre tel qu'il était vraiment : un homme comme un autre, en proie aux pires émotions.

Mais Martin ne bougeait pas.

Une voix gardait encore le contrôle sur ses muscles. Martin avait une mission. Une nouvelle attaque allait avoir lieu, plus violente et plus meurtrière que toutes celles qui l'avaient précédée. Lui seul le savait, lui seul pouvait l'empêcher. Il fallait se taire. Tant qu'il ne répondrait pas aux insultes, tant qu'il resterait immobile, la voix réussirait à contenir l'ouragan de flammes et de métal en fusion dans son ventre.

Comme Martin persistait à ne pas bouger, Ferdinand en conclut, à juste titre, qu'il était au bord de l'explosion. Le paysan avait donc réussi, d'une façon ou d'une autre, à lui faire sentir sa propre vanité, ce qu'il décida de considérer comme une victoire. Fier comme un coq, il lui tourna le dos et repartit sur le pont en direction du village.

Mais alors qu'il approchait de la rive, il eut soudain l'idée d'une dernière pique. Il se retourna et, plaçant ses mains en porte-voix pour couvrir le fracas de la Courbe, il beugla de toutes ses forces :

– Et encore, un homme, ça fait des gosses !

Martin n'eut pas de réaction.

Satisfait, Ferdinand lui tourna le dos pour s'éloigner. Le paysan sentit les planches trembler sous ses pieds avant d'entendre quoi que ce soit, il eut juste le temps de se retourner pour voir un poing voler vers son œil.

Le choc lui fendit l'arcade sourcilière. Il perdit l'équilibre, fit un pas en arrière pour se rattraper, mais son pied ne trouva que le vide. Il glissa sans bruit entre le câble et les planches. Sa chute ne dura qu'un instant : comme un pantin, son corps s'écrasa au bord de l'eau et l'arrière de son crâne claqua contre un rocher.

Martin s'était figé, le poing encore tendu.

Son premier réflexe fut d'appeler à l'aide. Il courut vers le village à la recherche d'un homme, d'une corde, d'une échelle, n'importe quoi, quelque chose qui lui eût permis de rejoindre le plus vite possible le paysan gisant sur la berge… mais il s'arrêta à l'extrémité du pont et se pencha par-dessus le câble. Le corps de Ferdinand reposait sur la roche, tête en arrière. Il l'avait vu tomber, se fracasser la tête après une chute d'une dizaine de mètres. Il avait même entendu le choc, malgré le bruit de la Courbe.

Il n'y avait pas de doute possible : le paysan était mort.

Le commissaire réfléchit à toute vitesse. Il était responsable de l'accident et il ne cherchait pas à se défiler. Mais sa mission ? Empêcher le massacre imminent orchestré par Étienne Rabotin ? Martin n'avait jamais eu l'intention de tuer Ferdinand. Ce n'était pas un crime, c'était un coup de poing malheureux. Aucun magistrat ne jugerait le cas autrement, il en était certain. De toute façon il avait provoqué ce malheur et il était décidé à en assumer les conséquences.

Mais fallait-il assumer cette responsabilité dès maintenant, alors que des vies étaient en jeu ?

Martin fit volte-face et partit comme une flèche vers l'ardoisière. Il fila à travers la carrière, bondit dans la pente, gravit le sentier en quelques bonds et courut comme un dératé sous la forêt d'épicéas pour remonter jusqu'au deuxième pont.

Les poumons prêts à imploser, les jambes poignardées par l'effort qu'il leur imposait, Martin fonçait à foulées de géant, propulsé par cette seule idée : plus tard, il se rendrait plus tard ! Tant que le mystère Étienne Rabotin n'était pas élucidé, tant que la menace d'un nouvel attentat planait sur le pays, il devait rester libre de ses mouvements. Lui seul avait fait le lien entre le mot « marmotte » et Fragonaz. Lui seul s'était rendu dans ce village. Il était sur le point de démêler toute l'affaire, peut-être même d'empêcher un massacre ! Mais il n'avait pas encore de preuves sous la main. Il ne pouvait pas transmettre ses raisonnements et ses intuitions. S'il se rendait, personne ne reprendrait le flambeau. Lui seul pouvait aller jusqu'au bout. Il n'avait pas le choix : il devait d'abord mener l'enquête à son terme.

Il n'avait jamais couru aussi vite, aussi longtemps. Des éclats dansaient devant lui, ses tempes résonnaient comme des tambours. Il passa le pont de rondins à toute allure et suivit sans ralentir le sentier qui longeait l'autre rive de la Courbe. Il pila, à bout de souffle, devant la ferme des Rabotin. Il n'avait croisé personne.

Quelqu'un grimpait déjà vers lui, sur le sentier qui montait du village. Sans se faire voir, Martin s'allongea contre la souche devant la maison. Il ferma les yeux et tenta de calmer son corps pantelant. Il espérait qu'une sieste en plein soleil, par cette chaleur suffocante, suffirait à justifier le rouge de son visage qui ruisselait de sueur. Une minute de répit lui permit de reprendre son souffle. Les pas s'approchaient. Quand ils furent assez bruyants, Martin feignit l'éveil en ouvrant un œil.

– Vous êtes la fille de Ferdinand Rabotin ?

– Suzanne. Je peux vous aider ?

Martin eut envie de crier pendant toute la conversation qui suivit. Il aurait voulu raconter à la jeune fille ce qui s'était passé, non pour se justifier – il n'était pas coupable –, mais juste pour qu'elle sache : le fait qu'elle ignorât ce qui allait la frapper lui semblait insupportable. Il réussit pourtant à garder son calme, même quand le petit Pierre vint la chercher. Qu'on ait retrouvé le corps si tôt, pendant qu'il discutait avec elle, constituait vraiment une aubaine : Martin allait ainsi arriver sur la scène du drame avec la fille de la victime, depuis l'autre extrémité du village, écarter ainsi tout soupçon, et les villageois ne pourraient conclure qu'à une chute accidentelle.

Quand il arriva sur le surplomb, les paysans s'activaient pour descendre dans le précipice en évitant soigneusement de croiser le regard de Suzanne, foudroyée de douleur, qu'on allongeait déjà dans l'herbe. Martin s'avança et prit sa main. Ce geste le surprit lui-même. Il tenta de se l'expliquer par la nécessité de se trouver une utilité, un rôle dans la scène, au cas où quelqu'un l'aurait soudainement remarqué, là, suspect, à ne rien faire. Le geste en lui-même ne signifiait rien. Martin l'avait fait cent fois, par automatisme, avec des proches de victimes, à la morgue ou sur des scènes de crime. C'était un simple contact, une chaleur, un rappel de la présence d'autrui qui soulageait toujours, même si c'était dérisoire. Il semblait naturel que, dans cette situation, il se prêtât au rôle qu'on attendait d'un commissaire de police expérimenté.

– Alors ? demanda un villageois à celui qui était descendu.

Le silence qui suivit fut lourd de signification. La main de la jeune fille se resserra sur celle de Martin au point de lui faire mal, et elle s'effondra en sanglots. Personne, parmi les hommes, ne sut quelle attitude adopter. Ils regardaient ailleurs, comme s'ils avaient, eux, l'option d'ignorer la peine qui ravageait Suzanne. Martin n'approuvait pas cette maladresse, mais il était lui-même partagé. Sur une scène de crime, à Paris, il n'aurait pas hésité à serrer la fille d'une victime dans ses bras pour la réconforter. Mais on lui reprocherait sans doute cet élan d'empathie lorsqu'il révélerait le rôle qu'il avait joué dans la mort du paysan. D'un autre côté, la main de la jeune fille écrasait toujours la sienne avec une force inouïe et il aurait voulu atténuer cette souffrance de n'importe quelle façon. Il tergiversait ainsi en son for intérieur quand Suzanne le lâcha soudain pour se rouler dans l'herbe en hurlant. Le contact rompu, il lui fut plus facile de résister à la tentation de l'apaiser. Mais cette attraction n'avait pas disparu pour autant et Martin, déchiré par ses envies contradictoires, restait là, immobile, incapable de détacher son regard de la jeune paysanne.

Le groupe de femmes tomba à pic. Celle qui s'occupa de Suzanne semblait avoir un ascendant particulier sur le groupe. Elle réussit à faire partir la jeune fille. Martin lui en fut reconnaissant, mais elle se tourna ensuite vers les autres :

– Il s'est passé quoi ?

– Il aura glissé.

– Avec le sourcil comme ça ?

La phrase dressa les cheveux sur son crâne : celui qui était descendu chercher le corps parlait de l'arcade sourcilière de Ferdinand. Martin crut devenir fou. De toute évidence, l'homme n'avait rien d'un médecin, et encore moins d'un médecin légiste. Comment se permettait-il de conclure au meurtre avec autant d'assurance ? Il y eut un moment d'hésitation. Les autres s'étaient approchés du cadavre et discutaient, indécis, sans savoir de quel côté basculer. Martin compris sur-le-champ que tout serait décidé par la Cornette : elle seule avait le pouvoir de figer l'opinion du groupe.

– C'est pas croyable, s'écria-t-elle enfin. Qui aurait pu faire ça ?

– La gendarmerie, répondit aussitôt Martin.

Il improvisait. La Cornette avait tranché. Le meurtre serait la thèse retenue par le village, et il fallait aller de l'avant. Il mit à profit la surprise créée par son intervention pour réfléchir à toute vitesse. En arrivant au village, Martin avait demandé à l'hôtel de la Corne où habitait Ferdinand Rabotin. On l'avait vu prendre la direction de sa ferme, on l'avait même vu passer sur le sentier. Mais on avait aussi vu le paysan redescendre, bien vivant, après leur entretien. Martin n'avait donc rien à craindre de ce côté-la. Il devait s'en tenir à sa première intuition : il était resté près de la souche, devant la ferme. C'était son meilleur alibi. Puisque la thèse du meurtre était retenue, on questionnerait avec plus d'assiduité sa présence au village. Le bruit de son enquête se répandrait plus vite qu'il ne l'avait prévu. Son adversaire, celui qui tirait les ficelles dans l'ombre, en profiterait-il ? Peut-être. Mais la situation présentait aussi un avantage.

Le meurtre justifiait la présence de Martin à Fragonaz. Le commissaire pouvait l'utiliser comme prétexte pour convaincre la gendarmerie de lui envoyer des hommes. Quelque chose se tramait ici et ce meurtre en était la preuve : si Martin s'en tenait à cette version, il pourrait, grâce aux gendarmes, travailler plus vite, faire parler les habitants récalcitrants, et il disposerait même d'une force armée en cas de besoin. C'était inespéré. Mais il fallait tout de même agir avec tact, éviter la panique dans le village, ne divulguer que les informations utiles au public. Une chose était certaine : le commissaire devait avoir les mains libres.

De plus, sa collaboration avec les gendarmes ne pourrait

que le disculper aux yeux des villageois les plus suspicieux. Il en aurait besoin car, comme il s'y attendait, tous les soupçons convergèrent immédiatement sur lui. Il était, après tout, le seul inconnu sur la scène de crime. Mais Martin para l'accusation avec légèreté, sans insister. Il avait assez d'expérience en la matière pour savoir qu'une défense efficace ne se forgeait pas avec des phrases. Il fallait la rendre visible : ce qui n'était pas verbal était irréfutable. Il devait monter un spectacle en s'attribuant le seul rôle qu'il sût jouer avec justesse : le sien. Il enfila son costume de commissaire et se comporta comme sur n'importe quelle scène de crime. Il décrivit le cadavre comme il l'aurait fait à Paris, dans sa juridiction, impressionnant son public par un jeu assuré. Mais il ne suffisait pas de s'arrêter aux apparences. Martin devait avancer plus vite que son auditoire, ne pas lui laisser de répit pour réfléchir : il devait lever les derniers doutes en faisant lui-même progresser l'enquête. Un villageois, devant des traces de sang, avait émis l'hypothèse du meurtre ? Martin devait prouver cette hypothèse, et même en donner les circonstances précises, à partir de ces mêmes traces.

Il y était presque. Il sentait la suspicion glisser sur lui, mais il manquait encore le coup de grâce. Il fallait faire comprendre à ces campagnards que ce n'était pas lui, le commissaire parisien, qui entrait dans leur monde, mais qu'ils étaient tous, désormais, dans le sien, un monde de cadavres, de mensonges et de paranoïa. Il leur parla des empreintes digitales parce qu'il se doutait qu'ils n'avaient jamais eu vent d'une procédure aussi technique. C'était un coup bas, un vrai, une humiliation aussi franche que polie. Martin ne risquait rien avec cette méthode qui n'avait jamais fonctionné, et il savait que son dédain, qu'il ne prenait plus la peine de voiler, mettrait les paysans hors d'eux. Ils lui désobéiraient dès qu'il tournerait le dos, se placeraient ainsi en position de rebelles par rapport à son autorité, ce qui induirait, de fait, qu'ils la reconnaissaient. Quand Martin revint au village avec Coutaz, il sut qu'il avait gagné la première manche : on le prenait pour le commissaire pédant qu'il était.

Sur son ordre, la femme de Coutaz télégraphia aux gendarmes. Une fois rentré à l'hôtel, il fit monter son dîner dans sa chambre pour ne pas attirer l'attention. Avant de se glisser sous les draps, il ôta son gilet, le noir, celui aux boutons à trois trous avec le liseré doré, et le posa sur le dossier de la chaise sans le regarder.

Il passa une nuit horrible. Sa responsabilité dans la mort de Ferdinand ne lui posait pas de problème : il ne l'avait pas fait exprès. Non, si quelque chose le gênait, au fond, c'était plutôt le fait qu'en tuant Ferdinand il avait rompu le seul lien, déjà fragile, entre les attentats d'Étienne Rabotin et le village. Il restait toujours la fille, Suzanne Rabotin, mais Martin ne pouvait tout de même pas miser la réussite de son enquête sur une *paysanne*. Qui interroger ? Que chercher ? Ces questions tournèrent dans sa tête toute la nuit. La machine se relançait dès qu'il s'assoupissait, repartant pour une heure de raisonnements, comme si le commissaire craignait qu'une autre partie de lui-même ne prît le contrôle à l'instant où il s'arrêterait de penser. Et de fait, allongé sur le dos, les pieds dépassant largement du matelas, Martin luttait contre l'assaut de ses émotions, parmi lesquelles, plus vive et plus poignante que les autres, l'angoisse de retrouver sa femme, qui prenait des proportions cauchemardesques.

Françoise l'avait prévenu. Elle s'était doutée de ce qui allait se passer avant même qu'il ne monte dans le train mais il avait refusé de l'écouter. Il aurait voulu l'avoir près de lui, compréhensive, aimante, et non dans sa tête, trahie et folle de rage. Quand l'enquête serait résolue, il lui faudrait se dénoncer, affronter les tribunaux, les journaux, peut-être même la prison. Il pourrait le supporter. Il le devrait, d'ailleurs. Mais elle ? Françoise n'avait aucune responsabilité dans cette affaire. Comment lui demander d'encaisser les photographies à la une des journaux à scandale, les chuchotements dans la rue, le silence brutal de leurs cercles sociaux ? Arriverait-elle à tenir le cap quand la faute de son mari plomberait les ventes du commerce qu'elle avait bâti et fait fructifier ? Qui serait là pour la consoler, pour l'aimer, si on envoyait Martin croupir dans une geôle, même temporairement ? Elle n'avait plus de famille, et lui non plus ; quant aux amis, ils avaient disparu depuis longtemps. Lui et Françoise étaient seuls, à deux, contre vents et marées.

Martin songea à télégraphier dès le matin pour la faire venir et tout lui expliquer de vive voix le plus tôt possible. Mais il connaissait d'avance sa réaction. À la gare, elle s'était déjà moquée de son intuition. Elle l'avait même traité de fou. Elle n'allait pas changer d'avis alors qu'un homme était mort : elle exigerait que Martin se dénonce. Peut-être même le ferait-elle à sa place. Non, il ne pouvait pas reculer.

Martin s'écroula de fatigue aux aurores. Il se réveilla en sursaut, d'une humeur de chien, percuté par ses souvenirs de la veille avant même d'avoir esquissé un geste. Il se leva, enfila son second gilet et descendit dans la salle. Tout s'y passa selon ses prévisions. Les paysans l'accusèrent de but en blanc, avant de se rendre compte que la culpabilité de Martin n'était pas aussi satisfaisante qu'ils l'auraient voulu. Il n'avait jamais mis les pieds à Fragonaz, on se serait souvenu de lui. Il ne connaissait ni les environs du village ni Ferdinand. Sa culpabilité aurait donc signifié qu'il était tombé sur le paysan par hasard – puisqu'il ne l'avait pas suivi – et qu'il l'avait tué par accident – puisqu'il n'avait aucun mobile. De fait, c'était la bonne explication. Mais elle comprenait, coup sur coup, un hasard et un accident, et les paysans ne pouvaient pas l'accepter. Leur ami avait été assassiné. Chez ces hommes de la terre et de bon sens, un bouleversement pareil ne pouvait pas être le fruit de circonstances malheureuses. Aucun d'entre eux ne parvenait à le formuler clairement, mais tous percevaient cette solution comme une sorte de défaite contre un fatalisme moderne, un cynisme désenchanté qu'ils refusaient en bloc et par principe. En fait, c'étaient des croyants. Ils aspiraient à une explication plus chaude, plus complète. Ils voulaient croire à un mobile à hauteur d'homme, et à leur capacité de rétablir l'ordre par eux-mêmes.

En somme, il leur fallait un coupable, et Martin n'était pas idéal.

L'arrivée des gendarmes lui épargna tout de même un mauvais quart d'heure. L'uniforme fit son effet. Bosson disait même l'avoir déjà rencontré, ce qui jouait en sa faveur. Il était désormais légitime. Tout se mettait en place : ce que le brigadier lui dévoila sur Louis Fortin suffit à le convaincre qu'il fallait suivre cette piste en priorité.

En fait, seule l'entrée en scène de Suzanne le surprit. Il ne s'était pas attendu à voir la fille de la victime surgir aussi vite, ni avec autant de détermination. Elle lui tenait tête, à lui, la figure de l'autorité qui faisait plier jusqu'aux gendarmes. C'était sans doute une anomalie dans un village si conservateur, et ce n'était pas pour lui déplaire. Il savait que sa compagnie aurait dû le mettre mal à l'aise. Mais Martin ne pouvait s'empêcher d'éprouver de l'affection pour la jeune fille. Sa présence facilitait l'enquête, bien sûr, mais il aimait à penser que les bénéfices de leur collaboration étaient mutuels. Pour la première fois de sa vie, Suzanne parlait sans crainte d'être jugée. Chaque minute passée avec Martin était pour elle une minute en dehors du rôle qu'on lui faisait jouer. Il espérait faire crouler les montagnes d'obscurantisme qui l'encerclaient, et lui dévoiler ainsi de nouveaux horizons. Martin n'était toutefois pas naïf. Il savait qu'il devrait, tôt ou tard, lui dire la vérité. La déception de Suzanne serait terrible et son traumatisme réel. Mais ce n'était pas le moment de penser à sa réaction. Une fois le mystère Étienne Rabotin éclairci, une fois le prochain attentat déjoué, alors, oui, tout serait enfin justifié. Il pourrait faire ses aveux, et Suzanne, elle, serait en mesure de comprendre pourquoi il n'avait rien dit. Pour le moment, cependant, la seule façon pour lui d'endosser la responsabilité de la mort de Ferdinand était d'aller jusqu'au bout de l'enquête. Par ailleurs, si Martin profitait de sa collaboration avec Suzanne pour casser ses chaînes mentales, si elle marchait grâce à lui sur la voie de l'émancipation, alors peut-être se souviendrait-elle, quand tout serait fini, qu'il avait été son allié contre le passéisme, son véritable ennemi, et peut-être lui pardonnerait-elle.

Pendant deux jours, Martin retourna le village à la recherche de Louis Fortin. Dans une enquête classique, son rayon d'analyse était limité : ses efforts mentaux pour agencer les événements gardaient une certaine mesure. Ici, il accumulait tant d'informations qu'il ne savait plus comment les traiter. Chaque donnée glanée dans un témoignage entraînait la réévaluation de tous les témoignages précédents. C'était désespérant. Il avait parfois l'impression de patauger dans une mare de boue et, incapable de trouver un appui solide, de s'y enfoncer un peu plus à chaque pas. Et pourtant, il progressait. Le dessin du village était encore incomplet, mais l'esquisse d'un schéma commençait à apparaître, et ces traits, bien qu'hésitants, semblaient tous dirigés vers l'église.

C'était plus qu'une simple intuition. Tous les villageois avaient parlé du curé. Leurs raisons variaient, mais l'enracinement du catholicisme était tel que même ceux qui ne croyaient pas se comportaient comme des bigots : les rares républicains que Martin avait décelés n'avaient pas osé dire de mal du vieux prêtre, comme s'ils craignaient d'attirer sur eux la foudre divine. Si Martin désespérait de cette attitude d'un autre âge, il s'efforçait de reléguer ses convictions au second plan. Il lui fallait être objectif et reconnaître que la population gravitait autour de ces croyances, de cette folie organisée. De toute évidence, le père Georges était le dirigeant effectif du village, et c'était la raison pour laquelle le commissaire se refusait encore à l'interroger. Un homme dans une telle position de pouvoir ne se laisserait pas impressionner, même s'il avait quelque chose à se reprocher. Pour le faire plier, Martin avait besoin d'un atout.

Il cherchait encore ce moyen de pression, et pensait même s'en approcher en creusant la piste du projet d'usine, quand l'agression de Jean Cordier faillit lui faire perdre la tête. Si, pris pour le meurtrier, l'instituteur mourait, Martin ne pourrait plus justifier son silence devant un juge, et encore moins devant Suzanne. Dans la grange, face à ces ignobles lâches, toutes ses émotions entrèrent en éruption. Il tonna sa colère, sa peur et son mépris si violemment qu'il ne vit même pas le maître d'école se relever pour aller se jeter dans l'incendie. Quand il entendit les cris de Suzanne, il était déjà trop tard. Martin, sonné, hors de lui, eut à peine le temps de venir éteindre ses habits.

Et puis, d'un seul coup, son agitation interne s'évanouit et le calme retomba. Le bouton que Jean lui tendait était noir, avec un liseré doré sur la tranche et percé de trois trous.

Martin l'aurait reconnu entre mille. C'était le sien.

12

Le gilet

La nuit qui suivit l'agression de Jean Cordier, Martin fut tenté de se confesser. Suzanne était dans la chambre voisine. Il n'avait qu'à traverser le couloir pour aller lui parler. Il tourna pourtant en rond jusqu'à l'aube, en réfrénant l'envie croissante de broyer quelqu'un.

Dès qu'il s'était retrouvé seul, il s'était jeté sur la chaise et s'était empressé de constater la perte du bouton supérieur de son gilet. Mais cette vérification s'était faite moins par espoir que par acquit de conscience : le triple trou étant la marque de fabrique de son tailleur parisien, il avait compris, en reconnaissant l'objet dans la paume de l'instituteur, qu'il l'avait perdu en frappant Ferdinand. C'était ridicule. Le commissaire divisionnaire en charge des homicides, l'homme aux mille arrestations, celui qui aurait pu, s'il l'avait voulu, commettre un crime en plein jour et s'en sortir avec une médaille, Marcel Martin, la Machine, avait perdu sur les lieux de son forfait un bouton de gilet unique au monde, l'indice le plus grossier de toute sa carrière. Il n'avait pas le souvenir d'avoir été un jour dans un état d'agitation pareil. Que fallait-il faire ? Suivre sa mission, planquer le gilet dans un coin et continuer l'enquête pour contrer un hypothétique attentat ? Ou sortir de la chambre maintenant et tout avouer à Suzanne avant de se livrer aux gendarmes ?

Quand le coq chanta, Martin avait pris une décision.

Il allait parler. Mais pas à cause du bouton, ni parce qu'il avait peur d'être démasqué. Jean avait été lynché. Même désinfecté, même emmiellé, il n'était pas encore tiré d'affaire : un des coups pouvait avoir entraîné un traumatisme interne. Il était possible que le jeune homme, d'une seconde à l'autre, s'évanouisse pour ne jamais se réveiller, et il n'y avait rien à faire pour parer à cette éventualité. En somme, quoi qu'il advienne, Martin n'avait pas le droit de risquer un autre accident. L'agression contre l'arpenteur, la veille, aurait déjà dû lui servir d'avertissement. Comment ces idiots de villageois allaient-ils réagir maintenant ? Si Martin repoussait ses aveux à plus tard, il pourrait y avoir une prochaine victime de l'hystérie collective.

Et que mettait-il dans l'autre plateau de la balance ? Son intuition, c'est-à-dire rien. Il n'avait aucune preuve de l'attaque qu'il appréhendait, ni même qu'il se tramait quelque chose à Fragonaz. Si Martin avait eu quoi que ce soit à se mettre sous la dent, il eût peut-être enquêté encore une journée ou deux. Mais il devait le reconnaître, depuis qu'il était arrivé dans le village, il n'avait fait aucun progrès.

Quelle était la meilleure façon de parler à Suzanne ? Fallait-il raconter les événements dans l'ordre, ou commencer par la fin sans tourner autour du pot ? La première solution lui permettrait sans doute de mieux s'expliquer, mais elle lui paraissait moins franche. Il hésitait encore quand un grincement dans l'escalier le fit sursauter. La maison s'éveillait. Quelqu'un entra dans la chambre d'à côté.

Il expira un long moment puis, la boule au ventre, sortit dans le couloir.

La Cornette tirait déjà Suzanne vers le rez-de-chaussée.

La jeune fille se laissait faire, à moitié endormie. L'état de la Cornette surprit Martin. Elle avait les yeux rouges, gonflés, et le teint gris. On aurait dit qu'elle n'avait pas dormi non plus.

– Mais qu'est-ce que tu as fait à tes cheveux ? bougonnait la femme du maire d'une voix dénuée de son assurance habituelle. Et ta joue, là ?

La réponse ne vint pas, mais la Cornette ne l'attendait pas vraiment.

– Déjeuner servi, grogna-t-elle en dépassant Martin.

– Je dois parler à Suzanne.

– Après l'enterrement.

Elles disparurent dans l'escalier, laissant Martin interdit. Il avait complètement oublié les funérailles de Ferdinand Rabotin. Le moment ne pouvait être plus mal choisi pour s'entretenir avec sa fille du rôle qu'il avait joué dans sa mort. Il jeta un coup d'œil à l'intérieur de la chambre de Jean. À son chevet, un bol fumait sur le tabouret. L'instituteur s'était déjà rendormi. Martin retourna dans sa chambre.

Agacé par cette pièce qu'il avait arpentée toute la nuit, il ouvrit la fenêtre dans l'idée de s'aérer. Ce fut encore pire. La tiédeur moite s'engouffra dans ses poumons en accentuant son impression d'étouffement. Il se tourna vers le bureau et prit le gilet dans ses mains. S'il sortait, il valait mieux éviter de le laisser traîner. La porte de sa chambre ne fermait pas à clef et la dernière chose dont il avait besoin était que Bosson ou son collègue tombe dessus. Il allait avouer, ce n'était qu'une question d'heures, mais n'avait-il pas au moins le droit de maîtriser les circonstances de ses aveux ? Il ouvrit l'armoire, fureta à la recherche d'un double fond, regarda sous le lit, et décida en fin de compte que la meilleure cachette pour un vêtement était parmi d'autres habits. Il plia le gilet avec soin et le plaça au milieu d'une pile, dans sa valise.

Dans la salle principale du café, Bosson et Simon finissaient leur déjeuner. Ils étaient seuls. Bosson se leva, confus, du jaune d'œuf accroché à la moustache :

– On allait remonter. Vu l'état dans lequel il est, on s'est dit qu'il irait pas très loin de toute façon…

Martin l'ignora. Il passa derrière le bar pour se servir de café.

– Euh… d'ailleurs, reprit le brigadier en se tortillant d'une façon horripilante, si ça vous fait rien, j'aimerais bien rendre un dernier hommage au Rabotin. Alors, sauf si vous avez besoin de moi, j'irais bien assister à…

– J'ai besoin de vous, coupa Martin. Devant sa porte.

– Mais vous voulez qu'il aille où ?

– C'est pour sa protection.

– Oh, ça. Oui. Mais ils vont pas recommencer…

Martin le fusilla du regard, mais Bosson haussa les épaules :

– Le jour des funérailles, quand même ! Et puis, bon, faut dire que c'est pas tous des méchants bougres. Ils ont agi sous le coup de l'émotion, voilà.

– Vous restez ici. Personne ne s'approche de lui.

Bosson se rassit, déçu, tandis que Martin sortait avec sa tasse.

Sur la place, l'air était déjà lourd. La grisaille au-dessus de sa tête semblait plus sombre, plus dense encore que la veille. Il s'assit sur un banc et trempa ses lèvres dans son café en se demandant comment s'était passé l'enterrement de son propre père.

Une ou deux fois peut-être, quand celui-ci était encore en vie, Martin s'était laissé glisser vers le fantasme macabre de ses funérailles. Il avait imaginé la pluie, les discours solennels, les mains de fonctionnaires grisonnants serrées à la va-vite, et l'absence de visages familiers. Ces impressions lui avaient laissé une sensation d'aridité, la même qu'il éprouvait depuis sa mort. Cette émotion traduisait sans doute, sous une forme vague et changeante, une vérité sur lui-même et sur son rapport à son père, mais qui lui restait cachée. C'était en vain qu'il s'acharnait à comprendre par la raison pourquoi la mort de l'homme qui l'avait créé signifiait tant pour lui.

Martin avait aimé son père. Il n'avait pourtant pas perdu un ami, ni même un proche. Jamais il ne lui avait confié quoi que ce soit de personnel, aucun doute, aucun sentiment, ni sur Françoise ni sur sa mère, dont le décès restait entre eux un tabou absolu. En fait, ils n'avaient jamais parlé de rien, à l'exception du travail. Par une étrange ironie, Martin, en voulant se différencier de son père, s'était retrouvé faire exactement la même chose que lui. Bien que l'un fût dans l'administration et l'autre dans l'espace public, les deux hommes étaient gardiens de l'ordre. Chaque fois que le silence qui grandissait entre eux devenait trop gênant, ce point commun ressurgissait à pic et leur fournissait un inépuisable sujet de conversation. Ils dissertaient alors sur leurs activités respectives, les répliques de l'un semblant rebondir pertinemment sur celles de l'autre quand, en réalité, chacun monologuait suivant le fil de sa pensée.

Il était naturel que Martin survive à son géniteur. Il était également naturel qu'il soit attristé par sa mort. Mais son malaise était d'un autre ordre. Les circonstances de la mort du préfet, qui, elles, n'avaient rien de naturel, n'expliquaient pas non plus son trouble : André Martin n'avait pas été un père comme les autres ; son fils n'avait certes jamais imaginé qu'il mourrait pulvérisé aux côtés d'un président, mais il ne pouvait s'empêcher de penser que cette façon de quitter la scène ne détonnait pas complètement avec l'orgueil du personnage.

Alors quoi ? Quelle était cette sorte de vide qui se creusait en lui ? Il lui semblait, dans la confusion, déceler de la peur. Craignait-il, face au responsable de la mort de son père, de vouloir lui faire justice lui-même ? Mais non, il en était certain, ce n'était pas la vengeance qui l'animait. Ce qui le mettait en action, ce qui précipitait ses paroles et ses actes, c'était la nécessité de combler le gouffre ouvert par la mort de son père. Pour ce faire, il devait d'abord en comprendre la nature, et c'était plutôt à ce niveau que se logeait son angoisse. En fin de compte, ce qui le terrorisait, c'était l'éventualité de ne jamais obtenir la réponse, l'explication qui apaiserait sa peine, le rationnel qui donnerait, enfin, du *sens* à sa douleur.

Les gendarmes sortirent quand le cortège passa devant le café. Le cercueil venait d'abord, posé sur une charrette. Suzanne suivait, seule. Martin s'était levé : il s'inclina en croisant son regard. Elle nota sa présence d'un hochement de tête, et détourna les yeux.

Le reste du village marchait derrière. Tout le monde, sans exception, assistait aux funérailles. La foule des paysans, peignés, tirés à quatre épingles, l'émut plus qu'il ne s'y attendait. Ils étaient laids. Mais les robes et feutres noirs, les châles délicats, les coiffes blanches sur les nattes patiemment assemblées et autres attirails accentuaient la rudesse des faces burinées et la brutalité des regards. C'était une laideur authentique, et Martin se sentit gonflé de respect.

Le défilé dura plusieurs minutes. Tous parlaient sans gêne. Ce manque de respect pour le mort l'irrita plus que le mépris des paysans à son égard : aucun d'entre eux ne daigna le saluer. Les derniers rangs disparurent enfin derrière le bureau des postes. Martin posa un œil sévère sur Bosson et Simon qui rentrèrent dans le café, non sans montrer un peu d'agacement. Il attendit encore un peu, puis, sans se presser, il se mit en marche.

À quoi aurait-il pensé s'il était resté à Paris, s'il avait suivi le cercueil de son père ? Ferdinand Rabotin, au moins, était encore reconnaissable. Martin revoyait le visage écrasé, noir de suie, le corps déchiqueté de son père dans le bureau en ruine. C'était là qu'André Martin avait aimé traiter ses affaires, et son fils, en grandissant, avait toujours envié ceux qui y entraient. Combien de fois avait-il tourné devant le pas de la porte, en jouant avec l'idée de pénétrer, même un instant, dans le monde sacré de celui qu'il admirait tant ? D'une certaine façon, la destruction de la pièce l'avait plus choqué que le cadavre. Il ne comprenait pas comment il était possible d'éprouver un tel attachement pour un lieu.

Il s'arrêta à bonne distance de l'église. On finissait d'entrer. Devait-il les suivre à l'intérieur ? Non, bien sûr, il eût été inapproprié d'allonger la liste de ce qu'on ne manquerait pas de lui reprocher plus tard. Mais il décelait en lui une forme de jalousie. Il aurait aimé se mêler à la foule, et cette idée accentua son trouble.

Fragonaz était-il en danger ? Martin l'ignorait. Si un crime monstrueux était sur le point d'être commis par un anarchiste, rien ne prouvait que ses habitants en soient les victimes désignées. Le malheur que Martin appréhendait pouvait frapper partout. Il se sentit découragé. Ce n'était pas la première fois de sa carrière qu'il se trouvait confronté à l'approche d'un cataclysme. L'expérience lui avait appris à gérer ce type de stress : il lui suffisait de faire son travail et de rester fidèle à sa méthode, qui ne l'avait jamais trahi. Mais il ne pouvait pas revenir sur sa décision ; continuer l'enquête, c'était risquer une nouvelle victime collatérale. Et bien qu'en s'arrêtant aujourd'hui il risquât un nombre de victimes bien plus élevé, ce risque était moins probable que le premier. Non, Martin ne pouvait pas se défiler. Il attendrait Suzanne à la sortie de la messe, l'attirerait à l'écart et lui raconterait tout. C'était la seule chose à faire.

Devant l'église, il ne restait plus que le curé, les enfants de chœur et le cercueil que quatre paysans descendaient de la charrette. Martin observait, le ventre noué par des sentiments douloureux, quand il croisa le regard du père Georges. Ils étaient trop éloignés l'un de l'autre pour que Martin en soit certain, mais il lui sembla discerner dans ses yeux ridés un éclat particulier qui ressemblait à du triomphe.

Sa première pensée fut qu'il avait été percé à jour. Mais l'homme d'Église devait donner cette impression-là à tout le monde : il avait assez d'entraînement pour ça. D'ailleurs, Martin en était à peu près sûr, personne ne l'avait vu frapper Ferdinand.

Il réprima un tremblement lorsqu'il comprit que ce regard n'était qu'une provocation. Le père Georges signifiait à Martin qu'il ne pouvait pas gagner contre lui, car Suzanne était déjà dans l'église, perdue dans la foule de villageois, prête à recevoir sa leçon de morale ; Martin avait échoué à l'extirper du monde contrôlé par le vieux prêtre.

Les poings du commissaire se serrèrent. Le curé, suivant le cercueil, entra dans l'église avec les enfants. Il n'y avait plus personne en vue, le village était vide.

Martin, fulminant, sentait son ventre se tordre de rage. Une minute plus tard, n'y tenant plus, il s'avança à découvert. Il n'avait pas dit son dernier mot.

Il couvrit rapidement la distance qui le séparait de l'église, la longea à pas de loup et, après avoir vérifié qu'il était seul, s'avança jusqu'à la porte du presbytère. La messe allait bien durer deux heures. Il fallait mettre ce temps à profit pour poursuivre l'enquête. Il posait la main sur la poignée quand il entendit du bruit de l'autre côté. Il eut juste le temps de bondir derrière un sapin.

Louis Fortin sortait du presbytère.

Martin en eut le souffle coupé. Il l'identifia sans peine, bien qu'il ne l'eût jamais rencontré. Le jeune homme ne ressemblait pas à sa mère, il était beaucoup moins beau, mais, tout de même, quelque chose dans la forme de son visage l'évoquait. Quant à ses cheveux longs et sales, ils étaient typiques de l'étudiant révolté standard.

Plus que le fait de l'avoir retrouvé, ce fut son attitude qui donna à Martin envie de rugir de joie. Louis ne montrait pas l'agitation de quelqu'un qui se cachait dans une maison à l'insu du propriétaire. Il était pieds nus et en chemise. Il tenta quelques mouvements de gymnastique qu'il arrêta vite, avant de se rechausser tranquillement sur le seuil. En le voyant si calme, Martin comprit que Louis avait vécu ici ces trois derniers jours, bien à l'abri, avec la complicité du curé. D'ailleurs, par élimination, c'était la seule possibilité : on n'avait trouvé aucune trace du jeune homme nulle part, et personne n'avait signalé de vols de nourriture. Les ongles de Martin griffaient l'écorce du sapin. Depuis trois jours il cherchait quelque chose à se mettre sous la dent, une anomalie indiquant une piste à creuser, bref, un progrès dans l'enquête. Il l'avait enfin sous les yeux : le curé du village était de mèche avec l'anarchiste.

Louis, toujours en chemise, longea le bâtiment, ouvrit une porte en bois sombre que Martin supposa être celle de la sacristie, et disparut à l'intérieur de l'église. Il allait sans doute assister à la messe à l'insu des villageois.

Martin avait réussi, non sans mal, à contenir son envie de lui sauter dessus. Il fallait agir intelligemment. Même si Louis avait eu des démêlés avec la justice quelques années plus tôt comme l'avait expliqué Bosson, Martin n'avait aucun motif pour l'arrêter aujourd'hui : c'était un citoyen ordinaire, avec des droits, qu'on ne pouvait pas enfermer pour ses convictions, mêmes anarchistes, ou sur la base d'une intuition. Martin n'avait pas les moyens de le contraindre à parler, d'autant qu'avec un allié comme le curé, le jeune homme aurait sans doute tout Fragonaz derrière lui.

Martin se remit à trembler. Il allait devoir procéder comme il l'avait fait avec le reste des villageois : aller chercher les gendarmes, poser ses questions, espérer des réponses. Mais il n'avait pas le temps ! La présence d'un anarchiste, ici, dans le presbytère d'une église catholique de montagne, était trop suspecte pour ne pas dissimuler une donnée essentielle à la compréhension du mystère. Il était tombé sur lui par un improbable coup de chance : il aurait été absurde de ne pas profiter de cet avantage d'une façon ou d'une autre. Martin en était à envisager d'assommer le jeune homme pour l'interroger à son aise, quand il se souvint du gilet dans sa valise.

Il ne put s'empêcher de sourire, ravi de la connexion qui venait de se produire à son corps défendant. Mais il n'avait pas beaucoup de temps.

Il courut à l'hôtel. En arrivant, il ralentit et glissa un œil par la fenêtre du rez-de-chaussée. Les gendarmes n'avaient pas bougé. Simon s'était assoupi sur un banc. Bosson, les yeux fermés et les mains jointes, n'avait jamais eu l'air aussi sérieux. Martin s'écarta lentement de la fenêtre. Il contourna le bâtiment en se répétant que les gens de la campagne ne fermaient jamais leurs portes à clef. Comme il l'avait deviné, il put entrer par-derrière, traversa la cuisine et gravit l'escalier en prenant soin de ne pas faire grincer les marches. La porte de la chambre où reposait Jean Cordier était fermée. Martin s'avança tout de même sur la pointe des pieds et entra dans sa propre chambre. Il sortit le gilet de la valise. L'adresse de son tailleur était brodée sur l'étiquette du col. Il l'arracha et l'avala. Il fourra le gilet sous sa chemise et redescendit par le même chemin qu'à l'aller. Une fois dehors, il repartit au pas de course vers l'église.

À travers les vitraux, on entendait le curé faire son homélie. Martin savait que le village, Louis inclus, n'en perdait pas un mot. Il entra dans le presbytère.

Le logement était humble mais confortable. Son œil rompu aux fouilles de routine parcourut la pièce. Sur une table, il aperçut du pain, des pommes, une assiette de biscuits secs et deux bols encore sales. Quelques draps traînaient dans un coin, à même le plancher. Louis avait bien logé ici. Le commissaire s'avança doucement, mais l'anarchiste devait toujours être dans la sacristie. Il y avait une revue sur une chaise. La couverture puis les titres attirèrent son attention. Il l'ouvrit pour la feuilleter. C'était une revue spécialisée, datée du mois dernier. Un article traitait de la construction d'une usine d'aluminium dans une vallée voisine. Les entrailles de Martin se nouèrent.

Il se tramait bien quelque chose de louche à Fragonaz. Non content de soustraire l'anarchiste à la police, le vieux prêtre se renseignait sur le projet d'usine d'aluminium depuis au moins quatre semaines, bien que la Corne eût assuré ne jamais lui en avoir parlé. Comment le père Georges était-il au courant ? Martin osa enfin se demander si l'homme qui manipulait les anarchistes dans l'ombre n'était pas le même qui sermonnait ses ouailles en plein jour. Il reposa la revue comme elle était et classa l'information dans sa tête pour plus tard. Le plus urgent était d'aller au bout de son idée.

Il avait d'abord pensé cacher le gilet dans la première armoire venue, mais il trouva beaucoup mieux : un autre gilet, noir mais élimé, à la doublure trouée, pendait sur le tuyau du poêle éteint. Martin se souvint que Suzanne avait été marquée par les vêtements en lambeaux de Louis Fortin. Martin frotta le sien sur le sol pour lui donner le même aspect usé. Il ôta celui du poêle et posa l'autre à sa place, dans la même position. On voyait à peine la différence.

Martin sortit prudemment de la maison. Il passa derrière le potager, marcha jusqu'au pont de l'ardoisière. Là, il ramassa une pierre, noua solidement le gilet de Louis autour, et jeta le tout dans la Courbe. Enfin, les mains serrées sur le câble, le visage rafraîchi par le torrent, il prit une longue inspiration.

Il avait désormais un prétexte pour arrêter l'anarchiste. Du même geste, il s'était débarrassé de l'objet qui aurait pu l'accuser et mettre un terme prématuré à l'enquête. Mais c'était temporaire, bien sûr. Martin comptait toujours se dénoncer. En revanche, plus question de le faire avant d'avoir percé le mystère Étienne Rabotin.

Ces deux découvertes – l'association entre l'anarchiste et l'homme d'Église et l'implication du curé dans le projet d'usine – lui apportaient enfin la matière concrète dont il avait besoin pour ancrer son intuition, même s'il ne comprenait pas encore l'ordre dans lequel ces éléments s'alignaient. Le père Georges semblait tirer les ficelles. Mais quel pouvait être l'objectif secret d'un vieillard déjà tout-puissant au sein du village ? En tout cas, Martin avait désormais toutes les cartes en main pour le comprendre. Il allait prendre l'homme d'Église en faute. La découverte de Louis Fortin dans le presbytère n'aurait pas suffi : le prêtre devait déjà avoir préparé sa défense. Mais il ne pouvait pas avoir prévu le gilet. En dissimulant non plus un étudiant anarchiste mais le suspect principal d'un homicide, il se rendait coupable de complicité.

Martin jubilait. C'était précisément un avantage de ce genre qu'il avait attendu pour interroger le curé. Plus tard, il lui suffirait d'expliquer au juge qu'il avait effectué l'échange des gilets pendant la messe. Louis Fortin serait aussitôt disculpé du meurtre de Ferdinand. Mais entre-temps, l'arrestation de l'anarchiste, sa présence chez le père Georges et ce levier inattendu pour les faire parler tous les deux – la menace de la guillotine – allaient lui permettre de résoudre l'affaire.

Martin avait l'intuition de ne plus être très loin du but. Il s'éloigna du pont et revint vers l'église.

Son cerveau s'était remis à vibrer, ravi de pouvoir se concentrer sur un problème pratique : comment allait-il justifier la fouille du presbytère ? Fallait-il simplement retourner au café, demander aux gendarmes de le suivre et faire le pied de grue jusqu'à la fin de la cérémonie ? C'était la solution la plus directe. Mais il était préférable d'éviter la confrontation avec le curé devant tous ses paroissiens réunis. N'était-il pas plus sage de le surprendre chez lui, peut-être en pleine conversation avec Louis Fortin ? Oui, il attendrait que la foule se disperse. Il irait ensuite chercher Bosson et Simon, sans rien leur expliquer, et entrerait, de force si nécessaire, dans le presbytère. Après, il faudrait improviser. Si Louis n'était pas là, il pourrait toujours éveiller la suspicion des brigadiers en attirant leur attention sur les draps, la vaisselle et la revue. Au moment opportun, il n'aurait qu'à donner le coup de grâce et montrer le gilet sur le poêle.

Mais Martin se renfrogna. Non, ça ne marcherait pas. Il ne pouvait pas traîner les gendarmes chez le curé sans raison alors qu'il retardait ce moment depuis trois jours, et trouver, comme par hasard, la preuve qui compléterait leur seul indice. C'était trop gros. Le curé verrait clair dans son jeu et l'accuserait sur-le-champ d'avoir planté le gilet là. Même cet imbécile de Bosson pourrait flairer la vérité. Il était hors de question que des soupçons pèsent à nouveau sur lui, et surtout pas maintenant, si près du but. Il devait privilégier une approche plus subtile.

Il entendait chanter dans l'église. Il avait encore du temps. Il commençait à faire les cent pas quand la solution lui tomba dessus sans prévenir.

C'était limpide. C'était parfait. Il devait y aller avec Suzanne. Il commencerait par lui présenter ses condoléances à la sortie de la messe. Puis, une fois les villageois un peu éparpillés, il demanderait qu'elle le présente au père Georges. C'était naturel. Il n'avait pas voulu le déranger plus tôt, mais puisqu'il était là, autant le saluer.

La suite coulait, comme un ruisseau joyeux, à l'intérieur de sa tête. Ses pensées s'emboîtaient avec une aisance qu'il n'avait plus connue depuis qu'il avait quitté Paris. Il devinait tout, il prévoyait tout.

Il tâterait la température en discutant avec le prêtre. Il était tout à fait possible que celui-ci assume d'avoir accueilli l'anarchiste. Si c'était le cas, il ne manquerait pas de le signaler dans la discussion pour s'éviter des ennuis, en se justifiant évidemment par une quelconque charité chrétienne. Martin serait ainsi ridiculisé devant Suzanne. Et justement, parce qu'il entrerait au presbytère perdant, peut-être même sur la suggestion du curé qui lui proposerait d'interroger Louis Fortin, personne ne le soupçonnerait d'avoir déposé le gilet qui ferait basculer l'entretien.

Si le prêtre, devant l'église, ne parlait pas de Louis Fortin, alors ce serait encore plus facile. Martin annoncerait qu'il avait des questions de routine et lui proposerait d'aller discuter à l'intérieur. Le curé refuserait, bien sûr, et trouverait un prétexte pour s'éloigner. Martin n'aurait plus qu'à se tourner vers Suzanne pour lui faire part de ses soupçons : le curé aurait-il quelque chose à cacher ? Se pouvait-il qu'il dissimule, par exemple, Louis Fortin dans le presbytère, puisqu'on ne l'avait trouvé nulle part ailleurs ? Martin irait voir pour en avoir le cœur net, et la jeune fille suivrait, paniquée, pour le convaincre de faire demi-tour. Oui, c'était encore ce qu'il y avait de mieux. Si Martin présentait d'abord la présence de Louis comme une hypothèse avant d'en brandir la preuve, l'effet serait bien plus saisissant. Derrière, le curé pourrait autant qu'il voudrait accuser Martin d'avoir déposé le gilet. D'abord, Suzanne était moins impressionnable que Bosson. Et puis elle aurait vu, une minute plus tôt, le curé refuser l'hospitalité à Martin. Elle se rappellerait, en conséquence, qu'il avait bien essayé de lui cacher quelque chose, et ses accusations paraîtraient infondées.

Dans un cas comme dans l'autre, il ne resterait plus au commissaire qu'à envoyer Suzanne au café pour ramener les gendarmes, qui placeraient les deux hommes en garde à vue. La suite ne serait que procédure : ils finiraient bien par révéler leur plan.

Martin s'était mis à trépigner d'impatience. Pourquoi cette stupide messe était-elle si longue ? Il se rendit compte que son excitation dépassait le cadre de l'enquête. Il allait triompher du curé devant Suzanne, même s'il avait conscience que ses propres aveux approchaient en même temps que la fin de l'affaire. Mais le commissaire raisonnait sur le long terme. Il ne serait bientôt plus là pour protéger la jeune fille de l'influence néfaste du village. Le carcan des habitudes, le regard des autres, tout ce qui l'enchaînait à la petitesse de Fragonaz était orchestré de main de maître par le patriarche qui trônait en ce moment dans l'église. Martin allait prouver à Suzanne que le père Georges n'était pas ce saint homme pour qui tout le monde le prenait. S'il parvenait à ternir l'image du curé aux yeux de la jeune fille, à lui montrer le pécheur sous le moralisateur, l'humain derrière le « divin », il l'aurait aidée à trancher un lien parmi ceux qui empêchaient son émancipation. Ce serait toujours ça de gagné. En fin de compte, en égratignant la figure du prêtre, il tirerait Suzanne de son apathie intellectuelle, et cette idée, sans qu'il s'en rendît compte, comblait un peu le gouffre au fond de lui.

13

L'enterrement d'un paysan

Suzanne avait sursauté dès le premier coup, qui ne servait pourtant qu'à préparer le deuxième. Le marteau de Chappuis s'était relevé et abattu à nouveau, plus fort. Le clou avait percé le couvercle de sapin. Le menuisier avait frappé encore, d'une main sûre, jusqu'à ce que la tête du clou s'enfonçât dans la planche. Il lui en restait cinq à mettre.

Le matin, en chargeant le cercueil sur sa charrette, le menuisier s'était rendu compte qu'il n'avait plus de vis. Il avait envoyé le petit Pierre en urgence au village voisin. Mais l'enfant avait tardé. L'heure avançant, Chappuis avait dû se résoudre à utiliser des clous. La chambre mortuaire baignait dans un silence lourd et moite. Les coups tintaient entre les oreilles de Suzanne aussi violemment que si on avait frappé sur son crâne. Chaque choc accentuait l'aspect définitif de la fermeture, conférant à la mort de son père la dimension concrète qu'elle s'efforçait d'ignorer depuis trois jours. Elle commençait à réaliser qu'elle ne le verrait plus se raser, se moucher, ni boire son café dans le même bol qu'il utilisait depuis trente ans ; ni humer l'air et sourire, au petit matin, à l'heure où les bêtes réclament leur pitance ; ni même scruter le ciel, marmonnant des proverbes, pour tenter de deviner ce que l'avenir réservait aux récoltes.

Ses sanglots grossirent une fois encore. Suzanne se concentra pour les ravaler sans se faire voir. L'effort lui arracha une larme qu'elle frotta de sa joue, irritée. La matinée risquait d'être éprouvante. Mais l'idée que l'assassin puisse la voir pleurer attisait en elle une colère noire dans laquelle elle espérait puiser des forces.

La mère Coutaz vint l'embrasser. Elle lui remit une enveloppe, que Suzanne glissa dans ses vêtements, ainsi que la couronne de fleurs qu'elle avait commandée en ville l'avant-veille. C'était un assemblage compliqué de feuilles et de perles, sur une monture en fil de fer. Chappuis avait terminé. Il ne sut pas où poser son marteau et décida de le fourrer dans sa poche. Il joignit les mains et attendit.

La jeune fille déposa la couronne sur le cercueil. Les femmes l'imitèrent avec les bouquets qu'elles avaient cueillis dans les champs, puis s'écartèrent pour laisser passer les hommes. Les quatre paysans soulevèrent la bière et la transportèrent devant la ferme.

Les familles voisines entouraient déjà le char de la Corne. Le maire le prêtait à tous ses administrés, même les plus modestes, pour que tout le monde, à Fragonaz, puisse s'en aller dignement. On y avait attelé la jument de Ferdinand. Suzanne avait voulu que son père fût conduit à l'église par une bête familière.

Les hommes hissèrent le cercueil sur le char. Une gerbe de fleurs glissa. La Cornette se précipita pour la remettre en place. Puis, consciente d'être observée, elle s'écarta et se signa avec une expression si pieuse qu'elle en était comique.

Suzanne s'était demandé pourquoi, quand la femme du maire l'avait préparée ce matin, elle avait paru si déprimée. La jeune fille avait fini par comprendre que la Cornette était tombée en disgrâce du jour au lendemain. Elle n'avait rien fait pour cela. Elle subissait simplement l'échec de son mari.

Celui-ci avait conspiré avec le maître d'école républicain pour qu'une usine d'aluminium surgisse au milieu du village. Aux yeux des villageois, qu'ils soient paysans ou artisans, c'était un crime aussi odieux que celui qui avait coûté la vie à Ferdinand. Éventé ainsi avant terme, le projet n'aboutirait pas. Dès le lendemain, peut-être même dès la fin des funérailles, on demanderait des comptes au maire. Les transactions des derniers mois seraient annulées. Les propriétaires récupéreraient leurs terrains, par décision judiciaire s'il le fallait, et l'usine ne sortirait jamais de terre. La Corne pouvait faire une croix sur le renouveau du village et ses ambitions politiques régionales. Quant à sa femme, elle aurait beau dire qu'elle ne savait pas, et même blâmer son mari, elle n'entrerait plus nulle part sans qu'on s'arrêtât aussitôt de parler.

On ne demanderait pas à la Corne s'il avait voulu sauver le village ou s'enrichir sur son dos. Ses intentions ne comptaient pas. On retiendrait juste qu'il avait voulu forcer la ville dans le village, ce qui, pour ses administrés, était impardonnable. La vie à Fragonaz était dure : le corps ployait sous l'effort aux champs comme à la ferme, chaque jour de chaque saison, jusqu'à ce que, vaincu par l'âge ou la nature, on l'allonge entre quatre planches sous un buisson de fleurs et de branches. Mais cette vie qui avait été celle de Ferdinand, c'était ce qu'ils partageaient et qui les unissait. Tous y pensèrent quand le char se mit en branle. La jument boitait, mais leur cœur était gonflé d'une fierté qu'aucun progrès, fût-il économique, n'eût jamais pu sublimer.

Le fils aîné de la Corne conduisait le char. Suzanne suivait seule. Puis, à une distance respectable, venait le cortège, grossi à chaque maison et à chaque croisement par les familles endimanchées qui attendaient son passage. C'était à nouveau une journée pesante. Les nuages se densifiaient encore au-dessus de leurs têtes. Ils semblaient ne jamais devoir crever pour soulager les esprits par un peu de fraîcheur.

Le cœur de Suzanne se glaça quand elle aperçut le gros Pierre sur le bord du chemin. Il se tenait derrière son père, comme le reste du clan Pissard-Leblanc, et n'en menait pas large. Son initiative de la veille avait apparemment déplu : le vieillard était encore furieux. Outre les poursuites judiciaires qu'encouraient les deux frères, le bras cassé du cadet pénaliserait toute la famille. À l'initiative du patriarche, le clan se joignit au cortège. Tous les bourreaux de Jean marchaient maintenant à la suite de Suzanne.

Le brouhaha grossissait dans son dos. À chaque enterrement, c'était la même chose. On affichait une mine contrite au départ puis, comme on croisait un ami ou un cousin, on empoignait des mains, on prenait des nouvelles, et les conversations déviaient sans faute sur les problèmes quotidiens. Labours, prix de la viande, lessives, enfants : tout y passait, surtout le plus banal, comme pour nier le caractère funeste et extraordinaire de la procession. Malgré les circonstances du décès et le tragique développement de la veille, le cortège de Ferdinand n'échappait pas à la règle. C'était une forme de pudeur. On aurait le temps, plus tard, de parler de l'incendie, du lynchage de l'instituteur et surtout, surtout, de la relation de celui-ci avec Suzanne.

Tout le village savait qu'elle avait passé la nuit dans sa chambre. Le bruit de sa réaction devant Jean blessé s'était répandu, amplifié, et chacun s'était souvenu d'une anecdote, vraie ou fausse, qui attestait leur intimité au cours des derniers mois. Ce qu'elle avait réussi à cacher à son père et au reste des curieux était devenu information publique. Sa réputation était donc faite, et de façon définitive.

Si on jouait encore la comédie le temps des funérailles, par respect pour le mort, on ne manquerait pas de lui faire sentir, dès le lendemain, qu'elle était devenue infréquentable. On le lui rappellerait d'ailleurs à chaque occasion, et ce pour le restant de ses jours : on condamnerait ses mœurs dès qu'elle tournerait le dos; on interpréterait ses coquetteries; on la peindrait comme l'esclave de ses appétits; on raconterait qu'elle avait d'abord tenté de séduire d'honnêtes maris avant de se consoler avec l'instituteur, peut-être même, pourquoi pas, qu'elle n'avait pas hésité à quitter le chevet de son père pour se précipiter avec lascivité auprès de Martin; enfin on la plaindrait, et ce serait peut-être encore pire, en expliquant comment le décès prématuré de sa mère avait pesé dans son déclin moral. Mais très vite, on reprendrait un air savant pour rappeler qu'il n'y avait pas de petit péché, et que c'était la lubricité de la fille qui avait entraîné la mort du père. Une tradition voulait que si un couple dormait sous le même toit sans être marié, un membre de la famille mourrait dans l'année. Qu'il était réjouissant d'en voir une si belle démonstration ! D'autant plus qu'il ne s'agissait pas ici d'un coup du sort, mais d'une relation de cause à effet.

Car, pour le village, l'affaire était classée : Ferdinand Rabotin avait été tué par Jean Cordier. Il y avait l'usine, bien sûr, c'est-à-dire l'avènement du progrès, la vengeance de l'instituteur sur les paysans et leur esprit conservateur; il y avait la dispute près du lavoir, l'humiliation du jeune normalien devant le paysan, qui avait mis le feu aux poudres; mais surtout, il y avait Suzanne : Ferdinand avait été tué par l'amant de sa fille parce qu'il s'opposait à leur union. Même la Corne, qui avait pourtant regretté d'avoir dénoncé l'instituteur dès qu'il avait été dégrisé, n'avait pas osé prendre sa défense, réduit au silence par ce dernier point. Personne ne s'était vraiment soucié de savoir si le paysan avait été au courant des amours de Suzanne ou si tuer le père pour épouser la fille constituait une raison crédible. Chacun ajoutait au mobile amoureux des variations infinies, brodant sur le thème de la méfiance envers les idéaux progressistes de l'instituteur : il travaillait tantôt pour les anarchistes, tantôt pour les juifs ou les grands patrons ; pour l'un, il voulait changer Fragonaz en zone industrielle, et pour l'autre, s'emparer des champs les plus fertiles ; pour les plus créatifs, le maître d'école avait manipulé la Corne pour fabriquer, grâce à l'hydroélectricité, une bombe capable de faire sauter la montagne entière, par pur esprit de revanche. Toutes ces théories cristallisaient les peurs autour de ce noyau commun qu'était la haine pour Jean Cordier. On trouverait bientôt des témoins persuadés, en toute bonne foi, d'avoir vu le maître d'école menacer de mort le paysan, et même de l'avoir vu agir. D'ailleurs, la Machine n'avait-elle pas placé l'instituteur en état d'arrestation ? Les gendarmes n'étaient là que pour le protéger, Suzanne le comprenait, mais pas la foule, qui refusait d'y voir autre chose qu'une preuve supplémentaire : le cortège, qui passait devant le café, aurait mis Jean en pièces s'il était sorti à ce moment-là.

La Corne et le reste de sa famille patientaient, à l'écart des autres groupes. Les yeux du maire étaient gonflés et tristes. Sa fille dut le prendre par la main pour le tirer de ses pensées et le faire avancer. Ils se placèrent à côté de la Cornette, dont le corps se raidit. Elle n'accorda pas un regard à son mari. Ceux qui les suivaient ne firent aucun commentaire : ils se rattraperaient plus tard. Martin se tenait devant la porte du café, avec une certaine gravité. Il ne se joignit pas au cortège, et personne ne s'en étonna.

Depuis leur rencontre, Suzanne se demandait comment un homme comme lui avait pu devenir commissaire de police. Puisqu'il s'agissait de traiter de sentiments humains, la fonction semblait contradictoire avec son détachement permanent. Mais la jeune fille, qui, à force de le fréquenter, commençait à le connaître, croyait avoir trouvé un début de réponse dans son éclat de colère de la veille. Bien que l'indifférence de Martin suggérât l'assurance aux yeux de tout un chacun, elle dissimulait en réalité son doute permanent. Il évoluait sur un terrain glissant, tâtonnant avec prudence et maladresse avant de poser le moindre jalon de son raisonnement. C'était une méthode difficile, longue, son asociabilité ne lui facilitant pas la tâche, mais il n'en était pas moins doté d'une forme d'empathie. Sa réaction lors de l'agression de Jean l'avait prouvé. Suzanne, qui n'avait jamais soupçonné la fureur qui dormait chez Martin, l'avait vue s'abattre sur les paysans avec la puissance d'une tempête biblique. En fait, quand le commissaire était sûr de lui, il l'était de façon absolue. Il dégageait alors une telle autorité que Suzanne ne pouvait s'empêcher de rester songeuse quant à la fin de l'enquête.

Car l'enquête, la vraie, était loin d'être terminée. Il fallait innocenter Jean, bien sûr, mais l'arrestation de l'assassin de son père, seule, ne permettrait pas de tout comprendre. La veille, Martin avait parlé d'un « plan » à déjouer. Elle avait senti qu'il refusait de partager le fond de sa pensée avec elle, mais elle croyait avoir deviné qu'il supposait l'existence d'Étienne Rabotin ou, en tout cas, l'existence d'une personne physique derrière ce nom, qui pourrait bien être Louis Fortin. L'hypothèse était complètement folle. Mais Martin, quoi qu'il en dise, semblait convaincu. Suzanne surprenait parfois des éclats enflammés dans ses yeux. Dans ces moments-là, il avait vraiment l'air d'un fou. Était-il possible que ce ne soit pas le cas ? Que Martin, contre tout bon sens, ait raison ? Que Louis Fortin soit mêlé à l'attentat du président et qu'il soit revenu à Fragonaz pour mettre en œuvre la suite d'un plan diabolique ?

Suzanne essuya son front moite. Au fond, désormais, la question n'était pas de déterminer si le commissaire était fou, ou s'il arriverait à prouver ses hypothèses, mais de savoir si elle devait continuer à le suivre dans l'enquête. Une partie d'elle-même l'exigeait. Depuis la mort de son père, tout sentiment de satisfaction avait disparu en elle. Son monde glissait sur une pente sans fin. Il n'y avait qu'une seule façon d'arrêter la chute : elle devait comprendre pourquoi, elle devait comprendre les motivations de celui qui l'avait tué. Mais, d'un autre côté, elle avait peur. N'avait-elle pas mis de l'huile sur le feu en accompagnant le commissaire ? N'aurait-elle pas dû rester sagement près de son père, comme l'avaient voulu le père Georges et la Cornette, et démontrer ainsi les vertus de patience propres à une jeune fille de sa condition ? En prenant elle-même les choses en main, n'avait-elle pas fait exactement comme Pierre Pissard-Leblanc et les autres brutes ? Elle repensa aux mains de Jean, aux hématomes entourant ses yeux, à sa bouche qu'il maintenait ouverte pour accélérer la cicatrisation de la plaie. Obtenir les réponses qu'elle cherchait valait-il la souffrance de celui qu'elle aimait ?

On arrivait devant l'église. Le fils de la Corne tira sur les rênes. Le cortège ralentit jusqu'à l'arrêt complet des rangs. Le père Georges, en habit de messe, entouré des enfants de chœur, s'approcha de Suzanne pour lui serrer les mains. Elle entra dans l'église, tandis que le prêtre, après un court recueillement, bénissait le défunt.

La nef était simple, l'intérieur rustique. Les tons chauds des vitraux latéraux adoucissaient la dureté des murs. Suzanne se signa et s'assit au premier rang. Le reste du village s'installa derrière elle. Les chuchotements résonnaient sous la voûte.

Une viole grinça enfin. On se leva. Sur une musique lente et pénible, le cercueil fit son entrée, précédé du père Georges et des enfants de chœur. Les porteurs le déposèrent devant l'autel, retirèrent leurs feutres et se signèrent, à genoux, avant d'aller rejoindre leurs femmes. À l'invitation du curé, Suzanne rapprocha de son père le cierge pascal allumé avant le début de la célébration. Quand elle revint à sa place, Chappuis, qui était chantre, entama un chant qui fut repris en force.

Était-ce l'éclat des voix à l'unisson ? La flamme qui dansait près de la bière immobile ? L'odeur du bois imprégné d'encens ? Les résistances de Suzanne lâchèrent, comme sa résolution, sans violence, et elle s'effondra sur elle-même.

Elle pleura son père. Elle pleura sur Jean. Elle pleura aussi pour elle. Ses sanglots se mêlèrent à la mélodie et la foule frissonna. Tous repensaient à Ferdinand, dont le visage s'évanouissait déjà dans les mémoires, remplacé par les traits imprécis d'un homme qui connaissait sa place et s'en satisfaisait. Il avait été discret sur les tragédies de sa vie, sa femme, puis son fils, mais toujours droit, travailleur, et bon vivant quand il fallait l'être. Les jeunes comme les vieux le regrettaient déjà, comme l'incarnation d'une époque, un ancrage dans le passé qui avait lâché sans prévenir, les laissant dériver seuls vers un avenir un peu moins compréhensible, et un peu plus fou.

– *In nomine Patris, et Filii…*

Suzanne attrapa le mouchoir qu'on lui tendit et se moucha. Maintenant qu'elle avait pleuré, elle se sentait un peu mieux. Elle eut honte d'avoir manqué à sa promesse, mais elle se rassura vite : à l'intérieur de l'église, ça ne comptait pas. Que pouvait-elle cacher à Dieu dans sa propre maison ? Elle reporta son attention sur la cérémonie.

On étouffait. Les enfants ne tenaient pas en place, certains agitaient des missels pour éventer leurs cous brûlants. Leurs parents les grondèrent, avant de les imiter en prenant soin de ne pas se faire voir par le père Georges. Lui seul paraissait insensible à la chaleur. L'enthousiasme collectif ne faiblissait pourtant pas. Chaque chant, chaque psaume montait en grondant vers la voûte. Quand la femme de Chappuis termina la lecture de l'Évangile, un bruissement excité se fit entendre dans les rangs. On attendait l'homélie avec impatience. Le curé allait-il parler de l'arrestation de Cordier ? Ou de la fébrilité qui régnait sur le village depuis la mort de Ferdinand ?

– Ne jugez pas, marmonna d'abord le vieux prêtre en reprenant le texte, et vous ne serez pas jugés. Ne condamnez pas, et vous ne serez pas condamnés.

Ses yeux perçants parcoururent la foule sans s'arrêter sur Suzanne.

– Quand j'étais un jeune prêtre, commença-t-il enfin, on m'a présenté un garçon d'une dizaine d'années. C'était après la débâcle. Les Prussiens avaient incendié sa maison. Ses parents, ses frères et sœurs avaient été brûlés vifs. Il était inconsolable. Il avait même menacé de se jeter dans la rivière. Comme la vieille tante qui l'avait recueilli craignait qu'il ne mette sa menace à exécution, elle m'avait demandé de lui parler. Bien sûr, je l'ai d'abord écouté. Il était triste, aussi triste que peut l'être un enfant qui a dû grandir trop vite. Mais il avait encore en lui cette sorte de curiosité naïve, franche, oubliée par l'adulte. Il voulait connaître la parole de Dieu. Quelle était cette « bonne nouvelle » dont il avait entendu parler ? Nous avons alors discuté de la résurrection.

Des villageoises hochèrent la tête en signe d'approbation.

– « Formidable ! s'est-il écrié. Puisque je serai ressuscité comme le fils de Dieu, et comme ma famille, je vais tout de suite me jeter à l'eau pour les retrouver ! » Je me précipitai pour le détromper et je lui expliquai que se donner la mort était le plus grave des péchés. Sa déception fut immense. J'ai réfléchi. J'ai pris conscience que la bonne nouvelle annoncée par l'Évangile ne pouvait pas être la résurrection de la chair.

Je lui ai alors parlé de la miséricorde de Dieu et de l'amour qu'il porte à ses enfants.

Le père Georges attendit un peu. Cette fois, plus personne ne fit un geste : on craignait un piège. Et en effet, le vieux prêtre reprit d'une voix forte :

– « Formidable ! Puisque Dieu m'aime sans condition et qu'il me pardonne tous mes péchés, il ne m'en voudra pas si je saute du pont ! » Je l'ai retenu encore de justesse. Mais cette fois, il était fâché, et il commençait à s'impatienter. J'ai cherché désespérément les mots pour l'atteindre. C'est alors que Dieu m'a touché de sa grâce et que j'ai enfin compris la vraie nature de la parole du Christ. En réalité, la bonne nouvelle annoncée par l'Évangile, c'est celle du péché originel.

Suzanne sentit un vent d'incompréhension dans son dos. Le curé garda le silence une minute pour s'assurer de son effet. En vieil habitué des sermons, il savait quand laisser une pause et quand reprendre son propos. L'assistance était pendue à ses lèvres.

– Le Mal est déjà en nous, reprit-il enfin. Nous le savons tous. Qui d'entre nous n'a jamais péché ? Mais qu'il est facile, pourtant, de l'oublier, de pointer du doigt, de rejeter sa culpabilité et sa souffrance sur l'autre, sur le monde entier, voire sur Dieu lui-même. Voilà toute la simplicité, et toute la profondeur, de la condition humaine. Le Mal est en nous mais nous préférons le voir à l'extérieur de nous. Nous disons qu'un étranger est le diable, qu'un progrès technique est l'ouvrage du diable, ou qu'un parti politique est la main du diable. Mais en vérité, l'œuvre du diable est purement spirituelle. Il siffle constamment à notre oreille distraite, nous faisant relâcher nos vertus, nous précipitant dans nos vices. C'est nous, sous son influence, qui rendons l'étranger diabolique parce qu'il ne nous ressemble pas, c'est nous qui préparons l'ouvrage du diable en rejetant tout progrès comme de vulgaires puritains, et c'est encore nous qui brûlons de haine lorsque nous condamnons la haine des autres. Combien d'entre nous se croient à l'abri du Malin ? Il ne suffit pas de se confesser et de prier tel un automate pour marcher avec Dieu. Combien d'entre nous s'autorisent à condamner leur voisin par la parole ou le geste ? C'est le diable qui nous y pousse. C'est le diable qui nous tend la pierre !

Suzanne sentait la foule se tordre dans son dos. Elle imagina Chappuis, les frères Pissard-Leblanc et le reste du village se tasser sur les bancs.

– C'est seulement quand nous acceptons le péché en nous-mêmes, reprit le curé en baissant la voix, que nous pouvons en être délivrés. Et c'est dans ce sens que le péché originel est une bonne nouvelle. Si le Mal est à l'extérieur, que pouvons-nous y faire ? Rien. Mais comme le Mal est en nous, nous avons le choix de nous tourner vers le Christ, et de suivre son chemin pour repousser le démon avec lui. Se présenter avec franchise devant Dieu, s'admettre pécheur, cela demande du courage et de l'humilité. Le Christ est là pour nous aider. Quand nous échouons, quand nous péchons, il est là, les bras ouverts, à attendre que nous levions la main vers lui. L'Évangile ne nous apprend pas que le Mal existe, ni qu'il existe en nous. Nous le savions déjà. L'Évangile nous enseigne que ce Mal originel en nous peut être vaincu par nous grâce à l'amour de Dieu. Voilà la bonne nouvelle. Nous sommes libres de nous séparer du poids du péché originel par la miséricorde du Christ qui vainc tout, même la mort. Voilà ce que j'ai répondu à l'enfant ! Je lui ai dit qu'il pouvait vaincre le diable en lui, ce diable qui l'incitait à se fermer aux merveilles du monde que Dieu a créées pour lui, qui le poussait à ressasser le passé et à craindre l'avenir qui s'ouvrait devant lui. Je lui ai dit qu'il avait en lui la force de vivre et que le Christ était à ses côtés pour l'aider. Et sur ses lèvres, j'ai vu se dessiner un sourire. L'espérance brillait enfin dans ses yeux, et peut-être goûtait-il déjà sur sa peau la chaleur d'une forme de résurrection.

Il s'arrêta, le visage grave. Suzanne avait cru déceler un tremblement dans sa voix, qu'elle mit sur le compte de la chaleur. Les yeux du curé s'étaient fermés, mais il restait à sa place, ce qui suscita une gêne dans l'assemblée. On se demandait s'il avait terminé son sermon. Cela dura un moment. Puis, au soulagement général, le curé alla se rasseoir. Il se recueillit, les mains jointes, et l'assemblée l'imita.

Suzanne, elle, était déçue : il n'avait pas parlé de son père. Après un Notre Père, la cérémonie reprit son cours, mais les mots du sermon flottaient encore dans sa tête. Quelque chose la tourmentait, et elle mit un moment à identifier son trouble.

Elle crut comprendre, finalement, que le curé ne s'était adressé qu'à elle. Ce n'était pas de l'orgueil : l'orgueil véritable avait été la déception qu'elle avait ressentie parce qu'il n'avait pas fait de référence spécifique aux trois derniers jours. Elle aurait voulu qu'il condamne le meurtre de son père, l'agression de Jean, l'hypocrisie des uns et des autres, et que tous les villageois se sentent coupables de vivre normalement alors que le tueur courait toujours. Suzanne réalisait enfin que c'était là un désir mauvais, une manipulation de la parole divine pour assouvir ses propres pulsions de vengeance. Le père Georges connaissait par cœur les méandres de ce type de pensées, ainsi que les impasses dans lesquelles elles conduisaient. Il n'avait pas directement parlé de son père, mais c'était pour mieux lui rappeler qu'elle avait une responsabilité envers elle-même.

Par deux fois, Suzanne avait cédé au Mal, et par deux fois elle avait été punie. Mais elle comprenait maintenant la nature de cette punition.

Elle avait d'abord couché avec Jean. Depuis la nuit dernière, il lui semblait mieux discerner la nature de ce péché. Mais son père n'était pas mort parce qu'elle avait péché : il était mort parce qu'on l'avait tué. Toutefois, si Suzanne avait résisté à la séduction de la chair, si elle ne s'était pas laissée glisser de l'autre côté de cette ligne morale dont elle connaissait l'existence mais qu'elle avait choisi d'ignorer, elle n'aurait pas été plombée par ce sentiment de honte qu'elle traînait depuis trois jours. C'était cela, sa punition. Son père était mort, elle s'était sentie coupable, et cette culpabilité s'était confondue avec celle du péché qu'elle n'avait pas voulu regarder en face. Elle s'accusait depuis de quelque chose qui n'avait rien à voir avec elle, et elle en souffrait intensément, sans arriver à se soulager par la raison puisqu'il s'était forgé en elle un lien émotionnel qu'aucune logique ne pouvait défaire. De la même manière, l'homme qu'elle aimait n'avait pas été tabassé parce qu'elle s'était lancée dans une enquête. Mais Suzanne savait qu'elle avait suivi Martin, poussée par la curiosité et l'orgueil, au lieu de se soumettre au père Georges, donc à la patience et à l'humilité, et par cette faute, elle se sentait maintenant responsable des blessures de Jean.

Elle saisissait enfin ce que le curé avait tenté de lui expliquer face à son père défunt. La culpabilité n'était pas quelque chose qu'on lui avait enseigné ou qui lui était tombé dessus par hasard. Le sentiment existait préalablement dans son cœur. C'était le poids du péché, et c'était la raison de sa souffrance. Suzanne s'était sciemment détournée de l'Église, croyant trouver en dehors d'elle-même les réponses au vide qui l'attirait, une prise pour ralentir sa chute. Mais voilà : le travail du diable était spirituel. Il n'y avait pas de réponse en dehors de ses propres actes. Confondre l'assassin ne ramènerait ni son père ni le monde d'avant. Elle seule pouvait faire en sorte que sa vie reprenne le bon chemin, le chemin du Christ qu'elle voyait là-haut, cloué sur la croix.

L'église se vidait. Suzanne suivit le cercueil, qui fut conduit au cimetière, juste à côté. Il fut posé au-dessus de la fosse, suspendu par deux cordes, à côté de la tombe de sa mère – son frère n'avait jamais eu droit à des funérailles. Le prêtre agita l'encensoir autour du cercueil. Suzanne se sentait épuisée. Elle voulait juste en finir, mais ce désir lui fit honte. Pour se donner du courage, elle repensa aux veillées passées, à son père qui lisait les journaux à voix haute, à sa mère qui brodait, à son Étienne qui sculptait dans une branche de frêne un couvert ou un jouet.

Elle s'agenouilla au pied du cercueil et pria en silence.

Le père Georges finit par saisir le rameau apporté par un enfant de chœur et aspergea le défunt pour une dernière bénédiction. Il tendit la branche à Suzanne, qui se leva, l'imita puis donna le rameau à la mère Coutaz qui se tenait derrière elle. La postière projeta à son tour quelques gouttes en murmurant des mots inaudibles, et son mari prit sa place. Le rameau passa de main en main. Le village de Fragonaz faisait ses adieux à Ferdinand Rabotin. Suzanne garda les yeux fermés jusqu'à ce que tout le monde fût passé devant le cercueil. Les hommes desserrèrent leur prise sur les cordes, le cercueil glissa, et le paysan, en douceur, rejoignit la terre qu'il avait chérie.

Chacun alla enfin son chemin. À peine rebouchait-on le trou que les petites habitudes qui faisaient la vie de chacun s'exprimaient à nouveau au grand jour. Les enfants criaient en jouant sur le chemin, les femmes bavardaient gaiement entre elles et les hommes riaient aux éclats, s'invitant les uns chez les autres pour boire un verre à la mémoire du défunt. Le père Georges posa une main sur l'épaule de Suzanne :

– Ma porte vous est toujours ouverte.

Et il s'éloigna sans attendre de réponse.

La foule s'égaillait. Suzanne se tourna vers le village, emprisonné sous la chape qui gardait toujours jalousement la chaleur, bouchait la vue des montagnes et retenait la pluie. Dans son dos, elle pouvait entendre les coups de pelle se succéder à une cadence soutenue. Les hommes travaillaient vite, pressés de rejoindre leurs compagnons pour se désaltérer. Maintenant qu'elle était seule, le retour à la maison lui faisait peur, mais elle ne voulait pas non plus voir le cercueil disparaître pelletée après pelletée. Elle avait envie de se promener, même de se baigner, mais il lui semblait que c'eût été inapproprié.

– Suzanne ?

Son ventre se contracta. Le gros Pierre était resté en arrière, tordant sa chemise entre ses doigts boudinés. Suzanne retint un cri et s'éloigna.

– Attends ! Je voulais, euh… je te demande pardon…

Elle pila, secouée par une bourrasque de haine.

– À propos de quoi ? articula-t-elle d'une voix glaciale.

– Ben, tu sais. Du Cordier.

Comment osait-il ? Croyait-il qu'il suffisait de bredouiller quelques mots d'excuse pour tout réparer ? À moins qu'il n'ait deviné, comme elle, que Jean ne dénoncerait pas ses bourreaux, ni à Martin ni aux gendarmes, au nom de sa mission, pour ne pas se brouiller davantage avec les villageois, et qu'elle était plus susceptible de le faire à sa place. Pour elle, le gros Pierre, son frère, Chappuis et les autres devaient être traînés en ville avec des chaînes. Peut-être essayait-il de l'amadouer ? Elle avait envie de le frapper, mais elle nota que le père Georges, resté devant l'église, les observait du coin de l'œil. Il n'avait pas l'air étonné de les voir ensemble.

– C'est pas à moi qu'il faut demander pardon, souffla-t-elle avec effort.

– Non, non, je sais… Je sais bien.

– Tu vas aller voir Jean ? Tu vas aller t'excuser ?

– Si c'est ce que tu veux, oui.

Suzanne le dévisagea, intriguée. Il était de plus en plus rouge.

– Tu… tu comprends, bredouilla-t-il en évitant son regard, je veux juste, euh… C'est juste que… on aurait pas dû. Enfin, j'aurais pas dû. C'est ma faute. C'est moi qui ai poussé les autres. À cause de ton père. Et puis… j'étais jaloux.

– Jaloux ?

– Ben, oui…

Son visage vira encore d'une teinte. Suzanne comprit enfin pourquoi.

– Je voyais bien comment tu le regardais…

Il se tut, gêné. Suzanne ne sut pas comment réagir. Pierre était un peu plus âgé qu'elle. Elle ne l'avait jamais considéré de cette façon-là. À la réflexion, ce n'était pas une réelle surprise, mais elle n'avait jamais pensé qu'elle aurait pu un jour devenir l'objet d'une passion aussi violente. Elle réalisa qu'il attendait qu'elle parle.

– Euh… d'accord, balbutia-t-elle, prise de court.

Sa réponse n'avait pas vraiment de sens. Le gros Pierre se détendit pourtant.

– Ça va pas être facile pour toi, reprit-il avec plus d'assurance. Toute seule, à la ferme. Je… euh… si tu veux, moi, je veux bien me marier avec toi.

Suzanne en resta bouche bée. Elle tourna la tête, affolée, tomba par hasard sur le cercueil de son père qu'on voyait encore dans la fosse.

– Pas tout de suite ! s'exclama Pierre en suivant son regard. Je veux dire, t'es pas obligée de répondre là. Je peux attendre…

– Mais non, répondit Suzanne, choquée. C'est… c'est Jean que je…

– Oh, je me fiche de ce que les gens pensent de toi.

Suzanne avait l'impression de marcher sur la tête.

– C'est pas ta faute, insista Pierre d'un ton rassurant. Tu pouvais pas savoir qu'il allait faire ça. Mais c'est terminé, maintenant. Bosson m'a dit qu'ils allaient le descendre en ville pour le juger. Ce sera le bagne ou la guillotine. En tout cas, on le reverra plus, alors, ce qu'il y a eu entre vous, c'est fini. Moi, je sais que t'es une bonne chrétienne, et que tu seras une bonne épouse. Si les autres disent le contraire, je les ferai taire. Et même si le vieux est pas d'accord, ça m'est égal. Je lui tordrai le bras jusqu'à ce qu'il t'accepte comme belle-fille. J'ai pas peur de lui.

Le paysan se redressa en souriant. Il avait réussi à dire tout ce qu'il avait préparé. Ce qui se passait dans la tête de Suzanne ne semblait pas vraiment le préoccuper. Elle prit d'abord son attitude pour de l'arrogance, mais changea d'avis devant la bonhomie de son expression. Le gros Pierre lui offrait une porte de sortie. Les terres que lui laissait son père ne valaient pas grand-chose. Elle ne pouvait pas les exploiter seule et elle n'en tirerait jamais de quoi s'installer ailleurs. En épousant l'aîné des Pissard-Leblanc, elle pourrait rester au village, peut-être même garder la ferme.

Suzanne regarda devant l'église. Les enfants de chœur avaient disparu, mais le père Georges était toujours là. Il fixait Suzanne sans essayer de se cacher. La porte dont parlait le curé pouvait-elle être celle que Pierre venait de lui ouvrir ?

– Je vais y réfléchir, dit-elle enfin.

Le sourire du gros Pierre s'élargit. Avant qu'il ait pu répondre, Suzanne remonta le bord de sa robe et s'éloigna.

Quelques instants plus tard, elle entendit des pas crisser dans son dos. Elle se retourna, irritée. C'était Martin.

– Je ne vous avais pas officiellement présenté mes condoléances.

– Merci, répondit-elle froidement.

– Je pourrais vous demander un service ?

– Pas maintenant.

– Ça ne prendra qu'un instant.

– Pas maintenant.

Elle voulut s'écarter mais le commissaire leva le bras.

– Je voudrais juste que vous me…

– Laissez-moi tranquille !

Cette fois, elle avait crié. Les hommes qui rebouchaient la fosse levèrent la tête, sourcils froncés. Le curé les observait aussi. Martin, gêné, recula. Elle repartit aussitôt d'un pas furieux, en prenant le sentier qui montait à sa ferme.

14

L'anarchiste absolu

Louis Fortin, le front bas, perdu dans ses pensées, fixait d'un air mauvais le piège qu'il avait tendu, ne sachant s'il préférait qu'il s'actionnât enfin ou que l'attente se prolongeât pour l'éternité. Le curé, lui, mangeait des biscuits.

Tous les deux observaient, depuis la table de fer forgée, le haut de la caisse qui dépassait des framboisiers. C'était une caisse en bois, très lourde, qui avait traîné dans le jardin du curé pendant des années. Hier, il avait vu Louis la retourner, la poser sur la tranche, et la coincer ainsi, en équilibre, à l'aide d'une branche morte. Il l'avait ensuite alourdie d'ardoises, avant de placer, juste en dessous, un tas de carottes comme appât. Un des rameaux de la branche qui soutenait le dispositif se faufilait au milieu du tas et menaçait, si on y touchait, de tout faire basculer. La caisse n'avait pas bougé depuis la veille, mais les deux hommes ne la quittaient pas des yeux.

– Ce n'est pas comme ça qu'on attrape une marmotte, remarqua le curé.

L'autre ne réagit pas. Le prêtre poussa l'assiette de biscuits vers lui.

– Vous voulez du vin ? C'est un peu sec.

Sans répondre, Louis se leva lui-même, se rendit dans la cuisine du presbytère et revint avec une carafe et des verres.

Le père Georges trempa joyeusement un biscuit dans son vin et l'avala d'une bouchée. Satisfait, son attention se détourna de la caisse et se remit à vagabonder dans le potager. Les tomates étaient sur le point d'éclater. Les groseilliers replantés l'an dernier avaient pris. Des mauvaises herbes réapparaissaient du côté des laitues mais de toute façon, il devrait les repiquer en même temps que les poireaux.

– C'est une histoire vraie ? demanda brusquement Louis Fortin.

Sa voix était ironique, désagréable.

– Laquelle ?

– Celle de l'enfant.

– Vous avez écouté ?

– Depuis la sacristie.

– Oui, répondit le prêtre. C'est une histoire vraie.

– Ne me prenez pas pour un de vos moutons. Vous l'avez inventée.

– Je ne vous oblige pas à me croire.

Louis s'agaça, sans quitter la caisse des yeux.

– Pas d'argument d'autorité ! Vous n'avez plus ce qu'il faut pour ça, vous êtes un vieil homme, et un vieil homme ne fait pas peur.

– En tout cas, vous semblez moins timoré qu'il y a quelques années.

– Je vous vois tel que vous êtes. Et c'est pareil pour ceux de mon âge. Les vieux se souviennent encore du temps où vous leur faisiez peur. Ils en gardent quelque chose, quelque part, et vous, vous gardez votre influence sur eux. Mais pour nous, c'est déjà fini. On ne vous a jamais obéi parce qu'on avait peur de vous, mais parce qu'on nous a dit de le faire. Ce qu'il s'est passé avec l'instituteur le prouve. Ça ne serait pas arrivé avant. Les jeunes s'attaquent à votre ennemi, mais sans votre accord. C'est le signe le plus frappant de votre déclin. Bientôt, ils ne vous écouteront plus du tout.

– Je ne partage pas votre avis, dit le curé en haussant les épaules.

– Plus personne ne croit aux contes de fées.

Le curé, pensif, plongea un autre biscuit dans son verre.

– D'accord.

– D'accord, quoi ?

– J'ai menti.

Le jeune homme eut un sourire terrible :

– L'enfant n'a jamais existé ?

– Si. Mais il s'est tué deux jours plus tard.

Louis Fortin se tourna enfin vers le vieil homme. Le curé arborait le même air troublé qu'à la fin de son sermon. Ses paupières tremblaient un peu et une larme lui perlait même au coin de l'œil, bien que le jeune homme ne pût déterminer si la cause en était leur conversation ou la bise qui agitait les plants du potager.

– J'ai menti par omission, reprit le curé d'une voix basse. Cette histoire était moins celle de l'enfant que la mienne. Quand je l'ai vu sourire, j'ai cru l'avoir sauvé. Je me sentais entier. J'étais satisfait. Mais l'enfant s'est jeté du pont et s'est noyé. Je n'avais fait que repousser l'échéance.

– Donc vous avez menti à vos paroissiens pour cacher votre échec.

Le curé poussa un long soupir.

– Pour ne pas les égarer. J'ai commencé à raconter cette histoire, l'histoire de mon apprentissage, mais à la fin, je me suis demandé si j'arriverais à faire sentir ce qui s'était passé en moi à ce moment-là. J'étais jeune. J'étais orgueilleux. J'avais envie de changer le monde, de le forger à l'image du Dieu que je m'étais créé, c'est-à-dire à mon image. J'ai vu un sourire et j'ai cru avoir réussi. Dieu m'a rappelé à l'ordre.

Tout à l'heure, je n'étais pas certain d'arriver à faire comprendre ça. J'ai eu peur de... de brouiller mon message. C'est une autre forme d'arrogance. J'ai eu tort.

– Vous êtes un lâche.

Louis posa son verre vide sur la table avec force.

– Vous avez été lâche tout à l'heure et vous continuez à l'être. Ce n'est pas l'histoire d'un apprentissage, ni celle d'une quête spirituelle. C'est juste l'histoire d'un homme qui ment pour sauver la face. Un enfant est mort, et vous auriez pu le sauver. Il fallait retourner lui parler. Le surveiller. L'attacher à une chaise et le nourrir à la cuillère jusqu'à ce que ses idées noires lui passent. Mais vous n'avez rien fait.

Le curé croqua dans son biscuit. Il mouilla son doigt pour ramasser quelques miettes tombées sur la table et les porta à sa bouche.

– Vous n'avez rien fait, reprit Louis, plus menaçant, parce que ça vous aurait demandé du courage. Si vous aviez vraiment réalisé, ce jour-là, que vous aviez échoué et que vous pouviez faire plus, vous auriez quitté les ordres sur-le-champ. Vous vous seriez mis au service d'une communauté qui avait besoin de vous d'une façon urgente et concrète. Mais non ! Vous êtes toujours au même endroit : un curé dans un village où rien ne se passe, un petit-bourgeois qui vit sur le dos des domestiques qui l'entourent. Vous avez fui le monde, et vous vous cachez derrière des histoires.

Le jeune homme fulminait, dressé sur sa chaise. Il présentait le même état d'énervement que lorsque le père Georges l'avait trouvé, caché dans un coin de l'église, quelques heures après la mort de Ferdinand Rabotin.

– Vous êtes en colère, répondit simplement le curé.

– Tout le monde est en colère aujourd'hui.

Louis retomba dans la contemplation de la caisse avec une mélancolie qui mit le curé mal à l'aise. Trois jours plus tôt, le vieux prêtre pensait que Louis n'avait frappé à sa porte que pour se cacher de la police. C'était malin : qui chercherait un anarchiste dans une église ? Mais le jeune homme s'était vite enfermé dans un mutisme sinistre et le curé avait fini par se demander si ce choix n'avait pas été motivé par une raison d'ordre plus spirituel. Et puis il y avait eu la construction de ce piège, hier après-midi. Louis avait montré un tel sérieux à le perfectionner que le curé en était revenu à se poser des questions pratiques : pourquoi tenait-il tant que ça à attraper une marmotte ? Et pourquoi devait-elle être vivante ?

Quoi qu'il en soit, il n'avait rien dit et rien demandé. Ce n'était pas à lui d'aborder ces sujets-là. Mais puisque son hôte s'était décidé à ouvrir la bouche, c'était différent. Quelle que soit la raison de ce changement d'attitude, il devait l'encourager. S'il arrivait à entretenir la conversation, le curé parviendrait peut-être à le convaincre de prendre un bain.

Il se racla la gorge et commença d'une voix enjouée :

– Vous savez, je crois qu'il existe deux métaphysiques contraires…

– Gardez vos théories pour vous, coupa Louis.

Le curé toussota, un peu vexé, avant de reprendre :

– Monsieur Fortin, j'ai cru comprendre que vous avez choisi ma maison pour sa tranquillité relative après l'agitation de ces derniers jours. Je crois aussi comprendre que vous voulez échapper à la police, même si ce ne sont pas mes affaires.

– Non, bien sûr, vous ne voudriez pas vous mêler des affaires des hommes…

– Ne soyez pas sarcastique, le gronda gentiment le curé. Vous êtes bloqué ici avec moi. Très bien. Mais ne vous méprenez pas. Je n'ai aucune envie de discuter avec un public captif. Si vous ne voulez pas m'écouter, je préfère que nous continuions à nous taire.

– Vous parliez de « métaphysique » ! Rien que le mot... Je sais déjà tout ce que vous allez dire. Vous allez m'expliquer que la moitié du monde défend la liberté, que l'autre défend l'égalité, ou une autre banalité de ce genre. Et puis vous m'expliquerez qu'il y a du bon des deux côtés, que les choses sont plus complexes, et qu'en fait il n'y a que l'amour qui compte parce que, surtout, il faut condamner la violence. C'est ça ?

– Quelque chose de ce genre, oui. Sauf pour la violence. Si vous m'avez écouté tout à l'heure, vous devriez savoir que je ne suis pas un pacifiste.

– C'est la position officielle du Christ ? ricana le jeune homme.

– Je le crois, répondit le prêtre sans sourciller. Saint Michel n'a pas tué le dragon en lui présentant sa joue gauche. Il lui fallait une épée.

– Arrêtez avec vos histoires ! s'écria Louis en renversant son verre qui se brisa sur la table. Si vous voulez que je vous écoute, parlez-moi normalement.

Le curé éloigna l'assiette de biscuits des morceaux de verre.

– Si vous voulez, reprit-il. Il y a de la violence. Il y a des homicides. Ils ne sont pas mauvais intrinsèquement. C'est l'intention derrière l'acte qui l'est, dans l'écrasante majorité des cas. Mais il existe aussi une minorité de cas où l'acte est justifié. Dans la défense des faibles, par exemple. Ou celle d'une juste cause.

– Vous n'avez pas de cause en dehors de vous-même.

Le curé reprit un biscuit en haussant les épaules.

– Peut-être pas au sens où vous l'entendez. Parfois la cause est si grande qu'elle est difficile à voir. La fracture entre partisans de la liberté et partisans de l'égalité n'est que le versant politique d'une division plus fondamentale et plus large.

– Taisez-vous ! Taisez-vous !

Louis Fortin s'était levé et tournait autour de la table, regard fixé sur ses pieds, dents serrées, écumant d'une rage contenue qui le faisait trembler. Le curé sentit des effluves de sueur lui chatouiller les narines. Il reposa son biscuit.

– Je me fous de la philosophie ! grondait Louis. Vous savez pourquoi je suis là, ici, à Fragonaz ? Parce que j'ai voulu sortir de la philosophie. Sortir du domaine des idées. J'étais parti pour m'ouvrir l'esprit, mais je n'ai réussi qu'à l'écraser sous une avalanche de théories. Je voulais rencontrer des gens différents, instruits, je n'ai rencontré que des fous. Des étudiants, des professeurs, des intellectuels, des journalistes, des artistes qui s'insultaient, criaient, s'empoignaient pour tout et n'importe quoi. Mais le reste du monde, hein ? Les gens qui travaillent, qui encaissent en silence, qui ravalent leur souffrance pour que les autres puissent jacasser tranquillement ? Comment pouvez-vous rester les bras croisés alors que des gamins se cassent le dos dans des champs, que des femmes enceintes s'intoxiquent dans des usines ? Je hais la parole. Je vomis le débat. Il ne faut plus parler. Il faut partir en guerre.

– Contre qui ? demanda le curé en fronçant les sourcils.

– Contre le mal du monde moderne.

– Lequel ?

– Ah, ne me dites pas que vous ne voyez pas de quoi je parle.

Louis était repassé de l'autre côté de la table. Le curé croqua son biscuit.

– Eh bien, justement, non, dit-il la bouche pleine. Le geste l'emporte toujours sur la parole, oui, je suis bien d'accord. Mais quel geste ? Pour qui ? Ou contre qui ? C'est bien à ça que sert le débat. On ne peut pas dissocier l'action idéologique des questions morales. Vous connaissez ma position : je crois le Mal d'origine spirituelle. Ce n'est pas un objet extérieur que l'on peut supprimer d'un coup de fusil. Il n'est pas si facile de partir en guerre contre l'âme humaine. D'où ma question.

Le jeune homme s'était arrêté et regardait le prêtre avec méfiance, comme s'il s'attendait à ce que celui-ci éclate de rire. Le curé lui laissa le temps de rassembler ses idées. La figure blafarde resta immobile un long moment, coincée entre ses pans de cheveux comme un masque de théâtre entre deux rideaux.

– C'est normal, finit par marmonner Louis. Vous êtes retiré ici, bien à l'abri, dans un des derniers bastions de l'ancien monde. Mais c'est peine perdue, l'engrenage ne s'arrêtera pas. En tout cas, pas si on continue comme ça.

Il plissa les yeux et se pencha vers le prêtre :

– Ça commence avec un ticket de bus.

– Pardon ?

– Un ticket de bus. L'autocar n'est pas si vieux que ça. Essayez de vous souvenir, vous aviez plus de cheveux, et moi, j'étais encore un gamin. On arrivait à Fragonaz en marchant, en charrette, ou à dos de cheval. Tout le monde était logé à la même enseigne. Et puis la route a été refaite, et le bus est arrivé. Contre une somme modique, il était possible d'aller plus vite que tout le monde. Donc tout le monde s'y est mis. Aujourd'hui, il n'y a que les commerçants qui utilisent encore le cheval ou la charrette, parce que le bus ne prend pas leurs marchandises. Plus personne ne va à pied.

– C'est un problème ?

– C'est un problème parce qu'il y a une contrepartie : le prix.

– Ce n'est pas grand-chose…

– Pas le prix du bus ! Le prix pour *ne pas* prendre le bus.

Quand tout le monde va à pied, l'utilisation de la route est gratuite. Mais quand l'autocar devient populaire, les standards changent, le monde va plus vite. Pourquoi marcher quatre heures quand les autres font le trajet en trente minutes ? Théoriquement, la route est toujours gratuite. Mais en réalité, elle ne l'est plus. Ne pas prendre le bus a un prix, et c'est le prix d'une humiliation : l'humiliation de se savoir plus lent et plus pauvre que tous les autres. Bien sûr, personne n'a le temps de penser à ces choses-là. On prend le quotidien comme il vient et on a d'autres problèmes. Mais même si ce prisme théorique nous échappe dans la vie de tous les jours, l'humiliation n'en est pas moins ressentie à chaque fois que nous décidons de prendre le bus. Pour échapper à la honte d'être différent des autres, d'être plus lent, plus dépassé, nous nous précipitons pour payer un ticket sans même nous demander pourquoi nous le faisons. Ça n'a rien d'anodin. Le choix échappe à notre conscience. Il n'est plus fait par nous. C'est une restriction de liberté aussi concrète que celle que produit une paire de menottes. Mais les menottes, au moins, ont le mérite d'agir de façon claire et assumée. La restriction du bus, elle, est insidieuse, tacite, et c'est ce qui fait sa dangerosité. Nous ne nous rendons même plus compte qu'elle est là : le prix d'un billet est tellement faible, les avantages mentaux tellement élevés, que la transaction nous semble justifiée individuellement.

– Mais pas collectivement ?

– Non. Car nous sommes tous devenus dépendants du bus. Collectivement, nous avons perdu une liberté fondamentale : celle d'aller et venir sans ressentir d'angoisse. Et ce n'est que le début. Lisez les journaux. Lisez les revues scientifiques. Le monde change à une vitesse jamais observée dans l'histoire de l'humanité. Je ne suis plus assez naïf pour croire qu'un groupe d'individus œuvre dans l'ombre pour assujettir le peuple à son pouvoir. Cette idée rassure l'homme commun. Il veut y croire parce que la réalité est mille fois pire que ce qu'il peut encaisser. En fait, la plupart des patrons œuvrent pour le bien de l'économie, et les politiciens pour le bien de leurs administrés. L'immense majorité des hommes est bien intentionnée. Ça, c'est vraiment dur à avaler. Alors on préfère se réconforter avec des conspirations plus faciles à comprendre, des délires qui nous distraient juste assez pour nous faire oublier que, collectivement, nous nageons vers la nasse et que nous serons bientôt trop serrés pour respirer.

– Je ne vous savais pas réactionnaire…

Louis bondit sur place, sincèrement surpris.

– Réactionnaire ? Moi ?

– Bien sûr, répondit le père Georges en sirotant son verre de vin. Vous parlez du progrès technique comme s'il nous conduisait droit à l'apocalypse. Pourquoi l'avenir serait-il si terrible ? L'arrivée du bus n'a pas changé grand-chose. Je peux toujours marcher jusqu'à la ville si j'en ai envie, chanter sur le chemin, admirer le paysage et sentir les fleurs. L'humiliation dont vous parlez n'a rien de définitif. Les options se multiplient. Ceux qui veulent payer, parce qu'ils voient un intérêt dans le bus ou dans le train, payent. Les autres sont libres de faire ce qui leur plaît.

Le jeune homme ricana.

– Vous êtes vraiment naïf, grinça-t-il. Vous n'avez pas compris l'horreur de la mécanique que je viens de vous décrire. Imaginez qu'un patron bien intentionné, voulant le bien de sa famille, de ses employés et de la société, réussisse à construire une voiture à bas prix. Contre une somme, non plus modeste mais abordable, ce qui revient au même, tout le monde pourra aller deux ou trois fois plus vite que le bus. Les plus riches se jetteront dessus et, par effet de mode, donc par envie et par orgueil, la masse suivra mécaniquement. Mais que se passera-t-il pour ceux qui n'auront pas l'argent nécessaire pour suivre le troupeau ? Les sans-voiture non seulement seront moqués, humiliés et ostracisés par les autres, mais ils risqueront aussi de se faire écraser par le flot des voitures qui passeront en rugissant sur cette route. Vous comprenez ce que je veux dire ? Aller à pied ne sera même plus une option. La voiture sera devenue une commodité, non pas obligatoire, mais indispensable, ce qui est une contrainte bien plus vicieuse. Pour pouvoir vivre comme les autres, par exemple pour pouvoir travailler, un homme devra se payer une voiture, mais aussi s'acquitter de l'essence, des taxes, des pièces de rechange et de l'entretien. L'exploitation d'une ferme familiale ne suffira plus à financer un tel investissement. Il devra quitter son village et trouver un autre travail, sans doute en ville, mieux payé, mais plus abrutissant. Un travail pour le compte de quelqu'un d'autre. La fierté de travailler sa propre terre, avec ses propres mains, aura disparu. L'humiliation sera devenue la norme. Et parce que les gens subiront chaque jour de leur vie cet abaissement dont ils auront oublié la cause, non seulement ils s'enfonceront dans une vaine accumulation de biens, une succession de modes dans une médiocre tentative pour conforter leur orgueil blessé, mais ils s'accuseront encore les uns les autres d'être coupables du mal-être généralisé, sans réaliser qu'ils le sont tous, car il n'y a pas de coupable, à part le progrès technique. Réactionnaire ? Très bien, si vous voulez. La place sur l'échiquier politique de ce que je suis en train de vous décrire n'a vraiment aucune importance. Le phénomène dépasse nos conflits personnels. Il n'y a qu'une seule chose qui compte : le monde tel qu'on le connaît va se transformer en machine. Nos villages seront vidés par la croissance frénétique des villes. Nos campagnes s'industrialiseront. Et dans ce monde technique, nous ne serons plus que des rouages, bien huilés, bloqués chacun à notre place, à tourner sur nous-mêmes de plus en plus vite, jusqu'à devenir complètement fous.

Louis Fortin, tout en marchant, semblait lire un texte défilant sous ses yeux, comme s'il formulait des mots répétés des centaines de fois dans sa tête. Le père Georges aurait aussi bien pu ne pas être présent. Le curé avait déjà vu ce type de regard, cette effroyable logique, ces arguments qui ne souffraient aucune contestation parce qu'ils tournaient en un cercle parfait. Le vieux prêtre commençait à comprendre quel type d'homme était en face de lui, et il commençait aussi à avoir peur.

– Si vous pouviez voir mes cauchemars ! rugissait Louis en serrant les poings. Je vois des gens qui s'épuisent au travail pour rembourser le véhicule qu'ils ont acheté pour pouvoir aller travailler ! Je vois des militants persuadés, parce qu'ils n'ont jamais rien connu d'autre, que l'égalité consiste à avoir autant d'argent que les autres, et que la liberté revient à le dépenser comme ils l'entendent. Je vois des foules qui bâtissent sans enthousiasme les usines qui vont les broyer ! Des jeunes résignés à une vie par procuration ! Des vieux trop honteux pour les encourager à la révolte ! Et tous auront oublié le monde où il était encore possible de respirer un air sain et de se déplacer selon son humeur, sans entrave physique ni mentale…

C'était de la démence.

Les idées du jeune homme tournoyaient à toute allure, comme les ailes d'un moulin déchaîné. Un souvenir d'enfance saisit le curé. Le meunier de son village, sentant le vent se lever, avait un jour grimpé sur les ailes de son moulin pour les régler. Mais il avait glissé, et s'était assommé avant d'avoir réduit la surface de la toile. Quand la tempête frappa, le moulin devint fou. La meule lancée à toute vitesse provoqua une étincelle, qui embrasa la poussière de farine accumulée à l'intérieur. Le moulin avait explosé, et le meunier avec.

Louis continuait à déverser sa haine, les yeux écarquillés, sans se rendre compte que son interlocuteur avait décroché. Le père Georges se demanda s'il n'avait pas fait une erreur en accueillant le fugitif. Peut-être avait-il besoin de soins ? Mais il s'abstint de conclure trop vite à sa folie. Il avait en face de lui un jeune homme troublé qui n'avait pas encore prouvé qu'il était dangereux. Il fallait donc le considérer comme n'importe quel paroissien et commencer par tendre une oreille attentive, en espérant que son flot de paroles tarirait avant la fin de la journée.

– Il n'y a qu'un seul ennemi, ralentissait Louis Fortin. C'est le Système. Tout le monde et personne à la fois. Capitalistes, industriels, scientifiques, paysans, citadins, progressistes, réactionnaires… tous font partie du Système. Et personne, individuellement, n'est plus coupable que les autres. La lutte ne peut pas avoir de réponse politique.

– D'où l'anarchisme ? demanda doucement le curé.

Louis Fortin tressaillit. Il se tourna vers le curé, l'air sévère, moins vexé de l'interruption que surpris de le trouver là.

– Il m'est arrivé de discuter avec votre mère, avoua le curé. Elle s'inquiète pour vous. Elle m'a parlé de vos lettres. De la violence de vos mots. De vos actes.

– Tout ça, c'est vieux, grommela Louis. J'ai fréquenté des anarchistes. Je l'ai même été pendant un temps. C'était stupide. L'anarchiste raisonne uniquement en termes de pouvoir. Il part du principe que l'autorité du Système est détenue par un petit nombre de puissants. Sa solution consiste à supprimer les puissants. Il cible les politiciens, les patrons, même les curés comme vous, quoiqu'un peu plus décorés. Et il se frotte les mains s'il réussit à faire sauter une tribune de vieux bedonnants. Ah ! Qu'est-ce que ça change ? Tuez un roi, dix princes se disputeront sa place. Le pouvoir fait partie intégrante de la condition humaine. S'attaquer au pouvoir de quelques-uns, c'est absurde, ça revient à ignorer le pouvoir de tous les autres. Un père de famille a plus de pouvoir sur sa fille que le président de la République.

Louis Fortin éclata d'un rire sans joie.

– Vous saviez que Suzanne Rabotin couchait avec l'instituteur ? Je trouve que c'est une forme d'anarchisme bien plus sensée qu'un attentat à la bombe. C'est à la fois un bras d'honneur au pouvoir que vous représentez, l'autorité religieuse, au pouvoir paternel, et au pouvoir de la masse et de la bienséance. C'est une forme timide d'anarchisme véritable, celui qui ne fait pas de distinction entre le puissant et le faible, celui qui cible le pouvoir sans discrimination de classe ou de richesse. Mais Suzanne n'a pas le courage de regarder sa révolte en face. C'est une fille embrigadée, persuadée d'avoir son libre arbitre alors que sa vie tout entière est dictée par les règles que des hommes, vous ou son père, lui ont imposées. Une fille comme elle s'arrêtera toujours aux prémices de sa rébellion. Elle est incapable d'envisager la seule façon efficace de lutter contre le Système. Elle ne pourra jamais…

Louis s'interrompit, gêné par une pensée qu'il repoussa.

– Sa cible est bonne, reprit-il après un temps. Elle se bat contre tout le monde. Mais sa méthode est trop douce. En fait, elle s'oppose diamétralement à l'anarchiste ordinaire, qui utilise la bonne méthode, mais sur une cible trop petite.

Le jeune homme rit à nouveau, d'une façon qui cette fois parut un peu forcée. Il s'était planté devant le curé, poings sur les hanches, avec un air bravache, comme s'il s'attendait à ce que le vieil homme se jette sur lui à bras raccourcis.

– Je dois vous avouer que j'ai un peu de mal à vous suivre, dit le curé.

– Vous n'avez pas encore compris ?

– Quoi ?

– J'ai tué Ferdinand Rabotin.

Le biscuit du curé s'échappa de sa main et tomba dans l'herbe. Louis ne riait plus, ses yeux sombres brillaient comme deux trous dans un crâne. Le vieil homme se baissa en douceur, pour ménager son dos, et ramassa la pâtisserie.

– Je ne vous crois pas, dit-il après l'avoir reposée sur la table.

– Non ?

– Non. Vous n'avez pas tué Ferdinand, parce que vous n'aviez pas de raison de le faire. Oh, ne faites pas cette tête-là. J'ai bien compris que je ne vous impressionnais pas beaucoup. Je reconnais que je sors rarement de mon fauteuil et que je m'essouffle après avoir marché quelques mètres. Mais je ne suis pas naïf. J'ai une vie derrière moi, une longue vie. Vous ne me croiriez pas si je vous disais mon âge. Cette vie, je l'ai passée à écouter des hommes parler d'eux-mêmes. J'ai confessé plus de crimes que vous pourrez jamais en commettre. Je sais qu'on ne tue pas un homme pour rien.

– Pas pour rien. Pour un ticket de bus.

Les deux hommes se défièrent un moment. Le père Georges n'arrivait pas encore à déterminer si son hôte était en proie à ses démons ou à une maladie. Il penchait pour la première option, mais il se savait aussi influencé par une légère inclination personnelle. Louis perçut cette hésitation et continua avec méchanceté :

– Je n'ai pas payé le bus pour venir ici. Cet imbécile l'a payé à ma place. Et vous savez quoi ? Il était content. Il était fier de lui. Il a retiré de son geste stupide une satisfaction assez puissante pour me considérer avec mépris, moi.

– Vous auriez pu marcher.

– Vous m'avez très bien compris, curé. Nous avons le choix entre l'humiliation et la soumission, et ce n'est même pas un vrai choix puisque les deux finissent par se confondre. Ce n'est pas le roi qu'il faut détruire. Il faut détruire l'homme ordinaire. L'homme qui force son prochain entre les rouages du Système pour s'y broyer avec lui. Il faut détruire tous les Ferdinand Rabotin du monde.

Le curé secoua la tête, une pointe d'énervement dans la voix.

– Ferdinand était un père et un voisin respecté. Je veux bien vous écouter et essayer de vous comprendre, mais ne crachez pas sur la mémoire d'un mort. Ce n'est ni courageux, ni agréable.

– Je ne suis pas un homme agréable.

– Vous êtes un provocateur, rétorqua le vieil homme. Vous voulez me faire croire que vous êtes revenu dans ce village, après des années d'absence, pour assassiner le premier homme ordinaire qui vous tombait sous la main ?

– Je n'ai pas dit ça.

– Alors pourquoi êtes-vous ici ? À vous entendre, vous êtes revenu à Fragonaz pour arrêter de philosopher dans le vide et pour agir. Moi, depuis trois jours, je ne vois qu'un vieil adolescent bougon qui ressasse ses idées sans lever le petit doigt. Vous avez peut-être tué Ferdinand, peut-être pas. Je n'en sais rien. Mais je sais une chose : vous ne l'avez pas tué pour défendre une théorie anarchiste nouvelle. Si on suivait votre logique, vous devriez massacrer tous les gens qui croisent votre route.

– Qui vous dit que ce n'est pas le cas ? souffla Louis Fortin.

Son sourire avait pris une dimension inquiétante. Avec

ses longs habits élimés et ses cheveux en pagaille, il ressemblait de plus en plus à un spectre.

– On ne peut pas changer le Système avec des discussions stériles. Vous avez compris ça, curé. Il faut le faire voler en éclats !

– Et quoi ? Tuer tout le monde ?

– Tuer tout le monde, oui ! gronda Louis. Le Système n'est pas gardé par une caste de puissants. Il est gardé par nos habitudes, nos lâchetés et nos faiblesses. Un attentat isolé n'a pas d'impact en dehors du remplacement immédiat à la place qu'il laisse vacante. Ce n'est pas un prêtre qu'il faut détruire, mais les fidèles. Pas le soldat, mais les enfants qui applaudissent sur son passage. Pas le président, mais le peuple.

Le curé secoua la tête, agacé.

– Si c'est ce que vous pensez, alors je ne peux rien pour vous. Mais je crois que vous ne me tourmentez que pour détourner l'attention de vous-même.

– C'est parce que vous ignorez une chose. Je peux anéantir l'humanité.

– En posant une bombe sur le dos d'une marmotte ?

– Oui.

– Vous êtes fou.

– C'est ce monde qui l'est.

Les traits de Louis s'étaient tordus dans un rictus de douleur. Il se laissa tomber contre le mur du presbytère, et resta prostré dans l'herbe.

Le père Georges détourna les yeux. Au-dessus du potager, par-delà la forêt de sapins, la dalle de pierre montait vers les bords du plateau de Fragonaz pour disparaître dans le plafond nuageux. Depuis trois jours, le temps coinçait les articulations du curé. C'était pourtant ici, dans son jardin, avec Louis Fortin dans son dos, que l'absence de ciel bleu le frappait avec le plus d'intensité. Il aurait voulu que le jeune homme sente la montagne vibrer autour de lui, qu'il admire les cascades couler sans fin sur la roche éternelle et que l'énormité de la dalle le fasse se sentir aussi petit qu'un enfant.

Le vieux prêtre leva une main, pinça les doigts pour tirer la couverture grise qui cachait les sommets. Il n'attrapa que du vent, ce qui le fit grogner. Il ramassa alors les biscuits sur l'assiette et commença à bombarder Louis Fortin avec.

– Hé !

Le jeune homme, ahuri, s'écarta par réflexe. Le vieux lança avec plus de force. Il toucha Louis au front.

– Arrêtez ça !

Mais le vieux prêtre poursuivit l'attaque, cassant les petits gâteaux en deux pour doubler ses munitions. Louis, furieux, sauta sur ses pieds, arracha l'assiette des mains du curé et la jeta au loin, dispersant les biscuits dans l'herbe.

– C'est quoi votre problème ?!

– Le monde n'est pas dans votre tête, répliqua le curé du tac au tac.

Louis eut envie de le gifler. À la place, il écrasa du talon un bout de biscuit.

– Vous n'êtes qu'un vieux sénile.

– Et vous, un homme rationnel, rétorqua le prêtre. Mais la rationalité ultime, celle qui vous fait défaut, n'est pas intellectuelle. Vous devez *sentir*. Vous devez entrer en empathie avec les autres hommes. Je sais bien que vous les aimez, quelque part. Vous n'auriez pas une passion pareille si ce n'était pas le cas. Mais il faut tendre vers cet amour. Vous ne pouvez pas le cloisonner. C'est ça qui vous rendra fou.

– Ah ! Alors, finalement, je suis pas encore fou ?

Le jeune homme avait repris son ton ironique.

– Non, répondit le curé gravement.

– Vous pouvez me sauver, c'est ça ?

– Vous pouvez le faire vous-même.

– Avec l'aide de Dieu ! ricana Louis. Un homme sensé m'aurait déjà enfermé. Vous vous rendez compte de la responsabilité que vous prenez ?

– Je n'abandonne pas si facilement quelqu'un de troublé. Je ne crois pas que vous soyez fou, car je pense que vous sentez l'absurdité de votre logique. Vous ne pouvez pas anéantir l'humanité pour la défendre. Vous êtes donc bloqué dans la boucle de vos raisonnements. Et non, je ne pense pas que vous ayez besoin de l'aide d'un médecin pour vous en sortir. Vous pouvez y arriver par vous-même.

– Comme l'enfant qui s'est jeté du pont ?

Une veine se mit à pulser sur le front dégarni du prêtre.

– Vous n'avez rien appris, hein ? continua Louis qui paraissait se réjouir d'avoir touché juste. Vous pensez que j'invente des histoires pour arriver à mes fins. Mais je ne suis pas comme vous. Je ne laisse pas les autres faire le sale boulot à ma place.

Le vieil homme, intrigué, l'interrogea du regard.

– L'instituteur, répondit Louis. Hier.

– Je n'ai rien à voir avec ça !

– Non, peut-être pas. Mais avouez que ça vous a fait plaisir.

Le curé se leva avec une rapidité qui surprit Louis. Avant que celui-ci eût le temps de réagir, le vieil homme s'était précipité dans le presbytère et en ressortait déjà avec une revue. Il la jeta sur la table et retomba, hors d'haleine, sur sa chaise.

– Page trois… le reportage… l'usine d'aluminium en Maurienne.

Le jeune homme ramassa le magazine. Il datait du mois dernier.

– Vous étiez au courant du projet de la Corne ?

– Cordier m'en avait parlé, dit le père Georges.

Louis le regarda d'un air soupçonneux.

– Nous nous voyons de temps en temps, répondit le prêtre avec un geste évasif. Ça n'a rien de surprenant. Il faut bien discuter. Il avait des doutes sur les intentions des industriels avec lesquels la Corne était en négociation. Il m'a montré cet article.

– Et alors ?

– Cette usine-là a fermé après seulement trois ans d'exploitation. Il s'avère que l'électrolyse de l'aluminium entraîne des émissions de gaz. La pluie rabat ce gaz sur les champs, les bêtes et les hommes. C'est d'abord l'inspection des Eaux et Forêts qui s'est rendu compte que les résineux dépérissaient. Puis c'est un pharmacien qui a fait le lien entre les gaz toxiques et la multiplication des malaises dans la vallée. La suite n'a pas traîné, vous pouvez faire confiance aux gens du coin pour ça. Le conseil municipal a obtenu l'arrêt des activités électrotechniques en quelques jours.

– Et vous pensez que ç'aurait été pareil ici ?

– J'ai juste suggéré à Cordier de prendre quelques précautions.

– Mais vous n'avez pas réussi à le convaincre d'abandonner le projet.

– Pourquoi aurais-je voulu faire ça ?

– Pourquoi ? Mais parce que vous êtes contre tout progrès.

Le curé vida son verre et se lécha les lèvres.

– Le progrès n'est ni une solution ni un problème. S'y opposer par principe est aussi vain que s'acharner à le défendre.

– Ce n'est pas l'avis de vos paroissiens.

– Non, c'est le mien, rétorqua le père Georges. La région est conservatrice. Le conservateur croit que l'homme qui veut changer le monde s'oppose à la volonté divine. Il se prend pour le bras droit de Dieu et c'est ce qui le rend parfois dangereux. Le progressiste, lui, croit que l'homme est capable d'aplanir les montagnes et d'enfermer les tempêtes. Il ne croit pas en Dieu mais il a mis l'homme à la place de Dieu, c'est-à-dire lui-même, et c'est ce qui le rend parfois tout aussi dangereux. Le défi n'est pas de savoir si le progrès est bon ou mauvais, mais de contrer ces deux fanatismes.

Louis regardait ailleurs. Le curé se resservit de vin.

– Cordier n'est pas un fanatique, reprit-il après avoir trempé ses lèvres dans le verre. Il croit en la République comme je crois en Dieu et au péché. Il s'est enterré ici, un peu comme moi, pour enseigner la géographie à des enfants qui ne quitteront jamais la vallée. Les coups qu'il a reçus hier ne seront pas les derniers. Mais je le connais assez pour savoir qu'il ne rendra jamais sa blouse. C'est un homme qui défend ses idées à coups de carte de France. C'est un homme de foi. Et c'est assez précieux dans ces montagnes pour que je ne le considère pas comme un adversaire.

Louis s'était levé. Il faisait à nouveau les cent pas autour de la table, en écrasant l'herbe à chaque pas avec une violence comique.

– Il se trouve juste, continuait le curé, que sa métaphysique est contraire à la mienne. Elle dépeint le monde comme un mouvement vers l'avant et justifie le présent par le futur. Sa vision facilite l'interprétation, le glissement vers les choses de l'esprit, vers la logique nue, en négligeant l'aspect sensible de ce qui nous entoure. J'aime la raison, mais celle ancrée dans la réalité, pas celle qui part en roue libre.

Louis s'immobilisa pour aboyer :

– Et vous alors ? Vous ne fuyez pas le monde sensible ? Vous ne faites rien de vos deux mains. Tout ce que vous racontez est filtré par des dogmes. Vous essayez de me convertir, mais vous n'y arriverez pas ! Je ne crois en rien.

Le curé soupira. Il avait l'air fatigué.

– Tout le monde croit en quelque chose. Si on ne croit pas en Dieu, on le remplace aussitôt par une idée. La vôtre est une forme de passéisme parce que vous êtes conservateur. Vous voyez dans le progrès la source des maux de l'humanité. Pour un anarchiste, c'est le pouvoir. Pour un socialiste, le capital. Et le mieux, c'est que personne ne manque d'exemples pour se justifier. Aucune idée n'est à court de preuves.

– Sauf celle de Dieu, railla le jeune homme.

– Dieu n'est pas une idée !

Louis sursauta : le poing du prêtre s'était abattu sur la table. Pour la première fois depuis le début de leur conversation, celui-ci arborait un air sévère.

– Il a créé le monde, reprit le père Georges d'une voix basse, et le monde a ceci de merveilleux qu'il ne coïncide jamais avec une idée, aussi belle et grande soit-elle. L'ordre des choses échappera toujours à l'ordre de l'esprit. Une idée ne décrira jamais parfaitement le monde, mais elle le décrira *presque*, et c'est ce « presque » qui est important, puisque c'est là que se loge le risque de fanatisme. Un fanatique est un homme qui ne croit pas en Dieu puisqu'il ne croit qu'en lui-même. S'il note un décalage entre le monde qu'il a sous les yeux et l'idée qu'il s'en est faite, il préférera toujours changer le monde plutôt que de changer d'idée. En somme, si le monde lui donne tort, c'est le monde qui a tort, et si le monde refuse de changer, c'est qu'il court à sa perte. Celui qui s'obstine dans son erreur se retrouve devant un gouffre sans fond. La mort de son idée devient celle du monde. Sa foi dans l'avenir vacille. Alors, par désespoir, il s'érige en sauveur et brandit une arme pour contraindre le monde à entrer dans sa tête, ce qui est impossible, et qui le frustrera toujours davantage. Il est louable de lutter contre les dérives de la science, de la politique et du capitalisme. Mais seul le fanatique, c'est-à-dire le fou, se croit capable d'éradiquer le progrès, le pouvoir ou la propriété privée. On ne supprime pas ces choses-là sans supprimer l'homme.

Louis Fortin le fixait maintenant sans ironie aucune. Il garda le silence un long moment, puis il demanda d'une voix blanche :

– Donc le monde est condamné ?

– Des prophètes annoncent la fin du monde pour la semaine prochaine depuis que l'humanité existe. Vous voulez parier avec moi que le monde tel qu'il existe sera toujours là demain matin ?

Louis ne répondit pas. Le curé lui trouva un air d'enfant triste. Il avait réussi à percer sa coquille, mais il n'avait trouvé que de la vulnérabilité.

– Ça ne veut pas dire que vous ne devez pas vous battre pour une cause, ajouta-t-il doucement pour le consoler. Mais vous devez le faire par empathie, et non par désespoir. Croyez-moi, la différence n'est pas rhétorique.

Soudain, on entendit un claquement sec. Le père Georges sursauta. Derrière les framboisiers, on ne voyait plus le haut de la caisse. Louis Fortin y courait déjà.

Le prêtre le suivit. Quand il arriva, pantelant, Louis pesait de tout son poids dessus pour la maintenir en place. Elle tremblait. Quelque chose raclait l'intérieur avec fureur. Le jeune homme réussit à glisser un œil entre deux planches. Il se releva, le pied bien appuyé sur la caisse, avec un frémissement d'excitation.

– D'accord, fit-il d'une voix étrange.

– Quoi ?

– Je prends votre pari.

Son sourire était si large et si menaçant que le curé recula d'un pas.

15

L'ordre des choses

Martin se consumait d'impatience. Ses mains et ses jambes tremblaient. Même son visage frissonnait. Son attente l'irritait d'autant plus qu'il n'en comprenait pas la raison. Depuis qu'il avait mis les pieds à Fragonaz, il n'arrivait plus à penser clairement. Ses sentiments s'embrouillaient. Il savait pourtant qu'il était venu dans ce village pour percer le mystère Étienne Rabotin, se confronter au responsable de la mort de son père, et peut-être empêcher un attentat au passage. Alors pourquoi ? Pourquoi restait-il ici, cloîtré dans ce café minable, à attendre que Suzanne change d'avis ?

Ses entrailles gémirent au souvenir de son rejet. Hier encore, elle montrait un enthousiasme passionné pour l'enquête. Et là, à la sortie de l'église, elle n'avait même pas pris le temps de l'écouter. Le vieux curé avait sûrement profité de la cérémonie pour la ramener dans le troupeau. C'était la seule explication. Il avait manipulé ses sentiments. Martin se sentit des envies de renverser la table. Et alors ? C'était triste, d'accord, mais ce n'était pas son problème ! À chaque seconde qui passait, l'anarchiste ou le prêtre pouvaient se rendre compte que le gilet avait été échangé. Or Martin n'avait pas besoin de Suzanne. Il pouvait inventer un prétexte, foncer au presbytère avec les gendarmes et mettre un terme à l'enquête en moins d'un quart d'heure. Allait-il tout risquer, son enquête, la vie de ses concitoyens, pour humilier un prêtre devant une paysanne qu'il ne reverrait plus ? Pourquoi prenait-il, en restant ici, une décision aussi illogique ? Pourquoi Suzanne comptait-elle autant ?

– Qu'est-ce que vous attendez, monsieur le commissaire ?

Sans que Martin l'y eût invité, Bosson s'assit à sa table et commença à se triturer la moustache. Le commissaire réprima l'envie de la lui arracher.

– Il a dormi toute la matinée, continua le brigadier en jetant un coup d'œil à la porte qui menait à l'étage. Si vous voulez mon avis, on n'aurait pas trop de mal à le mettre dans l'autocar sans le réveiller. Ensuite, direction la caserne, et…

Le commissaire le coupa d'un geste irrité. Bosson appartenait à cette catégorie de gens qui répétaient leur opinion tant qu'on ne la partageait pas.

– Oh, moi, ce que j'en dis…, marmonna le gendarme. Vous décidez ! Mais à mon avis – je vous donne mon avis, vous en faites bien ce que vous voulez –, cette histoire de bouton, c'est trop gros. Tout le monde est d'accord. Et l'opinion populaire, il faut le dire, la plupart du temps, c'est quand même la bonne. Enfin, moi, je dis ça, c'est pour vous, hein. À mon avis, et c'est juste mon avis, le meurtre de Ferdinand n'a pas de rapport avec votre enquête. Alors, si vous voulez, je peux…

– J'ai dit non.

Le gendarme avait eu le temps de ressasser ses théories personnelles jusqu'à les transformer en faits. Depuis que Martin était entré dans la salle principale du café de la Corne, Bosson lui avait déjà proposé cinq fois de descendre l'instituteur en fond de vallée pour un « interrogatoire poussé ». Un peu vexé, le brigadier bougonna :

– N'empêche, à mon avis, le coupable est juste sous vos yeux…

– Pour l'instant, grinça le commissaire, nous n'avons aucune preuve qui va dans le sens de la culpabilité ou de l'innocence de Jean Cordier. Mais s'il dit la vérité, alors le bouton qu'il a trouvé sur le pont est peut-être un indice d'importance.

– Comment voulez-vous procéder ?

Martin sentit Bosson se réjouir de son absence de réponse. Quand il faisait du surplace, ses admirateurs devenaient ses premiers détracteurs. Il n'eut pas le temps de renverser cette situation : la Cornette sortait de la cuisine. Sans un mot, elle mit le couvert devant eux. Les deux hommes gardèrent le silence. Bosson lissait sa moustache d'un geste satisfait qui semblait moquer l'inaction du commissaire. Celui-ci, excédé, sentit ses sentiments vis-à-vis de Suzanne, quels qu'ils fussent, se dissiper. Il devait retourner au presbytère le plus vite possible, et tant pis pour la jeune fille.

– Il est temps de faire un récapitulatif de ce que nous savons, déclara-t-il alors que la Cornette retournait dans la cuisine.

– Si vous voulez, fit Bosson sans enthousiasme.

– Procédons avec méthode. La définition classique d'un meurtre admet trois composantes : le moyen, l'opportunité et le mobile. Pour le moyen, aucun problème. Nous avons le cadavre comme preuve. L'inspection du visage de Ferdinand le jour de sa mort nous a révélé que l'arcade sourcilière s'est ouverte juste avant la chute qui l'a tué. On l'a donc frappé, soit avec un objet contondant, soit avec le poing.

– Au fait ! s'exclama soudain Bosson. Ferdinand, c'était quand même un sacré teigneux. Ça voudrait dire que le meurtrier est un homme.

– Pas si vite, dit Martin, agacé par l'interruption. Nous

pouvons écarter enfants et vieillards, sans doute, mais les forces décuplent avec la colère. N'oublions pas non plus que le pont est instable : Ferdinand n'est pas nécessairement passé par-dessus le câble de sûreté, il a pu perdre l'équilibre après le coup. Une femme aurait donc pu le frapper, ce qui aurait ouvert la plaie, et du même geste le faire tomber.

– Mais est-ce qu'on peut vraiment parler de meurtre, alors ?

Le commissaire serra les dents. Bosson n'aurait jamais osé l'interrompre ainsi trois jours plus tôt. Comment sa confiance avait-elle enflé à ce point ?

– Nous discuterons de ce détail quand nous aborderons le mobile.

– D'abord, l'opportunité !

– L'opportunité ! répéta Martin en enfonçant ses ongles dans ses paumes pour se calmer. Grâce aux interrogatoires que nous avons effectués hier et avant-hier, j'ai pu reconstituer les déplacements dans le village durant l'après-midi du meurtre.

– Vraiment ? s'étonna Bosson. Comment avez-vous…

– Laissez-moi parler !

– Oh, bien sûr. Pardon.

– Depuis mon arrivée, je me suis livré à un exercice de mémorisation. Je me suis familiarisé avec la disposition des routes et des bâtiments et j'ai pu recréer une sorte de carte du village. Il me suffit de fermer les yeux pour la visualiser. J'ai même pu repositionner les habitants dessus au moment du crime, d'après leurs témoignages. Je sais que les gens mentent et qu'ils font des erreurs : je ne peux pas prouver quoi que ce soit avec cette « topographie criminelle ». Mais si au moins deux témoins différents s'accordent sur un fait, alors il est possible de bâtir un raisonnement là-dessus.

Bosson remua les lèvres pour répéter ces derniers mots.

– Ce que je veux dire, se dépêcha Martin pour éviter une question, c'est que, dans l'hypothèse où Ferdinand n'aurait été tué que par un seul individu, j'ai pu reconstruire un déroulement des faits. Et d'après ma carte, si personne n'a vu le meurtrier après le crime, c'est sans doute qu'il s'est caché dans le périmètre de…

– Attendez, attendez…

Le visage de Bosson se tordait pour assimiler le discours de Martin.

– Je… je réalise que c'est vous l'expert, mais… je ne comprends pas.

– Vous ne comprenez pas ? répéta Martin d'un ton méprisant.

– Il pourrait y avoir plusieurs meurtriers ? Je sais que vous n'excluez aucune hypothèse, mais… si c'est un groupe… alors ce que vous dites ne fonctionne plus et… et… je crois que c'est un peu trop compliqué pour moi…

La superbe du brigadier s'était envolée. Martin, content de lui, voulut porter le coup de grâce avec sa conclusion quand la Cornette repoussa la porte du pied. Ses bras portaient sans trembler un immense plateau, sur lequel fumaient deux énormes parts de farcement aux raisins, à côté d'un bol de salade, de biscuits secs et d'un pichet de vin.

L'odeur réconforta Bosson, dont l'œil se mit à scintiller.

– Merci, merci beaucoup ! dit-il en s'humectant les lèvres.

– Un instant, dit Martin alors que la Cornette repartait.

Le commissaire s'était figé en voyant le plateau. Les biscuits étaient les mêmes que ceux qu'il avait vus sur la table du presbytère. Il n'avait même plus besoin d'aller au bout de son raisonnement : il venait de trouver encore plus convaincant.

– Quoi ? cracha la Cornette, agacée.

Bosson, dont le ventre gargouillait, hésitait à toucher à son assiette.

– Quand nous avons parlé à la ferme des Rabotin, dit Martin d'un ton calme, je ne vous ai pas demandé si vous saviez où se cachait Louis Fortin.

– Qu'est-ce que vous voulez que j'en sache ?

Elle repartait vers la cuisine mais Martin se leva, plus menaçant :

– Où se trouvent vos réserves de nourriture ?

– Ben, dans la réserve, marmonna-t-elle. Et la cuisine.

– Vous n'avez rien remarqué ? Pas de disparition d'aliments ?

– Non.

– Pas même des légumes, du pain ?

– Non ! Je connais encore l'état de ma maison et de ce café. Et de toute façon, personne ne se cache ici. Vous n'avez qu'à vérifier.

– Comment le père Georges remplit-il son garde-manger ?

La question troubla la Cornette. Elle haussa les épaules.

– C'est un vieil homme, continua Martin. Il vit seul. Et je ne pense pas qu'on le laisse sans assistance. Qui lui apporte ses repas ?

Elle avait rougi.

– C'est moi.

– Et vous n'avez rien remarqué depuis trois jours ?

– Non.

– Son appétit n'aurait pas doublé ?

– Non.

– Vous mentez, dit Martin.

La Cornette jeta un œil embarrassé à Bosson. Le gendarme, ayant compris que l'épiphanie de Martin n'avait rien à voir avec le contenu du plat, avait commencé à manger, mais il regardait tout de même la Cornette d'un air soupçonneux.

– Il m'a peut-être demandé plus de pain que d'habitude, admit-elle.

La Cornette fit un geste vers la porte de la cuisine.

– Restez là ! ordonna Bosson machinalement.

Elle recula aussitôt. Le gendarme l'impressionnait plus que le commissaire.

– Vous pensez que Louis Fortin vole la nourriture du curé ? demanda Bosson à Martin, sourcils froncés, en mâchonnant un bout de lard.

– Non. Je pense que le père Georges cache Louis Fortin chez lui.

Le gendarme, qui se servait de vin, suspendit son geste.

– Le curé ? Impossible !

– Je reconnais que c'est étrange. Mais ça va dans le sens de ma démonstration. D'après la carte que j'ai en tête, pour n'avoir été vu par personne, le meurtrier de Ferdinand Rabotin aurait dû se cacher autour de l'église. C'est cohérent.

Martin vit une flamme vaciller dans l'œil du gendarme. Il n'était pas indifférent à l'idée que Louis Fortin soit le meurtrier, mais que le curé fût impliqué le gênait. Il marmonna, pensif, en essuyant de sa manche sa moustache :

– Pourquoi le père Georges aurait-il ouvert sa porte à un anarchiste ? Surtout un anarchiste qui vient de commettre un crime ! Ça n'a aucun sens…

Il se tourna, sévère, vers la Cornette :

– Pourquoi vous ne l'avez pas dit plus tôt ?

– Ce que fait M. le curé ne me concerne pas, répondit-elle d'un air pincé.

– Bon, conclut Bosson en se levant, il doit s'agir d'un malentendu. Louis Fortin doit menacer le père Georges d'une façon ou d'une autre.

Le gendarme s'essuya la bouche avant de lisser sa veste et d'ajuster sa ceinture. Martin sentit le gouffre en lui s'élargir et il se redressa d'un coup :

– Vous restez ici.

Le brigadier se tourna, un peu étonné.

– Hein ? Pourquoi ?

Le commissaire désigna la Cornette du pouce :

– Je ne veux pas la moitié du village sur mes talons. Elle ne sort pas d'ici.

– Quoi ? s'indigna-t-elle. Mais vous n'avez pas le droit !

– Si ce n'est que ça, fit Bosson, Simon peut la surveiller tout en surveillant Cordier.

– Pas la peine. J'y vais seul.

– Mais… il est peut-être dangereux…

– J'ai des raisons de préférer une approche discrète.

– Bon, bon, marmonna Bosson avec une pointe de regret mais en jetant tout de même un coup d'œil soulagé à son assiette. C'est vous le chef.

– Restez ici avec elle. Je reviens dans une heure.

– Ah, ça ! s'écria, outrée, la Cornette. Ça ! J'aimerais bien voir le jour où je ne pourrai pas sortir de ma propre maison !

Elle marcha vers la porte mais Martin lui barra le passage.

– Madame la Corne, dit-il d'une voix aussi coupante que glaciale, j'admets ne pas avoir d'autorité en dehors de celle que me confère le brigadier Bosson. Mais si vous passez la porte de cet établissement, je mettrai un point d'honneur à faire en sorte qu'elle se ferme définitivement. Est-ce que je me fais bien comprendre ?

La Cornette n'avait pas l'habitude qu'on lui tienne tête. Son interlocuteur faisant la une des journaux, il lui semblait logique qu'il puisse peser, par cette qualité, sur les instances administratives de la région. Elle venait déjà de perdre son statut parce que son mari s'était décrédibilisé dans ses affaires. Ce n'était pas le moment de risquer les actifs familiaux. Elle s'assit sur une chaise, bras croisés, avec une moue hautaine.

– Attendez ! cria Bosson alors que Martin ouvrait la porte.

Tout en mastiquant une bouchée de farcement, le brigadier s'avança et tendit son arme au commissaire. Martin considéra le revolver d'un drôle d'air.

– Je n'en ai pas besoin, articula-t-il enfin.

– Prenez-le quand même, insista Bosson en avalant. On sait jamais, avec cette racaille. Ils s'excitent pour un rien et ça suffit parfois à les calmer.

– J'ai dit non...

– Écoutez, c'est simple. Soit vous le prenez, soit je viens avec vous.

Martin ne bougea pas. Bosson prit sa main et lui donna l'arme de force.

– Monsieur le commissaire, vous êtes quand même sous ma responsabilité. Si c'est pas Louis Fortin, c'est peut-être un Pissard-Leblanc qui va vous sauter dessus. Ça m'étonnerait pas que les frangins paniquent à cause d'hier...

Un sourire complice s'était élargi sous sa moustache. Martin ne put trouver de raison de lui rendre l'arme. C'était le modèle d'ordonnance courant. Sa paume avait tout de suite reconnu la crosse quadrillée, l'équilibre entre le manche et le canon. Il n'avait eu à la soupeser qu'un instant pour savoir qu'elle était chargée.

– Ça va aller ? demanda Bosson.

Martin hocha la tête et sortit sans dire un mot.

Dès qu'il fut dehors, la moiteur ambiante le prit à la gorge. Il s'éloigna rapidement du café, sans courir toutefois, pour ne pas attirer l'œil des paysans qu'il entendait bavarder ou chanter dans les habitations.

Le vent s'était levé. Les nuages s'étaient teintés de violet.

Les oiseaux volaient bas. Martin n'avait pas beaucoup d'expérience en météorologie mais il savait ce que ces changements signifiaient. Il allait vite, inquiet de sentir le poids du revolver contre sa poitrine. Il aurait pu retourner à l'hôtel, rendre l'arme à Bosson sous prétexte qu'il n'avait pas le droit de la porter. Mais il ne le faisait pas et il se demandait pourquoi. Était-il capable d'abattre de sang-froid l'homme responsable de la mort de son père ?

Martin se remémorait son départ, quand il avait voulu rassurer Françoise à la gare et qu'il avait magistralement échoué. Elle ne l'avait pas cru lorsqu'il avait déclaré ne pas avoir pris d'arme… et voilà qu'on venait de lui en mettre une dans les mains. Était-il si prévisible ? Terrassé par le tour désastreux qu'avait pris l'enquête, Martin revoyait avec douleur les larmes sur les joues de sa femme. Une partie de lui voulait jeter le revolver dans un champ, courir à la rencontre de l'autocar et rentrer à Paris le plus vite possible. Il n'aspirait qu'à s'effondrer dans des bras aimants, mais cette envie s'exprimait d'une façon diffuse, non mesurable, qu'il n'arrivait pas à saisir.

Si Françoise avait été là, peut-être aurait-elle pu décoder cette sensation à sa place. Ne lui avait-elle pas été indispensable pendant toutes ces années ? La carrière de Martin n'avait probablement décollé que parce qu'il avait adjoint à sa méthode la perspicacité de sa femme. Ils discutaient rarement de son travail, mais même si son mari ne parlait pas de ses problèmes, Françoise les devinait en lisant le journal. Elle suggérait parfois, avec retenue et sans en avoir l'air, une piste à laquelle Martin n'avait pas encore pensé. Son approche à elle n'avait rien de théorique. Ses fulgurances, aussi brèves que limpides, s'appuyaient sur une connaissance tout à fait personnelle de la nature humaine. Elle comprenait les gens parce qu'elle s'intéressait à eux, et elle s'intéressait à eux parce qu'ils l'émouvaient. Son empathie lui permettait de démonter et de reconstruire l'engrenage de leurs émotions avec une facilité stupéfiante aux yeux d'un cartésien comme Martin. Il se souvenait d'avoir un jour mis la main sur un meurtrier sur une simple réflexion de Françoise. L'inconnu semait la terreur à Paris en égorgeant des jeunes filles. L'enquête patinait, les journalistes s'indignaient et la colère populaire enflait à chaque cadavre. Françoise avait simplement fait remarquer qu'un homme enragé à ce point contre les femmes devait avoir une dent contre sa mère. La réflexion en tant que telle n'avait rien de scientifique, ni de très éclairé ; elle s'était pourtant révélée parfaitement juste. Et c'était en enquêtant sur le comportement erratique d'une vieille dame qu'on avait fini par pincer le tueur, un bourgeois étouffé depuis l'enfance par une mère surprotectrice, chez laquelle il vivait toujours. Martin écoutait donc sa femme, traduisait ses intuitions et enrichissait sa propre méthode d'une dimension psychologique. Mais depuis son arrivée à Fragonaz, il était seul avec sa logique. Il prenait enfin conscience que Françoise avait été le pendant sensible de son obstination intellectuelle ; et c'était peut-être dans leur collaboration quotidienne, dans des échanges de couple d'une banalité absolue, qu'ils avaient résolu ensemble les plus grandes enquêtes criminelles. Un sentiment de tristesse l'envahit.

Il arriva à une bifurcation. Le presbytère était plus bas, sur la gauche. À droite, le sentier montait jusqu'à la ferme de Suzanne. Martin prit à droite.

Il ne pouvait pas justifier ce détour, ni aux gendarmes ni à lui-même, mais il devait essayer une dernière fois de convaincre la jeune fille de le suivre.

Il arriva à la ferme quelques minutes plus tard. Suzanne n'était visible nulle part. L'atmosphère s'était encore alourdie – si du moins c'était possible. Il tendit l'oreille et crut déceler du bruit dans l'écurie. Il entra. Suzanne, au fond, changeait la litière avec une fourche. D'un seul geste, elle ramassait une quantité impressionnante de paille et l'envoyait rageusement vers l'entrée, aux pieds du commissaire. Elle aperçut Martin du coin de l'œil mais elle resta concentrée sur son effort et poursuivit sa tâche sans changer de rythme.

– Il y a du nouveau.

Il vit tout de suite qu'il avait suscité son intérêt. Mais elle ne posa pas l'outil. Au contraire, elle le mania d'une façon plus violente. La jument s'ébroua. Une fourchée de paille souillée atterrit sur le pantalon du commissaire. Celui-ci reprit :

– Louis Fortin se cache au presbytère. Il faut se dépêcher. Nous pouvons encore le surprendre là-bas et lui tirer les vers du...

– Qu'est-ce que vous voulez ? coupa-t-elle.

Elle s'était arrêtée, haletante, et s'appuyait sur la fourche.

– Interroger Louis Fortin, répondit Martin.

– Eh bien, allez-y !

Elle lui tourna le dos et reprit son travail. Il s'en irrita : comment le curé avait-il pu briser l'enthousiasme d'une fille comme elle en seulement quelques mots ? Martin jeta un œil à la montre de son père. Il s'accorda encore un quart d'heure.

– Tout le village pense que Jean Cordier a tué votre père. Vous aussi ?

Suzanne se retourna, scandalisée. Ses poings blanchissaient autour du manche de la fourche. Le commissaire craignit un instant qu'elle ne l'attaque avec.

– Jean n'a rien fait, dit-elle entre ses dents.

Son corps frémissait de rage.

– Nous ne pouvons pas encore l'affirmer, rétorqua Martin. Mais si c'est votre conviction, vous pouvez m'aider à la prouver en m'accompagnant.

– Et si je refuse ? Vous allez laisser un innocent se faire couper la tête ?

– Je ne vous force à rien, dit Martin. Je vais au presbytère pour l'enquête. Vous pouvez m'accompagner, ou rester ici. C'est votre choix. Mais je ne me permettrais pas d'insister si je n'étais pas persuadé que votre envie profonde est de poursuivre avec moi l'assassin de votre père. J'ai conscience que c'est difficile. Ce n'est pas ce qu'on attend d'une jeune fille ici. Mais vous êtes libre de faire ce que vous voulez.

– Je fais déjà ce que je veux !

– Je n'en suis pas si sûr. On étouffe parfois nous-mêmes nos envies.

Elle le fixa d'un air mauvais. Martin regarda encore sa montre.

– Je vais vous donner un exemple, reprit-il. Il y a encore quelques années, quand on arrêtait un homme qui avait commis dix fois le même crime et avait déjà été jugé pour ça, la police n'avait aucun moyen de le savoir. S'il n'avait pas de papiers, il lui suffisait de donner un faux nom et on le jugeait avec l'indulgence d'une première fois. C'était une faille « naturelle » de notre système judiciaire, elle avait toujours été là. On expliquait aux jeunes policiers qu'il fallait faire avec. Et puis un jour, quelqu'un a enfin considéré cette faille comme un problème à résoudre. Ça a suffi. Depuis, on prend les mesures corporelles du crâne et du corps des criminels, on établit des fiches signalétiques et on fait tourner ces fiches entre les différents services de police. En dix ans, le taux d'arrestation des criminels récidivistes a été multiplié par quinze.

Le visage de Martin rayonnait.

– Quinze ! Vous vous rendez compte ? Ça, c'est un progrès ! C'est le vrai génie de l'humanité : notre capacité à considérer toute règle dite « naturelle » comme un problème à résoudre. Et notre défi, lui, collectif comme personnel, consiste à remettre sans cesse nos conceptions du monde en question, à douter en permanence de nos théories et de nos présupposés pour pouvoir les changer !

– Vous pensez que je ne doute pas assez ? dit Suzanne d'un ton sec.

– Ce que je pense, Suzanne, c'est que la force qui anime ce village est l'habitude, et que l'habitude est l'ennemie du doute. Regardez autour de vous : aux yeux de tous, l'enquête est close, Jean Cordier, l'homme du changement, est coupable. Le village va retrouver son rythme normal. Vous évoluez dans un environnement qui n'est pas du tout propice au progrès. Les règles sont tacites mais elles existent. Et dans ce monde-là, les hommes sont aux champs et les femmes à la maison.

– Vous n'y connaissez rien. Tout le monde travaille aux champs.

– Donc, les femmes ont deux fois plus de choses à faire ?

– C'est l'ordre des choses.

– Non. C'est la façon dont vous avez appris à vous comporter.

La jument remua à nouveau derrière Suzanne.

– Ma femme travaille, reprit Martin après un temps. Elle tient un magasin de fleurs. C'est son magasin. Elle négocie les prix, elle conseille les clients, elle gère son équipe de vendeuses. C'est ce qu'elle aime. Et l'argent qu'elle gagne, elle l'utilise pour payer la cuisinière, la femme de ménage et le reste du personnel. Il n'y a pas de fatalité. Vous pouvez décider vous-même de ce que vous voulez faire de votre vie.

La jeune fille lui lança un regard noir.

– Vous avez tout faux. Je ne sais pas pourquoi, mais c'est juste faux.

Sa voix n'était plus aussi assurée qu'au début de la conversation. Il semblait à Martin qu'elle mourait d'envie de poser sa fourche et de l'accompagner.

– Vous regrettez d'avoir aimé Jean Cordier ?

Suzanne sursauta.

– Quoi ?

– Vous aviez une consigne claire à respecter, un tabou dicté par toutes les instances morales de ce village. Mais vous avez choisi d'envoyer balader cette consigne parce que vous en aviez envie. Vous le regrettez ?

– Oui…

– Je ne vous crois pas.

– Vous ne croyez rien ! Et puis vous êtes hypocrite ! Vous me dites de ne pas écouter les gens, mais de vous écouter vous !

– Je ne veux pas que vous m'obéissiez aveuglément. Ni même que vous finissiez par être d'accord avec moi. Je vous pousse juste dans un sens parce que ce village vous pousse dans l'autre. Je veux que vous ayez le choix.

– Et que je vous regarde humilier le père Georges ?

La jument frappa du sabot, nerveuse, et la rage de Suzanne explosa :

– J'ai très bien compris ce que vous essayez de faire ! Vous pensez que c'est lui qui m'a fait changer d'avis. Mais c'est moi, toute seule. Lui, quand il fait la morale, il assume. Pas comme vous ! Vous, vous essayez de me manipuler.

– Je n'essaye pas de vous manipuler.

– De toute façon, vous vous méfiez de lui depuis le début. Vous n'êtes même pas encore allé le voir, alors que vous avez parlé à tout le monde. Pourquoi ? Vous attendiez d'avoir quelque chose à lui reprocher ?

– Oui, admit Martin sans variation de voix.

– Et vous pensez que si je le vois baisser la tête devant vos raisonnements, que si vous le prenez la main dans le sac, en train de cacher un anarchiste chez lui, je vais remettre en question tout ce qu'il me répète depuis que je suis née ?

– Oui.

Le regard de Martin ne cilla pas. Il n'avait aucune raison de nier.

– Je suis un homme de raison, poursuivit-il du même ton neutre. Je n'ai jamais caché mes opinions progressistes. Je trouve absurde de fonder ses décisions sur des dogmes vieux de plusieurs siècles. Et je me méfie des prêtres comme de tous les gens qui manient la culpabilité comme une arme. On peut vivre d'une façon épanouie sans ces idées et sans ces gens. Ça ne m'empêche pas de respecter vos croyances.

– On ne dirait pas.

– Ce n'est pas parce qu'on est curé qu'on est un saint. Et même si c'était le cas, le père Georges devrait me le prouver avant que je ne le raye de ma liste de suspects.

Suzanne poussa un cri et se signa.

– Vous ne croyez quand même pas qu'il a tué papa ?

– Vous savez très bien ce que je « crois ».

– Mais c'est un vieil homme ! Et un homme de Dieu !

– Je n'ai pas dit qu'il l'avait fait. Mais il a peut-être fait autre chose.

Suzanne tapa du pied comme sa jument.

– Comment pouvez-vous toujours raisonner d'une façon aussi froide ? C'est horrible ! Il y a forcément quelque chose, au fond du fond, que vous devez croire. Vous ne pouvez pas tout mettre en doute tout le temps !

– Si, répondit Martin sans ciller. Vous excluez le père Georges de l'enquête parce qu'il possède un statut particulier, une position de pouvoir au sein du village. C'est une erreur. Il a pu tuer votre père, comme tout le monde. On ne peut pas considérer seulement les pistes qui nous arrangent, ce serait une faute professionnelle. D'où l'importance de compartimenter : pendant l'enquête, vous devez seulement considérer les faits, et ne pas prêter attention à votre irrationalité.

La fourche se mit à trembler dans les mains de Suzanne.

– Pensez ce que vous voulez, gronda-t-elle, mais n'essayez pas de me l'imposer !

Martin resta silencieux un moment. Elle serrait si fort l'outil qu'elle devait avoir mal aux mains. Le commissaire poussa enfin un soupir :

– D'accord, dit-il d'une voix neutre. Je reconnais que j'ai voulu, plus ou moins consciemment, vous montrer que le curé était juste un homme parmi d'autres. Il n'a pas enfreint la loi en accueillant Louis Fortin chez lui mais, par son silence, il entrave une enquête judiciaire. Je voulais que vous le découvriez sous ce jour défavorable. Je ne sais pas vraiment pourquoi, mais je réalise que c'était une erreur de vous demander d'aller le voir avec moi avant de l'avoir compris. Je vous demande pardon.

Suzanne ne bougea pas. Une veine pulsait sur son front.

– Maintenant que tout cela est clarifié, poursuivit Martin sur le même ton, je réitère ma proposition. Venez avec moi.

– Vous n'avez pas de cœur.

– Il paraît.

Elle bondit soudain en agitant la fourche sous son nez :

– Mais qu'est-ce que vous me voulez, à la fin ?!

Martin recula d'un pas, par crainte d'un geste malheureux.

– Vous aussi, vous voulez m'épouser ? C'est ça ?!

– Ne dites pas ça ! Je pourrais être… Ne dites pas ça.

– Alors quoi ? Quoi ?!

Comme si elle craignait de perdre le contrôle d'elle-même, elle jeta la fourche, qui rebondit contre le mur du fond. Le bruit effraya la jument, qui hennit. Suzanne planta un regard noir dans celui de Martin. Il ne sut pas quoi répondre et dit juste :

– Mon père s'est fait tuer la semaine dernière.

Il parlait sans la moindre émotion.

– L'attentat du président. Le préfet. C'était mon père.

Son détachement calma Suzanne plus vite que n'aurait pu le faire une crise de larmes. Elle s'écarta, et caressa la croupe de la jument qui s'apaisa à son tour.

– Vous pouvez faire ce que vous voulez, reprit Martin d'une voix sourde. Vous occuper de votre ferme. Vous marier. Tenter votre chance ailleurs. Vous pouvez faire ce que vous voulez. Mais vous savez comme moi qu'il n'y aura pas d'avenir possible tant que vous n'aurez pas compris pourquoi votre père est mort.

Suzanne ne répondit pas. Enfin, elle laissa la jument, ramassa la fourche tombée dans le fumier et, en tournant le dos à Martin, reprit son travail.

– Je prie pour votre réussite…

Le murmure avait été à peine audible. Le commissaire regarda sa montre : le quart d'heure était écoulé. Il retint un hurlement entre ses dents et se jeta dehors.

Le refus de Suzanne le rendait fou, bien sûr, mais ce qui le frustrait plus que tout, c'était l'angle mort de son propre comportement, son incapacité à se comprendre. Il n'arrivait toujours pas à répondre à sa question : que lui voulait-il, à la fin ? Il se doutait qu'il y avait un rapport avec son père, sa mort, le curé, mais il ne parvenait à mettre aucune de ces choses dans l'ordre. C'était un problème qu'il aurait dû résoudre froidement, avec méthode, mais tout, en lui, brûlait sens dessus dessous.

Il s'était mis à courir et dévalait le sentier, furieux. Il avait perdu trop de temps pour rien. En arrivant à l'église, il alla d'emblée vers l'arrière de l'édifice.

Le père Georges, pensif, contemplait son jardin. Il était seul. La carafe de vin sur la table était vide. Martin s'approcha, hors de lui, et gronda :

– Où est-il ?

Le vieil homme leva un œil distrait.

– Il est parti il y a une demi-heure…

– Où ça ?

– Ce n'est pas très important…

Martin saisit le curé par le col.

– Je pourrais vous arrêter.

– Je ne crois pas…

– Vous l'avez caché !

– Je l'ai accueilli par charité, mais je n'ai jamais eu l'intention de vous gêner. Je l'ai même averti que je ne mentirais pas pour lui si la police venait me questionner. Mais vous avez frappé à toutes les portes, sauf à la mienne…

– Fermez-la ! grogna Martin en secouant le vieillard. Où est-il parti ?

– Aïe !… Là-haut…

Le curé, scandalisé, montra le plateau qui se perdait dans les nuages.

– Pour quoi faire ? demanda le commissaire soudain inquiet.

– Lâchez-moi, merde !

Martin ouvrit la main et le curé retomba sur sa chaise.

– C'est quoi votre problème ? maugréa le vieil homme en massant son dos.

– Pour quoi faire ?

Le curé releva la tête : Martin fulminait. Le vieillard soupira.

– Bon. Je vous passe les détails. Depuis ce midi, il essaye de me faire croire qu'il est fou. Je pensais que j'avais réussi à l'atteindre, il avait arrêté son numéro. Mais à ce moment-là, il a capturé une marmotte. Et pendant une seconde, ça m'a fait peur. Du coup, ça l'a fait replonger. Il s'est remis à raconter n'importe quoi.

– À raconter quoi ?

– Oh, qu'il allait exterminer la société, ce genre de choses…

Martin porta machinalement la main à la poche de sa veste.

– Enfin, marmonna le curé, il finira par redescendre.

– Vous ne savez pas de quoi vous parlez, répondit Martin d'une voix blanche.

– Oh, ne me dites pas que vous le croyez…

– Quel chemin ?

– Vous vous rendez compte que c'est absurde ?

– Quel chemin ?!

– Non, non, attendez. Il voulait juste que je le croie pour me prouver que je ne suis qu'un vieillard superstitieux. Vous n'allez quand même pas…

– Le chemin !! rugit Martin.

– Par-là, mais…

Le commissaire courait déjà vers le sentier.

– Il a parlé d'une bombe !

Martin pila. Il se retourna avec l'air d'un homme qui a vu un fantôme.

– D'une bombe assez puissante pour détruire la montagne, ajouta le curé. Un engin capable de faire sauter le pays ! Vous voyez ? Absurde.

Le curé cria encore quelque chose mais Martin sautait déjà par-dessus les framboisiers. Il se lança comme une flèche sur le chemin qui grimpait dans la forêt.

À peine avait-il passé la lisière qu'un profond silence se fit. Le calme survint d'une façon si nette, si brutale, que même le commissaire, pourtant en pleine course, le perçut et s'arrêta. Il mit plusieurs secondes à en comprendre la raison.

Le vent était tombé.

Les cimes s'étaient figées. L'herbe ne frémissait plus. Même les cloches des bêtes s'étaient tues, comme si les troupeaux attendaient. Martin le pressentait aussi : quelque chose de dramatique était sur le point d'arriver.

Il repartit à fond. Quelque part au-dessus de sa tête, derrière la montagne, le premier coup de tonnerre claqua.

16

La bombe

Martin montait sous les sapins lorsqu'une bourrasque vint secouer une branche d'aiguilles gorgées d'eau, dont l'excédent se déversa sur sa tête. Il ne s'était même pas aperçu qu'il avait commencé à pleuvoir. C'était une pluie d'été, lourde et tiède, qui crevait avec enthousiasme les nuages l'ayant retenue trois jours de suite.

Il s'arrêta, et prit soudain conscience des alentours.

La forêt frémissait. Un parfum d'humus s'élevait dans la fraîcheur de l'averse. Le commissaire se remit en marche, ses semelles s'enfonçant à chaque pas dans le tapis d'aiguilles brunes, gonflé d'eau, qui couvrait l'intégralité du sentier. Les virages raidissaient. Avisant une racine qui se tordait le long du sentier, il l'agrippa pour franchir un tournant particulièrement abrupt. Il se redressait quand la forêt blanchit. Le tonnerre éclata un moment après.

Martin avait compté les secondes. L'orage approchait, ou c'était lui qui se dirigeait vers l'orage, il était incapable de le dire. Ses pieds le faisaient souffrir. Il pensa qu'il devrait sûrement jeter ses souliers en revenant à Paris.

Il atteignit la ligne d'alpage au bout d'une heure de montée. Un vent glacé le frappa aussitôt. Martin se rendit compte qu'il était trempé jusqu'aux os. Le sentier serpentait au-dessus de lui pour disparaître derrière un surplomb. Il ne voyait toujours pas le plateau et il n'avait aucune idée de la distance qu'il lui restait à parcourir. Combien de temps avait-il avant la nuit ? Une boue liquide ruisselait sur les pierres plates en travers du chemin, il dut passer par les herbes hautes, hérissées de chardons, pour contourner les flaques les plus profondes. Profitant d'un passage difficile, le creux d'un ruisseau qui l'obligea à ralentir, il regarda derrière lui : les nuages étaient descendus, les cimes des sapins allaient en s'éclaircissant au fur et à mesure qu'ils s'éloignaient vers le bas, jusqu'à se confondre avec le voile grisâtre tendu sous ses yeux. Martin distinguait à peine les toitures de Fragonaz. Il n'avait pas grimpé aussi haut depuis sa jeunesse et il regretta que la vue fût obstruée.

Il reprit sa route, glissa et tomba dans le ruisseau.

Il jura entre ses dents, les fesses dans l'eau glacée. Il voulut se relever en s'aidant d'une pierre encastrée dans la rive, mais elle se détacha et manqua d'écrabouiller sa jambe. Il fit une deuxième tentative, cette fois en plongeant ses mains dans le torrent. Il se redressa, et vit soudain que Suzanne l'observait.

Le commissaire ne montra aucun étonnement.

– Vous attendez toujours le bon moment, hein ? grommela-t-il.

Il remonta de l'autre côté du ruisseau. Il tendit la main à Suzanne qui ne la prit pas. Elle s'avança, posant son pied sur une branche coincée dans le lit, entre deux pierres, et, après avoir vérifié sa stabilité, sauta par-dessus l'obstacle.

– Vous me suivez depuis quand ? demanda Martin.

– Le presbytère. J'ai tout vu.

C'était un reproche, et le commissaire s'en vexa. Devait-il vraiment lui expliquer qu'il n'avait pas commis d'impair avec le père Georges ? L'hypothèse de sa complicité avec Louis

Fortin avait été assez crédible pour qu'il ne prenne pas de pincettes lors de son interrogatoire. En fin de compte, la défense du prêtre tenait la route : il camouflait son mépris de la loi sous une écœurante générosité chrétienne mais, Martin devait l'admettre, il pouvait bien n'avoir été que l'hôte de Louis Fortin. Ça ne changeait rien. Martin avait eu raison de le secouer un peu. Ce n'était pas une erreur.

– Combien de temps jusqu'au plateau ? demanda-t-il pour changer de sujet.

La jeune fille ne répondit pas. Elle fixait l'intérieur de la veste du commissaire, d'où dépassait la crosse du revolver. Martin se reboutonna.

– Combien de temps ?

– Deux heures, répondit-elle. Peut-être moins.

– Dépêchons-nous alors, dit-il en s'écartant.

Suzanne attaqua la pente sans rien dire, passant devant un chalet de bois sombre qui luisait tristement sous la pluie. Martin lui emboîta le pas. Elle allait vite. Il suivait sans difficulté, mais il devait rester concentré sur son souffle. Les foulées de Suzanne étant plus petites, il désynchronisait ses pas pour ne pas marcher dans les siens. Il en faisait trois quand elle en faisait cinq, sauf aux passages les plus escarpés où il se résignait à suivre son exemple. Elle avait l'air de connaître le sentier par cœur.

– Vous comptez faire quoi ? lança-t-elle soudain.

Elle n'avait pas décéléré, pas plus qu'elle ne s'était retournée.

– Interroger Louis Fortin, répondit Martin, comme prévu.

– Comme prévu ?

– Oui.

– Cette histoire de bombe ne change rien ?

Le bruit de la pluie couvrait tout. Ils devaient crier pour se faire entendre. Martin profita d'un virage pentu, où la roche était creusée en marches, pour ne pas répondre tout de suite. Depuis que le curé avait prononcé le mot « bombe », il savait qu'il grimpait vers la fin de l'enquête. L'hypothèse qui grandissait en lui depuis le début allait être confirmée. Louis Fortin se cachait derrière le pseudonyme d'Étienne Rabotin pour répandre le chaos : l'anarchiste avait organisé des attentats dans l'ombre, en utilisant cet alias pour activer des cellules indépendantes ; dans le climat de terreur ainsi créé, il allait frapper une dernière fois, avec une attaque cent fois plus grave que les précédentes. Mais il n'y avait pas encore de preuves.

– Ce n'est pas le moment de perdre notre sang-froid. Il n'y a rien qui nous permette d'affirmer pour l'instant que cette bombe existe.

– Vous aviez pourtant l'air convaincu, en bas.

– Non. J'ai juste été choqué par la placidité du père Georges.

Martin haletait, il devait hacher ses phrases pour conserver son souffle. Cette contrainte avait au moins le mérite de lui faire oublier la pluie.

– Si quelqu'un est convaincu, c'est lui. Il croit qu'une bombe capable de raser une montagne ne peut pas exister. C'est une erreur. La probabilité qu'une bombe aussi puissante existe, que Louis Fortin l'ait en sa possession et qu'il soit capable de la faire exploser à l'aide d'une marmotte est faible, d'accord, mais pas nulle…

Le mur d'eau qui les séparait s'était épaissi. La pluie avait doublé d'intensité en quelques minutes. Il y eut un nouveau grondement dans le ciel, plus proche. Suzanne continuait sur le même rythme, mais Martin, troublé, s'accorda une pause. La dernière phrase qu'il avait prononcée lui collait à la peau comme ses vêtements.

Pensait-il vraiment tout ce qu'il venait de dire ? Comment

pouvait-il soutenir une théorie pareille ? Cette histoire de marmotte était complètement folle. Mais comment expliquer, alors, l'apparition du nom de cet animal, d'abord sur un cadavre, puis sur la couverture du livre de Louis Fortin, et puis ces images peintes ou sculptées dans le village, dans ses maisons, et enfin la bête elle-même, bien vivante, entre les mains d'un anarchiste venu exprès à Fragonaz pour la capturer ? L'hypothèse était absurde, oui, mais c'était la seule qui englobait tout : Louis Fortin avait besoin d'une marmotte pour déclencher son apocalypse. Comme la mort de Ferdinand l'avait contraint à se cacher pendant trois jours pour échapper à l'attention des gendarmes, il avait pris du retard, mais il avait fini par attraper dans le jardin du père Georges ce qu'il cherchait depuis le début. Et désormais, détonateur en poche, il montait vers le ciel dans le but d'activer sa bombe. C'était la seule explication possible.

Suzanne, elle, n'était pas convaincue. Elle se rangeait, encore une fois, à l'avis du curé. Martin enrageait. Ah, le père Georges avait tout compris ? Ah, il croyait que Louis Fortin était fou ? Très bien. Le commissaire allait exhiber la preuve du contraire devant lui, devant Suzanne, et le vieillard serait bien obligé de reconnaître son erreur. Oh, la joie de voir s'effondrer, au moins pour un instant, son assurance imbécile ! Il avait vécu planqué dans son église trop longtemps. Martin, lui, savait de quoi la science était capable : il avait assisté à tant de sauts technologiques au cours de sa carrière qu'il ne pouvait pas rejeter a priori l'existence d'une bombe aussi massive. Le curé se trompait. Et s'il pouvait se tromper, alors il se trompait peut-être sur tout le reste.

Martin eut du mal à rattraper Suzanne. La raideur du sentier augmentait. Les virages s'enchaînaient, comme si le chemin cherchait à gravir la pente le plus verticalement possible.

Il la rejoignit tout de même, essoufflé, et put enfin caler ses foulées sur les siennes. Elle trouvait sans hésitation les pierres les plus stables, déjà lissées par le passage des hommes et des bêtes qui venaient là depuis des siècles.

La marmotte était la dernière pièce du puzzle. Martin ignorait encore la nature de la bombe, mais tout le reste était en place et le dernier acte pouvait se jouer. Il allait arrêter Louis Fortin, empêcher le cataclysme et sauver la vallée, peut-être le pays tout entier. Ce serait seulement à ce moment-là, quand le pire aurait été évité, quand des vies auraient été sauvées et l'ordre rétabli, que les mensonges de Martin seraient justifiés. Ses sentiments tourmentés éclateraient en pleine lumière, il avouerait enfin à Suzanne sa responsabilité dans la mort de son père. Bien sûr, elle irait se réfugier dans les jupes du curé. Mais plus tard, bien plus tard, quand Martin serait reparti depuis longtemps, elle se souviendrait que c'était lui qui avait sauvé le monde quand le vieux prêtre, aveuglé par ses croyances archaïques, s'apprêtait à le condamner par l'inaction. Alors le tumulte s'apaiserait, les sentiments de Suzanne se décanteraient enfin et elle comprendrait que le silence de Martin avait été le seul moyen d'arriver au bout de l'enquête ; que les crimes d'Étienne Rabotin, ou de Louis Fortin, devaient être révélés devant la justice des hommes quel qu'en soit le prix, parce que la loi, la loi toute-puissante, devait triompher de son arrogance ; elle comprendrait enfin, et c'était l'objectif qu'il caressait, que l'idéologie du commissaire avait triomphé de celle du curé. Suzanne pourrait alors prendre la décision qui s'imposait : la rupture avec les dogmes de l'Église.

Martin sourit. Tout convergeait vers cette fin heureuse. Il ne lui restait plus qu'un léger détail à saisir : quel était le rôle de cette satanée marmotte ?

– Vous allez me promettre quelque chose.

Suzanne avait fait volte-face. Elle s'était arrêtée sur un énorme rocher, une sorte de perchoir naturel, plus haut sur le chemin.

– Quoi ?

– Vous ne tirerez pas.

Martin sentit la crosse du revolver buter contre sa poitrine.

– Je ne tirerai que si c'est absolument nécessaire, répondit-il avec calme.

– Non. Pas de condition. Il n'a pas d'arme.

– Il vient peut-être d'en capturer une.

– On ne tire pas sur un homme armé d'une marmotte !

– C'est peut-être votre sentiment, mais de façon objective…

– Vous pensez toujours tout savoir.

– Au contraire. Je sais que je ne sais pas encore.

– Vous êtes tous pareils !

Martin fronça les sourcils. Un coup de vent faillit le faire tomber.

– Vous êtes tous pareils, répéta Suzanne en le fusillant du regard. Vous, Pierre, et même Jean. Vous êtes très sûrs de vous, jusqu'à ce que vous commettiez une erreur. Et après, le mal est fait, et vous ne pouvez plus revenir en arrière. J'en ai marre d'être la seule idiote qui ne s'en prend qu'à elle-même quand elle se trompe. Moi aussi, je devrais me décharger sur les autres. Mais c'est trop facile. C'est trop facile !

Elle se retourna, mâchoire contractée, vers la vallée plongée dans la brume. Un filet d'eau ruisselait sur son menton. Martin eut envie de tout lui dire. Mais il ne pouvait pas fléchir si près du but. C'était là, au plus dur de l'enquête, qu'il devait rester fidèle à sa méthode. Pourtant, à regarder la jeune fille, là, sous la pluie, il sentit sa poitrine sur le point d'éclater. L'idée qu'il avait beau refouler grandissait : et si le mystère qu'il s'était attelé à résoudre était trop grand pour lui ? Il arrivait au bout de son enquête, oui, ce qui était excitant, mais terriblement angoissant, et la nature de cette angoisse était double : il avait peur d'être déçu par une explication trop facile, ou par une absence d'explication ; mais il craignait surtout, car c'était bien pire, d'être ravagé par le bouleversement de ses conceptions les plus fondamentales.

– Ma femme me l'a aussi demandé, dit Martin d'un ton neutre.

Suzanne tourna la tête. Le commissaire grelottait, les lèvres violettes.

– « Ne fais pas de bêtises. » C'est la dernière chose qu'elle m'ait dite, avant que je la laisse sur le quai de la gare. Je vous promets que je ne tirerai pas, à moins d'avoir la preuve formelle que Louis Fortin tuera quelqu'un si je ne le fais pas.

Suzanne le considéra un moment. Le commissaire eut la sensation qu'elle ne le croyait pas. Elle hocha pourtant la tête et repartit. Martin jeta un œil vers l'amont : la pente cachait toujours le sommet. La pause avait suffi pour le refroidir. Les ampoules sur ses talons et ses orteils le faisaient souffrir. Il se remit en marche en grimaçant.

Il ne sentit bientôt plus ses ampoules, ni même ses pieds. Le vent faisait claquer leurs habits glacés. Seul l'effort les gardait au chaud. Tout était gris. On ne voyait ni le fond de la vallée ni les sommets d'en face. La pluie tombait sur leurs épaules en jet continu, et l'orage tonnait toujours, de plus en plus proche, illuminant par brusques éclats les formes tourmentées du ciel autour d'eux. La nature du sol changeait aussi. L'herbe se faisait rare. Leurs pieds glissaient sur des plaques rocailleuses.

Enfin, la ligne de crête émergea du brouillard. Suzanne coupa vers les deux arêtes noires qui se dressaient au sommet. Ils durent encore grimper dix minutes puis, quand ils passèrent enfin les arêtes, Martin s'arrêta, bouche bée.

Il avait lu le livre de Louis Fortin et plusieurs articles sur le plateau de Fragonaz, mais le spectacle dépassait toute projection. Coincé sous un plafond de brume, entre des craquèlements abrupts de roches noires, un désert de calcaire s'étalait sur des milliers d'hectares. Encerclées par les pentes verdissantes de la cuvette, ponctuées de fleurs blanches, violettes et jaunes, des crevasses sombres, lisses, d'où jaillissaient des embruns touffus de chardons et de luzerne, sculptaient les vagues d'un océan pétrifié. Sur les îlots épars, une végétation basse et abondante faisait la joie des marmottes.

Elles étaient des centaines. Insensibles à la pluie qui roulait en perles sur leur fourrure, la plupart grignotaient sur les récifs avec paresse quand d'autres, plus gaies, se poursuivaient dans le dédale de tranchées karstiques. Leurs cris stridents résonnaient contre les parois derrière lesquelles surgissait parfois, dans le creux d'un nuage chassé par le vent, un bout des Alpes italiennes et suisses.

Suzanne montra le fond de la cuvette.

Le commissaire ne l'aperçut pas tout de suite. Caché par la distance et par des rideaux de pluie, Louis Fortin, tout en noir, se confondait avec le rocher sur lequel il était assis. Il leur tournait le dos, penché sur quelque chose de bien plus petit que lui.

Martin poussa d'abord un soupir de soulagement. Son esprit avait listé toutes sortes d'hypothèses sur la nature de la bombe. Dans la plupart d'entre elles, Bosson s'était trompé, Louis Fortin n'avait pas étudié l'histoire, mais les sciences mécaniques, et il avait construit lui-même sa machine infernale. Mais une bombe capable de pulvériser une montagne entière, même s'il était possible de la fabriquer, aurait pris une place monstrueuse. Or, il n'y avait rien sur le plateau. Ils étaient trois, avec des milliers de marmottes, et c'était tout. Une angoisse ressurgit alors dans son ventre. S'il n'y avait pas de bombe, cela voulait-il dire qu'il avait tout faux ? Que Suzanne avait raison, et le père Georges aussi, et que Louis Fortin n'était qu'un affabulateur ?

La jeune fille s'était déjà engagée sur le versant au vent pour s'approcher de Louis par-derrière. L'anarchiste, sans bouger, offrait son dos à la pluie, dans une étrange posture. Martin, en trébuchant, la suivit sur le balcon qui longeait la pente.

Un sifflement strident résonna soudain sur le plateau.

Toutes les marmottes se dressèrent. Une guetteuse avait repéré les nouveaux venus. Les plus proches bondirent dans leurs terriers. Louis se retourna.

Suzanne et Martin étaient encore à une centaine de mètres. Il les considéra comme s'il sortait d'un rêve et qu'il cherchait à comprendre qui était venu le réveiller. Puis, après un temps, il leur tourna le dos et reprit sa position, à genoux sur le rocher, sans que Martin pût déterminer ce qu'il était en train de faire.

– Allez, dit le commissaire dont la voix se perdit entre les gouttes.

Ils descendirent la pente de biais pour le rejoindre. Les marmottes s'éparpillaient, plongeant dans les anfractuosités du terrain. Il n'y eut bientôt plus un mouvement sur le plateau, à l'exception des rideaux de pluie secoués par le vent.

Un éclair illumina soudain la cuvette, ravivant les couleurs des fleurs que Martin foulait du pied sans y prêter attention. Le commissaire réalisa que le paysage aurait pu être idyllique, n'eût été l'énorme couvercle de nuages qui ternissait le moindre pétale. Le tonnerre craqua aussitôt derrière le col. Martin fit la même grimace que Suzanne : l'orage était sur eux, leur présence sur un terrain aussi plat prenait des airs de provocation. Ils s'arrêtèrent devant une crevasse, à cinq mètres de Louis.

– Retournez-vous ! ordonna Martin.

Louis Fortin, agenouillé, ne bougea pas.

– Fortin ! cria Martin.

Cette fois, le jeune homme pivota. Sa veste, boutonnée jusqu'au col, n'aurait pas été plus trempée s'il l'avait plongée dans la Courbe. De longs filets d'eau coulaient en continu de ses cheveux défaits et son visage creusé fit frémir Martin tant il était pâle. Il tenait un sac en toile de jute, dont l'intérieur remuait.

– Je m'appelle Marcel Martin, je suis de la police !

Louis ne montra pas la moindre émotion. Il donnait l'impression de considérer Martin et Suzanne comme de simples illusions. La pluie s'alourdit encore et les pierres autour d'eux résonnèrent comme des centaines de tambours.

– J'ai des questions pour vous, continua Martin. Mais pas ici ! Vous allez redescendre avec nous.

La toile du sac s'agita d'un spasme violent. Louis avait basculé la tête en arrière, pour que l'orage giflât son visage. Il éclata soudain d'un grand rire :

– Bien sûr, il te faut un public !

– Vous venez avec nous ! insista Martin en serrant les poings.

– Ce n'est pas à vous que je parle ! cria soudain Louis.

Mais aussi vite qu'elle était venue, sa fureur s'apaisa, et il se remit à ricaner, en écartant les bras pour présenter sa poitrine à la pluie. Le sac tressaillit encore.

– À qui, alors ? fit Martin, les poings contractés à s'en couper la circulation.

Louis resta dans sa position quelques secondes. Puis, sans prévenir, il baissa la tête et planta un regard aiguisé dans celui du policier. Il semblait avoir réalisé qu'il y avait quelqu'un en face de lui, mais avec une intensité qui n'augurait rien de bon.

– Je joue à un jeu, dit-il en se relevant.

– Quoi ?

– Avec lui.

Il pointa un doigt vers le ciel.

– La règle est simple : je veux quelque chose, et il m'empêche de l'avoir.

Louis se remit à rire, sans passion, par saccades nerveuses.

– Mais ça s'arrête là. Ça s'arrête aujourd'hui.

– Écoutez-moi, Fortin, commença Martin…

– Louis Fortin est mort !

Une bourrasque glaciale les secoua tous les trois. Martin regarda Louis frémir, la mâchoire serrée dans un sourire capable de broyer ses dents.

– Qui êtes-vous ? articula le commissaire d'une voix blanche.

– Vous savez très bien qui je suis ! hurla le jeune homme à pleins poumons. Je suis le destructeur des âmes ! L'ennemi de l'humanité !

L'écho de son cri résonna longtemps entre les parois. Puis, lorsqu'on n'entendit à nouveau que la pluie, il ajouta, plus bas, presque avec tendresse :

– Je suis Étienne Rabotin.

Louis resta figé face à eux, le regard fou et le sourire carnassier. Martin crut perdre la tête. Un brasier s'était rallumé dans son ventre. Avec ces simples mots, Louis Fortin avait fait disparaître le froid, la pluie, et même la présence de Suzanne.

Il ouvrit sa veste et sortit le revolver.

– Vous venez avec moi.

Le rire de Louis jaillit à nouveau, plus cruel encore.

– Maintenant ! grogna le commissaire en braquant l'arme sur Louis.

Mais le jeune homme n'écoutait pas. Il s'écria, face au vent :

– Tu fais rien toi-même, hein, vieux salaud !

– Venez ici ! rugit Martin en s'avançant.

– Taisez-vous ! cria Suzanne de toutes ses forces.

Ils se retournèrent. Elle tremblait de colère sous la pluie. Le commissaire éprouva de la gêne à la voir si bouleversée, mais il ne baissa pas son bras. Louis la considéra avec amusement, comme s'il venait de la remarquer :

– Et puis toi, sourit-il. Bien sûr. C'est toi qui dois voir ça…

– Voir quoi ? demanda Suzanne, au bord des larmes. Il n'y a rien à voir, ici. Rien à comprendre. Il faut qu'on redescende. Tout de suite.

– Oh, si, tu vas comprendre, dit Louis avec une grimace sombre. Ton copain, là. L'instituteur. Ils l'ont bien abîmé, hein ? Il était joli, après ?

Un éclair formidable blanchit l'intégralité du ciel. Le grondement qui suivit secoua la montagne entière. Suzanne, les dents claquantes, ne répondit pas.

– Ça t'a fait mal, hein, de le voir comme ça.

– Suzanne, dit Martin, ne rentrez pas dans son…

Louis poussa alors un hurlement qui ne ressemblait plus du tout à un rire.

– C'est ça ! Le désespoir absolu ! L'injustice ! Et ça ne part jamais. Jamais ! Ça empire avec le temps ! Ton père, c'est pareil. C'est pour ça qu'il est mort ! Pour que tu crèves de douleur au réveil ! Mais c'est terminé ! Ça s'arrête ! Maintenant !

Il plongea sa main dans le sac de toile.

– Hé ! cria Martin en relevant le canon de son arme.

Le jeune homme resta figé un moment, tout sourire, puis, d'un geste lent, il sortit le contenu du sac pour le brandir devant lui.

C'était bien une marmotte. Sa fourrure était lourde de pluie. Le museau luisant, les yeux emplis de panique, le petit animal griffait l'air de ses pattes grises et touffues, crachant, sifflant, mais la peau du cou fermement maintenue par Louis.

Le bras du commissaire retomba.

C'était absurde. Suzanne avait raison. Le père Georges avait raison. Il n'y avait pas de bombe. Martin, sonné, sentit les rouages de sa tête se remettre à fonctionner. Louis Fortin avait avoué. L'homme qui avait fait trembler le pays, Étienne Rabotin, se tenait devant lui. Il devrait l'interroger patiemment pour déterminer son implication exacte dans les attentats des mois passés, mais sa folie destructrice était arrivée à son terme, puisqu'il se passait désormais les nerfs sur une pauvre marmotte.

– Lâchez-la, fit-il enfin, apitoyé par le rongeur qui se débattait.

Louis secoua la tête, sans ciller, avec une lenteur effrayante.

– Croyez-moi, ce n'est pas ce que vous voulez...

– J'ai compris, Fortin ! Ou Rabotin, ou quel que soit votre nom ! J'ai compris. Vous êtes un pauvre diable. Un pauvre diable qui se bagarre contre un pauvre dieu, hein, c'est ça ? Et qu'est-ce que vous allez faire ? Devenir le maître d'une colonie de marmottes ? Les étrangler une par une pour montrer votre toute-puissance ? C'est ça, votre bras d'honneur au dieu dans lequel vous croyez ?

– C'est une idée, susurra Louis, à peine audible sous la pluie.

Le visage de Martin, d'ordinaire si lisse, était déformé par la haine.

– Dernière chance ! cria brusquement le jeune homme aux nuages.

Et il se figea, la marmotte dressée vers le ciel.

Il y eut un moment de tension, même pour Martin. Il semblait improbable que le ciel foudroie l'anarchiste dans la seconde. Mais Louis s'adressait-il à son dieu ou à celui qui tenait le revolver ? L'excitation du jeune homme avait disparu. Il n'y avait plus qu'une détermination froide sur son visage, et ce fait, sans qu'il sût bien pourquoi, terrifiait Martin. Quelque chose lui échappait, quelque chose d'assez important pour raviver son intuition comme l'aurait fait un soufflet sur des braises.

– Très bien, finit par dire Louis puisque rien ne se passait.

Il baissa la marmotte, sans la lâcher, et se tourna vers Suzanne :

– C'est à toi qu'il faut que je parle, alors.

– À moi ? fit la jeune fille avec appréhension.

– Tu sais ce qu'il y a sous tes pieds ?

Son sourire, comme ses yeux, avait retrouvé une forme de douceur. Suzanne s'en trouva plus effrayée qu'elle ne l'avait été en l'entendant hurler.

– Un gruyère, sourit le jeune homme. Tu dois le savoir, non ? Cette montagne n'est pas un tas de cailloux ordinaire. Elle a été creusée, en long et en large. Il y a des milliers et des milliers de galeries. Des terriers d'été, d'hiver, des tunnels principaux, des tunnels secondaires, des ouvertures de passage, de secours… Il y a cent mille marmottes sous nos pieds en ce moment même. Et elles ont bâti un labyrinthe aussi gigantesque, aussi sombre et aussi puant que n'importe quelle grande ville…

Suzanne jeta un coup d'œil inquiet à Martin, qui tremblait d'impatience. Un éclair, immédiatement suivi d'un craquement, intensifia la terreur de la marmotte à l'extrême. Elle se tordit et griffa l'avant-bras de Louis jusqu'au sang.

– Si je lâche ce petit rat de montagne, continua celui-ci sans même s'en apercevoir, il va se jeter dans le premier trou qu'il verra. Et puis il va ramper, de tunnel en tunnel, pour retrouver son terrier. Bien sûr, sur le chemin, il va croiser ses petits camarades. Se frotter contre eux. Les renifler. Respirer le même air saturé…

Il éclata de rire. Martin, n'y tenant plus, franchit la crevasse :

– C'est fini ! dit-il en agitant le revolver. On redescend.

– Une bombe est si… humaine, reprit Louis d'un ton affable en reculant d'un pas pour s'éloigner du commissaire. C'est vulgaire ! Éphémère. Dieu n'est pas pressé. Dieu a l'éternité devant lui ! Et quand Dieu veut éradiquer la population d'un continent, ou, pour être exact, la moitié de cette population… il utilise une marmotte.

Martin se figea. Le sourire de Louis s'était élargi.

– C'était juste ici. Il y a cinq siècles.

– De quoi vous parlez ? demanda Suzanne, le visage livide.

– Il l'a déjà fait.

– Fait quoi ?

– La peste.

Martin sentit sa tête se vider de son sang.

– La peste, répéta Louis d'une voix blanche. Le seul Mal capable d'exterminer la moitié de la population européenne en moins de cinq ans. La terreur. La fuite dans les campagnes. Les tueries pour la nourriture. Tout le monde est coupable. Tout le monde est victime. Le chaos partout, et la mort… omniprésente. Tous les âges. Toutes les classes sociales. Dans les pires souffrances, et dans la solitude d'une quarantaine forcée. Oh, et bien sûr, quel est le mode de propagation préféré du Mal ?

Martin dut mettre un pied de côté pour garder l'équilibre.

– La vermine ! s'exclama Louis, hilare, en secouant la marmotte. Les rongeurs en sont couverts, des puces qui se nourrissent de leur sang, et qui sautent sur le dos des chiens, des chevaux, des vaches, avant d'atteindre nos maisons, et nous !

Suzanne secouait la tête, incrédule, mais de plus en plus inquiète :

– Mais c'est n'importe quoi ! C'est un… c'est un fléau !

– Et alors ? rétorqua Louis, tout sourire.

– Personne ne maîtrise ça !

– Personne ! ricana Louis. Oh, mais ils aimeraient bien ! Les gens vont réagir. Ils ont appris. Ils savent ce qu'il faut faire. Un foyer de contamination, ça s'isole. Ça se brûle. Mais un peu de foi dans le progrès… quand on est Dieu, on innove ! On trouve une solution. Et on cache le foyer sous la terre. Pour que le Mal ressurgisse n'importe quand. N'importe où. Sur une montagne à la jonction de trois pays. En plein cœur d'un pôle commercial dont les bras s'étendent sur toute l'Europe…

Il présenta le paysage comme un conquérant qui triomphe :

– Mesdames et messieurs, le foyer parfait. Le plateau de Fragonaz dans toute sa gloire du XIVe siècle. La plaque tournante de la mort !

Suzanne essaya de croiser le regard de Martin. Le commissaire était livide.

– Vous mentez, marmonna-t-elle. Je sais que vous mentez.

Louis fouilla l'intérieur de sa veste :

– Un peu de foi dans le progrès.

Il jeta un petit objet qui rebondit aux pieds de Suzanne et s'arrêta juste avant la crevasse, retenu par une touffe d'herbes. C'était une seringue.

– L'Institut Pasteur vient d'identifier la cause de la maladie, murmura Louis. C'est une sorte de bactérie, un bacille.

Une petite merveille de biologie assez résistante pour être transportée, à température ambiante, de Paris jusqu'ici.

Il leva la marmotte devant lui et la contempla d'un air songeur.

– Voilà ma bombe. Et voilà comment on punit un dieu qui laisse ses enfants choisir entre la souffrance et la mort. On met fin à son jeu.

– C'est faux ! cria Suzanne, paniquée. Il n'y a rien là-dedans !

Elle s'avança vers la seringue mais son pas fit trembler les herbes. L'objet glissa dans la crevasse : le cliquetis du métal contre la roche se perdit dans l'orage.

Suzanne se releva, livide. Le commissaire avait gardé le bras le long de son corps, mais sa main tremblait, le doigt sur la gâchette. Louis leva le rongeur effrayé devant lui, entre sa poitrine et le canon, sans quitter Martin des yeux. Le revolver tressaillit. Le commissaire donnait l'impression que son cerveau était en train de bouillir.

– Monsieur Martin, supplia Suzanne. C'est faux. C'est faux !

– La seringue, marmonna le commissaire.

Suzanne se jeta à plat ventre devant la crevasse où la seringue était tombée. Elle se mit à fouiller au milieu des plantes à épines sans penser à la douleur.

– Et les autres ? gronda Martin d'une voix sourde.

– Quels autres ?

– Les attentats ! explosa le commissaire. Le président ! Le préfet !

Louis ne cessa pas de sourire, mais un éclair de rage passa dans ses yeux. Il fit un pas de côté, très lentement, pour garder la marmotte entre lui et Martin.

– Ça ? Un travail de sape.

Le doigt de Martin se resserra sur la gâchette. La sueur

de son front fumait sous la pluie glacée. La marmotte tordait son petit ventre rond pour se libérer, comme si elle avait pris conscience de la tempête dans la tête du policier. Louis grinça encore :

– Affaiblir le Système. En supprimant quelques vieillards pathétiques.

Martin leva le revolver.

– Non ! cria Suzanne en sautant sur ses pieds.

Elle glissa dans l'herbe trempée et s'étala sur le ventre.

– À trois, sourit Louis, les yeux brillant de fureur. Un.

– Attendez ! cria Suzanne en se relevant.

– Deux.

– Vous m'avez promis !

Louis ouvrit la main. Mue par une brusque contraction du ventre, la marmotte vola sur le côté. Martin écrasa la gâchette. Le rongeur rebondit sur le sol, indemne, et s'enfuit, affolé par le bruit, zigzaguant entre les gerbes de terre soulevées par les balles suivantes. Martin tira jusqu'à ce que le revolver fût vide. Avant que l'écho des coups ne lui parvienne, la marmotte avait disparu sous un buisson de luzerne.

17

Le nom

Suzanne s'était figée, effarée, dès la première détonation. Mais elle comprit vite que Louis n'avait pas été touché. Il avait retrouvé son air absent et se tenait immobile, les yeux vides, insensible à tout ce qui l'entourait. Le commissaire, en revanche, était hors de lui. Il s'était jeté derrière la marmotte avec une expression que la jeune fille ne lui avait jamais vue. Les genoux dans une flaque de boue, il farfouillait à l'aveugle, le bras enfoncé jusqu'à l'épaule dans l'entrée du terrier où la marmotte avait plongé.

Le ciel grondait toujours. Suzanne repartit en direction du col.

Martin mit une bonne minute à s'avouer vaincu. Il se redressa, affolé, et chercha la jeune fille du regard. Elle atteignait déjà le bord de la cuvette. Il se retourna vers Louis, qui recevait la pluie avec autant d'indifférence que s'il avait été une statue. Son regard s'était d'ailleurs teinté d'une résignation glacée qui rappelait la pierre.

Pourquoi Suzanne était-elle repartie ainsi, sans un mot ? Parce qu'il avait raté sa cible ? Parce que la marmotte propageait déjà le bacille sous leurs pieds ? Martin serra la crosse de son arme jusqu'à en avoir mal. Il avait échoué. L'attaque qu'il avait tenté de déjouer se déployait en ce moment même et il ne pouvait plus rien y faire.

– On y va, cracha-t-il à Louis en agitant le revolver vide. Allez !

Le jeune homme se mit en marche sans protester. Martin lui emboîta le pas, à distance, au cas où cette soumission cacherait une nouvelle ruse. Mais Louis semblait avoir perdu toute volonté. Le monde autour de lui était déjà mort. Le Mal se répandait. Les gens tomberaient comme les blés. Martin avait échoué. Il ne pourrait plus justifier, auprès de personne, le fait d'avoir caché sa responsabilité dans la mort de Ferdinand… mais puisque la mort allait frapper toute la vallée, cela avait-il encore la moindre importance ? Le paysan serait bientôt oublié dans la masse des cadavres.

Ils rattrapèrent Suzanne en haut du col. Le rideau de pluie paraissait s'être encore épaissi. L'eau crépitait autour d'eux comme du bois dans une cheminée. Martin distinguait à peine la jeune fille, gêné par la cascade qui roulait devant ses yeux. Mais le ciel blanchit, éclairant soudain son visage, et il vit qu'elle le foudroyait du regard. Au coup de tonnerre, elle lui tourna le dos pour entamer la descente.

Martin la suivit, désemparé.

Que signifiait ce regard ? Croyait-elle qu'il avait tiré sous l'effet de la panique ? Qu'il avait oublié la promesse qu'il lui avait faite ? Oui, il y avait eu un risque que Louis soit touché, c'était indéniable, mais qu'aurait-il pu faire d'autre ? Rester les bras croisés tandis qu'un crime démentiel se préparait peut-être sous leurs pieds ?

Martin sentit ce « peut-être » lui vriller le ventre. Une épidémie avec des millions de victimes pouvait-elle vraiment naître d'un esprit aussi confus ? Louis avait-il menti ? Suzanne lui en voulait-elle parce qu'il avait prêté foi à ses élucubrations sans la moindre preuve ? Martin dut se faire violence pour retrouver son sang-froid.

Tant qu'ils étaient en haut de cette montagne, il n'y avait aucun moyen de savoir si Louis avait tout inventé, et si la marmotte était bien porteuse du bacille. Martin savait donc qu'il avait agi raisonnablement, en analysant les données à sa disposition. Il avait envisagé les conséquences d'une épidémie de peste et en avait déduit qu'elles étaient trop graves pour ne pas appuyer sur la gâchette par précaution, que la marmotte soit infectée ou non. Lui tirer dessus, et même se jeter sur son terrier pour tenter de l'attraper, n'avait donc été, en dépit des apparences, qu'une réaction pleine de bon sens. Mais Suzanne, elle, s'était arrêtée à ses premières impressions : elle pensait que Martin avait cru Louis et, pire encore, qu'il avait réagi à son histoire de façon émotionnelle.

La descente s'avéra bientôt plus périlleuse que la montée. Les pierres étaient si glissantes que Martin dut ranger son revolver dans sa veste pour s'aider de ses deux mains. Le vent, dont la morsure engourdissait ses doigts gonflés, s'engouffrait dans les plis de ses vêtements, plaquant des pans de tissu glacés sur sa peau. Il se surprit à craindre de ne jamais arriver en bas. La confrontation avec Louis passée, il avait perdu l'appréhension tenace qui l'avait distrait des intempéries à la montée. Il ne lui restait plus que l'envie, brutale, de se sécher autour d'un bon feu, ainsi qu'une vague angoisse concernant cette histoire d'épidémie et de marmottes, qui lui semblait un peu plus folle à chaque pas. Tout cela rendait le chemin épouvantablement long.

Martin buta soudain contre Louis, qui avait pilé pour éviter Suzanne. Il comprit vite la raison de leur arrêt : le ruisseau de l'aller s'était changé en torrent. Le tronc dont Suzanne s'était aidée pour passer avait été emporté, avec les pierres qui le maintenaient en place. L'eau bouillonnait, furieuse, sur quatre bons mètres de large.

– Il faut suivre le cours pour trouver un gué, dit Martin.

– Ce sera pareil, répondit Suzanne, visiblement troublée.

Sa colère s'était dissipée, remplacée par une inquiétude dont Martin n'arrivait pas à situer la source. Elle suivit tout de même le lit vers l'amont. Le commissaire se tourna vers Louis et fut surpris de le voir lui aussi agité, le regard planté sur le torrent. Il se souvint alors de la Courbe, déjà pleine des eaux de fonte, et comprit l'inquiétude des deux autres. Si les ruisseaux s'étaient changés en torrents, en quoi s'était changé le torrent dans lequel ils se jetaient tous ? Il leva la tête. Le ciel s'était encore obscurci mais l'épaisseur des nuages ne pouvait plus en être la cause. La nuit tombait sur eux. Martin se tourna vers Suzanne, qui s'éloignait encore le long de la rive.

– Hé ! cria soudain le commissaire.

Louis Fortin était descendu dans l'eau jusqu'à la taille.

– Remontez ! cria Martin. Remontez maintenant !

Le jeune homme, agrippé à une touffe d'herbe, tendait le bras vers l'autre rive. Il n'atteignait même pas le milieu du torrent. Il allongea encore son corps quand la poignée d'herbe céda. Sans un cri, Louis bascula et disparut dans les remous. Sa tête jaillit des eaux une seconde plus tard, deux mètres plus bas. Il donna de grands coups de bras affolés pour se rééquilibrer et, moins par volonté que par chance, réussit à rejoindre la rive. Martin l'attrapa par le col et le hissa dans l'herbe.

Suzanne les retrouva les fesses par terre, aussi trempés l'un que l'autre. Elle fut incapable de déterminer lequel des deux avait fait un plongeon.

– C'est pareil partout, dit-elle. On doit attendre.

– On va mourir de froid, marmonna Martin.

– Là.

Elle désignait le vieux chalet. Martin considéra l'habitation avant de poser un œil inquiet sur Louis, qui fixait le ruisseau comme un ennemi personnel. Le commissaire craignit qu'il ne se jette dedans une seconde fois. Il n'avait pas plus envie de rester bloqué une nuit entière avec quelqu'un d'aussi imprévisible mais il n'avait pas le choix. Il palpa machinalement sa poche pour vérifier que le revolver était toujours là. L'arme, au lieu de le rassurer, lui rappela qu'il avait vidé son chargeur sur une marmotte.

Le chalet appartenait à la Corne, qui n'y venait jamais lui-même. Les hommes qui géraient ses troupeaux y montaient avec leurs familles, restaient pour la saison, puis redescendaient, comme ils l'avaient fait quelques jours plus tôt, avec les bêtes et la production annuelle de fromage. La poussière était à peine retombée. Tandis que Louis et Suzanne prenaient place à l'intérieur, Martin alla droit à la cheminée. Il trouva des allumettes et du bois sec. Le plafond lui arrivait aux épaules, mais il fut trop content de sentir les flammes croître sous ses mains pour s'en plaindre.

Le feu craqua bientôt à pleine puissance. Le commissaire avait trouvé un trépied pour s'asseoir. Le bruit de la pluie sur le toit couvrait celui des vêtements gouttant sur le plancher. Suzanne, après avoir retiré son tablier de lin pour l'étendre sur le dossier d'une chaise, s'était rapprochée de l'âtre. Le poids de sa robe gorgée d'eau valait au moins deux fois celui des habits que Martin portait sur son dos, mais la jeune fille ne montrait aucune intention de se dévêtir devant eux. Afficher de la pudeur dans une situation pareille semblait déplacé à Martin : c'était maintenant, à l'arrêt, qu'elle risquait de tomber malade. Mais il ne dit rien. Il ôta simplement sa veste et, par solidarité tacite, garda chemise et gilet, avant de tendre ses bras glacés vers le feu.

Louis était resté sur un banc, près de la table. Il ne s'était pas dévêtu non plus. Il écoutait le martèlement sur le toit, avec anxiété, comme si le fait de s'être mis à l'abri de l'orage avait conféré à la pluie une dimension fantastique. Depuis son plongeon, Martin avait noté un glissement dans son attitude. Louis cherchait à dissimuler son impatience. Il réprimait même un tremblement de la jambe. C'était la même émotion qui se lisait sur le visage de Suzanne. Que la jeune fille s'inquiète pour son village, c'était compréhensible ; ça l'était moins pour le jeune homme, en tout cas si celui-ci, comme il le prétendait une heure plus tôt, avait bien jeté un fléau sur la vallée. Martin, le ventre serré, sentit l'histoire de Louis perdre un peu plus de sa crédibilité.

Le commissaire avait obtenu tout ce qu'il était venu chercher à Fragonaz. Il avait attrapé l'homme qui se cachait sous le nom d'Étienne Rabotin, et celui-ci avait confessé ses crimes. Son objectif avait été de déstabiliser le pays par une série d'attentats, pour mieux le frapper avec une bombe aussi invisible que massive. Tout s'alignait dans un ordre logique. Louis Fortin était le coupable que Martin attendait.

Et pourtant, quelque chose clochait.

La frustration de Martin, au lieu de s'évanouir, grandissait. Il se sentait bloqué, prisonnier du chalet comme de ses raisonnements. Le commissaire savait enfin tout, mais tout lui semblait faux. L'histoire de Louis Fortin était pleine de trous. Comment avait-il pris contact avec des factions anarchistes inconnues les unes des autres ? Comment avait-il échappé à la police ? Comment avait-il poussé une jeune femme à commettre un attentat-suicide ? Et surtout, comment une machination de cette envergure pouvait-elle se bâcler ainsi, sur la conclusion hasardeuse d'une marmotte en panique ? Non, le commissaire n'était pas satisfait. Il tourna son visage vers le feu pour le cacher à Suzanne.

Martin comprenait peu à peu qu'il s'était comporté comme un fou. Il avait beau se rassurer sur le bien-fondé de l'acte, il n'en avait pas moins tiré sur une pauvre marmotte de rien du tout. L'histoire que lui avait racontée Louis, si peu plausible fût-elle, donnait pourtant du sens aux éléments qui l'intriguaient depuis le début de l'enquête : l'indice « marmotte » laissé sur le cadavre de Fabienne Fouilly, la présence du jeune homme à Fragonaz, le livre sur les marmottes que Louis avait laissé chez sa mère, et même la seringue qu'il avait en poche. Tout s'imbriquait, oui, mais aucun de ces éléments ne constituait une preuve en soi, et c'était justement ce qui gênait Martin. Même logique, l'histoire restait idiote. Qui transportait la peste dans sa poche ? Qui essayait de déclencher une épidémie en relâchant une marmotte dans une montagne ?

Martin réprima un frisson de haine dirigée contre lui-même.

Il ne pouvait plus se voiler la face. En tirant sur la marmotte, il avait montré qu'il avait cru, sans la moindre preuve, ce que lui avait raconté Louis. Il était pourtant resté fidèle à sa méthode, n'éliminant aucune hypothèse avant d'en avoir prouvé la fausseté. Mais il comprenait désormais que ne pas écarter les théories les plus loufoques, comme l'aurait commandé le bon sens, c'était déjà les considérer comme vraies, ne serait-ce qu'à l'état de possibilités, ce qui revenait, au fond, à les crédibiliser.

En définitive, au lieu d'ignorer des absurdités, Martin les avait élevées, dans le cadre de son enquête, à l'état de vérités. Ainsi, sans jamais dévier de la méthode scientifique, il avait adopté un comportement méprisable, digne du dernier des bigots. Suzanne aussi avait entendu les délires de Louis Fortin, mais elle avait réussi à les prendre pour ce qu'ils étaient. Il était naturel que la jeune fille fût fâchée contre

Martin. Le commissaire lui avait assuré que sa méthode les conduirait au bout de l'enquête, mais, devant elle, celle-ci venait de se mordre la queue. Martin croyait. Il croyait à la logique, à la raison pure, à l'objectivité, mais il croyait.

Le commissaire commençait à sécher. Malgré lui, il avait plaisir à sentir la chaleur du feu contre ses paumes. Mais il n'avait pas le cœur à sourire.

Il comprenait maintenant que la marmotte qui s'était échappée n'avait jamais contracté la peste, et que Louis n'avait même jamais été en possession du bacille. Il ignorait pourquoi le jeune homme avait menti. Il aurait voulu profiter du répit accordé par la montagne pour l'interroger une seconde fois, et le forcer à cracher la vérité. Mais le commissaire, vidé, ne savait plus comment s'y prendre. Il avait peur de réveiller l'ironie du jeune homme, d'affronter à nouveau une histoire inventée de toutes pièces et de s'humilier davantage devant Suzanne.

– Vous n'êtes pas Étienne Rabotin.

La jeune fille fixait Louis avec calme.

– Vous n'êtes pas Étienne Rabotin, répéta-t-elle, parce qu'il n'existe pas.

Elle parlait comme si la conversation entamée sur le plateau n'avait jamais été interrompue. Mais les mots, là-haut, avaient été balayés par l'aspect dramatique, presque irréel de l'orage. À l'abri de la pluie, du vent et des éclairs, ils retrouvaient leur poids. Le ronronnement et la chaleur montant du feu réinvitaient à l'écoute.

– De toute façon, continua-t-elle en se tournant vers le feu, tout ce que vous avez raconté est faux. Les marmottes, la peste, tout ça c'est n'importe quoi. Je vois bien que vous êtes aussi inquiet que moi à propos de l'orage. Votre mère est au village, vous tenez à elle. Vous n'auriez jamais pris le risque de lui faire du mal.

Louis ne semblait pas l'entendre. Le ton de Suzanne se fit plus sourd :

– Vous vouliez juste qu'on vous tire dessus. Et je trouve ça immonde. Pour votre mère. Pour le commissaire. Et pour moi. Vous êtes le pire des égoïstes.

– Égoïste !

Ce dernier mot avait fait bondir le jeune homme comme si elle lui avait donné un coup de fourchette dans les côtes. Martin essaya de se faire le plus discret possible. Il avait atteint une limite, et il savait gré à Suzanne de prendre le relais.

– Je ne suis pas égoïste, gronda Louis.

– Mon frère est mort ! Rien que ça ! Ça ne vous dérange pas d'utiliser son nom devant moi ? Vous prétendez que vous tuez des gens sous ce nom, mais c'est faux. Je suis sûre que c'est faux. La vérité, c'est que vous êtes juste trop lâche pour mettre fin à vos jours vous-même. C'est de l'égoïsme pur !

– Je ne voulais pas mourir…

– Oh, vraiment ? railla Suzanne en lui faisant face. Pour quelqu'un qui ne veut pas mourir, vous êtes sacrément suicidaire.

Louis ouvrit la bouche pour répliquer mais il finit par s'abstenir. Le feu craquait toujours. Le tas de braises qui s'accumulait sous les bûches projetait des vagues de chaleur jusqu'à son front. Le jeune homme reprit d'une voix plaintive :

– Je ne veux pas mourir. Mais je ne veux plus avoir mal…

– Et alors ? répliqua Suzanne, soudain piquée.

– Et alors ?

– Oui, et alors ?! explosa la jeune fille. Qu'est-ce que ça veut dire, ça, « je ne veux plus avoir mal » ? Vous n'êtes pas le seul qui s'en prend plein la tête ! Toute ma famille est morte ! Je vais devoir vendre le peu qu'ils m'ont laissé pour survivre, sauf si j'épouse l'homme qui a tabassé celui que j'aime ! De quoi vous vous plaignez ?

La voix de Suzanne s'était cassée. Elle étendit le tissu de sa robe devant le feu pour qu'il sèche. Louis la fixa un moment, mal à l'aise, avant de bredouiller :

– J'ai essayé de t'aider…

Elle se retourna, croyant avoir mal entendu.

– Quoi ?

– Toi et les autres, marmonna Louis. J'ai vraiment essayé. J'en pouvais plus. Les gosses qui se brisent le dos pour bouffer. Ou qui crèvent de la première fièvre qui passe. Je suis parti pour vous aider…

– Il fallait rester ici, rétorqua Suzanne.

– Et pourquoi j'aurais fait ça, quand on peut aller chercher là-bas tout ce qui manque ici ? Là-bas, on soigne n'importe quelle maladie d'une piqûre. On jette des plats entiers dans les poubelles des restaurants. Pourquoi je serais resté ici ? Pourquoi je n'aurais pas essayé d'équilibrer un peu les choses ?

Le jeune homme serrait les poings si fort qu'il s'était mis à trembler.

– Tout ce que j'ai fait, c'était pour le village. Pour les endroits comme celui-là. J'ai organisé des messes anarchistes dans des bars, j'ai écrit des sermons enragés, j'ai… j'ai essayé, pendant des années, j'ai vraiment essayé, et on m'a…

Il se tut, incapable de finir sa phrase.

– Et on vous a détesté pour ça, termina Suzanne.

– Non, gronda Louis. On m'a applaudi.

Son visage s'assombrit d'une façon effrayante dans la lumière des flammes.

– Ils étaient d'accord, continua-t-il en serrant les poings. Ces sales bourgeois bien-pensants étaient tous d'accord. Ils défendaient les paysans alors qu'ils n'avaient jamais plumé une poule. Ils écrivaient leurs grandes théories sur la redistribution et ils retournaient se rouler dans la soie. Ils ne m'ont jamais reproché de venir d'ici. C'est le contraire. Pour eux, c'était admirable. Je les ai haïs. Je les hais toujours.

Le feu craqua. Une étincelle sauta sur la robe de Suzanne, qui la chassa. Louis se referma, soudain gêné de s'être laissé aller à parler. Mais Suzanne sentait qu'elle n'avait plus à le pousser beaucoup pour qu'il poursuive. Elle changea de stratégie.

– Qui est Étienne Rabotin ?

Louis ne répondit pas.

– Vous le savez, n'est-ce pas ? insista-t-elle.

– Tu ne peux pas comprendre.

– Essayez.

– Tu ne sais pas ce que c'est qu'un anarchiste.

– Bien sûr que je sais ce que…

Louis faillit renverser la table :

– Non, tu ne sais pas ce que c'est !!… Personne ne sait ce que c'est ! Pas avant de les avoir fréquentés ! Pas avant de les avoir vus se battre !

– Je ne suis pas sourde.

Elle le fixait sans ciller. Louis retomba sur le banc en ricanant :

– Très bien ! Un anarchiste, c'est quelqu'un qui veut du pouvoir. Voilà.

– Vous recommencez, dit Suzanne en se raidissant.

– À quoi ?

– À raconter des histoires.

Louis fit une grimace étrange.

– Ce n'est pas une histoire, reprit-il d'une voix morte. C'est une mécanique que j'ai retrouvée dans tous les mouvements protestataires que j'ai croisés. Les gens sont moins intéressés par la cause que par la position de pouvoir qu'ils exercent au sein de cette cause. Quel que soit l'objet de la condamnation, le pouvoir, l'argent, même un autre groupe, il ne s'agit pas de condamner en chœur avec notre frère idéologique : il s'agit de condamner en criant plus fort que lui. Les rebelles ne l'admettront jamais, bien sûr. La majorité d'entre eux ne sont même pas conscients de ces mécanismes. Ils se cachent tous derrière la cause, et la cause ne peut pas être remise en question, car elle se propose de mettre fin à des situations objectivement injustes. Mais le rêve du rebelle n'est pas de trouver des solutions. Il ne veut surtout pas que la situation cesse, ça lui enlèverait sa raison de vivre. Le rêve du rebelle est d'être le membre de la cause le plus en vue, le plus influent et le plus puissant. Les anarchistes, en tant que groupe, se battent contre le pouvoir. Mais individuellement, c'est la seule chose qu'ils veulent.

« Le pire, c'est que les attaquer sur ce point les rend d'autant plus véhéments que la parole est leur seule façon de se positionner les uns par rapport aux autres. Plus un anarchiste est violent dans ses mots, plus il est respecté. Les actions sont secondaires, elles servent juste à se donner une contenance. Je n'avais évidemment pas compris ça quand je suis arrivé en ville. Je passais mes soirées à me battre. Contre des étudiants, des flics, n'importe qui. Tous ceux qui me tombaient sous la main et qui représentaient l'ennemi. Mais quand il fallait raconter, là, je ne savais plus quoi dire. Je bafouillais, je rougissais. Les autres se fichaient de moi. Alors que ceux qui savaient parler, par contre, on les écoutait. Même s'ils n'avaient rien fait.

Louis émit un ricanement acerbe et reprit d'une voix traînante :

– J'ai voulu frapper plus fort. Je me suis retrouvé en prison. J'y suis resté trois mois. Quand je suis sorti, personne n'avait remarqué mon absence. Ils continuaient à s'écouter parler. Alors je me suis dit que je perdais du temps, qu'il fallait monter à Paris, là où ce serait sérieux, mais à Paris, c'était pareil. J'étais toujours le bouche-trou. Le type dont les autres anarchistes se moquaient pour se valoriser. C'était insupportable. Je bossais aux Halles pour manger, et dès que j'émergeais, je me retrouvais face à des gens qui me méprisaient ouvertement. Des gens imbus d'eux-mêmes, mais se réclamant toujours de l'intérêt des autres, donc inattaquables. Ils m'énervaient tous. Tous.

Son visage se referma soudain, et il se tut, gêné. Mais Suzanne avait décelé dans son regard une lueur qu'elle crut reconnaître.

– Vous avez rencontré quelqu'un ? fit-elle avec douceur.

Louis leva les yeux et la dévisagea un moment. Il finit par acquiescer.

– Dans un bar. Elle accompagnait une connaissance, un de ces frères de cause, un énième beau parleur qui n'avait jamais osé s'approcher d'une arme à feu. Elle buvait un demi, un peu mal à l'aise. Mais excitée. Comme si notre quotidien à nous, les terribles anarchistes, c'était déjà une aventure. Elle avait un rire doux. Je ne sais même pas comment le décrire. On l'entendait à peine. Mon « frère » s'était lancé dans une de ses tirades inutiles. Il racontait que les bourgeois qui l'employaient, elle, seraient un jour pendus à un croc de boucher. Elle les détestait. Elle était bonne chez un médecin qui avait des vues sur elle. La femme du médecin voyait tout mais n'osait pas élever la voix contre son mari, du coup elle se défoulait sur elle. Mon « frère » m'énervait. Il nous interrompait toutes les deux phrases pour vanter son « intransigeance dans le refus de la tyrannie bourgeoise ». Et la seule façon qu'il avait trouvée de prouver la sincérité de son engagement était, comme d'habitude, de mettre en doute le mien. Je n'arrivais pas à remonter la pente dans laquelle il me poussait en riant. Mais ce jour-là, parce qu'elle était là, et parce qu'elle avait un rire doux, ça m'a vraiment énervé. Il fallait que je réplique. Je ne sais pas pourquoi j'ai utilisé le nom de ton frère.

Suzanne perçut un mouvement du côté de la cheminée. Martin avait frémi mais il s'était aussitôt immobilisé. Louis n'avait rien remarqué.

– Étienne ? Il était encore vivant ?

– Non, répondit Louis. Maman m'avait écrit qu'il était mort. Je crois que ça m'avait marqué. On s'était perdus de vue, mais on avait tellement traîné ensemble… Je… je crois que j'étais jaloux. C'est bizarre à dire, comme ça. Il était mort. Mais il était mort loin d'ici, en essayant de… de dépasser ce qu'il était… je ne sais pas.

Louis se tut un moment avant de reprendre :

– C'était un moment de la conversation où l'autre crétin fanfaronnait à propos d'un attentat qu'il préparait. C'était faux, bien sûr, il n'aurait jamais eu le cran de faire quoi que ce soit. Je ne sais plus exactement ce que j'ai dit. Je crois que j'ai parlé d'un attentat commis quelque part en Espagne par « l'un des anarchistes les plus célèbres de la cause ». Je suis resté assez flou sur le lieu et la date, comme si c'était une évidence. « Qui a fait ça ? » m'a demandé l'autre, évidemment intrigué. « Étienne Rabotin, bien sûr ! j'ai rétorqué. Tu connais pas ? » Il m'avoua que non. Il était gêné. Alors bien sûr, j'en ai rajouté.

« J'ai raconté que j'avais personnellement rencontré Étienne Rabotin le mois d'avant, et que le simple fait de croiser son regard suffisait à montrer qu'il ne plaisantait pas. Il ne parlait pas beaucoup, mais il n'avait pas besoin de le faire pour qu'on comprenne qu'il avait déjà tué et qu'il continuerait jusqu'à sa mort. Et c'est à peu près tout ce que j'ai dit. L'autre, incapable de se comparer à quelqu'un qu'il ne connaissait pas et contre qui, visiblement, il ne faisait pas le poids, a dévié la conversation sur des sujets plus triviaux, et puis il a fini par nous laisser tous les deux. Plus tard, Fabienne m'a dit qu'elle en avait été aussi soulagée que moi.

– Fabienne ?

Suzanne avait sursauté. Louis l'interrogea d'un regard suspicieux.

– Fabienne Fouilly ? demanda Suzanne en évitant de regarder Martin.

Louis hocha la tête en silence.

– Qu'est-ce qui s'est passé ?

– Dès que l'autre est parti, elle a voulu en savoir plus sur Étienne Rabotin. Je restais évasif, mais j'en profitais pour crâner. J'avais croisé Étienne Rabotin, contrairement à mon « frère » de cause, parce que j'étais mieux placé que lui dans les réseaux anarchistes. En fait, je faisais exactement comme lui : j'enflais mon importance pour l'impressionner. Et ça a marché. Fabienne s'est mise à sortir avec moi. Toutes les semaines, je lui présentais quelques anarchistes, tous plus importants les uns que les autres, en tout cas selon eux. Mais j'avais trouvé le moyen de faire reculer ceux qui faisaient trop les fiers. Avec ou sans Fabienne, j'utilisais le nom d'Étienne Rabotin au hasard des conversations, quand leurs chevilles gonflaient trop. « Bravo, c'est super, tu t'es inspiré d'Étienne Rabotin ? », « Oui, pas mal, mais Étienne Rabotin a fait ça, lui ! » : je lui attribuais les actions non revendiquées, mais surtout d'autres qui n'avaient jamais eu lieu. Je racontais n'importe quoi. Personne ne vérifiait jamais.

« Et puis, un soir, j'ai compris que la situation m'échappait. Dans un bar, quelqu'un parlait d'un attentat à la bombe qui avait fait deux morts. Il décrivait l'anarchiste responsable de ces meurtres comme un roc imperturbable, un récif de volonté dans une mer hostile, cruel, sans pitié, comme s'il avait réussi, à force de dévotion pour la cause, à s'affranchir de toute morale. Tous ceux qui l'écoutaient en bavaient d'envie. C'était le fantasme de n'importe quel militant. Alors, le type a donné le nom de l'anarchiste aux autres. Et bien entendu… Sur le coup, j'ai trouvé ça hilarant. Mais je me suis bien gardé de détromper celui qui racontait. J'étais devenu cynique. Ces gens se glorifiaient de prendre les armes contre l'idéologie ambiante, contre le grand mensonge politique, capitaliste et religieux dont on les bassinait depuis des siècles… et ils gobaient le premier mythe venu. Ça leur avait manqué, ils en redemandaient ! Ils se disputaient tous depuis des années pour savoir lequel d'entre eux était le plus radical, lequel méritait d'être le plus admiré par les autres. Et voilà que je leur avais fourni, sans le faire exprès, l'incarnation d'un anarchisme pur, total, l'idéal extrémiste qu'ils ne pouvaient pas atteindre. J'avais mis un nom sur la figure qu'ils désiraient tous être, et, parce que cette figure n'avait pas de visage, personne ne pouvait la souiller.

« Le nom a commencé à apparaître dans les journaux. J'ai eu peur que ça fragilise la cause. J'avais fini par mépriser les anarchistes plus encore qu'ils ne se méprisaient entre eux, mais je pensais toujours qu'il y avait une sorte de vérité dans leur engagement. Que la cause soit polluée par leur ego était une chose, mais leur révolte en était une autre, non dénuée de sens. Il y avait, et il y a toujours, une colère légitime qui gronde au sein des couches populaires. J'avais juste nommé cette colère. Rien de plus. Je me suis dit que ça ne pouvait pas faire de mal.

Louis s'arrêta de parler. Suzanne le sentit partir dans ses pensées.

– Mais vous aviez tort, chuchota-t-elle pour le ramener dans le chalet.

– Nommer une chose, reprit Louis comme pour lui-même, c'est la rendre intelligible. Et quand une colère peut être saisie par des mots, c'est qu'elle est sur le point d'exploser. Les anarchistes français s'étaient tenus tranquilles jusque-là. C'était fini. Dès que leur bannière a été créée, une bannière cousue d'un simple nom, ils se sont engouffrés en masse dans la voie tracée par leur supposé maître. Les attentats se sont multipliés. Les cadavres aussi. Étienne Rabotin était partout, à chaque coin de rue, même si personne ne l'avait jamais vu. Mais son existence physique n'avait déjà plus aucune importance dans le fait de faire exploser une bombe en son nom.

« Il y avait enfin plus d'actes que de mots et les choses allaient peut-être bouger. Mais tout me semblait odieux. J'avais plus fait pour la cause par hasard qu'en luttant avec mes poings. Je me suis détaché de mes fréquentations militantes. Ma seule consolation, dans tout ça, c'était Fabienne. Je la voyais dès que possible. Je lui écrivais des lettres. J'essayais de mettre de l'argent de côté. Je crois que je voulais lui montrer le village. Je ne sais pas. Ces idées-là ne sont jamais claires. Je repensais tout le temps à la montagne. Je volais des livres sur la région à la bibliothèque. Dans mes lettres, je parlais à Fabienne de ma mère, des champs, des marmottes… J'essayais de lui communiquer la nostalgie qui me prenait à la gorge le jour, au milieu d'une foule, ou la nuit, dans ma petite chambre. Je lui disais aussi d'autres choses…

Après une courte pause, Louis haussa brutalement le ton :

– Je lui ai dit de quitter son travail ! Je l'ai écrit, noir sur blanc. Je lui ai dit de partir avec moi, de voir ce qu'il était possible de faire, de construire. On n'aurait pas eu grand-chose mais ça nous aurait suffi. Je lui ai écrit. Mais elle ne m'a pas lu…

« C'était elle, maintenant ! Elle qui parlait d'anarchisme et d'Étienne Rabotin ! Et moi, quand j'étais face à elle, je me dégonflais. Mes lettres semblaient naïves. J'en balayais l'importance d'un geste, je clamais bien fort, avec elle, des messages de haine. Je lui avais menti une fois et j'avais glissé dans le mensonge permanent. Elle me voyait comme un soldat du peuple. C'était cette image-là qu'elle aimait. Je ne savais plus quoi faire… J'avais peur de la perdre, mais je n'arrivais pas à lui parler. Je n'arrivais pas à revenir en arrière. Et elle, qui renchérissait toujours dans la haine…

« Ça allait de pire en pire. Les appétits du médecin qui l'employait devenaient pressants. La méchanceté de sa femme augmentait de pair. Elle en faisait des cauchemars. Toutes les nuits, elle plaçait une chaise derrière sa porte, au cas où, comme si ça pouvait changer quelque chose… Moi, je brûlais de rage. Mais elle ne me laissait pas intervenir. Elle préférait se concentrer sur la lutte, la vraie lutte, noble et belle ! Pas celle pour sa petite personne, mais pour tous les opprimés ! Dès qu'elle avait du temps libre, elle dévorait les prospectus qui lui tombaient sous la main, elle lisait chaque "exploit" d'Étienne Rabotin dans les journaux. Et moi qui lui racontais que je l'avais rencontré ! Son héros ! Elle rêvait de lui parler, de le toucher ! Elle insistait toujours pour que je lui présente des gens que je ne voulais pas voir, juste dans l'espoir de le croiser. Ça ne pouvait pas durer. Elle a fini par se rendre compte que je n'étais pas un anarchiste si important que ça… comme si ça existait. Alors elle a changé son fusil d'épaule. Elle a voulu passer à l'action avec moi. Faire sauter un symbole ! Attirer l'attention d'Étienne Rabotin ! J'essayais de l'en dissuader. Je ne voulais rien faire. Je ne voulais pas qu'il lui arrive quelque chose. Mais c'est arrivé. Parce que je n'ai rien fait.

« Je l'ai retrouvée en larmes un matin. Elle n'a pas voulu me raconter ce qui s'était passé. Mais je savais. Je voulais anéantir le médecin. Étrangler sa femme. Brûler leur maison jusqu'aux fondations. Mais ça ne lui suffisait pas. Il aurait fallu tuer tous les médecins. Toutes les maîtresses de maison. Tous les bourgeois. Alors elle m'a mis le dos au mur : elle partait en guerre, et c'était avec ou sans moi. Elle m'a dit qu'elle avait trouvé de quoi passer à l'action. Elle m'a montré : un bâton de dynamite. Un vrai. Elle s'était débrouillée pour le voler à un ami du médecin, un ingénieur. Je ne voulais pas le croire. Elle allait le faire. Elle allait vraiment le faire. Je ne l'avais jamais considérée sérieusement. Alors je me suis affolé. J'étais furieux. Contre moi, bien sûr, parce que je n'avais pas eu le cran d'être honnête avec elle. Mais c'est sur elle que je me suis lâché, et de la pire des façons. J'ai tout avoué. Mes mensonges, mes sentiments sur le milieu anarchiste, l'invention d'Étienne Rabotin... mais c'est elle que j'ai accusée. C'était elle, la responsable de tout. Je lui ai tout mis sur le dos ! Le monde dont elle rêvait tournait autour de l'existence d'un homme qui n'avait jamais existé... et c'était sa faute !

La voix de Louis faiblissait. Son corps semblait s'affaisser. Il ne voyait plus ce qui l'entourait, sans être pourtant dans ses pensées : il revivait plutôt les scènes qui se déroulaient sous ses yeux, désespéré de ne pas pouvoir les modifier.

– Je voulais m'excuser, souffla-t-il, si bas que Suzanne dut tendre l'oreille. Je venais de l'insulter, de lui reprocher mes erreurs, mais c'était la seule chose que je voulais... m'excuser. On était près de chez elle. À la terrasse d'un café. Elle est allée chercher mes lettres. Elle me les a toutes rendues. Toutes, sauf une. Je m'en suis rendu compte plus tard. Mais sur le moment, j'étais trop fâché. Je voulais qu'elle proteste, qu'elle explose ! Mais elle se taisait. Elle se taisait et elle me regardait avec des yeux ! Même pas de haine. J'aurais voulu qu'elle me déteste, j'aurais pu la frapper pour qu'elle me crie dessus ! Mais elle ne disait rien… Juste ces yeux… ces yeux…

La tête de Louis tomba entre ses bras et il éclata en sanglots.

– Elle n'avait rien fait… Quel Dieu permet un truc pareil ?

Pendant une longue minute, on n'entendit plus que les craquements du feu dans la cheminée. La partie de la robe de Suzanne exposée au feu commençait à sécher. Elle s'abstint pourtant de bouger, pour ne pas troubler Louis.

– J'ai compris en lisant les journaux le lendemain, souffla-t-il enfin. Elle avait tout lâché. Tout. Sans hésitation. J'ai cru que j'allais devenir fou…

– Vous êtes revenu ici, murmura Suzanne.

Il renifla bruyamment, avant d'essuyer son nez avec sa manche.

– Je ne voulais pas lâcher, moi ! J'avais des pensées horribles. Des pensées logiques. Et au bout de cette logique, il y avait toujours ma mort. J'avais peur ! J'avais peur de me tuer. Je ne voulais pas mourir… mais ma mort devenait rationnelle. J'avais besoin de reprendre pied sur un sol stable. De retrouver un monde familier. Alors j'ai dépensé tout ce qui me restait pour revenir ici. Ça ne m'a même pas suffi pour la moitié du trajet…

Il gémissait de nouveau.

– Je voulais juste m'arrêter. Souffler, oublier. Mais je n'ai eu le temps de rien. Ton père s'est fait tuer le jour de mon arrivée. Et je sais pourquoi. Parce qu'*Il* n'avait pas encore fini de s'amuser avec moi. J'avais une cause, et *Il* la vidait de son sens. Une femme que j'aimais. *Il* la tuait. Un village, un refuge, le monde le plus sûr et le plus stable que je connaissais. *Il* le faisait sombrer dans l'abîme.

« J'avais croisé ton père en sortant de l'autocar. Les gendarmes l'auraient su, ils me connaissaient, ils m'auraient arrêté sans hésiter. Je me suis caché dès les premiers cris. Je suis entré dans l'église. *Il* n'allait quand même pas détruire sa propre maison ? Et puis j'ai compris que j'étais encore tombé dans un piège. *Il* m'avait traîné là exprès. *Il* essayait de me faire confesser. Le curé n'a rien dit. Il n'avait pas besoin, c'était juste un intermédiaire. C'était *Lui* qui voulait que j'avoue. Il voulait que je lui demande pardon pour la mort de Fabienne… mais c'était injuste. C'était *Lui* qui l'avait tuée ! Moi, je n'ai jamais voulu ça ! Je n'ai jamais eu d'intentions mauvaises, ni envers elle ni envers personne. Tout ce que je voulais, moi, c'était aider des gens. Et quand je n'ai pas réussi, j'ai voulu aimer quelqu'un ! Aimer quelqu'un, ce n'était pas un péché ! *Il* n'avait pas le droit de m'accuser. Ce n'était pas moi…

Suzanne craignit que Louis ne s'effondre à nouveau en larmes mais il parvint à se contenir. Elle attendit encore un peu avant de demander :

– Pourquoi la marmotte ?

Louis ne répondit pas tout de suite.

– Louis ?

– Je ne sais pas, chuchota-t-il enfin. J'étais enfermé, mais avec le sous-fifre. Si j'avais vexé le patron, je méritais au moins une réponse directe…

– Je ne comprends pas…

– Non. Personne ne comprend. Quand… quand tout échappe à ton contrôle, quand tout est perdu, le pire, c'est un vieil homme en face de toi qui te donne l'impression qu'il est déjà passé par là. Tu veux lui dire que non, que ce que tu ressens, ça compte, parce que c'est neuf, parce que ça fait mal ! Personne ne peut avoir connu ça avant toi. Personne. Tu as envie de l'insulter. Tu veux le secouer pour lui faire perdre son calme. Tu veux qu'il avoue qu'il n'a aucune idée de ce qui se passe dans ta tête. Tu veux qu'il tremble. Alors je me suis souvenu du livre que j'avais pris avec moi. J'ai pensé aux tunnels sous le plateau, un cours d'histoire m'est revenu en mémoire, et ça m'a donné une idée. J'ai fabriqué un piège. J'ai vu maman en faire des dizaines, bien plus sophistiqués que celui-là. Ils ne marchaient jamais. Une marmotte, ça se chasse. Ça ne se capture pas. Je ne pensais pas que ça fonctionnerait mais le curé, lui, était inquiet, ça se voyait. Je lui transmettais un peu de ma peur… mais pas encore assez. Il ne bougeait pas, il ne s'excitait pas. Il me regardait juste faire. Je perdais patience. Ça m'a rappelé Fabienne sur la terrasse. Il y avait une boîte à pharmacie dans l'armoire. J'ai volé la seringue. Je voulais lui parler de la peste, et je voulais qu'il y croie. Que son masque tombe. Mais je n'ai pas eu le temps de lui faire peur… parce que j'ai capturé une marmotte.

Louis éclata d'un rire triste, qui ressemblait à un gémissement.

– C'était un rendez-vous !… *Il* voulait me faire monter là-haut. Me parler ! Je n'étais pas fou. C'est bien *Lui* qui se foutait de moi depuis le début ! Ah ! C'est quand on obtient l'assurance de ne pas être dingue qu'on le devient… Je suis arrivé sur le plateau. Personne. J'ai écouté. Rien. J'ai hurlé. Le silence ! J'ai même essayé de prier. *Il* n'a pas répondu. Et puis vous êtes arrivés. Je voulais en finir… Que ça s'arrête… C'est si difficile à comprendre ? Mais je ne voulais pas… je ne voulais pas mourir…

Sa tête tomba entre ses bras et il resta sans bouger un moment.

Dehors, l'orage s'était calmé. On entendait encore la pluie sur le toit, mais c'était un son régulier, calme comme le ronronnement d'un chat. Le feu crépitait de temps en temps. Louis se redressa, essuya ses yeux et ôta sa veste qui ne gouttait plus. Il semblait un peu soulagé. Suzanne, qui le fixait toujours, finit par hocher la tête.

– Donc il n'y a pas de conspiration…

– Bien sûr que non.

Martin sentit le regard méprisant de la jeune fille glisser sur lui.

– Il n'y a que vous derrière Étienne Rabotin, reprit-elle.

– Il n'y a personne derrière Étienne Rabotin, rétorqua Louis, irrité. J'ai donné ce nom-là au hasard. C'est tout. Le personnage, lui, existait déjà. Les anarchistes le vénéraient déjà. Je leur ai juste donné un nom païen pour le nommer.

Louis se leva, ramassa une grosse bûche sur le tas de bois près de l'entrée.

– Et les attentats ? demanda Suzanne. Ceux que les journaux…

– Des actes isolés, coupa Louis.

– Pas d'organisation secrète ?

– Bien sûr que non.

– Donc il n'y a pas de responsable ?

– Évidemment qu'il y a des responsables !

Le jeune homme, agacé, marcha vers la cheminée et, manquant de renverser le commissaire au passage, précipita avec violence la bûche dans le feu. Un nuage d'étincelles s'éleva d'un coup. Les flammes furent presque étouffées.

– Les auteurs des attaques sont responsables ! gronda-t-il en revenant à sa place. Ils ont tué, peu importe la raison, ils doivent être jugés pour ça. Mais si c'est Étienne Rabotin qu'on veut mettre en cage, alors non, on ne peut pas s'arrêter à ceux qui tuent. On doit enfermer les anarchistes, les poseurs de bombes comme les beaux parleurs, mais aussi les socialistes, les catholiques, les monarchistes, tous les hommes, en fait, et puis aussi les femmes, et les enfants. Et même si on mettait l'humanité entière sous les verrous, Étienne Rabotin serait toujours dehors, parce que nous, nous serions dehors.

Suzanne hocha à nouveau la tête, avec gravité. À l'extérieur, la pluie avait cessé. Le silence tombait enfin sur le chalet, rompu de temps à autre par les craquements de la bûche, dont de petites flammes bleues léchaient déjà l'écorce. La jeune fille hésita avant de poser la question suivante, comme si c'était la plus importante.

– Qui a tué mon père ? chuchota-t-elle enfin.

Louis la fixa un moment d'un regard neutre, puis il haussa les épaules, semblant considérer que la question ne présentait pas d'intérêt. Il tira sa chaise dans un coin, croisa les bras et fit mine de vouloir dormir. Suzanne, déçue, finit par l'imiter.

Martin, lui, n'avait pas bougé.

Il ne sentait même plus les flammes qui dansaient devant lui. Il était au-delà de la déception, plus bas encore que le désespoir.

Il n'y avait rien. Pas d'Étienne Rabotin. Pas de conspiration. Pas de plan. La révélation qu'il avait cherchée n'existait pas. Tout était chaos, et en essayant de remettre une multitude d'événements dans un ordre qui n'avait jamais existé, il était devenu fou. Françoise l'avait senti arriver à des kilomètres. Ferdinand Rabotin l'avait percé à jour. Même le père Georges, ce minable curé de campagne qu'il aurait voulu étrangler, l'avait compris en quelques phrases. Bouleversé par la mort de son père, Martin avait tassé, brutalisé ses émotions pour leur donner la seule forme d'irrationalité qu'il pensait pouvoir maîtriser : l'intuition policière. Mais les indices qu'il avait récoltés au cours de son enquête, ces précieuses données qu'il avait manipulées mentalement pendant des jours, ne possédaient que la signification qu'il leur avait attribuée.

Martin avait sous-estimé la détermination d'une jeune fille en colère. Parce qu'il n'avait pas voulu croire que Fabienne Fouilly avait décidé elle-même de se faire sauter, il avait placé sa foi dans l'existence d'un homme responsable de tous ses maux ; il avait traqué ce coupable parfait pour le traîner devant la loi des hommes, c'est-à-dire la sienne ; et il avait utilisé cette quête pour justifier le fait de ne pas s'être livré après avoir tué un homme.

Il retint un gémissement. Oui, il irait en prison. Oui, Françoise se retrouverait seule. Elle aurait le droit de divorcer, et pourquoi ne l'exercerait-elle pas ? Mais si violente soit cette pensée, si obsédante soit-elle, ce n'était pas celle qui dominait et qui paralysait ses muscles. Martin ne bougeait pas parce qu'il savait qu'à l'instant où il se retournerait, au moment où il parlerait à Suzanne, il briserait chez elle toute velléité d'émancipation, et ce, de façon définitive.

Il avait espéré une conclusion grandiose pour son enquête, un final où le Bien triompherait de façon éclatante, pour qu'elle comprenne, bon gré, mal gré, pourquoi il s'était tu. Mais cette conclusion en fanfare ne viendrait pas. Le père de Martin était mort, pour rien, de la main d'une fille désespérée. Et lui, parce qu'il avait tué Ferdinand Rabotin, il avait plongé une autre fille dans le désespoir, pour rien, sans aucune raison valable. Comment parler à Suzanne maintenant ? Cette tâche dont il pensait s'acquitter sitôt l'enquête bouclée était devenue, en l'espace d'une heure, une montagne infranchissable. Il ne pouvait pas expliquer l'accident, pas vraiment, et il ne pouvait plus justifier son silence. Qu'aurait-il pu lui dire ? Qu'il avait cru, malgré ses tirades sur le ridicule des croyances, dans une explication cohérente du monde ? Qui se révélait fausse de bout en bout. Suzanne ne retiendrait que l'humiliation d'avoir fréquenté l'homme qui avait tué son père. Elle avait brisé le carcan des traditions pour le suivre, mais cet acte courageux ne serait jamais récompensé. Au contraire, sa culpabilité remonterait en flèche, pour ne plus jamais redescendre, faisant de son âme un terrain fertile pour les jeux de pouvoir du curé et de ses sbires.

Une idée frôla l'esprit de Martin. Il rougit aussitôt et dut faire appel à toute sa volonté pour ne pas se mettre à pleurer. Quand Louis était passé à côté de lui pour mettre une bûche dans le feu, il avait reconnu les boutons à trois trous et le liseré d'or sur la tranche. Le jeune homme portait son gilet… Martin se réprimanda. Comment était-il possible qu'une pensée pareille lui vienne naturellement ? Comment osait-il caresser l'idée de faire plonger un innocent à sa place ? Martin n'avait pas le droit de gâcher une autre existence que la sienne, ni celle de Louis Fortin ni celle de personne d'autre, et pourtant, en confessant son crime, il allait saboter celle de Suzanne, il allait l'emporter dans sa chute. Cette certitude, plus que toute autre pensée, plus que tout autre sentiment, l'ébranlait dans ses fondations.

Au petit matin, alors que la dernière braise blanchissait dans la cendre, Suzanne ouvrit la porte du chalet. Un vent chargé d'odeurs rafraîchies par la pluie s'engouffra et un rayon chaud perça la fumée suspendue dans la pièce. Martin se souvint alors que le monde existait toujours, en dehors des murs et en dehors de sa tête.

Il ne lui restait plus qu'à redescendre parmi les hommes.

18

Colère de Dieu

Tout était perdu, mais le commissaire espérait encore quelque chose.

Il avançait comme les autres, sans hésiter, sur le sentier boueux. Le ruisseau qui leur avait barré le passage la veille avait décru juste assez pour leur permettre de le franchir. Ils l'avaient fait en posant le pied sur une pierre plate, juste sous la surface, avant de s'enfoncer dans les bois, les souliers gorgés d'eau. Le couvercle de nuages qui étouffait la vallée avait sauté. Si Martin avait levé les yeux sur les branches au-dessus de lui, il aurait pu admirer, perçant les bouquets d'aiguilles, un ciel au monochrome si parfait qu'il semblait moquer le chaos de la veille. Un parfum de résine s'exhalait des troncs encore humides, derrière lesquels surgissait parfois le pic orangé de la Cornaz.

Suzanne ouvrait la route. Martin devait-il courir, dépasser Louis, la saisir par le bras, lui révéler sa faute et la supplier de lui pardonner ? Devait-il plutôt attendre de parler à Bosson, au village, pour que le brigadier le protège de la foule qui tenterait de le lapider ? Ou devait-il même retourner directement en ville, éviter le village, pour se confesser auprès d'un officier sans affronter Suzanne ? Il n'arrivait pas à se décider.

Il savait qu'il ne pourrait pas repousser ses aveux plus

longtemps mais, sans se l'avouer vraiment, il attendait encore une solution qui lui eût permis de tout résoudre, c'est-à-dire de protéger l'émancipation de Suzanne sans faire de tort à personne.

Martin cherchait, presque malgré lui, une nouvelle version des faits. Il cherchait cette solution en lui, manipulant les données à sa disposition pour les mettre dans un ordre cohérent. Les images et les personnages papillonnaient d'une place à l'autre, sans jamais se fixer, comme les jalons d'une histoire qui n'aurait pas encore été racontée. Martin voyait Ferdinand, bien sûr, Suzanne et l'instituteur, l'usine d'aluminium et le rachat des champs par la Corne. Il y avait aussi Louis Fortin et son gilet : Martin avait l'intuition que le jeune homme jouerait un rôle central dans le récit qui se réécrivait dans sa tête.

Comme chaque pas le rapprochait de Fragonaz, le commissaire avait lâché les freins. Sa tempête d'idées l'aspirait vers le haut, vers l'abstrait, dans un monde où la substance des choses s'étiolait. Il ne voyait ni Suzanne, qui marchait devant lui, ni Louis, ni la vallée qui s'épanouissait, béante, dans la clarté matinale. Il ne discernait plus que les pièces du puzzle, dont le tourbillon devait se figer sur une image crédible, ou l'arracher pour de bon à la réalité. En fin de compte, c'était une autre sorte de chute, un basculement vers le haut, une élévation irrésistible dont l'interruption ne tenait qu'à la mise en place d'une pierre angulaire, d'une ancre sensible, réelle, autour de laquelle Martin pourrait bâtir sa propre résolution de l'enquête.

Tout à coup, Suzanne se figea.

Les deux autres firent de même. Ils n'étaient plus qu'à quelques lacets du village. Le silence était complet : il n'y avait pas de vent ; les insectes hésitaient encore à s'éveiller. Martin comprit que l'attention de Suzanne n'avait pas été retenue par un son mais par une vision. Il suivit son regard à travers les fourrés qui s'éclaircissaient en contrebas. On distinguait les toits des premières maisons. Tout semblait normal.

Brusquement, Suzanne se mit à courir. Avant que Martin ait pu réagir, Louis se lançait lui aussi dans la pente, à toute vitesse. Le commissaire, alarmé, jeta encore un œil aux toitures, qui ne montraient aucun signe de dégradation. Il se jeta derrière les deux jeunes gens, bondissant d'une racine à l'autre au risque de se casser le cou.

Le sentier débouchait en amont du village. Martin franchit la lisière le dernier, haletant comme un chien. Il n'eut pas le temps de reprendre son souffle.

Chaque semaine, pendant près de trente ans, il s'était rendu sur des scènes de crime. Il avait foulé des sols jonchés de cadavres, parcouru des ruines encore chaudes du souffle d'une bombe, et respiré plus d'une fois l'air vicié d'un charnier à ciel ouvert. Mais parmi ces milliers de crimes, aucun, même le plus sordide, n'était dépourvu de cette touche de subjectivité, de cette teinte humaine qui rendait le drame, sinon compréhensible, au moins supportable. Au bout du compte, même l'être le plus fou et le plus infâme suivait, aux yeux de Martin, une logique interne. Et si cette logique menait le meurtrier aux confins de la noirceur, dans un monde où l'humanité n'était plus accessible aux regards extérieurs, il fallait pourtant qu'elle fût soumise aux mêmes lois qui régissaient la raison du premier venu. Que chaque meurtrier puisse justifier ses actes constituait pour Martin une pensée familière, et presque rassurante.

Ici, en bas de la montagne, ce cadre de réflexion volait en éclats. Martin se pensait capable de subir les pires tragédies sans broncher ; sans doute aurait-il pu encaisser la violence de celle-ci, mais il ne pouvait en supporter l'arbitraire.

Fragonaz n'existait plus.

La moitié du village avait disparu, engloutie sous une masse compacte de boue, de rochers et de troncs qui recouvrait les maisons, les granges et les moulins, jusqu'aux champs. Le lit initial de la Courbe s'était changé en gouffre boueux, au fond duquel ne coulait plus qu'un filet d'eau sale pas plus large que la main.

Le terrain s'était effondré sous la crue. C'était le tracé même du torrent qui avait été bouleversé : une montagne d'eau glacée avait charrié dans son sillage des rochers de plusieurs mètres cubes, des arbres par bosquets entiers et des tonnes de boue noire. Les maisons encore debout étaient éventrées, les murs défoncés par des sapins larges comme des tables. Une couche de vase de cinquante centimètres à deux mètres de hauteur recouvrait tout. Un amoncellement chaotique de meubles, de charpentes brisées et de pierres bouchait chaque rue. Quant à la boue séchée, elle pétrifiait ce fatras en une sculpture grotesque, l'imitation pathétique d'un champ de bataille.

Quand Martin reprit ses esprits, il était seul.

Il aperçut Suzanne en bas de la pente, enfoncée jusqu'aux cuisses dans la terre noire et spongieuse. Le commissaire, encore étourdi, leva les yeux vers la ferme des Rabotin : il n'y avait plus un mur debout. Le visage couvert de larmes, Suzanne tentait de fendre l'épaisse couche de vase avec ses jambes pour retrouver sa maison, aplatie sous plusieurs tonnes de débris. Elle semblait sur le point de s'évanouir. Martin courait déjà vers elle quand un cri abominable retentit au-dessus du village.

Il fit volte-face, horrifié. Qui était capable de produire un son pareil ? Martin, pris d'une terreur incontrôlable, chercha en vain l'origine du cri, avant de se souvenir de Suzanne et de se retourner. Il fut soulagé de voir un uniforme sauter d'un tronc pour s'approcher d'elle. Il crut d'abord reconnaître Bosson, avant de réaliser que l'homme n'avait pas de moustache. L'inconnu fut bientôt rejoint par un deuxième, puis par un troisième gendarme, avec des planches sous les bras. Ils les posèrent au bout du tronc d'où le premier avait sauté et, en s'appuyant dessus, réussirent à tirer Suzanne, inconsciente, de la boue. Martin chercha Louis des yeux. Il avait disparu.

Le commissaire rejoignit les gendarmes. Ils avaient allongé Suzanne dans l'herbe trempée par la rosée, sans s'inquiéter davantage de son état, et posaient déjà d'autres planches pour compléter le frêle chemin de bois.

– Par ici ! cria l'un des hommes à l'intention de Martin.

Le commissaire courut pour attraper la lourde planche de sapin que lui tendait l'homme. Mais il arriva trop tard et, glissant entre ses mains, elle tomba à plat dans la boue, soulevant une gerbe noire qui l'éclaboussa jusqu'au visage. Sans commentaire, le commissaire avança, plongea les pieds dans la vase et s'enfonça jusqu'aux genoux, afin de ramasser la planche et d'en caler fermement le bout sur la terre ferme pour qu'elle ne bouge plus. Les trois gendarmes soufflèrent enfin.

Deux d'entre eux avaient la trentaine. Le troisième, plus âgé, celui que Martin avait confondu avec Bosson, avait les larmes aux yeux. Il essayait de le cacher.

– Qu'est ce que je peux faire ? demanda Martin.

– Vous vous êtes fait recenser ?

Le commissaire secoua la tête.

– Allez sur la place principale, dit le gendarme d'une voix faible. On y estime les dégâts matériels et… les autres.

Un sanglot lui montait à la gorge. Il se détourna, faisant mine de tester du bout du pied la stabilité du chemin de fortune qu'il venait de construire.

– Et elle ? fit Martin en montrant Suzanne aux deux autres.

Les gendarmes haussèrent les épaules en signe d'impuissance. Il les remercia et les laissa reprendre leur tâche, ce qu'ils firent après avoir réconforté leur aîné en lui donnant chacun une tape dans le dos. Martin se pencha sur Suzanne. Elle s'était bien évanouie mais respirait paisiblement. Il décida de la laisser dormir là.

Les restes disloqués des habitations et les débris du torrent s'agrégeaient en tas qu'il fallait escalader avec les mains pour progresser à travers le village. Martin manqua de se tordre la cheville deux fois en glissant. Ses ampoules de la veille s'étaient rouvertes : les plaies à vif frottaient contre le cuir de ses souliers à chaque pas. Il croisa d'autres gendarmes en train de poser des poutres pour permettre la circulation. La brigade au grand complet avait dû être dépêchée. Des relents de vase agressaient les narines de Martin mais une odeur, plus tenace encore, persistait à l'envelopper par vagues.

– Arrête, maman.

Une vieille dame que Martin n'avait jamais vue s'était accroupie dans une flaque de boue. Elle creusait frénétiquement la terre autour d'un bloc d'ardoise large comme une brouette. Son fils la regardait faire, hagard, les yeux fous, assis sur une poutre. Martin réalisa qu'il était en train de marcher sur les ruines de leur ferme.

– Arrête, maman, répéta l'homme sans conviction.

La vieille n'entendait pas. Dans le trou qu'elle tentait d'élargir, la terre retombait plus vite que ses bras malingres ne pouvaient la retirer.

– Elle cherche ses bijoux, expliqua l'homme en voyant Martin.

Le commissaire se sentit craquer sous le coup d'une violente émotion. Sans réfléchir, il sortit sa montre de sa poche et la tendit au villageois.

– Tenez.

L'homme lui jeta un regard si désintéressé que Martin en rougit jusqu'au front. L'insignifiance de sa contribution face au désastre lui faisait honte. Il posa tout de même la montre de son père sur le bord de la poutre et continua son chemin, laissant le fils houspiller sa mère sans pour autant se lever.

Plus loin, plus haut, sur des terres épargnées, Martin reconnut une partie du clan Pissard-Leblanc : le patriarche, son cadet, avec le bras en écharpe, et quelques enfants. Les plus jeunes gardaient les poules, conformément à la consigne sans doute donnée par leurs aînés. Leur sérieux était effrayant à voir, comme si cette tâche anodine n'avait pour objectif que de les empêcher de pleurer. Insensibles à la gravité de leurs gardiens, les volailles picoraient avec entrain.

Martin hoqueta soudain de dégoût, comprenant que l'odeur pestilentielle qui flottait partout émanait des corps des bêtes qui n'avaient pas réussi à se sauver pendant la catastrophe. Une vache gisant quelques mètres plus bas lui donna raison. Son ventre était percé d'une branche de sapin déraciné. Un nuage de mouches tournoyait autour de la plaie. Martin pâlit. Il sauta sur un bout de muraille à moitié effondrée, grimpa jusqu'à la toiture et redescendit sur les rochers qui s'empilaient de l'autre côté.

Le café de la Corne avait été miraculeusement épargné. Les bâtiments alentour, eux, avaient été touchés ou rasés. Une petite foule s'était groupée sur la place.

Martin s'avança. Les plaintes des blessés se confondaient avec le murmure des femmes qui s'affairaient autour d'eux. En première ligne, la Cornette transportait un gros baquet rempli d'eau. Elle y plongeait une tasse en fer-blanc pour apaiser un râle assoiffé, et passait au voisin. Certains corps étaient couverts d'un drap. La femme du maire ne montrait aucune émotion. Elle marchait d'un blessé à l'autre, consolant d'un geste ou même d'une parole quand elle le pouvait. Martin se demanda où elle avait trouvé de l'eau fraîche. Il n'avait rien bu depuis la veille.

– Commissaire !

Bosson se tenait près d'un fatras de planches défoncées, écrasées par un rocher de deux mètres de large. Un groupe était en pleine discussion. Martin reconnut, parmi d'autres, Chappuis et son jeune fils. Tous observaient une forme sombre à leurs pieds. Une longue tête s'en détacha et le hennissement lugubre qui avait terrifié Martin s'éleva à nouveau dans les airs. Il y eut un consensus au sein du groupe.

– Vous m'avez fait peur, dit Bosson à Martin qui s'approchait. Je vous cherche depuis hier soir ! Le père Georges m'a dit que vous étiez…

Martin n'écoutait pas, captivé par le cheval. Le rocher n'était pas tombé sur lui, mais il avait fait s'écrouler un toit qui avait brisé les jambes arrière de l'animal. Celui-ci haletait, l'écume aux lèvres, la robe luisante de sueur. L'os perçait sous le genou. Un triangle d'un blanc immaculé jaillissait au milieu de la chair palpitante.

– La jument de Ferdinand, expliqua Bosson. On pense qu'elle s'est enfuie avant que ça commence. Ou alors elle a été emportée jusqu'ici. En tout cas, vous, vous avez eu de la chance. On peut dire que le Bon Dieu vous a à la bonne…

Le commissaire serra les poings. Comment cet imbécile pouvait-il se référer à un dieu devant un spectacle pareil ? Bosson n'avait pas l'air choqué par ce qui se passait autour de lui. En tout cas, il l'était moins que le reste du groupe. Le plus troublé était le petit Pierre, dont la lèvre tremblait face au cheval mourant. Comment Martin pouvait-il brûler d'une pitié si vive envers cet enfant qu'il connaissait à peine ?

C'était un paradoxe curieux : le détachement qu'il ressentait à son égard facilitait l'empathie qu'il éprouvait pour lui.

– Et toi ? marmonnait Chappuis à son voisin.

– En dessous aussi. Bosson ?

– Ouais ?

– C'est lui qui a le tien, non ?

Le brigadier se tourna vers Martin.

– Commissaire ?

Celui-ci releva la tête. Tous les hommes le fixaient. Il comprit, sortit le revolver et le rendit à son propriétaire. Bosson l'ouvrit, constata qu'il était vide, et leva un œil curieux sur Martin. Comme il gardait le silence, Bosson finit par sortir des cartouches de sa poche. Le commissaire détourna les yeux. La déflagration se fit attendre une bonne minute – il en déduisit que le brigadier n'était peut-être pas aussi détaché qu'il le laissait paraître. Le coup fut suivi d'un glapissement horrifié : le fils de Chappuis avait éclaté en sanglots.

– Je vous accompagne, dit Bosson à Martin qui repartait vers le café. Qu'est-ce qu'il s'est passé ? Où est Louis Fortin ?

La réalité rattrapa Martin. Il n'avait rien dit à Suzanne, mais il avait l'occasion de tout avouer à Bosson. Il ne répondit pourtant pas. Ils passaient à côté des cadavres allongés sous les draps, et le moment ne lui parut pas approprié pour avouer qu'il avait, lui aussi, tué un villageois. De toute façon, le nombre de gendarmes montés au village supposait la présence d'un officier : il aurait été mal vu de se livrer à un subalterne. Bosson ne sembla pas vexé par son silence, et ils entrèrent dans le café.

Les gendarmes avaient établi leurs quartiers au fond de la salle. Deux tables avaient été rapprochées pour étaler une carte. L'officier en charge, un jeune homme au cou de taureau mais aux traits délicats, donnait des ordres à deux subordonnés qui avaient bien vingt ans de plus que lui. Tous ses gestes étaient vifs, précis.

– Je vous présente, glissa Bosson à l'oreille de Martin.

– Et les latrines ici, concluait l'officier. Jacquard ?

– Capitaine.

– Apportez ça au préfet. Attendez la réponse.

Le gendarme prit le rapport et s'enfuit au pas de course.

– Qu'est-ce que c'est ? demanda le capitaine en remarquant Martin.

– Mon capitaine, s'empressa Bosson avec un léger sourire, voici le commissaire Marcel Martin. Commissaire, je vous présente le capitaine Mestral.

Martin tendit la main.

– Vous êtes blessé ? demanda Mestral sans la prendre.

– Non.

– Ce n'est pas l'heure pour faire de la diplomatie interservices. Vous avez deux bras, deux jambes. Utilisez-les. Ce n'est pas le travail qui manque. Brigadier, au lieu de jouer les entremetteurs, allez me chercher le lieutenant Pichet.

Et le capitaine se retourna vers son adjoint. Il n'avait pas la moitié de l'âge de Martin. Bosson, le visage empourpré, courait déjà vers la porte. Le commissaire tournait les talons pour le suivre quand la porte de l'étage s'ouvrit.

Jean Cordier parut, en nage, et se précipita sur Martin en sautillant sur sa jambe valide. L'hématome qui barrait son visage au niveau des yeux avait viré au noir violacé. Il s'écroula à moitié dans les bras du commissaire en grognant de douleur. Ses mains étaient toujours couvertes d'une épaisse couche de miel.

– Elle va bien ? grommela l'instituteur. Dites-moi qu'elle va bien !

– Elle va bien. Asseyez-vous, vous n'êtes pas…

– Je veux la voir !

Le brigadier Simon apparut, hésitant, dans le dos de Jean. Avec un regard craintif pour le capitaine Mestral toujours à sa table, il tenta de tirer Jean par la manche pour qu'il regagne sa chambre. Le maître d'école se dégagea.

– Elle est où ?!

– Elle dort, répondit Martin pour le calmer. À l'extérieur.

– Montrez-moi !

Ses yeux brûlaient tant que Martin n'osa pas s'y opposer. Il soupira, le prit sous l'aisselle, mais la voix du capitaine Mestral s'éleva derrière eux :

– Cet homme reste ici. Il est en état d'arrestation.

– Pour quel motif ? s'étonna Martin en fronçant les sourcils.

– Il est soupçonné du meurtre de Ferdinand Rabotin.

Martin se figea. L'officier s'était redressé.

– D'après qui ? finit par dire le commissaire entre ses dents.

– C'est inscrit sur le procès-verbal rédigé par le brigadier Bosson.

– Il s'est trompé. Je lui ai demandé de surveiller M. Cordier pour assurer sa protection, pas de le mettre aux arrêts.

– C'est inscrit sur le procès-verbal, répéta sèchement Mestral.

– Ça n'a aucune valeur juridique, et vous le savez très bien.

– Ce sera au juge d'instruction de le décider. M. Cordier redescendra en ville avec moi demain matin. En attendant, il reste ici.

Le capitaine posa un œil sévère sur l'instituteur. Martin craignit que celui-ci ne renverse les gendarmes pour s'enfuir, mais il n'en fit rien.

– S'il vous plaît, murmura-t-il simplement à Martin, dites-lui que je suis là…

Puis, d'un air affligé, il remonta dans sa chambre, soutenu par Simon.

D'un geste courtois mais ferme, Mestral invita Martin à prendre la porte. Celui-ci obéit. Au fond, l'initiative de Bosson ne changeait rien. Jean serait libéré dès que lui-même se dénoncerait auprès du capitaine. Mais pour le moment, Fragonaz était encore sous le choc, et Mestral avait plus urgent à faire. Martin décida d'attendre le soir, quand les premières ondes du choc seraient passées, pour lui parler seul à seul.

Le soleil perçait enfin au-dessus des sommets et frappait la place de plein fouet, accentuant la détresse des survivants. Les blessés boitaient déjà vers les rayons à la recherche d'un peu de chaleur. Le sang séché brillait sur les faces ahuries, leur pâleur évoquait celle de cadavres ambulants. Martin aida un vieillard tordu sur une béquille à s'allonger contre le mur du café. L'homme grommela un remerciement dans un patois que le commissaire ne reconnut pas. Les gémissements montaient toujours autour de lui sans qu'il parvînt à s'y habituer. De l'autre côté de la place, la Cornette donnait à boire à la mère de Louis Fortin. Son fils l'aidait à se relever sur ses coudes. Il leva les yeux et Martin croisa son regard par hasard. Le jeune homme lui tourna le dos, refusant d'intégrer le commissaire dans ses considérations du moment.

Un cliquetis suivi d'une interjection attira l'attention de Martin. Un des fils de la Corne, titubant sous l'énorme tas d'outils qu'il portait à bout de bras, essayait de ramasser une pioche ayant glissé au sol. Martin s'avança pour l'aider.

– Où tu vas comme ça ? demanda-t-il en replaçant l'outil sur la pile.

– À l'église.

– Ils ont besoin de monde ?

– Ah, oui ! Tous ceux qui peuvent.

Martin proposa au gamin de le soulager de son chargement, ce qu'il refusa avec orgueil. Il se contenta donc de suivre l'enfant, empourpré par l'effort, le long du chemin de poutres qui sinuait entre les décombres. Il n'eut bientôt plus aucun repère. Les bâtiments pliés par la vague de boue se ressemblaient tous. Derrière chaque tas de pierres, de meubles et de charognes, il y avait une autre montagne de ruines. Ce désert de vase qui chauffait maintenant au soleil attirait des nuées de mouches. Elles se collaient au visage de Martin, qui abandonna vite l'idée de les éloigner.

Il marchait comme un automate. En un sens, la destruction du village ne le surprenait pas. Son monde s'était écroulé, pourquoi n'aurait-ce pas été le cas pour les autres ? Chaque maison renversée lui évoquait un morceau de lui-même, une savante construction, consolidée au fil des ans, dévastée en quelques secondes par un torrent d'émotions. Comme l'homme qu'il avait vu assis sur la poutre, en train de râler contre sa mère, Martin, paralysé par le choc, n'osait plus prendre de décision.

– On y est presque, fit le gamin.

Le commissaire regarda autour de lui. C'était les mêmes débris, les mêmes ruines. Il remarqua pourtant des planches calcinées et reconnut des restes de l'étable de Jean Cordier. Rien n'était debout aux alentours. Le commissaire se surprit à penser que les paysans qui avaient voulu tuer le maître d'école lui avaient peut-être sauvé la vie en l'envoyant chez la Corne.

Tout en marchant, Martin, intrigué, s'était mis à chercher quelque chose des yeux. Puis un éclair le frappa et il comprit ce qui avait fait courir Suzanne et Louis quand ils avaient vu les toits à travers la forêt : le clocher manquait au paysage.

Un dernier virage, une dernière butte, et Martin et l'enfant débouchèrent sur la place de l'église. Tous les villageois qui manquaient semblaient s'y être donné rendez-vous. Ils s'activaient comme une armée de fourmis à sortir les décombres du bâtiment. Son flanc avait été éventré par un groupe de sapins tombé d'un bloc. Il y avait un bon mètre de vase dans la nef, du perron jusqu'à l'autel, où les bancs étaient venus s'échouer en pagaille. Les hommes dégageaient les débris à mains nues, arrachant une par une les pierres de la boue avant de les jeter derrière eux. C'étaient pour la plupart des paysans, auxquels s'étaient mêlés quelques gendarmes. Une chaîne s'était formée pour évacuer le gros des décombres et deux brouettes servaient à retirer la vase. Le clocher s'était effondré sur le côté, sous l'effet du choc des sapins contre le mur latéral. La croix était tombée devant le cimetière, qui n'avait pas échappé au désastre. Des pierres tombales avaient été défoncées par des blocs d'ardoise grise, laissant couler une boue noirâtre sur les cercueils, à l'intérieur des fosses. Personne ne s'en était approché.

Le fils de la Corne distribuait pioches et outils à ceux qui l'avaient vu et s'étaient approchés les premiers. Martin reconnut le gros Pierre devant le perron, où on avait posé une échelle afin de pouvoir le gravir sans glisser. Déjà équipé d'une pioche épaisse qui devait être la sienne, le paysan roulait ses énormes biceps pour la planter dans la terre, frappant comme un sourd à un rythme effrayant. Il broyait tout ce qui passait à sa portée. Les trois hommes qui pelletaient derrière lui peinaient à garder la cadence. Martin resta encore bloqué une minute, sans comprendre.

Cette animation lui donnait envie de vomir. C'était une contradiction absolue : si le Dieu de ces hommes existait, alors il les détestait, et eux n'avaient pas à le louer. Mais Martin savait bien que leur Dieu n'existait pas, et le fait qu'ils rebâtissent la maison d'un absent avant la leur électrisait toutes les fibres de son corps. Il aurait voulu arracher la pioche des mains du gros Pierre et détruire lui-même ce qu'il restait du bâtiment. Il avait épluché le village couche par couche pour les besoins de son enquête, étudiant ce qui formait son identité et sa cohérence, sondant les habitudes, les luttes politiques, les enjeux économiques, les rancœurs passées et les apparences du présent ; et voilà que le centre de l'oignon paraissait enfin, dépouillé de ses couches externes : Fragonaz s'unissait autour d'une église à terre, d'un patrimoine rejeté ou embrassé, mais jamais oublié. L'essence des superstitions, des bigoteries des uns et des hypocrisies des autres était là, devant lui, rétablie sur son trône avant tout le reste, comme s'il était impensable de reconstruire le monde sans elle.

– Pourquoi l'église ? demanda-t-il à un paysan qui passait.

– Hein ?

L'homme portait deux seaux de vase. Il les vida à ses pieds.

– Il y a peut-être encore des gens prisonniers sous les maisons, dit Martin en essayant de rester calme. Pourquoi tout le monde est ici ?

– C'est l'église, répondit l'homme en éloignant une mouche de sa joue.

– Je sais que c'est l'église ! Je vous demande pourquoi autant de monde est ici, à nettoyer un bâtiment vide, quand il y a encore des personnes à sauver.

Martin avait parlé avec plus de force qu'il ne l'avait voulu et quelques paysans levèrent la tête avec curiosité. L'homme aux deux seaux fit une grimace suspicieuse qui n'augurait pas une réponse agréable, mais il n'eut pas le temps d'ouvrir la bouche : la Corne avait aperçu Martin et dévalait une pente de gravats dans sa direction.

– Monsieur Martin ! Monsieur Martin !

Le maire serra la main du commissaire avec chaleur.

– On se demandait où vous étiez !

– En montagne, répondit Martin.

– Tu peux en apporter un à Pierrot, derrière la nef ? demanda la Corne au paysan qui regardait toujours Martin avec humeur.

L'homme acquiesça et s'éloigna avec ses seaux. La Corne entraîna Martin hors de portée d'oreille des paysans, qui se remirent à l'ouvrage.

– Vous allez bien ? demanda le commissaire.

– Oui, oui. Tout le monde était à la maison. C'est une des seules qui ont tenu.

– C'est arrivé quand ?

– Vous n'étiez vraiment pas là ? s'étonna le maire.

– Non.

– Vers une heure du matin. Ça s'est passé d'un coup. Je ne dormais pas, à cause de l'orage. Un déluge. J'ai d'abord cru que c'était le tonnerre. Et puis j'ai entendu des cris. Le temps que je sorte, c'était fini. Tout s'est détaché en quelques secondes.

– Et les gendarmes ? Par télégraphe ?

– Non. Coupé. C'est Pierre Pissard-Leblanc qui est allé les prévenir. Il a fait toute la route dans le noir. Ils sont arrivés trois heures plus tard.

Martin perçut une note de terreur dans la voix du maire. Il essaya d'imaginer ce qu'avaient pu être les trois heures d'attente dans la nuit noire, sous la pluie, avec les lamentations des blessés, mais l'effort lui coûtait trop d'énergie.

– Ça va aller, conclut la Corne pour lui-même. On va reconstruire.

– Reconstruire ? s'étonna Martin, avant de se mordre la joue.

– Oui, reconstruire, répondit la Corne comme s'il s'agissait d'une évidence. Oh, je sais, c'est pas le moment d'en parler.

Tout le monde est encore sous le choc et il y a plus urgent. Mais ça ne nous empêche pas de préparer la suite. Les gendarmes vont monter un camp de fortune sur la butte, là-haut. On y campera le temps d'obtenir les fonds de secours du conseil général. Je vais aussi organiser une collecte privée pour la commune et la faire relayer par les journaux régionaux.

Martin ne répondit pas. Lors de leur dernier entretien, le maire voulait quitter Fragonaz, excédé par l'immobilisme et la mauvaise foi de ses administrés. Avait-il parlé par désespoir ? Ou était-ce qu'il se sentait maintenant si coupable d'avoir été épargné qu'il sacrifiait son projet de départ pour aider ceux qui avaient tout perdu ? Il aurait été plus simple, et sans doute moins coûteux, de reconstruire le village ailleurs.

– Pourquoi l'église ? finit par demander Martin.

– Vous pensez que c'est de la superstition, c'est ça ?

Le commissaire haussa les épaules mais la Corne n'était pas dupe.

– Ça l'est peut-être pour certains, dit le maire. Mais si tout le monde s'occupe de sa maison, personne n'aura rien fait d'ici ce soir. Là, en s'y mettant ensemble, on a une petite chance de boucler quelque chose et d'avoir un peu de satisfaction.

– Objectif messe, hein ?

– Voilà.

– C'est une idée du curé ?

– Non, répondit le maire en rougissant. C'est la mienne.

– Et ceux qui agonisent sous les toits ?

– Monsieur Martin, toussota la Corne, vous n'étiez pas au village quand c'est arrivé. On a tout de suite cherché les blessés. Ça a duré toute la nuit. Ceux qui pouvaient être sauvés l'ont été. Le reste… ce n'est plus entre nos mains.

– Je vois.

Une mouche vint se coller au sourcil de Martin qui la chassa, agacé.

– Vous connaissez le nombre de victimes ?

– Cinq morts, répondit la Corne en s'assombrissant. Mais je suis là depuis ce matin et je ne sais pas comment vont les blessés…

Martin retint une expression de surprise. Le chiffre lui paraissait faible au regard de la destruction quasi totale du village. Il jugea préférable de taire cette réflexion.

– Le cimetière aussi, remarqua-t-il à la place.

– Oui. On attend le curé de La Tule pour s'approcher. Les familles des défunts dont les tombeaux sont ouverts veulent d'abord une bénédiction.

La Corne guettait une expression sur le visage de Martin qui comprit :

– Vous voulez dire… ?

– Oui.

– Montrez-le-moi, dit le commissaire avec une gravité soudaine.

Martin suivit le maire derrière l'église. Le bosquet de sapins qui était tombé sur le bâtiment avait été percuté par une pierre monstrueuse. Il ne restait à la place des arbres qu'un grand trou noir : les racines soulevaient dans les airs un bloc de terre gros comme une maison. Quant aux troncs hérissés, ils étaient tombés sur le presbytère. Le toit d'ardoises avait éclaté en mille morceaux épars. On avait enlevé quelques débris, juste assez pour tirer le corps qui gisait maintenant à côté du potager.

Martin se pencha pour soulever un coin du drap. La tête du père Georges était entièrement broyée au-dessus des épaules. Des plumes souillées de sang y étaient mêlées.

– Une poutre, expliqua la Corne. Sur son oreiller.

Martin leva la tête. Sur la table du jardin, rien n'avait bougé. À côté de la carafe, des verres et d'une assiette vide, il reconnut la revue qu'il avait feuilletée dans le presbytère. Martin s'approcha. Bien qu'elle eût pris l'eau toute la nuit, l'encre n'avait pas coulé. Martin ramassa la revue avec précaution, et la glissa délicatement à l'intérieur de sa veste.

– C'était sa paroisse, marmonnait la Corne devant le corps. Il aurait aimé que tout le monde se serre les coudes pour restaurer la maison du Seigneur.

– Il vous reste une pioche ?

Le maire de Fragonaz se releva.

– Bien sûr, je vais vous trouver ça.

Ils repassèrent devant l'église. La Corne commanda, en homme dont l'autorité n'était pas légitime mais de fait, et l'outil fut bientôt dans les mains de Martin.

Par manque de pratique, il maniait moins bien la pioche que ses voisins, mais tous admirèrent la fureur, au moins égale à celle du gros Pierre, avec laquelle il compensait son inexpérience. Sa pointe pulvérisait d'abord les pierres les plus dures, puis creusait, avec une avidité frénétique, les morceaux et la boue séchée pour trouver la pierre suivante. Il prenait à peine le temps de souffler. Il ne s'interrompit que pour boire à la gourde que les paysans, impressionnés par la quantité de terre qu'il dégageait, lui avaient donnée. À midi, ils durent même insister pour qu'il s'arrête et partage avec eux l'encas préparé grâce aux vivres montés par les gendarmes.

Martin piocha jusqu'au soir. Il piocha quand ses bras le brûlèrent et quand ses paumes s'ensanglantèrent. Il piocha pour s'accrocher à la terre car il avait besoin d'un ancrage. Son cerveau vrombissait comme un moteur emballé, à lui faire exploser le crâne. Les pièces se mettaient en place une par une, autour d'une clef de voûte aussi providentielle que macabre : le corps décapité d'un curé de montagne.

Il avait compris l'histoire qu'il devait raconter. Il *devait* la raconter parce qu'il ne s'agissait plus de sauver Suzanne du village : il fallait sauver le village de lui-même. Il comprenait enfin comment les pièces s'emboîtaient et comment le puzzle terminé serait plus beau encore que ce qu'il avait imaginé dans ses théories les plus folles. Sa foi en l'avenir jaillissait à nouveau comme une source, qu'il devait canaliser en frappant la terre de sa pioche. Il n'y avait aucune ironie dans son effort : les paysans nettoyaient l'église de ses ruines ; Martin, lui, nettoyait le village. Il rebâtissait mentalement Fragonaz selon une structure nouvelle, épurée des traditions et des mensonges millénaires, quitte à s'arracher la peau des mains pour rester concentré. Il remettait enfin de l'ordre dans le chaos, non pas l'ordre poussiéreux et obsolète des ancêtres, mais un ordre neuf, positif, qui laisserait son indépendance et sa fierté à chacun. Il frappait le sol de l'église avec la pioche et, dans sa tête, il se racontait son histoire, encore et encore, pour en parfaire les détails. Elle expliquerait tout ; elle révélerait un mystère au monde entier, peut-être même dévoilerait-elle une vérité sur lui-même.

19

Martin résout l'enquête

Le café était plein à craquer. Le maire, sa femme et leurs enfants s'activaient, distribuant sans distinction les rations des gendarmes et les provisions de leur garde-manger. Bien que son établissement fût encore debout, la Corne avait perdu la majeure partie de son patrimoine dans la catastrophe. Cela ne semblait pourtant pas justifier à ses yeux de faire payer le peu qui lui restait : il tendait lui-même fromage, pain et vin aux paysans affamés, en refusant leurs remerciements. Tout le village était là, des Chappuis aux Coutaz, en passant par les Pissard-Leblanc, les Fortin, mère et fils, et jusqu'à l'ingénieur Paul Braux qui dînait au bout du bar, dépassé. En quelques jours, l'arpenteur avait maigri de plusieurs kilos. Il sursautait chaque fois qu'on passait dans son dos, comme si le monde entier conspirait pour le mettre à mort.

Les gendarmes avaient dressé une cinquantaine de tentes au bord du lac. Les blessés en état critique avaient été évacués en autocar dès que la route avait été dégagée. Les autres logeaient dans l'infirmerie de fortune qui occupait l'étage du café. À la tombée de la nuit, on avait couché les plus jeunes les uns avec les autres dans une grande tente, avec deux ou trois mères épuisées, et on s'était retrouvé chez la Corne, comme on l'aurait fait après un mariage pluvieux. Chacun s'efforçait d'agir comme si de rien n'était, prenant des nouvelles d'un parent éloigné, discutant des prochaines foires, sans mentionner qu'on n'aurait plus de quoi s'y rendre. Personne n'osait briser l'illusion qui permettait de retrouver, l'espace d'une heure, un semblant de normalité.

– Je sais qui a tué Ferdinand Rabotin.

Les conversations s'éteignirent. Martin n'avait pourtant pas élevé la voix. Il avait simplement répondu à la question du capitaine Mestral qui dînait en face de lui, en compagnie de deux officiers. Au bout de la table, Suzanne et Jean, blottis l'un contre l'autre, avaient à peine touché à leurs assiettes.

Le jeune capitaine posa sa fourchette, agacé de voir tous les regards se tourner vers lui. Il avait demandé à Martin des nouvelles de son enquête par pur formalisme, sans penser un instant que le policier lui ferait une réponse aussi nette en public. Celui-ci avait sans doute ses raisons. Après tout, c'était le commissaire Marcel Martin. C'était la Machine. Si cet enquêteur hors pair voulait prendre la parole maintenant, devant une foule de gens harassés par la pire journée de leur vie, c'était peut-être pour produire un effet utile. Mais le capitaine Mestral aurait préféré en être averti.

Il régnait dans la grande salle un silence de tribunal. Même la Corne et sa famille avaient suspendu leur service et s'asseyaient, comme s'il était naturel que l'audience commençât. Pour se rassurer, Mestral chercha des yeux la dizaine de gendarmes, dont Bosson et Simon, qui occupaient une table du fond. Il n'aimait pas les manières du commissaire, surtout sa façon de ne jamais être tout à fait présent, comme perdu dans ses pensées en permanence, mais le capitaine devait sans doute s'incliner devant son expérience. Dans le pire des cas, ses hommes sauraient maîtriser la foule.

– Je vous écoute, répondit l'officier.

– Je dois d'abord clarifier quelque chose.

Ceux du fond s'étaient levés pour mieux voir. Martin ne pouvait pas ignorer l'excitation de la salle, mais il paraissait n'y prêter aucune attention et s'adressait au capitaine comme s'ils avaient été seuls. Le silence s'épaissit en conséquence.

– Comme le procureur vous l'a expliqué, je suis venu ici pour enquêter sur la vague d'attentats anarchistes non élucidés de ces derniers mois. Mon objectif était de déterminer si ces attaques pouvaient être liées les unes aux autres, ainsi que l'ont parfois suggéré les journaux, en les mettant sur le dos d'un certain Étienne Rabotin.

La voix de Martin roulait lentement par-dessus la foule, posée, mécanique, comme s'il décrivait les rouages d'une machinerie visible de lui seul.

– Je vous épargnerai les détails de cette enquête. Sachez simplement que, hier soir, j'ai acquis la certitude qu'Étienne Rabotin n'était qu'un nom, et pas une réalité tangible, comme le bon sens le supposait déjà. Tous ces attentats ont été commis de manière indépendante. Il n'y a rien de plus à dire sur le sujet.

Martin ferma les yeux un instant, semblant rassembler ses idées.

– Donc, si je vous comprends bien, demanda Mestral avec prudence, la mort de Ferdinand Rabotin n'a aucun rapport avec votre enquête ?

– Oh, il y a un rapport, fit Martin en rouvrant les yeux. Peut-être pas aussi concret que vous l'entendez, mais il y en a un. Je connais bien les anarchistes et la façon dont ils raisonnent. L'essentiel, pour eux, est de fondre leur destin dans une cause supérieure, de faire progresser le monde dans la direction qu'ils ont choisie, et ce à n'importe quel prix. Leur mission prend le pas sur la réalité physique, sur l'empathie envers autrui, bref, sur la morale. D'une certaine façon, c'est le triomphe de l'idée sur la matière. On trouve un narratif pour justifier la destruction du monde, plutôt que de se remettre en cause. Ce mécanisme, qu'on pourrait qualifier de radicalisation, apparaît nettement chez les anarchistes, mais ce n'est pas leur apanage.

Le capitaine Mestral commençait à perdre patience. Il voulait bien se plier aux règles de la Machine le temps de la résolution, mais il n'avait pas la moindre envie d'écouter ses envolées théoriques jusqu'au bout de la nuit. Le commissaire, d'ailleurs, ne s'était même pas rendu compte qu'il avait perdu l'attention de la moitié de la salle.

– Vous pensez que Ferdinand a été tué pour une idée ? demanda Mestral pour tenter de ramener la conversation sur un terrain plus solide.

– Pas tout à fait, non. En revanche, je pense que le crime dont il a été victime ne peut être compris si on écarte sa dimension idéologique. La difficulté de cette enquête est que nous n'avons rien de concret à nous mettre sous la dent. Il n'y a pas de témoin, pas d'arme, pas même de contrainte géographique pour restreindre le nombre de suspects. La seule approche possible consiste à comprendre le mobile.

Mestral opina du chef, bien qu'il remarquât que le commissaire semblait plutôt s'adresser à la fille de Ferdinand. Celle-ci évitait le regard de Martin, arborant un air de mépris à peine voilé dont il ne paraissait pas se soucier.

– M. Braux est géomètre, dit soudain Martin en désignant l'ingénieur, qui faillit en tomber de son tabouret. Il a été missionné à Fragonaz par une entreprise lyonnaise spécialisée dans l'élaboration de complexes industriels.

Certains visages se tournèrent avec animosité vers le petit homme rond, qui tenta vainement de s'aplatir sur lui-même, mais la plupart des regards restèrent sur Martin afin de ne pas perdre une miette de son raisonnement.

– L'activité hydroélectrique, continuait celui-ci, est en

croissance prodigieuse dans la région. L'eau du torrent, et je vous prie de m'excuser, car je réalise ce que ces mots ont d'ironique aujourd'hui, constitue une opportunité économique sans précédent pour les villages comme celui-ci. Ces derniers mois, le maire de Fragonaz, M. la Corne, avec la complicité discrète de l'instituteur, M. Cordier, a racheté les terres de ses administrés pour profiter de cette manne.

Ce fut au tour de la Corne et de sa femme de se tordre sur leur siège.

– Un industriel de la métallurgie, poursuivit Martin, était prêt à construire une centrale sur la Courbe, le torrent du village. Le projet était sur le point d'aboutir. Il ne manquait qu'une dernière transaction pour conclure. Ferdinand Rabotin résistait à la vente d'un de ses terrains. Mais M. la Corne ne lésinait pas sur les moyens et Ferdinand, qui ne connaissait pas la véritable nature du projet, tardait, vraisemblablement pour faire monter les enchères. On m'a d'ailleurs certifié à plusieurs reprises, lorsque j'ai interrogé le voisinage, que Ferdinand avait besoin d'argent pour s'acheter une nouvelle jument. Il était donc sur le point de céder, comme les autres.

Martin marqua une pause, assez longue pour que Mestral s'impatiente :

– On l'aurait tué pour retarder la construction de l'usine ?

– Pas exactement, répondit Martin d'un ton étrange. Le tueur, comme je vous l'ai dit, défendait une idée. C'est la raison pour laquelle il a tué, mais aussi la raison pour laquelle il s'est tu. Ce n'était pas *contre* l'usine. C'était *pour* son idée.

À l'irritation de Mestral, Martin fit une nouvelle pause. Cet effet n'était vraiment pas nécessaire, toute la salle étant déjà suspendue à ses lèvres, mais l'officier n'était plus tout à fait sûr que Martin se souvînt qu'il parlait en public.

– Aujourd'hui, le village est en autosuffisance. C'est une

économie paysanne, repliée sur elle-même. La construction d'une centrale hydroélectrique l'aurait changé en campement d'ouvriers dépendants du bon vouloir d'investisseurs financiers qui n'ont jamais quitté leur ville. Certains pourraient considérer ce changement comme un progrès. Mais pour le tueur, ce n'était pas un progrès. C'était un bouleversement. La fin d'un monde. Un monde dans lequel il occupait, de surcroît, une place centrale. Le projet allait à l'encontre de sa conception du village, une communauté traditionnelle régie par des règles et des traditions séculaires. La construction de cette usine, c'était l'étape de trop dans la disparition du monde qu'il aimait et qu'il aurait voulu *transmettre*.

Ses yeux vibraient d'une émotion impossible à définir.

– Oui, c'est sans doute la clef du mystère. Le tueur voulait transmettre ses idées. Sa vision du monde. Son héritage. Il avait dû sentir la terre s'ouvrir sous ses pieds. Il savait qu'il n'allait pas tarder à disparaître, comme ses ancêtres, à la différence que lui était le dernier maillon de sa chaîne, parce qu'il n'avait pas d'enfants.

– Mais enfin, s'écria Mestral, ce tueur, vous le connaissez ?

– Oui.

– Alors, qui est-ce ?

– Le père Georges. Le curé de Fragonaz.

Le tollé fut d'autant plus violent que le silence l'ayant précédé avait été dense. Les paysans bondirent sur leurs pieds en jetant même à Martin le contenu de leurs assiettes. Le commissaire esquiva un quignon de pain lancé avec plus de précision que le reste, tandis que les gendarmes, debout, tentaient de rétablir le calme.

– Il s'attaque aux morts, maintenant ! cria une femme.

– Conneries ! Conneries ! gueulait un autre.

– Le père Georges savait même pas que le projet existait !

Un vacarme enragé approuva cette dernière remarque. Martin jeta un coup d'œil à Suzanne, qui tremblait. Jean s'en était rendu compte et lui tenait le poignet.

– Silence ! cria Mestral. Silence ou je fais évacuer !

La menace fonctionna mieux qu'il ne s'y était attendu. Le silence revint peu à peu, mais les visages fixaient toujours Martin avec une fureur sans nom.

– Vous pouvez prouver ce que vous dites ? demanda le capitaine à Martin.

– Bien entendu. Le point qui vient d'être soulevé est important.

Martin sortit de sa veste la revue encore humide qu'il avait ramassée chez le père Georges.

– Ce matin, M. la Corne m'a montré l'état du presbytère. J'ai trouvé ceci, posé sur la table du jardin. Une revue spécialisée sur l'impact économique de l'industrie dans les régions de montagne. Un article parle des conséquences politiques d'un projet d'usine qui ressemble beaucoup à celui qui nous intéresse. Je ne sais pas encore si c'est le père Georges qui a commandé cette revue, ou si on la lui a prêtée. Il sera facile de vérifier auprès de l'éditeur. Une chose est certaine : le père Georges a lu cet article parce qu'il souhaitait se renseigner sur le projet. Or cette revue date du mois dernier. Il est donc tout à fait possible qu'il ait été au courant avant le village. M. la Corne, par exemple, aurait pu lui en toucher un mot. En confession, peut-être ?

Toute la salle se tourna vers le maire.

– Je… je ne lui en ai jamais parlé, balbutia-t-il.

– C'est moi.

Jean avait lâché le bras de Suzanne pour se lever, pâle comme un linge.

– C'est mon magazine, reprit-il d'une voix tremblante. Je

l'avais donné au père Georges. Je voulais avoir son avis sur le… bien-fondé du projet.

– Bien, reprit Martin en réprimant un sourire. Vous confirmez donc que le père Georges était au courant du projet d'usine avant la mort de Ferdinand ?

– Oui, murmura Jean, les épaules basses.

– Salaud ! Il ment ! Sale rouge ! beugla la foule.

L'instituteur se tourna vers Suzanne avec angoisse. Il donnait l'impression d'avoir poussé le père Georges dans la fosse. Mais la jeune fille, perdue dans ses pensées, l'ignora. La Corne, de son côté, était passé du rouge au blanc, tourmenté par l'idée que le vieux prêtre ait été au courant de ses magouilles depuis des semaines. D'ailleurs, quand les cris retombèrent, son malaise s'était étendu à la salle.

Il était certes étonnant d'apprendre que l'instituteur et le curé se promenaient ensemble pour discuter d'un point de politique locale. L'anecdote allant dans le sens de Martin, les paysans la considéraient avec circonspection. Pourtant, la gêne évidente de Jean, dont on connaissait maintenant les sentiments pour Suzanne, crédibilisait son témoignage. Imperceptiblement, les villageois commençaient à considérer la théorie de Martin, mais personne n'osait encore l'avouer, comme si questionner l'innocence du curé à voix haute revenait à lui jeter la pierre. Le commissaire perçut le doute qui s'était insinué dans la salle et en profita pour reprendre la parole :

– Bien entendu, le motif idéologique ne suffit pas. On ne tue pas quelqu'un qu'on connaît juste pour défendre une idée. La science criminologique nous enseigne qu'un meurtre n'est jamais détaché d'une dimension émotionnelle.

– Vous affirmez qu'il y a eu meurtre ? demanda Mestral avec agacement, pour couper court aux protestations qui recommençaient à monter de la foule.

– Peut-être, répondit Martin en haussant les épaules, quoiqu'il soit impossible de déterminer aujourd'hui s'il y avait intention de donner la mort derrière le coup. Mais n'allons pas trop vite. Il nous manque encore un élément pour comprendre le crime : son aspect personnel. Car ce besoin de transmission n'était pas intellectuel. Il s'incarnait, émotionnellement, dans l'une des relations du père Georges.

– Vous m'avez perdu, grogna Mestral.

– Je veux parler de Suzanne Rabotin.

La jeune fille leva les yeux. Martin la contemplait gravement, comme pour lui demander un dernier effort avant de la décharger d'un poids.

– Fragonaz vieillit, reprit le commissaire. Les jeunes s'en vont dès qu'ils le peuvent pour aller chercher une vie meilleure que celle de leurs parents. Suzanne est une des dernières de sa génération à vivre ici. Elle n'a jamais envisagé de quitter le village, même si elle aurait pu le faire avec facilité, car elle est débrouillarde. Suzanne était donc une paroissienne précieuse pour le père Georges : elle incarnait l'avenir du village ou, si vous préférez, le prolongement de sa vision idéologique.

Toute la salle regardait la jeune fille, qui restait tétanisée, blanche comme la neige, incapable de prononcer un mot. Chacun savait que le père Georges l'aimait beaucoup. Et les paysans éprouvaient eux aussi de la reconnaissance envers elle, comme si le fait qu'elle ait choisi de rester parmi eux les confortait dans leur choix de vie. Ils comprenaient ce que disait Martin parce qu'ils le ressentaient.

– Comme l'impose son sacerdoce, poursuivait Martin, le père Georges avait fait vœu de célibat. Il me semble qu'on peut avancer sans craindre de trop s'écarter de la vérité que la relation bienveillante qu'il entretenait avec Suzanne en était d'autant plus intense. L'amour qu'il portait à ses paroissiens, cet amour sans limite censé sublimer son célibat, l'a amené à éprouver pour elle des sentiments paternels. Mais cette jeune fille, qu'il avait presque élevée lui-même, commençait à s'émanciper.

Le commissaire se tourna vers elle et demanda d'une voix douce :

– Suzanne, vous m'avez bien dit que le père Georges était au courant de votre relation amoureuse avec Jean Cordier ?

La tension était à couper au couteau. Suzanne, mortifiée, hocha la tête.

– Quand l'a-t-il appris ? demanda encore Martin.

Ses lèvres tremblaient toujours et elle n'arriva pas à répondre.

– La semaine précédant la mort de votre père ? La veille ?

– L'après-midi même, répondit Jean à la place de Suzanne, qui semblait sur le point de s'évanouir. Quand je me disputais avec Ferdinand à propos du linge. Suzanne était chez moi. Le père Georges l'a vue par la fenêtre.

– Vue ?

La question de Martin était sans équivoque. L'instituteur, contrit, jeta un regard suppliant à Suzanne. Elle finit par acquiescer, comme morte.

– Sans vêtements, souffla Jean.

Une rumeur parcourut l'assemblée, moins scandalisée qu'apeurée par la place que tenait ce nouvel élément dans la démonstration du commissaire.

– Mettons-nous à la place du père Georges ! cria presque Martin en rétablissant le silence d'un coup. Il voit Suzanne, qu'il considère comme sa fille, avec un homme. Et pas n'importe lequel ! Celui qui incarne, au-delà des affections personnelles, l'idéologie contraire à la sienne. Jean Cordier, l'instituteur, l'homme qui a foi dans le progrès. Que peut-il faire ? Sûrement pas un scandale devant les femmes qui font leur lessive. Alors il se tait. Mais quelle tempête dans ce silence ! La déception, la rage d'avoir échoué, de n'avoir pas réussi à transmettre ! Le sentiment brutal d'être vraiment le dernier, d'être le coupable devant tous ceux qui l'ont précédé, celui qui a failli, celui qui a brisé la chaîne… Celle qu'il prenait pour sa fille unique lui crachait son héritage au visage. Et elle célébrait, en actes, un amour si beau, si puissant, qu'il pouvait se passer de l'Église, des traditions, en fait, de tout ce qu'il avait défendu pendant toute sa vie, par ses paroles et ses actes. Vraiment, il y avait de quoi devenir fou…

– Monsieur Martin, assez ! l'interrompit Mestral en faisant sursauter la salle hypnotisée.

L'officier s'était levé avec un regard sévère.

– Je n'ai pas votre expérience du crime, mais j'ai une expérience de la règle. Ce que vous dites, même si c'est vrai, ne peut pas être prouvé devant un juge.

La foule s'était redressée, haletante, revigorée par l'intervention de l'officier. Il avait redonné espoir quant à une possible erreur de la part du commissaire.

– J'y viens dans un instant, répondit Martin tranquillement. Moi aussi, pour tout vous avouer, j'ai abordé cette affaire dans le mauvais sens. L'obstacle semblait être l'absence de preuves matérielles. Mais la difficulté principale consistait en fait à reconstituer le mobile du père Georges. Pourquoi un homme dans sa position aurait-il tué Ferdinand Rabotin ? Et si c'était un accident, pourquoi cacher sa responsabilité ? J'avais du mal à visualiser la scène, à la reconstruire devant mes yeux, et c'est ce qui m'a pris autant de temps. Nous n'aurons jamais les détails de l'affaire, mais si je devais oser une conjecture… voici comment les choses ont pu se passer.

« Après sa dispute avec Jean, Ferdinand est parti du côté de l'ardoisière. Sans doute avait-il besoin de réfléchir à la dernière offre que la Corne venait de lui faire à propos de son champ. Je ne sais pas si le père Georges le cherchait ou s'il est tombé sur lui par hasard. Toujours est-il que, cette fois, Ferdinand était seul, le père Georges pouvait lui parler à cœur ouvert sans risquer d'être entendu par les femmes du village. D'après ce que je sais du curé, je ne pense pas qu'il avait l'intention de parler des amours de Suzanne à son père. Il comptait probablement agir comme il le faisait d'habitude, c'est-à-dire s'adresser directement à elle, dans l'ombre du confessionnal, pour tenter de reprendre le contrôle sur elle dans le cadre intime qu'il maîtrisait parfaitement, et n'avait aucun intérêt à passer par son père pour l'atteindre. Je ne sais pas comment la conversation s'est nouée mais il est possible que tout soit parti du champ que Ferdinand s'apprêtait à vendre. Le père Georges, à ce moment précis, bouleversé par le péché de Suzanne qu'il venait de surprendre, a dû voir cette transaction d'un très mauvais œil. C'était un clou de plus dans le cercueil où s'allongeait déjà sa vision moribonde du village. Il a dû tenter de convaincre Ferdinand de ne pas céder au prix vertigineux que la Corne était prêt à débourser. Peut-être même lui a-t-il parlé des manœuvres du maire et de la centrale hydroélectrique. Mais Ferdinand n'était pas un homme engagé, et je ne pense pas qu'il aurait hésité longtemps entre la défense d'une cause un peu lointaine et un gain immédiat. C'est le début de la dispute : pourquoi passer à côté d'une affaire pour une simple idée ? L'argent, le concret, le palpable, voilà ce qui compte ! Et voilà ce que devait répéter inlassablement Ferdinand. Et le curé, frustré par cet entêtement égoïste, en désespoir de cause, se retrouve contraint d'alarmer le pauvre paysan sur ce qui l'attend s'il ne fait pas barrage contre la vague de ce progrès immonde. Et son attaque la plus efficace, bien sûr, porte sur l'avenir concret et intime de Ferdinand : sa propre enfant. Suzanne couche avec Jean Cordier, l'instituteur que déteste justement Ferdinand. C'est ça, le progrès. Cette sensation-là, cette trahison, cette colère qui va engloutir le village si Ferdinand signe la vente. Mais à ce moment-là, quand le scandale est révélé, la vente passe au second plan. Il ne reste plus que deux pères humiliés, fous de douleur, qui refusent de croire à leur malheur.

« Ferdinand ne veut pas croire le curé, mais, au fond de lui, il sait déjà qu'il a raison. Sa fille a grandi, elle est devenue une femme. Elle lui échappe. Vraiment, il n'y a rien de plus insupportable pour un homme qui a déjà perdu sa femme et qui n'a pas su retenir son fils. Et voilà qu'il entend, dans son malheur, alors qu'il est déjà à terre, ce curé qui l'accuse, lui, d'être le pantin du progrès, de céder aux intérêts capitalistes, à l'égoïsme. Ferdinand, naturellement, accuse à son tour. Et chacun charge l'autre de l'habit noir du coupable, de celui par qui la honte arrive. À qui la faute ? Qui a échoué dans son rôle ? Le curé ? Le père ? Et voilà que le curé qui se prend pour un père donne une leçon à Ferdinand sur l'éducation de sa fille. Et Ferdinand, enragé, qui rétorque que le père Georges n'est pas le père de Suzanne, qu'il ne le sera jamais, et qu'il est condamné à mourir avec son monde. Il n'est pas le père de Suzanne ! Il n'est même pas père ! Il n'est rien du tout ! Et le vieux prêtre, humilié jusqu'au fond de son cœur, frappe. Ce n'était pas pour tuer. C'était pour faire mal. Mais il est trop tard, Ferdinand est déjà tombé de la passerelle. Il est mort.

Martin fit une pause pour regarder son public. Les faces blêmes qui l'observaient ne remuaient plus du tout. Quand il reprit la parole, ce fut à voix basse :

– Le père Georges a deux choix : se rendre ou se taire. Mais se rendre, c'est s'avouer faillible. Et s'avouer faillible, c'est décrédibiliser son idéologie. Celle du père Georges est mourante. Elle ne peut pas prendre ce dernier coup. Alors il se tait. Et par ce silence, un miracle a lieu : tous les problèmes du père Georges s'arrangent. Les manœuvres de la Corne et de Jean Cordier s'éventent. Tout Fragonaz se révolte contre ce projet pour lequel personne n'a été consulté. Mieux encore, le meurtre de Ferdinand, aussi inattendu que choquant, ramène tous les villageois à l'église, même les non-croyants ! Et ça ne s'arrête pas là : cerise sur le gâteau, l'instituteur est accusé à sa place. Pas encore officiellement, non, mais il l'est par la foule, et c'est bien plus efficace. Voilà la conséquence de son silence. Le curé sermonne à nouveau ses paroissiens : ils l'écoutent. Il leur raconte qu'ils sont coupables, qu'ils ont besoin de Dieu, de lui et de son idéologie. Et eux ? Ils le croient, puisque tout est leur faute ! Car ce sont eux qui ont fait entrer le loup dans leur village. Ils ont ouvert la porte à Jean Cordier en lui donnant une maison. Comment les a-t-il remerciés ? Il a tué l'un d'entre eux. Ils l'ont laissé s'approcher d'un élu bien intentionné. Pour quel résultat ? Il l'a corrompu pour vendre le village. Pire encore, ils lui ont confié leurs enfants. Qu'en a-t-il fait ? Il a couché avec l'un d'eux… Non, il n'y a plus de doute possible, c'est le village entier qui a fauté. La foi des brebis remonte en flèche. Tous se tournent vers le père Georges, qui triomphe par son silence. Alors, non, la mort de Ferdinand Rabotin n'était peut-être pas intentionnelle. Mais se taire : voilà le crime du curé.

L'état d'abattement dans la salle était total. Des regards se posèrent sur Mestral, implorant une objection, la mise en lumière d'une contradiction, n'importe quoi qui eût pu changer le sens du vent poussant leur village vers l'humiliation. Le capitaine en avait conscience. Il provoqua tout de même un sursaut en prenant la parole :

– Encore une fois, dit-il à Martin avec gravité, tout ce que vous dites est logique, et assez convaincant, je le reconnais, mais ce n'est toujours pas une preuve. Le fait que le père Georges ait surpris les amants ne prouve rien. Jean Cordier aurait très bien pu sortir de chez lui, croiser Ferdinand, et avoir à peu près la même dispute.

Une approbation bruyante monta dans la salle.

– C'est lui ! C'est Cordier !

– Emmenez-le !

– À l'échafaud !

Mais l'espoir n'était pas partagé par tous, et certains se lançaient des regards hésitants.

– Silence ! gronda Mestral. Je n'accuse pas. Je montre juste à quel point il est facile de tordre la réalité quand on n'a que des suppositions.

– Et vous avez raison, dit Martin lorsque la foule se fut calmée. On pourrait bien sûr argumenter que Jean ne serait sans doute pas ici, avec Suzanne, s'il avait tué Ferdinand. À titre personnel, il ne m'apparaît pas comme un homme qui tuerait le père de la femme qu'il aime et qui se comporte ensuite comme si de rien n'était. Mais vous me diriez qu'il s'agit encore de ressenti, et vous auriez raison. Passons au concret.

Comme à son habitude, Martin ferma les paupières pour se concentrer. Cette fois, quand il les rouvrit, il ne s'adressait plus à Mestral ni à lui-même, mais à toute la pièce. Il sortit le bouton que Cordier lui avait donné et le montra à la foule.

– Voici notre seul indice : un bouton de gilet qui a été trouvé sur le pont de l'ardoisière, juste après la mort de Ferdinand. Vous en conviendrez, pour perdre un bouton il faut souvent un geste brusque, un déchirement, bref, un instant de violence. On peut donc supposer que ce bouton appartient à celui qui a frappé Ferdinand. Vous êtes d'accord ? Ou désirez-vous peut-être, dans un souci de rigueur, que je fasse une démonstration avec votre uniforme ?

Le capitaine Mestral, agacé, le pressa de passer à la suite.

– Monsieur Fortin, dit Martin en se levant, voulez-vous venir ici ?

Tout le monde se tourna. Le visage de Louis s'était vidé de son sang. Par réflexe, il jeta un regard affolé à sa mère, qui se méprit sur son trouble et se mit à paniquer :

– Il n'a rien à voir avec ça ! Il n'a rien fait !

– Madame, s'il vous plaît, grogna Mestral.

Le capitaine fit un signe à Louis, qui pourtant resta assis. Deux gendarmes s'approchèrent. Il finit par se lever, tendu comme un arc sur le point de claquer, marcha entre les tables et s'arrêta à deux bons mètres de Martin. Tous les regards convergeaient sur sa nuque. Le commissaire lui tourna autour pour l'examiner, avant de se racler la gorge.

– Capitaine, pourriez-vous décrire le bouton sur la table ?

Mestral fronça les sourcils. L'ordre, poliment tourné sous forme de question, n'en était pas moins humiliant. La Machine maîtrisait le jeu et le capitaine prenait conscience de n'être qu'un de ses pions. Il s'exécuta pourtant :

– Un centimètre de diamètre environ. Il est en bois, peinture noire, avec une ligne en or sur le côté. Et seulement trois trous, ce qui est curieux.

– Pourriez-vous comparer ce bouton à ceux du gilet de M. Fortin ?

Un murmure s'éleva à nouveau. Les villageois les plus éloignés se dressèrent sur leurs bancs, d'autres plissèrent les yeux, chacun essayant de distinguer les boutons. Le capitaine, à nouveau irrité par la condescendance de Martin, se leva tout de même pour examiner le gilet porté par le jeune homme. Il se redressa rapidement :

– On dirait bien que ce sont les mêmes.

– Il y a un bouton qui manque ?

– Oui, le premier en partant du haut.

Sur un geste sec du capitaine, Louis, comme sonné, ôta

son gilet et le lui tendit, devant la foule médusée qui ne comprenait plus rien.

– Il n'y a pas d'étiquette, fit Mestral après avoir examiné le vêtement. Enfin, elle a été arrachée. C'est un vêtement de ville, en tout cas.

– Monsieur Fortin, demanda Martin, à qui appartient ce gilet ?

Le teint de Louis virait au rouge sombre. Il donnait l'impression de ne pas avoir entendu la question, assourdi par les battements de son propre cœur.

– Monsieur Fortin, répéta Martin plus fort.

– Il est à moi, répondit le jeune homme d'une voix blanche.

Il y eut une exclamation sur les bancs mais Martin, d'un mouvement autoritaire, étouffa la rumeur avant qu'elle ne monte dans les airs.

– Monsieur Fortin, reprit le commissaire sèchement, réfléchissez ! Ce bouton a été perdu par l'homme qui a tué Ferdinand. Celui qui portait ce vêtement le jour de sa mort est l'homme que nous recherchons. À qui appartient ce gilet ?

Le visage du jeune homme se couvrait de sueur.

– Il est à moi, répéta-t-il en tremblant. J'ai... j'ai tué Ferdinand Rabotin.

– Oh, non, non, non, geignit sa mère du fond de la salle.

– Silence ! cria Mestral pour couvrir le brouhaha qui montait.

Martin leva à nouveau la main. Les villageois captivés firent silence, à l'exception de la mère Fortin qui gémissait, les mains sur la bouche.

– Je sais que vous protégez quelqu'un, murmura Martin, si bas que seuls les premiers rangs l'entendirent. Ou quelque chose. Je pense que je comprends vos raisons mais je vous garantis que vous ne faites de bien à personne en cachant la vérité comme vous le faites. Il ne s'agit pas de protéger le bien commun, ou en tout cas, une certaine idée du bien, mais de rétablir la vérité, pour que la justice triomphe.

– Il est à moi…, gémit Louis plus faiblement.

– Madame Fortin, appela Martin par-dessus son épaule. Comment était habillé votre fils le jour où il est revenu au village ?

– Oui, oui ! s'exclama la mère subitement éclairée. Je m'en souviens ! Il portait un gilet, mais pas comme celui-là ! Il était foutu. Déchiré aux coudes, râpé ! Je lui ai même fait une réflexion. Je m'en souviens. Je m'en souviens !

– D'où vient ce gilet ? tonna Martin en se retournant vers le fils.

– C'est le mien, bredouilla Louis sans plus y croire, c'est le mien…

– Vous êtes resté caché trois jours chez le père Georges. Les trois trous dans le bouton, au lieu des quatre habituels, sont la marque de certains habits ecclésiastiques. Votre témoignage ne cachera pas la vérité ! À qui appartient ce gilet ?

– S'il vous plaît…

– Répondez !

– Au père Georges ! s'effondra Louis. C'est le gilet du père Georges !…

Les visages se décomposèrent. Louis pleurait, un genou à terre, achevé par cette dernière trahison envers Fragonaz, et c'était bien ce sentiment, la sensation d'avoir été floué, manipulé, que tous ressentaient dans un silence de mort.

– Il vous l'a donné ? demanda Martin à Louis, plus bas.

– Je l'ai confondu avec le mien, gémit-il en secouant la tête. En quittant le presbytère, hier. Je n'étais pas… Je n'ai pas vu tout de suite…

Martin posa sa main sur l'épaule de Louis, pour lui signifier sa sympathie, ou des remerciements. Il le renvoya enfin à sa place, avant de se rasseoir lui-même, sous le regard stupéfait de Mestral.

Le capitaine n'en revenait pas. Même si c'était bien le gilet du curé, qu'est-ce qui prouvait qu'il avait perdu son bouton en frappant Ferdinand ? Le commissaire n'avait rien prouvé, rien du tout. Il n'avait fait que creuser le désespoir de ces pauvres gens. Leurs mines défaites en disaient plus que ne l'avaient fait leurs protestations. Plus personne n'osait regarder son voisin. On s'écartait les uns des autres : le contact semblait désormais trop douloureux, ou trop risqué, comme si le repli sur soi était devenu la seule option. La belle communion du village, la solidarité dans l'épreuve, sanctifiée par le déblaiement des ruines qui avait duré toute la journée, était réduite à néant par la honte partagée de s'être laissé berner par le curé.

– Qui a trouvé ce bouton ? demanda le jeune officier d'un ton sec.

La foule se tourna vers lui comme un chien affamé devant lequel on tient un os hors de portée. Martin, lui, pivota lentement, et répondit avec calme :

– Jean Cordier.

– Jean Cordier ! s'écria Mestral, excédé. Mais enfin, vous ne voyez pas que ça met tout par terre ? Qu'est-ce qui vous prouve qu'il l'a trouvé sur le pont ?

Il y eut un moment suspendu. Puis Martin dit simplement :

– Suzanne et moi, nous le croyons.

Cette fois, le vacarme remonta et personne ne vint s'y opposer. Il n'y avait plus de consensus. On donnait son avis à chaque table, avec une passion qui glissa vite vers la fureur. Certains irréductibles matraquaient la culpabilité de Cordier, à grand renfort d'arguments plus ou moins liés à l'enquête. Mais ceux qui penchaient pour l'autre hypothèse avaient commencé à se faire entendre, et face à l'assurance ridicule des premiers, ils se trouvèrent bientôt assez confiants pour dénoncer à voix haute la possibilité que le curé soit coupable. Les avis tranchés des uns agaçaient les autres, qui caricaturaient alors leurs propres intuitions pour les rendre intelligibles ou, plus prosaïquement, pour pouvoir les crier à l'autre bout de la salle.

En quelques minutes, Mestral, interdit, vit les débats virer à la prise de bec générale, puis à l'empoignade, et il s'en fallut de peu, en fait juste du sang-froid de ses hommes, pour éviter que les coups ne partent. Martin, lui, restait coi à côté de Suzanne, insensible au chaos engendré par sa démonstration.

– C'est la faute du curé ! La Courbe, c'est une punition…

– Oh, ferme-la !

– Vous êtes tous des idiots, tous !

Le capitaine Mestral considéra le commissaire avec un sentiment confus, sans savoir s'il devait le détester ou le mépriser. Au milieu des cris et des insultes, il prenait conscience d'avoir été placé, en compagnie de ses hommes, dans une position où il ne servait ni la loi ni l'ordre, mais l'agenda personnel de Martin. L'officier haïssait cette impression de tout son être. Martin était persuadé que le père Georges était coupable ? Il avait sans doute raison. Comme le bon sens le suggérait, il semblait plus naturel que Ferdinand ait été tué par le prêtre plutôt que par Jean Cordier, qui enlaçait la fille du paysan en ce moment même. Mais il était clair que le commissaire était incapable de prouver la culpabilité du prêtre. Il n'y avait pas de preuve, pas de témoignage valide, et surtout, le père Georges était mort. Il n'y aurait donc jamais d'aveux. Au mieux, la procédure judiciaire aboutirait à l'acquittement de Cordier ; ce qu'elle ne manquerait pas de faire puisqu'il n'y avait pas assez d'éléments pour le condamner.

Un non-lieu ? Était-ce tout ce que la justice des hommes pouvait produire ? Était-ce suffisant pour Suzanne Rabotin ? Et pour le reste du village ? En fait, les réponses à ces questions n'importaient pas : le commissaire avait tranché. Il avait pris une initiative que Mestral pouvait comprendre dans l'absolu, mais qu'il ne pouvait pas cautionner, tant il la jugeait indigne d'un représentant de la loi : Martin avait sorti le procès du tribunal pour le placer entre les mains de la foule. Et le père Georges, qui ne serait jamais condamné officiellement, venait de l'être officieusement. Mais cette accusation, justement parce qu'elle n'entrait pas dans un cadre légal, provoquerait des disputes sans fin, sans résolution, sans paix. Quelle vision minable de la justice ! En tout cas, aux yeux du capitaine, elle ne valait pas l'implosion du village.

Martin lui rendit son regard. Il y eut une lutte silencieuse entre les deux hommes de loi. Le capitaine comprenait que le commissaire avait agi en toute conscience, qu'il avait jugé qu'on ne pouvait pas laisser au père Georges sa statue de héros sur la place du village. Mestral irait-il le dénoncer ? Oui, bien sûr. Il rédigerait un rapport complet, mais il savait déjà qu'il n'y aurait pas de suite. On ne sanctionnait pas quelqu'un pour avoir organisé un tribunal populaire, surtout pas quelqu'un d'aussi célèbre et d'aussi influent que la Machine. Après tout, qui pouvait mesurer le mal produit par une accusation, surtout si celle-ci était juste ? Mestral prit sa décision : il mépriserait Martin, dont la réputation lui était sans doute montée à la tête, et détourna les yeux.

– Suzanne, je peux vous parler ? demanda alors le commissaire.

La jeune fille fixait le vide. Plus rien ne semblait l'intéresser. Jean lui caressait le dos avec inquiétude. Martin se rapprocha.

– Je suis désolé, dit-il sans baisser la voix. Je vous avais promis de faire tout ce que je pouvais pour arrêter le coupable. Mais tout ce que j'ai fait n'a pas suffi. On ne punit pas les morts. Le père Georges va échapper à la justice.

Les voisins tendirent l'oreille. De proche en proche, le silence retomba dans la salle. On écoutait d'une oreille angoissée ce que Martin, l'homme qui avait définitivement cassé le village en deux, disait à la fille de Ferdinand.

– Je sais que vous êtes attachée à cet endroit, continuait-il, sans remarquer ou en feignant de ne pas remarquer l'écoute attentive de la salle. Vous y avez vos racines, vos habitudes, tous vos souvenirs. Je sais aussi que vous êtes courageuse. Vous voulez rester ici, même si vous n'avez plus rien, plus de famille, plus de ferme. Et je sais que vous arriveriez à remonter la pente, je n'ai aucun doute là-dessus. C'est bien pourquoi je me permets de vous proposer ceci : remontez à Paris avec moi.

Aucune émotion ne passait sur le visage de Suzanne, mais elle tremblait quand même, agitée par les mots que Martin choisissait avec soin :

– Je ne vous offre rien, je sais que vous ne l'accepteriez pas. Je vous prêterai ce dont vous avez besoin pour vous installer et vous me rembourserez quand vous le pourrez. Si ça vous intéresse, ma femme cherche une nouvelle vendeuse. C'est un bon travail, bien rémunéré, où l'on rencontre beaucoup de monde. Vous aurez du temps pour sortir au théâtre. Pour aller au musée. Vous apprendrez le fonctionnement d'un commerce. Vous pourrez même envisager d'ouvrir le vôtre. Et si ça ne vous plaît pas, si vous décidez que vous préférez finalement la vie au grand air, alors vous pourrez toujours racheter une ferme, à l'endroit de votre choix, avec le pécule que vous aurez économisé. J'ai aussi des contacts au rectorat : je suis sûr qu'on pourra trouver un poste d'instituteur dans la capitale pour M. Cordier, s'il le souhaite.

Le jeune homme rougit. Il s'était écarté de Suzanne et l'observait avec timidité, comme s'il craignait d'entendre sa réponse, à l'instar du reste de la salle.

– Je repars demain pour Paris, dit encore Martin. J'ai promis à ma femme de ne pas m'absenter plus d'une semaine. Évidemment, je n'attends pas de réponse tout de suite. Vous êtes encore sous le choc de cette journée qui bouleverserait n'importe qui. Mais, s'il vous plaît, prenez la nuit pour réfléchir. Je crois que cela pourrait vous aider à devenir la femme que vous voulez être. Et, quelque part, je crois que je me sens responsable de vous. Vous y réfléchirez ?

L'atmosphère s'était alourdie jusqu'à couper le souffle aux paysans. Ils savaient que la réponse de Suzanne ne déterminerait pas seulement son destin, mais celui du village entier. C'était une fille ordinaire, la fille de Ferdinand, un simple paysan. Et si elle décidait elle aussi de quitter sa maison, son village, alors ce serait vraiment la fin d'un monde et rien n'y ferait. La Corne aurait beau attirer des ouvriers, des ingénieurs et des experts pour moderniser la région, la Courbe pourrait faire rugir de gigantesques moulins d'acier, allumer des globes grésillants jusqu'au fond de la vallée et rameuter des visiteurs par millions, aucun de ces progrès ne pourrait ranimer l'âme de Fragonaz, cette flamme vacillante soufflée par le départ d'une jeune femme que l'ancien monde avait humiliée. Personne ne savait ce que l'avenir offrirait au village, ni s'il était plus sage de le craindre ou de l'espérer, mais chacun connaissait ce qu'il avait sous les yeux et tout ce qu'il pouvait perdre. Et ils frémissaient, dans l'attente de cette réponse, terrorisés par la perspective que la plus jeune d'entre eux baisse les bras, et que le pays qui avait été le leur et celui de leurs pères se vide de son identité sous les coups d'une machine implacable qui les écraserait tous sans merci.

– Suzanne, répéta Martin, vous y réfléchirez ?

– Trois, rue du Sentier.

Il y eut une hésitation générale. Suzanne avait parlé clairement, mais personne ne pensait l'avoir comprise, pas même le capitaine Mestral, vers qui elle s'était pourtant tournée. Elle répéta, avec une vibration particulière dans la voix :

– Trois, rue du Sentier.

Mestral jeta un œil à Martin. Le commissaire avait pâli.

– Mademoiselle ? fit le capitaine, intrigué.

– C'est une adresse à Paris, répondit-elle sans expression. Celle d'un tailleur spécialisé dans les costumes pour grandes tailles. Le gilet vient de là. Les trois trous sont la signature du fabricant. Il pourra facilement le reconnaître : il ne fait que des pièces sur mesure, et il tient un registre sur lequel il note toutes ses transactions. Ce gilet a été vendu en octobre de l'année dernière. Au commissaire Martin.

C'était comme si elle avait giflé la salle. Tous se tournèrent, hébétés, vers Martin qui fixait la jeune fille. Son air de détachement ne l'avait pas quitté, mais il était livide. Mestral, alerté par le frémissement général, se leva soudain de sa chaise.

– Attendez, attendez ! gronda-t-il à Suzanne mais s'adressant de fait à la foule, dont les visages commençaient à se tordre. Vous dites que ce gilet, celui-là, est celui du commissaire Martin ? Pourquoi ne l'aurait-il pas reconnu ?

– Parce que c'est lui qui a tué mon père.

Le ton de sa voix ne souffrait aucun doute. Martin fixait toujours la jeune fille avec une expression qui semblait, petit à petit, par à-coups, se charger de souffrance. Mestral, comme la foule, passait de l'un à l'autre sans parvenir à s'arrêter. Comme le commissaire ne se défendait pas, il finit par s'adresser à nouveau à Suzanne :

– J'ai entendu trop d'accusations sans preuve ce soir.

– Contactez Paris et faites saisir le registre.

Le capitaine adressa un signe à deux gendarmes qui se postèrent devant la porte.

– Une minute, répondit-il. En attendant, personne ne sort d'ici. Vous dites que le commissaire Martin a tué votre père. Vous l'avez vu ?

– Je l'ai senti, répondit Suzanne. La première fois que je l'ai rencontré. J'ai senti qu'il avait quelque chose à se reprocher. Et puis j'ai appris que papa avait été tué. Le commissaire était venu au village exprès pour le rencontrer. Ça ne pouvait être que lui.

– Vous n'en avez pas parlé à mes hommes ?

– Ils ne m'auraient pas crue. Ils lui mangeaient dans la main.

Au fond de la salle, Bosson et Simon se ratatinèrent sur leur banc.

– Il me fallait une preuve, continua Suzanne. C'est pour ça que le lendemain matin, quand il est descendu ici avec tout le monde, je suis passée par-derrière et je suis allée fouiller sa chambre. Je n'ai rien trouvé, mais j'ai reconnu le gilet qu'il portait la veille, posé sur une chaise. J'ai vu que les boutons étaient bizarres. J'ai vu l'adresse du magasin sur l'étiquette. Alors j'ai eu une idée. J'ai arraché le bouton du haut, celui qui saute le premier si on fait un mauvais geste, et je l'ai caché dans ma chaussure.

Elle parlait d'un ton tranquille, avec précision, pour rendre son récit clair et compréhensible, aussi bien pour le gendarme que pour le reste de la salle. Elle évitait Martin du regard, sans arriver pourtant à l'ignorer, mais ses coups d'œil égarés ne laissaient aucun doute quant à ses intentions : elle se contraignait à fixer le capitaine Mestral non par crainte du commissaire, mais bien par discipline, pour lutter contre son envie de lui sauter à la gorge. Martin, du reste, avait baissé le regard.

– Après, je suis descendue ici pour l'écouter parler aux brigadiers. Il m'a entendue à travers la porte et il m'a interrogée. J'avais compris qu'il comptait faire comme si de rien n'était, mais je ne comprenais pas pourquoi. Ni pourquoi il avait tué papa, ni pourquoi il restait au village. Alors j'ai décidé de ne pas le quitter. Pour *comprendre*. Et dès que je me suis retrouvée toute seule, j'ai télégraphié à ma cousine, en ville. C'est elle qui s'est renseignée sur le tailleur à Paris. La mère Coutaz peut témoigner.

La postière, cramoisie, acquiesça au milieu de la foule.

Mestral échangea un regard avec Suzanne. Puis, d'un geste à peine esquissé, il fit s'approcher un officier et lui chuchota un ordre à l'oreille. L'homme hocha la tête, fit signe à un autre gendarme de le suivre, et tous deux sortirent en courant. Martin n'avait pas bougé. Il ne leva même pas les yeux vers la porte quand elle claqua.

– Si je comprends bien, reprit Mestral en se tournant vers Suzanne, c'est vous qui avez donné le bouton à M. Cordier ?

L'instituteur dévisageait Suzanne d'un drôle d'air. Il n'avait pas l'air surpris, pas vraiment, mais il n'avait pas non plus l'air aussi serein qu'elle.

– Jean est venu me voir deux jours après la mort de papa, expliqua Suzanne. Le commissaire était là, donc je n'ai pas eu le temps de tout lui expliquer sur le moment, mais je lui avais tout mis par écrit. Je lui ai donné le bouton dans une enveloppe, avec la lettre. Je lui demandais de mentir, de dire au commissaire qu'il avait vu le corps avant tout le monde, et qu'il avait trouvé le bouton sur le pont. En fait, c'était presque vrai, il n'a eu besoin de mentir que sur le bouton. Il l'a donné à Martin devant moi. Et alors j'ai su. C'était son bouton, son bouton à lui, il était obligé de le reconnaître. S'il avait été innocent, il aurait dû être surpris, dire que Jean mentait, ou qu'on essayait de le piéger ! Mais il n'a rien dit. Il a fait comme si Jean disait la vérité, et il a considéré le bouton comme une simple pièce à conviction. Donc là, je savais.

– Mais vous n'avez rien dit ? demanda Mestral.

L'assurance de Suzanne se troubla un instant, mais elle se reprit vite.

– Je savais, mais ce n'était toujours pas une preuve. Il pouvait encore raconter une histoire pour s'en sortir. C'était ma parole contre la sienne. Mais…

– Mais ?

– La vraie raison, marmonna-t-elle un peu gênée, c'est que je ne voulais pas juste qu'il soit arrêté… Je voulais comprendre… Il courait derrière Étienne Rabotin comme s'il s'agissait d'une vraie personne, et rien que ça c'était fou, mais il avait l'air de savoir ce qu'il faisait. C'était ça, le pire ! Il avait toujours l'air sûr de lui. Ça me faisait douter. J'étais presque convaincue, moi aussi, qu'il y avait quelque chose qui justifiait la mort de papa. Je voulais savoir ce que c'était. Mais quand il a laissé Jean prendre des coups à sa place et qu'il n'a rien dit, là, je ne voulais plus le suivre. Il… il me faisait peur. Après, il est revenu me voir à la ferme pour me parler de Louis Fortin. J'ai pensé qu'il voulait l'abattre, pour pouvoir l'accuser à sa place d'avoir tué papa, donc j'ai décidé de…

– Je ne suis pas un tueur ! s'écria soudain Martin en bondissant de sa chaise. Suzanne, je vous jure que je ne l'ai pas fait exprès !…

L'explosion fut aussi rapide que brutale. Les premiers rangs se jetèrent sur le commissaire en rugissant, et seule la présence d'esprit des deux officiers à sa table lui permit d'échapper au massacre. Un paysan réussit pourtant à lui sauter dessus : ils roulèrent à terre sous les vociférations. Mestral bondit, ceintura l'agresseur, se prit un coup de coude, répliqua d'un poing adroitement placé dans le foie du paysan et parvint à repousser celui-ci, tant bien que mal, dans les bras de la foule déchaînée.

– T'es mort, Martin ! gueulait, debout sur un banc et plus fort que les autres, avec une voix de cochon qu'on égorge, le vieux Pissard-Leblanc. T'es mort !

La foule battit des mains pour approuver la menace.

– De l'ordre ! beuglait Mestral avec une fureur de Dieu. De l'ordre !

Les foudres de son regard furent plus efficaces que ses paroles. Tous reculèrent mais sans se rasseoir, grinçant de colère, pendant qu'il continuait à tonner :

– J'embarque le prochain qui s'avance ! Vous tous s'il le faut !

Fulminant, il se tourna vers Martin :

– Et vous, fermez-la ! Fermez-la !

L'officier réalisait qu'il aurait dû faire évacuer la salle bien plus tôt ; en donner l'ordre maintenant risquait juste de provoquer une émeute. Ses hommes reprenaient leur souffle, en sueur, inquiets devant la foule qui grondait, capable de les déborder.

– Finissons-en ! cria Mestral à Suzanne. Vous dites que ce gilet est celui de Martin, et qu'il vient de se trahir en l'utilisant pour accuser le père Georges ?

– Oui, répondit la jeune fille.

– Le lieutenant Pichet fait le nécessaire en ce moment même pour faire saisir le registre par un homme de confiance. Mais je veux savoir comment cet habit s'est retrouvé sur le dos de Louis Fortin. Vous l'aviez laissé dans la chambre ?

Les villageois les plus véhéments continuaient à brailler, mais comme on les poussait du coude pour qu'ils se taisent, le calme revenait peu à peu.

– Martin a dû l'échanger avec celui de Louis. Je ne sais pas quand. Pendant la nuit peut-être, ou l'enterrement. Je crois qu'il a essayé de le piéger. Mais Louis pouvait très bien se défendre, alors il a dû se dire que ce serait plus facile avec un mort.

– Suzanne…, gémit Martin d'une voix à peine audible.

– Je n'en sais pas plus, continua-t-elle en l'ignorant. Je n'ai toujours pas compris pourquoi il a tué papa. Mais je l'ai vu, hier soir, quand il a pris conscience qu'Étienne Rabotin n'existait que dans sa tête. Il ne bougeait plus, il avait l'air d'un fou…

Elle tremblait, pressée d'en finir, mais les mots sortaient malgré elle.

– Alors j'ai réalisé que le vrai danger, c'était ça. Le père Georges avait déjà essayé de me prévenir. Il y a des choses qu'il ne faut pas essayer de comprendre, parce qu'on ne peut pas les comprendre. Et si on s'acharne, ça rend fou. On fait du mal aux autres et on se fait du mal à soi. Alors non, je n'ai toujours pas compris pourquoi il a tué papa. Mais je sais que c'est lui. Et là, maintenant, ça me suffit.

Elle se tut enfin et croisa les bras.

Le boucan explosa jusqu'au plafond. Chacun criait dans l'oreille de son voisin sans l'écouter : on s'indignait à tue-tête, on moquait Martin, on s'enorgueillissait aussi d'avoir deviné, bien avant les autres, qu'il était coupable. Mestral profita de ce répit pour ordonner à deux gendarmes d'évacuer le commissaire.

– Attendez ! supplia encore Martin. S'il vous plaît !…

– C'est pour vous protéger, merde ! gronda le capitaine entre ses dents.

Mais le commissaire, empoigné aux bras par les gendarmes, résistait tant bien que mal pour demeurer face à Suzanne. Sa neutralité apparente s'était évanouie : il ne restait plus qu'un visage tordu par la souffrance et les larmes qui montaient.

– Je voulais juste vous aider ! bredouilla-t-il en essayant de capter le regard de la jeune fille. C'était pour vous ! Croyez-moi !...

Mais Suzanne restait impassible, le regard fixé droit devant elle.

– Allez, allez ! pressa Mestral qui voyait la foule se retourner vers Martin.

– Je suis désolé ! gémissait celui-ci en se débattant. S'il vous plaît ! Je peux reconstruire votre ferme ! Le village ! J'ai de l'argent !

Les villageois, soudain frappés de folie, se mirent à hurler.

– L'église ! continuait Martin sous les huées. Je peux aider pour l'église !

Mais on ne l'entendait plus. Les deux officiers parvinrent enfin à l'arracher de la table et le traînèrent jusqu'à la porte à travers la foule enragée.

C'était un spectacle pénible de voir cet homme gigantesque se voûter sous les insultes, les épaules broyées par la culpabilité. Et comme si cette scène eût été trop pitoyable pour être supportée par la foule, celle-ci s'enragea d'autant plus : les faces se déformèrent encore, hideuses, derrière une pluie d'injures et de crachats.

Martin passait le seuil quand un projectile heurta son visage, avant de se briser à ses pieds. C'était la montre de son père.

20

Le monde tel qu'il existe

Suzanne caressait la mousse qui chauffait sur la pierre plate ; elle ne parvenait pas à se lever, mais elle n'éprouvait aucune gêne à se l'avouer.

C'était une belle matinée d'été. Elle s'était étendue au bord du lac, dans sa robe rapiécée, et paressait depuis une heure sans penser à rien. Elle entendit, au loin, une voix portée par le vent, et s'appuya sur son coude pour se redresser.

Jean s'avançait à travers les herbes hautes. Il s'appuyait sur une béquille qu'il coinçait entre son corps et son bras pour ne pas utiliser ses mains. Chaque pas, qui faisait sauter un nuage de sauterelles à ses pieds, lui arrachait une grimace. Il souriait pourtant à l'enfant qui l'accompagnait. Suzanne reconnut le petit Pierre. Jean lui parlait tendrement, mais avec sérieux, comme il l'eût fait avec un adulte.

– Allez, va rejoindre ton père maintenant.

Soulagé d'un poids, le fils de Chappuis repartit en courant. Jean fit les derniers mètres tout seul. Il déposa les béquilles contre la pierre et s'assit dans l'herbe. Des papillons orange et bleu voletèrent autour de sa blouse avant de s'éloigner.

– Ça s'est bien passé ? demanda la jeune fille.

– Oui. Ils étaient tous là.

– Tous ?

– C'est la première fois. Je crois que ça arrange tout le monde. Personne n'a le temps de s'occuper d'eux, et eux sont contents d'avoir quelque chose à faire.

Elle sentait à sa voix, à sa façon aussi d'éviter son regard, qu'il était gêné. Le jeune homme ouvrit la bouche, la referma. Elle attendit patiemment, pour lui laisser le temps de trouver ses mots. Comme le silence se prolongeait, il s'empourpra, finit par se tourner vers le lac et déclara sur un ton qu'il voulut léger :

– Ils l'ont emmené avant l'aube. Ordre du capitaine Mestral, il ne voulait pas de problème sur la route. Coutaz raconte partout que les Pissard-Leblanc vont essayer de lui tirer dessus avant qu'il n'ait le temps de faire jouer ses relations. Mais je ne pense pas que ce soit vrai. Ils n'ont pas que ça à faire…

Suzanne se rallongea sur la pierre sans répondre. Jean se mordit la joue. Il était plus facile de lui parler quand elle ne le regardait pas ; mais il n'aimait pas ça.

– Je suis désolé, finit-il par dire au prix d'un effort soutenu.

– Pour quoi ? rétorqua-t-elle sèchement, les yeux fermés.

Le jeune homme déglutit, plongea son regard dans le lac. On n'en voyait plus le fond, le déluge ayant rendu l'eau opaque. Dans quelques jours, la vase serait retombée et il n'y aurait à nouveau qu'un creux d'eau claire, jusqu'à la prochaine pluie.

– Pour la gifle, dit Jean. Je n'aurais pas dû.

– Non.

– Désolé.

– Tu n'aurais pas non plus dû attendre une semaine pour t'excuser.

– Désolé pour ça aussi.

– Tu crois que tu vas t'en tirer aussi facilement ?

– Non.

Suzanne soupira. Elle ne s'était pas rallongée tout à fait à l'endroit où elle avait posé son dos la première fois. La partie de l'ardoise chauffée au soleil toute la matinée brûlait une partie de son épaule. Elle retint un gémissement jusqu'à ce que la fraîcheur de son corps ajuste la température de la pierre à celle de sa peau.

– Si tu recommences, c'est fini. Mariés ou pas.

– D'accord, répondit Jean.

Il se mit à triturer un brin d'herbe en la regardant du coin de l'œil.

– Donc, la proposition du gros Pierre, c'est…

– Ne sois pas ridicule, le coupa-t-elle sans ouvrir les yeux.

Ses cheveux dénoués, s'étalant sur la mousse comme un bouquet jeté au sol, lui firent penser à une illustration de conte de fées. Il eut envie de les toucher.

– Qu'est-ce que tu vas faire ? demanda-t-il après un moment.

– Je ne sais pas.

– Tu n'es pas obligée de rester ici, tu sais. Tu pourrais aller chez ta cousine, le temps de la reconstruction. Non ?

– Je ne sais pas.

– Si c'est trop long, je pourrai toujours me débrouiller pour te rejoindre. Ça ne me dérange pas de travailler en ville. Ou alors…

– Jean. Je ne sais pas.

Il se tut, craignant de l'avoir vexée. Une bise chahutait les chardons, balançant leurs tiges épineuses et leurs touffes violettes. De sa place, Jean ne voyait ni les ruines du village ni aucun signe du glissement de terrain ; seulement le massif en face, aussi imposant qu'inaccessible. Une cloche tintait en fond de vallée, sous le bourdonnement des insectes.

Il y eut un grattement derrière eux.

Quatre mètres plus haut, une marmotte sortait de terre. Son museau gigotait entre deux rochers ancrés dans la pente. Elle élargissait l'ouverture de ses petites pattes griffues, creusant entre les racines d'une botte de luzerne, faisant s'effondrer un peu de terre et quelques cailloux qui roulèrent dans un tapis de campanules.

Suzanne, qui s'était tournée avec Jean, se redressa pour mieux voir.

La petite bête émergea enfin et se dressa sous le soleil, humant l'air à la recherche d'une possible menace. Les deux jeunes gens ne firent pas un geste, pas le moindre bruit ; la marmotte les repéra quand même. Terrifiée par leur proximité, elle bondit en arrière, et disparut dans le tunnel à peine terminé, qu'il lui faudrait déjà s'empresser de reboucher. Tout redevint immobile.

Jean entendit alors un hoquet. Il se tourna et, stupéfait, se rendit compte que Suzanne pleurait. Des larmes inondaient ses joues, roulaient sur la ligne de son menton et tombaient sur sa robe pour en tacher le tissu abîmé.

– On n'est pas du tout obligés de partir ! s'exclama-t-il, paniqué. On va rester ici. Je t'aiderai à déblayer la ferme après les leçons…

– Non…

– On va se débrouiller. Je te promets.

– C'est pas ça…

– Je trouverai de l'argent !

– Tu ne comprends pas.

Elle lui sourit à travers ses larmes.

– C'est la marmotte, dit-elle doucement.

Jean la dévisagea un moment sans comprendre. Puis, soudain, avec la violence d'un foudroiement, il fut frappé d'une révélation qui s'estompa aussi vite qu'elle lui était venue. Il ne lui resta dans le cœur qu'une impression vague et plaisante mais, le temps d'un éclair, le voile s'était enfin déchiré : il avait cru comprendre qu'un sourire jaillissant d'un visage en larmes, comme une marmotte au milieu d'un village dévasté, était une chose aussi ordinaire que miraculeuse ; que les orages passaient et qu'ils passeraient encore, soufflés par le siècle qui s'ouvrait et par tous les suivants, mais que la montagne, elle, restait à sa place ; il croyait encore comprendre, et c'était une chose si simple, si banale qu'il aurait voulu toujours s'en souvenir, que l'ordre était un mystère bien plus vaste et plus profond que le chaos. Mais tout s'écoulait, tout glissait déjà sur lui, comme effacé par le courant, oblitérant les mots, les idées, ne lui laissant qu'une émotion ardente dont la traduction ne pouvait se faire qu'en actes.

Le jeune homme attira la jeune fille contre lui, nicha son visage dans le creux de son cou, et, sous un ciel sans nuages, emplit ses sens d'un parfum d'absolu.

Composition IGS-CP
Impression CPI Firmin-Didot en mars 2024
Éditions Albin Michel
22, rue Huyghens, 75014 Paris
www.albin-michel.fr
ISBN : 978-2-226-48782-7
N° d'édition : 25620/01 – N° d'impression : 178386
Dépôt légal : avril 2024
Imprimé en France